光文社文庫

長編時代小説

陣幕つむじ風

村上元三

光　文　社

陣幕つむじ風　目次

一味清風

一

はじめのうち久五郎《きゆうごろう》は、細い煙が一筋、天井の梁《はり》を伝わって立ち昇っているのではないか、と思った。

火事だったら大へんだし、起きあがろうと思ったが、疲れているせいであろうか、眼に見えないものが強い力で自分の身体にのしかかっているような具合で、少しも身体は動かない。

いつ眼が覚めたのか自分でもわからないが、はっきりと眼が冴《さ》え、暗い梁のあたりが、そこだけ浮びあがったように、はっきりと見える。天井の横の天窓から、月の光がさし込み、細く白い煙のようなものが、ますますきわ立って見えた。

ここは、片田舎《かたいなか》の小さな旅籠宿《はたご》で、自分は木船明神《きふねみようじん》の勧進相撲《かんじんずもう》にやってきたのだ、と思い出したし、隣りには玉重虎吉《たましげとらきち》が、布団を並べて寝ている筈《はず》であった。その玉重がどうしたのか、ひどく苦しそうに呻《うめ》き声を立てている。

薄っぺらな布団の中で身動きもせず、黒縅《くろおどし》久五郎は、じっと天井を睨《にら》みつけていた。

その白く細いものが、煙などではなく、一匹の、しかも白い蛇《へび》だ、と気がついたのは、それから間もなくであった。長さは一尺《しやく》五寸《すん》ほどもあろうか、ゆっくりと太い梁を伝って動いているのが、淡い月の光に照し出されて、きらきらと銀色に輝くように見える。

どうしたのか、久五郎は、手足を動かすことが出来ず、じっと天井を睨んでいるうちに、やがてその白い蛇は、暗い天井裏へ消えていった。

まるで身体をがんじがらめにしていた太い綱《つな》が、一ぺんに解けてしまったような心地で、急いで久五郎は跳《は》ね起きた。

やはりここは、竹屋《たけや》という古い旅籠の奥まった六畳間で、薄汚れた唐紙《からかみ》の向うから大ぜいの力士たちのいびきが、入りまじって聞えてくる。

「おい、玉重関《ぜき》、どうしなすった」

急いで久五郎は、玉重虎吉を揺り起した。何か悪い夢でも見ているのか玉重は、苦しそうな唸《うな》り声を立てている。

ようやく玉重は眼を覚ますと、きょとんとした顔つきで夜具《やぐ》の上に起き直り、部屋にさし込む月明りの中で久五郎をまじまじと見ると、しばらくは口も利《き》けずにいた。

「どうも、妙な夢を見てしもうた」

玉重の話をしたのでは、一尺あまりの白い蛇が自分の身体に這《は》いあがってきて、金色《こんじき》の歯をむき出し、胸に食いついたが、はっきりとそれが暗い中でも見えたという。

「わたしも、天井を白い蛇が這って行くのを見たが、どうもこの土地は、蛇に縁《えん》がありそうですよ」

そう言って久五郎は、お互いに顔から襟《えり》にかけて吹き出した汗を拭《ふ》きながら、顔を見合せた。

大坂《おおさか》相撲の朝日山四郎右衛門《あさひやましろうえもん》、玉重虎吉の一行は、きのうまで、伊予国西条《いよのくにさいじょう》の城下で興行を打ち、今日はこの竹原《たけはら》の木船明神で勧進相撲を行うことになっている。

まだ三段目の五枚目の黒緘久五郎は、前頭《まえがしら》八枚目の玉重の付人《つけびと》をしているので、四五日前から風邪気味の玉重の介抱《かいほう》も兼ねて、同じ部屋に寝ていたのであった。

親方の朝日山は、大坂相撲の小結《こむすび》で、二十二才の久五郎は去年、朝日山の弟子になった。

出雲国八束郡《いずものくにやつかごおり》意東村《いとうむら》の百姓の伊左衛門の三男に生まれた久五郎は、十八のとき、松江《まつえ》の城下に興行に来た大坂相撲小野川秀五郎《おのがわひでごろう》の弟子になろうとしたが、八角という力士と相撲をとって腕を折り、一時は望みを絶たれた。

しかし、こうやって朝日山の弟子として旅興行にも出られるようになったのだし、久五郎の望みは、だんだん大きくふくらんで来ている。

「旦那、この裏の木船明神のご神体というのは、どんな神様でござんすね」

朝起きてから久五郎は、竹屋のあるじの忠兵衛《ちゆうべえ》に訊《き》いてみた。

親方の朝日山たちは、土地の庄屋《しようや》の家に泊っていて、一行総勢五十六人、きょう一日の勧進相撲を終《しま》って、明日の朝、西条の港から船で備後国尾道《びんごのくにおのみち》へ渡ることになっている。

「ご神体というのは、お侍《さむらい》様でね」

と竹屋のあるじは、庭で四股《しこ》を踏んだり、立木に向って鉄砲の稽古《けいこ》をしている締込《しめこ》み一本の相撲取たちを眺めながら、久五郎へ教えた。

「宇和島《うわじま》の、木船孫左衛門《まござえもん》とおっしゃるお侍様が五十年ほど前、あの境内の榎《えのき》の下で腹を切りなすった。何でもお家騒動にからまって、ここで追手に取囲まれたのだそうな。あとになって孫左衛門様の忠義《ちゆうぎ》があらわれ、ところの人たちがお気の毒に思い、ここに神社を造ったのだよ」

「境内に、白い蛇がおりますか」

「何だと」

びっくりしたように忠兵衛は、まじまじと久五郎の顔を見ると、

「白い蛇が、どうしたと」

「実は、ゆうべ、白い蛇を見たのですが」

久五郎が、梁の上を這っていた蛇の話をすると、忠兵衛は眼を丸くした。

「それは、木船明神様のお使いだ。古くから榎の梢《こずえ》に巣をくって、わたしの家に入ってくることもある。だが、決して他人の眼には見えないし、わたしも五十をとっくに過ぎたが、これまで二度しかあの白い蛇を見たことがない。こうやって木船明神をお祀《まつ》りしているのだから、わたしの眼には見えようが、もしも、あの蛇を他人が眼にするようなことがあったら、その人は出世をして、天下に名をあげることになる、という言い伝えがあるのだよ。お相撲さん、お前の四股名《しこな》は何と言うのだえ」

「はい、黒縅久五郎と申します」

「お前さんは、きっと出世をするよ。横綱《よこづな》を締められるようになるかも知れない」

「冗談じゃございません、わたしなどが、そんな」

そうは言ったものの、やはり力士になったら出世をして、天下の横綱と言われるところまで行きたい、と誰にも共通した望みを持っているだけに、久五郎は胸が大きくふくらむような心地がした。

ゆうべ、まだ三段目の黒縅が、ご神体の白い蛇を見たのに、自分はうなされた、というので、玉重虎吉は、その日一日、ひどく機嫌が悪かった。

「明神様のお使いか何か知らねえが、白い蛇を見たのだから、いまに黒縅は出世をするのだそうな。みんなも、あやかるがいいぜ」

木船明神の境内で、竹屋のあるじ忠兵衛の勧進元で一日だけの興行が行われているあいだ、玉重は久五郎の顔を見るたび、ずけずけと悪口を言った。

しかし久五郎は、いちいち言訳《いいわけ》する気もせず、それよりも、もっと気にかかることがあった。

「相撲が終ったら、お前、一足先に西条の城下へ引返して、今牛若《いまうしわか》を探して来い。女のことでしくじった覚えは、おれにもあるが、あんな大それた女が対手《あいて》では、みすみす今牛若も身を滅ぼすのが落ちだ」

親方の朝日山四郎右衛門は久五郎を呼んで、そう言うと、一分金《いちぶきん》をひとつ渡してくれた。

「面目なくておれの顔が見られねえ、と今牛若は言うだろうが、こんどの打場《うちあげ》は尾道だし、初汐関《はつしお》もいる、橋本吉兵衛《はしもときちべえ》様もおいでだ。とにかく尾道まで、今牛若の首に縄をかけて引っ張って来い。おれに詫《わ》びを入れてくれる人は、いくらもいる筈だからな」

朝日山は、そっと久五郎に教えてくれた。

まだ陽のあるうちに、木船明神の勧進相撲が終ったので、あとのことは相弟子《あいでし》に頼み、久五郎は、手拭《てぬぐい》やふんどしを包んだ風呂敷包みを腰に、単衣《ひとえ》の尻を端折《はしょ》って草鞋《わらじ》をはき、竹原から半里《り》の道を、西条の城下へ引返して行った。

春のさかりのころだが、この四国路は、もう夏の初めのような陽気であった。片側には瀬戸内海がゆったりとひろがって、燧灘《ひうちなだ》に浮ぶいくつかの島の姿が、ぼんやり霞《かすみ》の中に見える。

今牛若東助《とうすけ》が、自分の言葉を聞き入れてくれるかどうか、久五郎には自信がない。だから、半里の道も、ひどく長く感じられ、気持も重い。

久五郎は生れつき身体が大きく、顎《あご》も張って、眼鼻立《めはなだ》ちもたくましいし、相撲取に向いている人間だが、今牛若東助のほうはそうではない。

京都の北、鞍馬山《くらまやま》の麓《ふもと》に住む百姓の倅《せがれ》で、久五郎よりも三つ年下であった。生れつきであろう、色が白く、背は高いし、肥《ふと》り肉《じし》ではないが、いい身体をしている。それよりも、眼鼻立ちが女のようにやさしく、朝日山のところへ弟子入りした後、鞍馬山の生れというところから親方の朝日山は、今牛若という半分はしゃれのつもりで四股名をつけてやったのであった。

突張《つっぱ》りが得意で、対手を組ませずに今牛若は、いつでも土俵《どひょう》の外へ突出《つきだ》してしまうが、どういうものか、あまり稽古を好きではない。あれで稽古をみっちりやれば、行末は間違いなく役力士《やくりきし》なのに、と大坂相撲の関取《せきとり》たちも太鼓判《たいこばん》を押しているが、いくら朝日山がきびしく言っても、今牛若は稽古に身を入れようとはしない。

稽古の虫と言われる黒縅久五郎と相弟子でありながら、今牛若東助は、ちょうど正反対であった。

二

「お前の言うことは、ようわかるけど、もうどないもならんのや」

今牛若の東助は、顔をそむけて、吐き出すように言った。双肌《もろはだ》をぬいで、単衣をぐるぐると腹のところまで巻き込み、東助は、薪割《まきわり》を続けながら、それがくせの京都訛《なま》りのある、おっとりした口の利き方をした。

「悪いことは言わねえ、よく考えてみろ」

意見をしに来た久五郎のほうが、かえって落着かず、きょろきょろとあたりを見廻しながら、

「向うがお前をいくら気に入ってくれたところで、釣鐘《つりがね》に提灯《ちょうちん》というたとえの通り、釣

り合う仲じゃないだろう。それに大きな声では言えないが、あの長山《ながやま》先生というのは、この西条のご城下でも評判のよくない浪人《ろうにん》さんだぞ」

「おい」

鉈《なた》を手に、ぬっと今牛若は立ちあがった。

その白い肌に、夕陽がきらきら当って、汗がきれいに光っている。

「言うてええことと、悪いことがある。長山先生は、そないなお人やない。お妹様と二人で、立派なお仕事をしておいやすのやで」

「相撲取のお前が、その仕事の片棒を担《かつ》ごうというのか」

「おれは、相撲取をやめて、これからは長山先生について修業を仕直すのや。今に見とれ、おまえらのような相撲取が、足許へも及ばんような人間になって見せるわい」

「おい東助、お前、おしげ様というあのお嬢さんを」

あとを言い続けようとして、久五郎は、口をつぐんでしまった。

この伊予国西条は、松平《まつだいら》左京《さきょうの》大夫《だいぶ》頼英《よりひで》三万石の城下で寛文《かんぶん》年間、紀伊大納言《きいだいなごん》頼宣《よりのぶ》の次男松平左京大夫頼純《よりずみ》がここに封《ほう》ぜられてから、代々、ご三家の分れの領地として繁昌《はんじょう》している土地であった。

ここに、長山越中《えっちゅう》という浪人が住んでいて、松平家の侍や城下の若者に、剣道や学問を教えている。その妹のおしげは、ことし二十六才で、出戻りだが、学問の素養《そよう》が深く、しかも美人なので、若い連中のあいだでは評判がいい。

外国船が続けざまに日本を訪ね、攘夷《じょうい》論と開国論が衝突している嘉永《かえい》三年（一八五〇）のことなので、のんびりした西条の城下も、いくらかはその影響を受けている。

長山越中は、身分を持たない町人たちでも学問を修《おさ》め、武術を身につけておけば、やがて風雲に乗じて出世のできる機会がある、といつも教えているので、城下の商家の二男や三男たちの中には、長山の言葉を純粋に信じ込み、毎日、この道場へ通ってくる者が五十人を越えていた。

だが、その中には長山の妹のおしげに気があって、色気半分で通ってくる者も少くない。

こんど大坂相撲の朝日山の一行が、西条の城下で興行をしているうち、長山の妹のおしげが酔っぱらいにからまれているところへ、今牛若東助が通りかかった。すぐに対手の三人をほうり投げ、今牛若は、大工町《だいくまち》にある長山の道場までおしげを送ってきて、長山越中の話を聞いた。

相撲取をしているよりも、お前のように立派な身体をした若者は、学問と武芸に精を出し、天下国家のために役立つ人物にならなければならぬ、と説き聞かされて、すっかり今牛若は、その気になってしまったらしい。

きのう、相撲一行が西条の興行を打上げ、竹原宿《しゆく》へ乗り込んだあと、今牛若だけは親分の朝日山にも黙って西条へ引返してしまったのであった。

「なあ、よく考えろ」

と久五郎は、しみじみとした声で、今牛若を説き伏せにかかった。

「大きな望みを持つのもいいが、お前もおれも、末は立派な力士になろう、と約束をし合ったのだ。どうか、あれを忘れずに、おれと尾道へ行ってくれろ。尾道には、おれが一ぺん弟子入りした初汐関という人もおいでだし、橋本吉兵衛様という造り酒屋の旦那も、きっと親方に口を利いてくれる。なあ、そうしてくれ」

だが、今牛若は黙って突っ立ったきり、返辞《へんじ》もしない。

あたりに夕闇がひろがってきて、長山越中の屋敷の母屋《おもや》も鼠《ねずみ》色の暮気の中にのみ込まれた。

ここは庭が広く、堀に面して、もとは大きな海産物問屋《どんや》の屋敷だったという。その土蔵を改造して長山越中は道場を作り、妹のおしげ、それに住込みの内弟子十人ほど、下男や下女合せて八人ほどと一緒に住んで、豊かな生活を送っている。

門弟《もんてい》たちからとる束脩《そくしゆう》は、たかが知れているし、長山は城下の船問屋や海産物問屋と組んで、なにか内緒で金儲《もう》けの仕事をしているらしい、という噂《うわさ》もある。

「なあ、今牛若、おれたちは百姓の子なのだ。いくらいい世の中がきたところで、人並外れて出世の出来るわけがない。相撲取になれば、自分の修業次第で幕内《まくうち》力士から役相撲、やがては大関《おおぜき》にも立身《りっしん》できねえことはないんだぜ」

懸命に言った久五郎へ、ぽつりと東助は答えた。

「百姓の子やかて、学問や武芸を身につけたら、立派な人間になれる、とここの長山先生は教えてくれはった。わしの決心は、もう固い、何も言うてくれるな」

「よく考えてくれ。おれは、新居屋《あらい》という船宿《ふなやど》に泊って、あすの一番船で尾道へ渡るつもりじゃ、待っているぞよ」

言い置いて久五郎は、屋敷の表門《おもてもん》のほうへ出ようとした。

その久五郎の眼に入ったのは、夕闇の中に立っている男女ふたりの姿であった。男のほうは、長い髪の毛を肩まで垂《た》らした長山越中で、女のほうは、島田《しまだ》に矢絣《やがすり》の単衣を着た妹のおしげであった。

ことし二十六だというが、年よりもおしげは若く見える。丸顔で、眼が大きく、色は白い。だが、おしげの何となく冷たい、何を考えているかわからない眼つきを、久五郎は好きではなかった。それも人間修業を深くやってきた久五郎ではないのだから、自分の好き嫌いだけで、おしげは本当に年下の今牛若を好《す》いているかも知れなかった。

「お前か」

と長山越中は、じろりと久五郎を睨みつけると、

「今牛若東助は、わしの門弟になった。もはや相撲になるのは断念したのゆえ、お前もあきらめて帰ることだな」

「長山先生」

対手は侍だし、こわかったが、久五郎は思い切って言った。

「この今牛若は、まだ、子供と同様の男でございます。どうか、いままで通り、相撲取の修業をするよう、言って聞かせてやって下さい。お嬢様も、年下の今牛若を、からかわねえでもらいたいものでございます」

「お黙《だま》り」

おしげが、きびしい語調で言った。男のように声がかすれているし、それが妙に色気がある、と城下の旅籠の番頭《ばんとう》が噂をしていたが、久五郎には全く関心のないことであった。

「いいかえ、今牛若、よく考えてくれよ」

そのまま久五郎は、裏門から駈《か》け出て、船着場に近い、新居屋という船宿に入った。

「おや、親方たちと一緒じゃないのかね」

と船宿のあるじが、

「まさか、お払い箱になったわけではなかろうね。今夜は物騒《ぶっそう》らしいぞな。おとなしく寝ているがええぞな、もし」

「何かあるのかね」

「いいや、ただ噂だけだがの」

そのときは、べつに気にもとめず、久五郎は一ばん安い部屋に泊めてもらった。

夜が更《ふ》けたころ不意に久五郎は、鳴り響く太鼓の音で眼を覚ました。板木《ばんぎ》の音も聞えるし、あわただしく馬蹄《ばてい》の音が走り廻っている。

「何かあったのかね」

寝ぼけ眼《まなこ》で、寝巻のまま帳場《ちょうば》のほうへ出てみると、店の者たちは大騒ぎをしているし、あわてて男たちが大戸《おおど》をしめて、心張棒《しんばりぼう》をかっていた。

「外へ出ねえほうがいいよ、お相撲さん」

と、新居屋のあるじが、久五郎をとめて、

「長山先生のところに、お役人が押しかけている。前々からお城では先生のところの様子を探っていたらしいのじゃ。諸国の浪人たちを集めて長山先生は、何かよくないことを企《たくら》んでおったんぞな、もし」

はっと久五郎の気になったのは、あの長山の家に厄介《やっかい》になっている今牛若の身の上であった。

そっと裏口から久五郎は外へ出ると、大工町のほうへ走り出した。だが、どの町の辻《つじ》にも、御用提灯が光り、町役人たちが網《あみ》を張っている。

海岸の常夜燈《じょうやとう》の下に立って、久五郎は、そこからは見えない大工町の様子をうかがっていた。

「おい、久五郎」

船小屋の、暗い蔭《かげ》から低い声がした。

びっくりして走り寄ろうとした久五郎へ、今牛若東助の声がした。

「わしは、お嬢様と一緒に、ここから逃げるよってに、大目に見てくれ。また会うこともあろうが、お前も達者でな」

常夜燈の光のわずかに届く波よけ土手の下を、手を取り合って逃げて行く今牛若とおしげの後姿《うしろ》が、ちらりと久五郎の眼に映った。

「馬鹿野郎、身分不相応な望みを持って、あたら一生を棒に振ってしまうのか。せっかく、いい相撲取になろうと二人で約束し合ったのに」

暗い海風に吹かれながら、久五郎は、べそを掻《か》きそうにして呟《つぶや》いた。

造り酒屋

一

　この尾道の町から細い海峡《かいきょう》をへだてて、すぐ南側に鼻をつけるようにして、向島《むかいしま》がある。町筋は狭く、山に沿《そ》って東西へ延びているので、むかしは山之尾之道、という名があったという。

広島《ひろしま》の浅野《あさの》家の領地で、ここには芸州《げいしゅう》藩の町奉行《まちぶぎょう》を置き、政治と経済の双方を司《つかさど》っている。

　この近くの三原《みはら》、瀬戸田《せとだ》も、酒の名産地として知られ、古いころから明《みん》国、朝鮮、琉球《りゅうきゅう》、ルソンなどと往来《おうらい》する船が、必ずここから酒を買って樽《たる》に満たし、船に乗せて行ったという。

港といっても狭い尾道瀬戸なので、潮の流れも早く、大きな船はあまり入って来ない。瀬戸の外側に碇《いかり》をおろし、そこから小舟で港まで往来をする、というのが常であった。

大坂相撲の朝日山四郎右衛門、玉重虎吉の一行五十六人が、尾道の町へ親船から何べんも往復した小舟で上陸したのは、もう春の陽が暮れかかっているころであった。

波止場《はとば》には、この町で造り酒屋をしている橋本吉兵衛をはじめ、灰屋《はいや》という海産物問屋の主人も大ぜいの店の者を連れ、提灯を振って出迎えてくれている。

三段目の黒繊久五郎は、玉重の明荷《あけに》を担いで、うしろのほうから波止場へあがった。

「おう、帰って来たか、久五郎」

橋本吉兵衛が見つけて、向うから声をかけてくれた。

「只今、戻りましてございます」

ていねいに久五郎は、頭を下げた。

ことし六十を二つ三つ越しているが、造り酒屋だけに吉兵衛は、大ぜいの荒っぽい男たちを使っているし、自分も若いころは草《くさ》相撲の大関まで張った男であった。年には不釣合いに身体が大きく、髪には白いものがまじっているが、がっしりと肩を張って、いまでも力が強い。若い者には負けない、と自分でも言っている。

四国の巡業を終った朝日山と玉重の一行は、この尾道で五日の興行をやって、それから大坂へ戻ることになっていた。

浜には、いくつも旅籠が並んでいるし、橋本吉兵衛や布屋甚兵衛《ぬのやじんべえ》の計《はか》らいで、ちゃんと五十六人のために宿もとってある。明日から、千光寺《せんこうじ》という寺の境内で相撲を打つことに決っていた。

この一行が尾道へ着くのを知って、ここから五里ほど離れた瀬戸田の造り酒屋、枡屋《ますや》のあるじ片山佐十郎《かたやまさじゆうろう》も来てくれていたし、初汐も旅籠に顔を見せた。

初汐は、黒縅久五郎にとっては相撲の師匠であった。この尾道に初汐は家を構えて、大坂で勧進相撲のあるたびに呼ばれている。相撲のないときは、この町で若い者に相撲を教えたり、稼業《かぎよう》の漁師の網元《あみもと》をやったりしているが、もう四十二才なので、土俵の上の慾《よく》は持っていない。

出雲国八束郡意東村の百姓の子に生れ、本名を槇太郎《しんたろう》と言った黒縅を見つけて、弟子に取立て、四股名をつけてくれたのも初汐であった。自分の本名の久五郎という名を、そのまま黒縅に名乗らせてくれたのも、よくよく先に望みをかけてくれているからに違いない。

「四国ではどうだったたな」

ようやく玉重虎吉の明荷から、着換えなどを出してやり、ほかの三段目の力士と一緒に旅籠の一部屋へ落着いた久五郎のところへ、初汐は顔を見せ、まるで本当の自分の息子を見るような眼《まな》ざしで、やさしく問いかけた。

この土地では、どこでも初汐関、と呼ばれて通っているし、六ぱいほどの舟を持って、ゆうゆうと暮している。自分でも時たま舟に乗って瀬戸うちの海へ漁に出かけるが、二年ほど前に大坂の相撲場で足の筋《すじ》を切り、それから初汐は、三度ほどしか大坂場所へ出ていない。

久五郎に比べると、一まわり以上も初汐は身体が小さく見えるが、これでも普通の人間の中へ出せば、ずいぶん大きいほうであった。がっしりと顎が張って、肩の肉が盛りあがり、手足の太いのは、いまでも毎日、鉄砲《てっぽう》や四股の稽古を続けているお蔭であろう。

「まずまず、というところでしょう」

と久五郎は、面目なさそうに答えた。

「それより四国では、相弟子のことで、ちょっと心配がありましたものですから」

「今牛若東助のことだろう」

と初汐は、太い眉をひそめて、

「朝日山関から話を聞いた。お前と並んで、先々は三役《さんやく》入り間違いなし、と言われていた若い者なのにな」

「へえ、なにぶんにも西条の城下で、妙な女に引っかかってしまいまして」

「長山越中というご浪人の妹御《いもうとご》で、今牛若よりも七つも年上の、ことし二十六になる娘さんだそうだな」

「親方は、よくご存知で」

「橋本吉兵衛様から、話は聞いた。きのう、今牛若は尾道へやって来た」

「え、あいつが」

「おれは会わなかったが、橋本様のところへ行って金をもらい、姿を消したそうだ」

「ど、どうして、今牛若が」

「当人の知恵じゃあねえようだな。その年上の、おしげ様とかいう女の入れ知恵だろう。年は上だし、ご浪人の妹御、というだけあって、頭もよく働くらしい。先乗りに来た、というようなことを言って、橋本様から五両《りよう》もの金を引出して行ったとよ。朝日山関も、さっきその話を聞いて、かんかんになって腹を立てていた」

「そいつは大へんだ。あの今牛若の野郎、そんな悪い事を」

「橋本様は、ああいう太っ腹なお人だから、笑っておいでだが、自分の弟子だけに朝日山関も、困っているだろう」

「やっぱり西条の城下から、おれが無理にでも今牛若を連れ出せばよかったのに」

「まあまあ、お前のせいじゃあねえ。気にするな」

初汐にそう言われたが、久五郎は気がおさまらず、すぐに朝日山のいる部屋へ急いで行った。

「今牛若のことについては、もう何も言うな、黒緘」

と朝日山四郎右衛門は、渋い顔をしながら、

「この前の尾道の興行のとき、今牛若も橋本様のお屋敷へ挨拶《あいさつ》に行ったことがあるし、祝儀《しゅうぎ》も頂戴《ちょうだい》している。それをいいことに、あの野郎、おれの面に泥を塗りやがった。相弟子のことだから取りなしてやろう、という気になるのは当り前だが、二度と今牛若の名を口にするな」

それきり朝日山は、横を向いてしまった。

自分と肩を並べて、やがては幕へ入り、役力士になるまで、負けずに稽古に励《はげ》もう、と誓《ちか》い合っていた今牛若東助が、七つも年上の、しかも得体の知れぬ浪人の妹などに騙《だま》され、恩になった橋本吉兵衛から五両もの金を騙し取ったと思うと、おとなしい黒緘も腹が立ってならない。

夜になってから久五郎は、橋本吉兵衛の家へ出かけて行った。

四戸前《よんとまえ》の大きな倉を並べ、屋敷のまわりに塀《へい》をめぐらして、備後屋吉兵衛、と看板を立てた大きな家であった。店の裏手には掘割《ほりわり》があり、尾道の瀬戸からそのまま舟が入るよう

になっているし、酒を仕込む時期になると、大ぜいの杜氏《とうじ》が乗り込んで来て、この町も賑《にぎ》やかになる。

「旦那は、おいでですか」

広い土間へ入って行くと、番頭や手代《てだい》たちが帳場で働いていたが、

「おう、黒緘関か。こっちへお入り」

帳場のところから、ここの一番番頭の太十郎《たじゆうろう》が声をかけた。

「いやあ、わしはまだ関取ではありません。ただの黒緘でございます」

浴衣《ゆかた》の裾《すそ》をおろし、久五郎は、大きな尻を上り框《あががまち》のところに、そっと遠慮勝《が》ちに乗せた。

「今牛若という相撲取のことで来たのだろうが、もう旦那は何とも思ってはおいでにならないよ。それより、お前さんにとって、このお店は懐《なつか》しいだろうな」

「へえ、わたしにとっては、親の家も同様でございます」

まるで子供のような顔つきになって、久五郎は、太い梁や、黒光りする柱にちらちらと行燈《あんどん》の光がゆれているのを、ぼんやりと見渡していた。

槇太郎といったころの黒緘は、故郷の意東村でも素人《しろうと》相撲の大関と言われていたし、自分でも行末は立派な力士になりたい、という望みを持っていた。

父の伊左衛門、母のかねの許しを得て、松江の城下へ出てから、松平出雲守《まつだいらいずものかみ》抱えの滝《たき》登弥市《のぼりやいち》という力士の弟子になり、修業をした。十八のとき、大坂から小野川秀五郎が興行に来たので、飛入り相撲に出たが、八角という力士と取組まされ、左の腕を閂《かんぬき》にかけられ、骨が折れてしまった。しかし、故郷へ帰ってから、楯縫郡平田村《たてぬいごおりひらたむら》の山口《やまぐち》という医者に治療をしてもらい、ようやく腕は直った。

それから、旅へ出て修業をする気になり、ようやく父と母に頼んで、故郷をあとにした。しかし、どこへ行ってもそうたやすく相撲取の修業が出来る筈もなく、半年ほど経って、槇太郎といった黒絨は、この尾道へ流れて来た。

橋本吉兵衛の店で仲仕《なかし》を集めていたので、ここで働いているうち、仲間と相撲をとっているところを、土地の力士初汐久五郎に見つけ出され、弟子にしてもらったのであった。

二

「今牛若などという奴のことは、もう忘れてしまえ」

番頭の太十郎は、帳場格子《ごうし》のところから出て来て、

「もう一つ、お前にとって懐しいものが、ここにある筈だぞ」

「もう一つ、とおっしゃいますと、何でございましょう、番頭さん」

「初汐関が、わざわざ自分の名前の久五郎というのを、お前に名乗らせたのは、なぜだと思うね」

「はい、よくわかっております」

「おう、わかっておいでかい」

「自分のように、立派な相撲取になれ、というお気持じゃ思うて、ありがたく思っております」

「それだけかな。もう一つ、忘れているものがあるだろう」

それを聞くと、店にいたほかの番頭たち、それに手代、土間で働いていた若い者たちが、顔を見合せ、大きな声で笑い出した。

一向に合点《がてん》が行かず、久五郎は、きょとんとした。

「何がおかしいんでございますか。番頭さん方」

「いやいや、何もお前をからかったんじゃあない」

と太十郎は、両手を振って、

「こう言えばわかるだろうが、初汐関の娘のお時《とき》さんが、ここのお家へ奉公《ほうこう》に来ている、と言えば思い当るだろう」

「はあ、お時さんが奉公にあがっとりますか、こちら様に」

久五郎の答えたのが、ひどく取り澄ましているようでもあり、また照れ臭さそうにも見えたので、また店の者たちは笑い出した。

しまいには、久五郎もむっとして、

「何もお時さんが、ここのお家へ来ている、と言うたとて、おれは何も」

そこまで言ってから久五郎は、ようやく気がつき、急に顔が赤くなった。

お時というのは初汐の娘で、ことし十五才になる。父親に似て身体つきも大きく、十七、八に見えるが、至って気のやさしい、可愛《かわい》らしい娘であった。

これまで久五郎は、お時とは兄と妹のように扱われて来たので、女としてお時を見たことはない。女などを振向いているよりは、稽古のほうが大事、と考えている黒緘久五郎だけに、これまでどんな巡業先へ行っても、女郎《じょろう》買いなどはせず、変り者と若い力士仲間から言われている。

「そうかい、お時さんにまだ会っていないのだね」

と番頭の太十郎は、久五郎が頼みもしないのに、わざわざ小僧を奥へ使いにやった。

このごろでは、橋本吉兵衛の内儀《かみ》さんについて小間使《こまづかい》をしているというお時が、店へ姿を見せたのは、それから間もなくであった。

「おや、槇太郎さん」

びっくりしたように、お時は、眼を丸くした。

「さっき船で着いたと聞いたけれど、忙しくて迎えにも行けず、すみません」

しばらく会わないうちに、お時は、すっかり大人っぽくなって、口の利き方も、一人前の娘らしく変っている。細面《ほそおもて》の、はっきりした顔立ちで、気の強い子供だったが、まるで人が違ったように、久五郎の眼には映った。

「いや、わしも時ちゃんが、ここにいるとは知らなかったもんだから」

あわてて立ちあがって、どぎまぎしながら久五郎は、返辞をした。

「旦那様はお留守だけど、お内儀さんはおいでだから、ちょっと奥へおいでなさいな」

と、お時はすすめてくれた。

しかし、お時の姿を見ると、妙に久五郎は気が弱くなってきて、

「明日から相撲があるし、ちょっと番頭さんたちに挨拶に来ただけだから。どうもお邪魔を致しました」

お時のほうへ尻を向け、番頭や手代たちへ、ていねいにお辞儀《じぎ》をして、久五郎は、土間を出ようとした。

その背中へ、太十郎が声をかけた。

「今牛若のことなら、もう心配しないほうがいい。旦那が五両、道へ落しなすった、とあきらめれば、それでいいのだからね」

「はい、どうも相済《あいす》みませんでございました」

「相弟子のために、何もお前さんが詫びを言うことはないよ」

「そうは行きません。おれが西条の城下から、無理にあの野郎を引きずってくればよかったのですから」

しょんぼりして久五郎は、広い土間から外へ出かかった。

その久五郎と打《ぶ》つかるようにして、あわただしい声をあげて、誰かが飛び込んで来た。

「番頭さん、旦那が会所《かいしょ》へ連れて行かれた。何か騒ぎが起ったらしい。来ておくんなさい」

それは、この備後屋の長吉《ちょうきち》という若い手代であった。

「何だと、旦那がどうなすったのだ」

急いで、太十郎たちも飛び出して来た。

「船越寿左衛門《ふなこしじゅざえもん》様が、大そう怒っておいでですし、明日からの相撲興行は駄目になるかも知れません」

長吉の言葉を聞いた久五郎も、何のことか見当もつかず、土間の外にぼんやり立っていた。だが、番頭の太十郎や手代たちが、提灯をつけ、急いで飛び出して来たのを見ると、あわてて久五郎は訊いた。

「何かあったんですか、番頭さん」

「さっき会所から、旦那へお呼び出しがあったが、相撲の興行のことで面倒が起きたのかも知れない。お前は早く旅籠へ帰っていな」

そう言ったまま太十郎は、店の者を連れて、夜の道を走って行った。

この尾道には、浅野家の町奉行が詰め、その下に諸物産《しょぶつさん》を扱う会所がある。その頭取《とうどり》は、やはり浅野家の家来《けらい》で、船越寿左衛門と言い、久五郎も二度ほど初汐に連れられ、挨拶に行ったことがある。侍というよりも、町人のような感じの、腰の低い、柔和《にゅうわ》な顔つきをした四十年配の人物だが、町奉行以上の利《き》け者《もの》という評判は、久五郎でさえも聞いている。

あのおとなしい船越様が、何を怒っておいでなのだろう、と心配をしながら久五郎は、海岸に近いところにある三原屋という旅籠へ戻った。

朝日山四郎右衛門、玉重虎吉をはじめ大ぜいの力士たちが、二階座敷に集《あつま》って難しい顔つきで黙り込んでいた。

「何かあったのか」

同じ三段目の朝風《あさかぜ》という相弟子に、そっと久五郎は訊いた。平常からぼんやりしている

朝風も、ひどく物々しい顔つきで、

「よくわからねえが、今牛若の野郎が騒動の張本人らしい」

「どういうことだ、それは」

「わけがわかっていたら、おれもこんな心配そうな顔はしていねえ」

その朝風を怒る気にもなれず、久五郎は、朝日山たちの話していることへ、そっと耳を傾けた。

どうも話の様子では、きのう一足先に尾道へ着いた今牛若東助が、橋本吉兵衛から金を借りたあげく、浅野家の物産会所へ行って、根も葉もないことをしゃべったらしい。

四国の西条で興行をやった大坂相撲の朝日山一行は、長山越中という浪人と喧嘩《けんか》をして、お城の役人たちへ越中のことを悪《あ》しざまに訴え出たのだという。そのために、西条藩主の松平左京大夫頼純の家来たちが長山越中を召捕《めしと》りに押しかけたが、騒動を起した張本人の朝日山一行は素知らぬ顔で尾道へ渡って来た。その朝日山と、この尾道の造り酒屋橋本吉兵衛とが何か言い合せて、西条城下の商売仇《がたき》を陥《おと》し入れる魂胆《こんたん》だったに相違《ちがい》ない、と今牛若東助は、会所へ行って言い触《ふ》らした、というのであった。

「おれには何も覚えはないが」

と朝日山は、すっかり腹を立てて、

「けさ、おれたちが船で着く前に、西条の城下から松平様の使いが来たらしいのだ。尾道の浅野様の会所だとて瀬戸うちの海一つへだてた伊予の西条と、もめ事を起しては、というお考えだろうが、会所の船越様もあいだに立って困っておいでらしい」

「だが、朝日山関」

と玉重虎吉が、仏頂面《ぶっちょうづら》をして、

「わしらに、何も関《かかわ》り合《あ》いはないのだから、そこまで心配するには及ばないだろう。橋本吉兵衛様だとて、会所へ行って船越様へお話しすれば、向うもすぐにわかって下さるに違いないからな」

「それはそうだが、どうも船越様の立腹《りっぷく》のなされようが只事《ただごと》ではない。お前さんの弟子だが、あの今牛若という野郎は、どろんをしたあげく、この尾道へ来てまで橋本様から金はかたり取る、おまけに会所へ行って、根も葉もねえことをしゃべりまくるとは、とんでもねえ奴だ。明日からの相撲が興行出来なくなったら、どうするね」

「おれに任せておいてくれ」

朝日山は、何か覚悟をしたようであった。

間もなく朝日山四郎右衛門が一人きり、三原屋の裏口から外へ出て行くのを、黒緘久五郎はそっとあとからついて行った。

このままでは、何か大へんなことが持ちあがるのではないか、という予感を覚え、久五郎は大きな身体を縮《ちぢ》めるようにして、暗い人家の軒下《のきした》を見え隠れに、朝日山の半丁《ちょう》ほどあとからつけて行った。

新しい着物

一

『浅野家諸品会所』と長屋門《ながやもん》の柱に大きな看板を立てたこの建物は、尾道の港とは掘割でつながり、三十石積《こくづみ》ぐらいの舟なら裏手の船入場へ入るようになっている。広島の浅野家がここに設《もう》けてある会所は、尾道の周辺だけではなく、四国から船で渡って来る物産を買入れたり、浅野家の物産を売捌《うりさば》く、という仕事をしているので、この会所の頭取の船越寿左衛門は、ただ大小二本の刀を差して威張《いば》っているだけではなく、経済的な手腕も具《そな》えている人物であった。

四十年配の柔和な顔つきをした寿左衛門も、今夜だけはひどく機嫌の悪い顔つきになり、朝日山四郎右衛門を睨みつけるようにしている。

寿左衛門の左右には下役《したやく》たちが並び、尾道の町奉行所から来た与力《よりき》ふたりが、やはりこわい顔つきで控えていた。

「西条の松平様から、どのようなことを申されて参ったか存じませんが、わたくし共は相撲取でございます。いくらこの尾道の橋本吉兵衛様からごひいきになっているとは申せ、商売のことにまで口を出す筈がございません。そのために西条の松平様で家中のお侍衆が怒っておいでだと言うのでございましたら、いくらでもお詫びを致します」

「さような言訳を聞こう、と思うて、そのほうに会うたのではない」

いつもにも似ず、寿左衛門は、荒々しい言葉使いをして、

「西条の城下では、長山越中とやら申す浪人を召捕るので、騒動を起したそうだが、そもそもの事の起りは、そのほうたち大坂相撲の一行と長山越中とやらが喧嘩をしたのが因《もと》だそうではないか」

「それは違います。誰がそのようなことを申しましたか存じませぬが、長山越中というご浪人は、何かよくないことを企んで、そのために西条のお城からお召捕りの人数を向けられた、と聞いております。わたくし共は、何も長山越中というご浪人と喧嘩をしたこともなし、何のつき合いもございません」

「たしかに、さようか」

「はい、間違いはございませぬ」

「しかしながら、西条の松平家からの申し送りでは、そのほうが松平家へ長山越中のことを訴え出た、ということになっておる」

「さようおっしゃられても、一向に納得が参りませぬ。船越様も、わたくしをようご存知でござりましょう。人と喧嘩をするのは大きらいだし、他人様《ひとさま》のことを悪しざまに言うような人間でもございませぬ。わたくしひとりにかかったお疑いならともかく、承《うけたまわ》りますと、橋本吉兵衛様までご迷惑をなすっているそうで、何とか正しいご詮議《せんぎ》をお願い申し上げます」

刀も次の間に置いてきて、どこまでも朝日山は神妙な態度であった。

相変らず船越寿左衛門は、怒ったような顔つきで、返辞もしないでいた。

ここへ通されたときから、朝日山は、どうも様子が妙だな、と感づいていた。

ここは、諸品会所の玄関を入って右手のほうへ曲った書院《しょいん》の間で、いつも寿左衛門が出入りの町人たちを集め、商談をする場所であった。

船越ひとりに会って、誤解をといてもらおうという朝日山の考えであったが、案外なことに、その書院には寿左衛門の下役だけではなく、この尾道の町奉行所の与力ふたりまで列席している。こうやってみると、問題は寿左衛門ひとりでは解決がつけられないので、奉行所から役人たちが出張って来た、とも考えられる。しかし、一方では浅野家の町奉行所が寿左衛門だけに任せておけず、広島の浅野家から特別な命令を受け、こうやって与力たちが出張って来たのではないか、という気もする。

そうしてみると、瀬戸内海をへだてた四国の西条の松平家と広島の浅野家とのあいだに揉《も》め事が出来て、この会所頭取の船越寿左衛門が板ばさみになっているのではあるまいか。そうだとしても、何とか自分にかけられた疑いを晴らし、橋本吉兵衛の迷惑にならないように、出来るだけのことはしなくてはならない、と朝日山は肚《はら》を据えた。

「船越様」

と朝日山は、きちんと両手を仕《つか》えて、

「お大名様やお武家様が、もしも中にからんでおいでなのなら、くわしいことは承らずともよろしゅうございます。ただ、橋本吉兵衛様とわたくしにかけられたお疑いを晴らして、どうか明日から相撲の興行が出来ますよう、お願い申します」

それへ対して船越は、すぐに返辞をしようともしない。だが、横にいた町奉行所の与力ふたりが、眉をしかめて、

「そのほうは相撲取ゆえ、くわしいことは教えられぬが、広島のご本家にては大そう迷惑をなされておられる。商人同士、商売上の争いを致すのは仕方がないが、なにぶんにもこ

の諸品会所に関合いのあることなのでな。われら町奉行所の役人としても、このままには捨て置き難いのだ」

「さようでございますか」

と朝日山は、懸命に食い下って、

「難しいことを承りたい、とお願い申しているのではございませぬ。今牛若という若い力士がこの会所へ参って、何を言い触らしたのか知りませぬが、わたくしにとりましては一向に覚えがありませぬ。どうか、わたくし共へのお疑いを」

それへかぶせるように、船越は、きびしい声で言った。

「とやかく、つまらぬことを申すな。今夜はこの会所の中にそのほうを閉じ込め、ゆっくりと詮議をしてつかわす」

「それでは船越様、明日の相撲の興行は」

「黙れ」

いきなり寿左衛門は、大きな声を出した。

「神妙に致さぬと、引っくくるぞ」

「いえ、わたくしは何も、お手向いを致そうなどとは」

その朝日山の言葉を耳にもかけず、船越は下役たちへ言いつけた。

「この朝日山を、吟味所《ぎんみしょ》へ閉じ込めておけ」

「心得ました」

すぐに下役ふたりが立って来て、朝日山の両腕を押えた。

本当なら、こんな侍の五人や六人、無造作に手玉に取れる朝日山だが、何も手向いをしなかったのは、はじめから神妙にする気だったのと、一つには船越寿左衛門の表情に気がついたからであった。

むっつりとした顔つきのまま、寿左衛門は、朝日山へぱちぱちと瞬《まばた》きを送った。それは、このまま自分の言う通りになってくれ、という意味らしい。

今夜の寿左衛門の態度が、はじめから妙だと思っていただけに朝日山も、ここで逆《さか》らう気持はなかった。

「承知を致しました」

そのまま朝日山は、おとなしく両腕をとられ、神妙に立ちあがった。

書院の間から廊下へ出て、渡り廊下を裏手のほうへ朝日山は連れて行かれた。廊下の先に、狭い廊下があって、その先に丸太で囲んだ吟味所がある。吟味所と言っても、もしも会所で乱暴でもする者があれば閉じ込めておく、というだけの小屋で、牢屋《ろうや》などというものではない。

しかし、朝日山がそこへ引き立てられる途中、会所の裏門から庭へ入って来たのは、黒緘久五郎であった。

町奉行所などと違って、裏門には見張の門番も立っていないし、こういう夜間でも、くぐり戸さえ押せば、中へ入るのは造作《ぞうさ》もない。

何か大事が起るのではないか、という予感がして、三原屋という旅籠宿から朝日山のあとをつけて来た久五郎だけに、この有様を見ると、朝日山が召捕られたのだ、と勘違いをしてしまった。

「何をするのだ、親方を」

声をかけて久五郎は、まっすぐに暗い庭を走って来ると、渡り廊下へ飛びあがり、朝日山の両腕を押えていた下役ふたりを、庭へ投げ飛ばしてしまった。

「狼藉者《ろうぜきもの》め」

わめき立てた下役ふたりの声に、さっきの書院の間から船越寿左衛門、それに町奉行所の与力たちが、急いで飛び出して来た。

「やめろ、久五郎」

と朝日山が、黒緘を叱りつけた。

「わしは、お召捕りになったのではない。これには何か深いわけがありそうだ。手出しをせぬほうがいい」

ようやく、その声が久五郎の耳へ入ったのか、と思うと、騒ぎを知って会所の下役や小者十人ほどが、庭を走って来た。

「黒絨、そのほうも神妙にせぬと、引っくくるぞ」

廊下に立って、船越寿左衛門が声をかけた。

下役や小者たちに組みつかれながら、久五郎は、そのほうへ近よると、

「これは一体、どういうわけでございます、船越様。朝日山親方も、わたくしたちも、何もやましいことはやっておりません。橋本吉兵衛様までお呼び出しを受けた、というのは、どうしたわけでございます。次第によっては神妙にしておりますが、わけのわからねえことでお召捕りになるいわれはねえ、と存じます」

普段はおとなしい久五郎が、こんな大声を出したのを聞くのは、朝日山にもはじめてのことであった。

「よさぬか、久五郎」

朝日山が叱りつけたとき、廊下を急ぎ足に近づく男の姿が一つ見えた。それは、造り酒屋の橋本吉兵衛であった。

二

ほかの場所ならともかく、浅野家の物産を扱う諸品会所の中で乱暴を働いたという以上、黒緘久五郎は、そのまま無事に済む筈はない。

親方の朝日山四郎右衛門の代りに、その晩、久五郎は会所の吟味所に入れられた。

橋本吉兵衛があいだに立って、いろいろと取りなしをしたようだが、どういうわけでこんな疑いを受けたのか、朝日山と同様、久五郎にも一向に見当のつかぬことであった。

その晩、吟味所の板の間で、夜具も与えられず、壁によりかかってあぐらを掻いていた久五郎の耳に、橋本吉兵衛の声が聞えた。

「どうした。寒くはないか」

「旦那でございますか」

急いで久五郎は、きちんと坐《すわ》り直した。

この吟味所は、上り框の上に役人の坐るところが出来ているだけで、三方は丸太の壁、上段の背後に板戸があるが、それも固く錠がおろされている。

横手のほうに、三尺の板戸がついているが、外から声が聞えると同時に、錠前のあく音がして、手燭《てしょく》をかざした橋本吉兵衛が入って来た。

黒縅久五郎にとっては、この尾道でも名代《なだい》の造り酒屋、備後屋のあるじ橋本吉兵衛の旦那というよりも、親同様の人物であった。

「どうも申訳ございません、旦那」

大きな身体を小さくして、しきりに詫びる久五郎へ、吉兵衛は板の間に手燭を置いて、きちんと坐ると、

「お前のやったことも無理ではないが、これにはわけがある」

子供に物を言うように、吉兵衛は、やさしい言葉使いをした。

もう鬢《びん》のあたりは白くなっているが、六十を越したとも思えないほど吉兵衛は、若々しい感じがする。普通の贔屓《ひいき》と若い力士、という間柄だけではなく、吉兵衛と久五郎のあいだには、もっと深いつながりがあった。

「いいかえ、久五郎。二、三年も前から広島の浅野家と、瀬戸内の海を越した西条の松平左京大夫様とは、仲が悪かった。いろいろの事情があるが、それはお前には関合いのない話だから、話しても仕方がない。しかし、西条の城下に住んでいた長山越中という浪人は、剣術や学問を教えるほか、西条藩の若いお侍たちや城下の者たちにも、もっとさまざまのことを教えていたらしいのでな。おまけに、広島の浅野様のご家中にも、すっかり長山越

中を信用していたお侍衆が多い。だから、こんど西条の城下で長山越中の家が手入れを受け、越中と妹のおしげが追われて逃げ出した。となると、騒ぎが広島だけではなく、この尾道までひろがって来たのだ。そこへ持って来て、今牛若東助が、ありもしないことをこの尾道の諸方で言い触らした。もちろん、今牛若の知恵ではなく、一緒に来た越中の妹のおしげの指金《さしがね》に違いない。わたしだとて、うっかり騙されるところだったからな」

「今牛若の奴は、どんなことを言い触らして歩いたんでございます、旦那」

「長山越中と朝日山四郎右衛門が喧嘩をして、それが因で越中はお手入れを受けたが、朝日山は素知らぬ顔で尾道へ船で渡って来る、というのだ。それに加えて、西条の酒問屋とわたしとのあいだに、商売上のいがみ合いもある。悪いことに、この尾道のお町奉行、江《え》原三之丞《はらさんのじょう》様とおっしゃるお方は、長山越中とは深い知合いだ。大きな声では言えないが、江原様は何か弱い尻を越中に握られているらしい。それだから船越寿左衛門様も、ご自分の役目柄、大そうお困りになってな。とにかく朝日山四郎右衛門を取調べる、ということでここ二、三日は切り抜けよう、となすったのだ。ああやって朝日山関を召捕るように見せかけたのも、つまりは船越様の打った芝居さ。さっきまで、船越様とわたしは相談をしたが、明日からの相撲の興行は無事に開かれる。そのことは、心配しなくてもいい。しかし、お奉行所の与力たちが、つまりは船越様を見張りに来ていたところで、お前が下役ふたりを手玉に取った。あれだけは、まずかったな」

「はい」

久五郎は、両手を仕えた。

「旦那のおっしゃったこと、難しくてよくわかりませんが、つまり悪いのは長山越中と妹のおしげ、それから今牛若、ということになるわけでございますね」

「そうなるわけだな」

「わたくしが乱暴を致しましたのは、どういう風にして償《つぐな》いを致しましたら、よろしゅうございましょうか」

「それについてだ」

と吉兵衛は、久五郎を見つめながら、

「お前、今夜一晩、ここにおとなしくしていて、明日、尾道からひとりで旅へ出てはくれまいか」

「どこへ参りますので」

「朝日山関から勘当《かんどう》されて、一たん大坂に行き、それから江戸へ出て相撲の修業をする、ということにしてはどうだな」

「江戸へ」

「何と言っても、力士で出世をするには江戸が一ばんだ」

「はい」

そのまま久五郎は言葉が出ず、じっとうなだれていた。

「いいかえ」

と吉兵衛は、やさしく言った。

「もう一つ、裏がある。西条の城下で長山越中と喧嘩をしたのは朝日山関ではなくて、その弟子の黒絨久五郎。ところが久五郎は、尾道から逐電《ちくでん》をしてしまいました、と広島の浅野様へお届けを出すのだ。そうすれば、ここのお町奉行の江原三之丞様も、面倒を起したいにも対手が居ない、ということになるわけだからな」

「さようでございますか」

ようやく万事がのみ込めて、久五郎は明るい顔つきになった。

「わたくし一人が身を隠して、それで朝日山親方や船越様、旦那にもご迷惑がかからなくなるのでしたら、喜んでそう致します」

「有難うよ、久五郎」

吉兵衛は、しみじみと言った。

その晩、久五郎は、固い板の間に臥《ね》たが、これくらいのことは何でもない。

ただ、あくる日の明け方から、相撲場から聞える櫓《やぐら》太鼓の音を聞くと、じっとしていられず、悲しくなったり、心細くなったりした。

その日の暮れ方、久五郎は、船越寿左衛門の居間へ呼ばれた。

寿左衛門のほか、この尾道の力士初汐、瀬戸田の造り酒屋、枡屋のあるじ片山佐十郎、それに朝日山四郎右衛門などが居並んで、二の膳《ぜん》つきのご馳走《ちそう》が並んでいた。

「これは、何でございます」

きょとんとした久五郎へ、船越寿左衛門は笑顔を見せて、

「どうも、久五郎にだけ貧乏籤《くじ》を引かせるようなことになってしもうたな。しかし、お蔭でわしの苦労も、これで無くなる。無事に今日は相撲興行もはじまったし、誰にも傷がつかずに済んだ」

それから寿左衛門は、一通の手紙と紙入れを久五郎の前へ置いた。

「とにかく、大坂へ戻って、朝日山の家へ行け。それから後のことは、朝日山の女房が計らってくれるだろう。この紙入れには、金が三両入っている。これを路銀《ろぎん》にして、たった一人で心細かろうが、今夜のうちに大坂へ向うがよい。手形《てがた》も揃えておいた」

どう礼を述べていいかわからず、ただ無言で久五郎は何べんも頭をさげた。

そばから朝日山四郎右衛門と初汐、それに枡屋佐十郎が、それぞれ口を添えるのでは、

今夜、黒緘久五郎が尾道から姿を消してしまえば、もう町奉行所でも追手は出さないし、万事がうまくおさまる、というのであった。

「よくわかりました」

久五郎は、何だか自分がひどく大きな責めを負わされたような気がして、戸迷《とまど》いをした顔つきで答えた。

「どうも相撲取は、裸一貫《はだかいっかん》で勝負をするのでございますから、大坂へ戻って親方のおかみさんに頼み、身の振り方をつけることに致します」

それを聞くと朝日山は、ちょっと困ったような顔をした。朝日山の女房というのは、大坂力士のあいだでも評判のけちんぼで、弟子の面倒など見るよりも、少しでも金をためたほうがいい、と考えている女だからであった。

「そうそう、裸一貫で思い出したが」

と初汐が、隣り座敷へ声をかけた。

「久五郎の着るものを、ここへ持って来てくれ」

「はい」

思いがけなく、女の返辞が聞えて、次の間から姿を見せたのは、初汐の娘で、吉兵衛の店に女中奉公をしているお時であった。

お時は、乱れ籠《かご》を抱えていた。その上に、単衣物と帯、手甲《てっこう》と脚絆《きゃはん》など新しい物が一揃い、きちんと乗せてある。

「これは、おれからお前へ餞別《せんべつ》だ。ここでお時に着換えさせてもらえ」

初汐に言われて、照れながら久五郎は立ちあがった。

「久五郎さんの寸法に合せて、ゆうべから急いで縫《ぬ》ったのだけれど」

そう言ってお時は、久五郎に着物を着せてくれた。新しい木綿《もめん》の単衣物で、帯も新しかった。それを着せてもらいながら、久五郎が気がつくと、お時は眼に一ぱい涙をためて、懸命に泣くのを耐えているようであった。

「黒緘」

しみじみとした声で、初汐が言った。

「その着物、お時が縫ったということ、忘れずにいてやってくれよ」

銀十枚

一

十九才の今牛若東助と、二十六になるおしげがひとつ家の中に暮しているのだから、近所の評判になるのも無理もない。

背が高く、それほど身体に肉はついていないが、がっしりと手足も張って、女のように優しい眼鼻立ちをした東助は、同じ長屋の女たちにも評判がよかった。

以前は相撲取だったということは、直《す》ぐにわかってしまったようだし、それだけに町内の若い者たちが、何かというと辻相撲に引っ張り出しに来る。

おとなしい東助のことなので、べつに嫌な顔もせず、いつでも出かけて行くが、町内の素人相撲の中で大関を張っている連中も、東助に敵《かな》う筈がなかった。

しかし、そうやって東助が人眼に立つところへ出て行くのを、おしげは喜ばない。

「兄上に会うまでは、なるべく外へ出ぬようにしてもらわねば、わたくしが迷惑を致します」

切り口上でおしげに言われると、東助は大きな身体を小さくして、

「どうも、申訳のおへんことどす」

と、京訛りで詫びを言った。

東助とおしげが、この大坂長堀《ながほり》の平右衛門町《へいえもんちょう》の裏長屋に家を借りてから、もう三ヶ月になる。

大坂の町も、すっかり暑くなって、この嘉永三年という年は米の値段があがり、大坂でも米商人の米の買占めが禁止されたほどだが、それでも暮しにくい人間たちが多い。

表向き、おしげは西国《さいごく》のある浪人の妹で、そこへ出入りをしていた東助が下男として奉公をしている、という形に見せかけている。

人の居るところでは、おしげに向って東助も、

「お嬢様」

と、ていねいな言葉を使ったが、夜になれば、二人は夫婦であった。

四国の伊予国西条の城下から駈落ちをして、こういう仲になると、はじめてわかったの

は、おしげが男を知らない女ではなかった、ということであった。

兄の長山越中は、西条城下の海産物問屋だったという屋敷を一銭も出さずに借りて、土蔵を改造して道場を開いていた。

住込みの内弟子も十人ほどはいて、越中は学問や剣道を教えていたが、西条の松平左京大夫頼英の家来たちに、尊王《そんのう》攘夷論を吹込んでいたのがたたって、町役人《ちようやくにん》が召捕りに押しかけて来た。

要領よく、おしげは今牛若東助を誘って、町役人たちの眼を逃れて、漁師の舟を借りて、尾道まで逃げのびた。

こうなってみると、東助にも見当のつくのは、長山越中が西条の城下で先生と呼ばれる身の上でありながら、船問屋や回船《かいせん》問屋と結託《けつたく》して、何か良くないことをしていたらしい、ということであった。

尾道へ逃げてからも、東助はおしげにけしかけられるまま、造り酒屋の橋本吉兵衛のところへ行って、五両も借りた。

そのほか尾道の町奉行江原三之丞の屋敷へおしげが訪ねて行って、西条の松平家のことについて、何か密告をした様子であった。

東助のような世間知らずの若者にも、おぼろげながら見当のついたのは、広島の浅野家から出張している江原三之丞が長山越中とは古い知合いであり、弱い尻を越中に握られているらしい、ということだが、それをおしげに問い糺《ただ》すと、おしげは眼を吊りあげ、ひどい剣幕で東助を叱りつけた。

「そなたは、わたしの兄上のお蔭で、天下国家のために役に立つ人間にならねばならぬ、と覚悟を決めた筈でしょう。相撲取になどなっていても、出世をすることはおぼつかない。それよりも、天下の風雲に乗じて名を挙げよう、と決心をしたのも、もうお忘れか。わたしの兄上が、何か穏やかならぬことを教えていたように思うているやも知れぬが、やがて兄上の望みは、立派に遂《と》げられるに違いない。もうあと二年か三年の辛抱です。それが出来ぬのなら、わたしと別れてもよいのですよ」

おしげにそう言われると、東助は、言い返す元気もなくなってしまう。どうしてもおしげの身体の魅力が、東助をがんじがらめにして、放さないでいるからであった。

この長屋は、平右衛門町の表通りから脇通りへ入り、薬種屋《やくしゅや》の角を曲った路地《ろじ》の奥にある。家主は薬種屋で、店賃《たなちん》は二朱《しゅ》、四軒長屋の一つで、部屋は三つあるし、外見は浪人者の妹と下男が一緒に暮している、と見せかけても、二人が他人の仲だとは、近所でも思っていないであろう。

西条の城下から逃げるときに、おしげは二両ほどの金を持っていたが、そのほか尾道で橋本吉兵衛からかたり取った五両があるし、まだ暮しには困らない筈であった。

だが、おしげはその金に手をつけようとはせず、東助が力のあるのをいいことに、日傭《ひやと》い人足《にんそく》として毎日、働きに出した。

「お金は、兄上とめぐり合ったとき、役に立ちますから、手をつけるわけには行かぬ。二人だけで、暮しを立てねばなりませぬからね」

そう言うおしげのほうは、自分では少しも働こうとはせず、ときどき外を出歩いて、誰かと会っている様子であった。

「兄上の同志の人々が、この大坂にもおいでだし、内々で話をせねばならぬ」

とおしげは、いっぱし女志士《しし》を気取って、長屋の路地を出るときも、人に見られていないかどうか、そっと道の左右に眼を走らせてから歩き出す、という慎重さであった。

こういう暮しを続けていて、先はどうなるのか、考えると東助も、ときどき心細くなってしまう。

おしげの話では、ちゃんと長山越中とは手筈がついているから、やがてここへ越中が訪ねて来て、大事な仕事を手伝わせてくれる、というのであった。だが、その大事な仕事とは、どういうことなのか、訊き返しても、はっきりとおしげは教えてくれない。

「万民のために、世の中をよくするという仕事ですから、そなたもやがて名があがり、大ぜいの家来をつれて歩ける身分になれるのですよ」

と、おしげは夢のようなことを言った。

自分の故郷は、この大坂から遠くはない。京都の鞍馬山の麓で、まだ父親や母親が木樵をやったり、畠《はたけ》仕事の手伝いをしたり、細々暮している。自分は一人前の力士になろうと思って、大坂相撲の朝日山の弟子になったのだし、今牛若という四股名も、色が白くて男前もよく、牛若丸のいた鞍馬山が近いというところから、親方の朝日山がつけてくれたものであった。

あまり稽古は好きではなかったが、突張りが得意で、朋輩《ほうばい》の黒緘久五郎などは親身に自分と話し合っていたし、どちらが先に幕《まく》に入るか競争しよう、といつも言ってくれていた。

あの西条を逃げ出す前なども、巡業先から黒緘久五郎が引返して来て、意見をしてくれたが、結局は黒緘の親代りともいうべき橋本吉兵衛を自分は騙して、五両の金をふんだくったことになる。そう考えると東助は、いつも心を苦しめられ、黒緘久五郎には申訳のないことをした、と思っていた。

「東助はん、耳よりな話やで」

夏の真っ盛り、東本願寺《ひがしほんがんじ》に近い南渡辺町《みなみわたなべちょう》の仕事場で、日傭取《ひようとり》の仲間の甚九郎《じんくろう》という土工が、東助へ言った。

「鰹座橋《かつおざばし》のねきに、土佐《とさ》様の大坂屋敷がある。そこのお屋敷うちに玉根《たまね》大明神というて、名代の神社があってな、ときどき素人が集って、相撲をやるのやけど、土佐様のご家来にも相撲の好きなお侍はんが居《い》はってな。勝った者には、褒美《ほうび》の金を出してくれはる。五人抜きというのはあるが、十人を抜いた者には、銀十両の褒美が出るのやで。どや、十両稼いでみたろとは思わんか」

「相撲か」

つぶやいて東助は、ぼんやりと地べたを見ていた。

このあたりは道普請《ぶしん》をしているので、毎日、大ぜいの土方が集って来て、仕事をしている。他の連中は、袖無襦袢《そでなしじゅばん》に股引《ももひき》をはいて、力仕事をしているが、いつも東助は褌《ふんどし》一本の裸であった。

髪の中剃《なかぞ》りをおとしてしまう気にもならず、総髪《そうはつ》をぐるぐると頭のてっぺんで結んだままのくわい頭でいるのは、以前の力士という稼業にまだ東助が未練を残しているからであった。

おしげのほうも、東助の髪形を変えようとはせず、そのままでおいているのは、やはり何かあとあとで役に立てようという気であろう。

「十人抜きで、銀十枚か」

と東助は、またぽつりとつぶやいた。

「どうや」

土方の甚九郎は、髭だらけの顔に薄笑いを浮べて、

「お前が前は相撲取やったということ、おおよそ見当はついてる。けど、それはどうでもええ。わいがあんじょう話してやるさかい、土佐屋敷の素人相撲に出て見んか。お前が銀十両、褒美にもろうたら、口銭《くちせん》として、わいに二両よこす。どや、そいで、手を打たんか」

「わし一存では、返辞がでけへん。明日まで待ってくれへんか」

「親父かお母《か》やんに、相談すんのか」

「まあ、そないなとこや」

「相撲は、三日あとやで、忘れたらあかんで。ええな」

と、平手で甚九郎は裸の東助の背中を叩いてから、ひどく感服したように言った。

「ええ身体してるな」

二

「銀十両ですね」

その晩、東助から話を聞いたおしげは、取りすました様子で、

「結構ですね。いま十両のお金があれば、大切な仕事に役に立ちます」

「おしげさん、いいや、お嬢様」

と東助は、改まった態度で、問い返した。

「長山越中先生は、もう相撲などはとるな、と言わはりました。それなのに、やはり素人相撲をとらなあきまへんか。大切な仕事というのが、どうもわたくしにはようわかりまへん。はっきりと教えて頂きたいのでござりますが」

「いまのところ、何も教えるわけには行きませぬ」

押しつけるように、おしげは冷い口調で言った。

「天下万民のために、兄上もわたくしも、同志の人々も、いのちを投げ出しているのですからね」

物々しい口調でおしげにそう言われると、なんだかおしげの顔まで神々《こうごう》しく見えて、あ

とは東助も黙りこんでしまった。

それから二日過ぎて、鰹座橋のそばにある土佐藩大坂屋敷の中で、素人相撲が行われた。屋敷の中にある稲荷《いなり》神社は古くから大坂の名所の一つに数えられていて、稲荷社境内の玉根大明神では、毎年一回、こういう素人相撲をやるのが例になっていた。

この日は、本物の相撲などは呼ばず、いわば土佐藩士の道楽、といった風なもので、いつもはいかめしい顔をした土佐藩山内《やまうち》家の侍が、呼出しから行司《ぎようじ》役まで勤める、という風であった。

土方仲間の甚九郎の世話で、東助も、その素人相撲の中に加えてもらった。もちろん、その日は、大坂相撲の連中が顔を見せない、と突きとめた上でのことであった。

素人相撲といっても、大坂相撲で序ノ口《じよのくち》まで取った連中もいるし、大坂の各町内でそれぞれ素人相撲の大関を張っている力自慢の男も多い。

はじめのうちは、籤引で、打つかり稽古と同様、どんどん勝負ははかどって行った。

土佐藩邸の中といっても、玉根大明神の境内だけに、裏門から誰でも出入りが出来るが、屋敷の奥のほうとは厳重な塀で区切られ、中はのぞけないようになっている。

もともと土佐人は相撲が好きなので、侍たちの中にも、飛入りで相撲をとる者たちもいる。今日だけは、それも大目に見てもらえるので、屋敷の侍と中間《ちゆうげん》が裸で組合ったり、武術師範《しはん》の侍が力自慢の町人たちを続けざま投げ飛ばすという図も見られる。

市中の諸方から見物人たちも集ってきて、酒や菓子などの景品も積まれ、大へんな賑わいであった。

東助も締込みをつけて、はじめのうちは、対手を問題にせずに勝ち進んだ。だが、誰か自分の顔を知っている者から声をかけられては、という後めたさがあるので、なるべく顔を伏せるようにして土俵へあがった。朝から始ったこの日の素人相撲は、昼すぎになると二十人ほどが勝ち残った。

その中には、山内家の侍が二人、足軽《あしがる》が一人、中間が三人、ほかは町人たちで、いずれも筋骨《きんこつ》たくましい。でっぷりと肥ったのや、本物の相撲取に少しも劣らない身体の連中であった。

それでも東助は、二人抜き、三人抜いて、とうとう最後の三人の中に残った。

あとの二人は、山内家の徒士組《かちぐみ》の吉岡弥三郎《よしおかやさぶろう》という侍で、一人は、沖《おき》仲仕をしている源《げん》助《すけ》という男であった。

「そのほう、まだ二十才にならぬと思えるが、なかなか力が強いな」

と吉岡弥三郎は、締込み一本の裸で、東助の肩を叩くと、

「以前は相撲取だったのではないか」

「さようでございます」

正直に答えてから東助は、あわてて言い返した。

「いえ、三段目までとっただけで、もう力士はやめましたよってに」

「それは惜しいな」

と吉岡は、人懐っこい笑顔を見せた。

二十四五才であろう、色の黒い、背は低いが、こりこりと身体の肉のしまった侍で、土俵で相撲を取るのを見ていると、柔術《じゅうじゅつ》であろうか、ときどき相撲の四十八手《しじゅうはって》にない技を使った。

「どうして力士をやめたのだ」

吉岡に訊かれて、東助は顔をそむけながら、

「いろいろ、訳がおして」

そう答えただけであった。

もう一人の源助という沖仲仕は、馬鹿力だけで、東助にはこわい対手ではない。

残った三人は、それまでに八人を負かしているし、あと二人ずつに勝抜けば、褒美の銀十枚、ほかに酒や餅《もち》菓子の箱までもらえることになっている。

籤引の末、東助と源助が、まず土俵にあがって取組んだ。

「色の白いの、しっかりしいや」

見物席から、東助に声がかかった。

今牛若という四股名などは名乗っていないし、色の白い筋骨型の東助と、色の黒い沖仲仕の源助とは、対照的な取組であった。

対手が飛び込んで来るところを、東助は無二無三《むにむさん》に突立て、廻しに手もかけさせず、一気に源助を土俵の外へ突出してしまった。

見物席は、大へんな騒ぎになった。桟敷《さじき》のところに坐っている土佐藩の侍たちも、さかんに吉岡弥三郎へ声援をするし、侍は侍、町人は町人、とそれぞれ双方に別れて、声をかけている。

東助と吉岡弥三郎は八へんほど仕切り直しをしたあとで、きれいに立ちあがると、まず吉岡は東助の右腕を閂にきめて、強い力で押してきた。このままでは、極《き》め出されるし、東助は対手の前褌《まえみつ》を左で摑《つか》んで、吊《つ》りあげながら右へ投げようとした。はずみに、東助の腕をきめていた吉岡の腕がはずれ、東助は双差《もろざ》しになった。

いきなり吉岡は、東助の足を外側から蹴った。びいんと全身に痛みが走ったが、かまわずに東助は対手を振廻《ふりまわ》して、寄り立てて行った。

吉岡は、東助の両腕を上から極めて、ねじ伏せようとしたが、腰をおとし、真一文字《まいちもんじ》に東助は寄り立てて行った。

吉岡弥三郎の足が、土俵の外へ出た。

「平右衛門町の東助ーっ」

行司の侍が、軍配団扇《ぐんばいうちわ》をあげた。

「よし」

負けた吉岡は、にこりと笑って、気持のいい笑顔を見せた。やはり侍だけに、褒美などには眼もくれず、本心から東助の勝ちを喜んでくれたらしい。

「どうも、有難《ありがと》う存じます」

東助も、ていねいに礼を言った。

それから東助は、山内家の侍に呼ばれて、銀十両の褒美を貰《もら》った。

わいわいと見物のはやし立てる声の中から、聞きおぼえのある声が、東助の耳へ入ってきた。

「おい、しばらくだな」

びっくりして振返ると、眼の前に黒緘久五郎が立っている。

久五郎は旅姿で、見慣れた人懐《ひとなつ》っこい表情ではなく、ひどく機嫌の悪い顔つきであった。

「黒緘やないか」

「この野郎」

と久五郎は、対手の胸倉《むなぐら》をつかみそうにしたが、まわりに大ぜいの見物がいるので、声をひそめた。

「ここで会うたのが百年目だ。もう逃がさねえぞ。よくもよくも尾道の橋本様をぺてんにかけ、いろんな人に迷惑をかけやがったな」

「それについては、言訳もしたい。着物を着てくるよってに、そこの裏口のところで待っていてくれ。ここはお大名のお屋敷うちやよってに、ほかに出口はない。決して逃げ隠れはせえへん」

「よし、待っていてやる」

久五郎も腹が立ったが、ここで喧嘩をするわけには行かず、対手の言う通りに、裏門のところで待ってやる気になった。

尾道の船越寿左衛門から、三両の餞別を貰い、お時に仕立ててもらった着物を着て、久五郎が大坂へ入ったのは昨日であった。

途中、巡業のときに知合いになった人たちを訪ね、相撲があると飛入りなどをして、ずいぶん道草も食ったが、まだ朝日山の一行は大坂へ帰っていないし、昨日から久五郎は、土佐堀《とさぼり》の安宿に泊っていた。

ここで今牛若東助に会う、とは思っていなかったし、ゆっくりと対手を取っちめ、朝日山の家へ連れて行って詫びを入れさせ、もとの力士にしてやろう、と思った。ついでに、東助をそそのかしているおしげという女に会って、面《つら》の皮をひんむいてやりたい、という気持もある。

そのまま久五郎は、土佐屋敷の裏門のところで待っていたが、ぞろぞろと見物が帰って行き、玉根大明神の境内に人影もまばらになったのに、まだ東助は姿を見せない。

「畜生」

久五郎は、舌打ちをした。

「あの野郎、ほかの出口から逃げやがったな」

江戸への旅

一

「これこれ」

いきなり声をかけられて、黒縅久五郎は、そのほうを振返った。

相撲見物の客の姿もすっかり玉根大明神の境内から消えて、あたりには夕方の色がひろがりはじめている。

久五郎へ声をかけたのは、この土佐屋敷の侍であろう、夏羽織《なつばおり》に袴《はかま》をつけた、色の黒い、背の低い侍で、二十四五であろうか、じっと鋭い眼で久五郎を睨んでいる。

ここは大名屋敷の中だし、ぐずぐずしていたので叱られたのか、と思い、急いで久五郎はそのほうへ近づくとていねいに詫びた。

「どうも申訳がございません。実は、人と待ち合せをする約束をしておりましたものですから」

そう言いながら対手の顔を見ているうちに、久五郎は思い出した。

さっき境内の土俵で、今牛若東助と相撲をとった侍に違いない。裸になると、こりこりと肉のしまったいい身体をしていたが、こうやって着物を着て大小を帯《お》びると、裸のときとはひどく違う顔つきに見えたからであった。

「さいぜん、今牛若と取組んだお侍様でございましたね」

と久五郎は、急《せ》き込んで訊いた。

「あの東助の野郎、どこへ行ったか、ご存知ではございませんか」

「それよりもここで待伏せて、あの今牛若東助から金を巻きあげよう、という所存であったのだな」

「そうではございません」

びっくりして、久五郎は、

「何も銭金《ぜにかね》の話ではございません。あの野郎に、少し示しをつけてくれたいと存じまして」

「東助から話を聞いた。以前の力士仲間だそうだな。東助がさいぜん、銀十枚もの褒美をもろうたのを眼にして、その中からいくらかわけてもらおう、と致したのであろう。不届《ふとど》きな奴だ。あの今牛若東助は、親孝行でな、家には病気の母親がいる、それに薬をのませ、医者にかけたい、というので、あのような相撲に出たのだと言う。せっかくの親孝行の苦労を、おのれのような奴に、邪魔させてはならぬ。よってそれがしが、そのほうを追い払ってやる」

それを聞いた久五郎は、はじめのうちは呆《あ》っ気《け》にとられたが、その次には、思わず吹き出してしまった。

対手の侍は、正直者なのであろう、ひどく腹を立ててしまって、

「おのれ、わしを笑うたな。無礼な奴め。懲《こ》りを見せてつかわす」

そう言うと、いきなり久五郎の胸倉をつかみ、腰車《こしぐるま》にかけて投げ飛ばそうとした。

だが久五郎は、それを軽く外し、一間《けん》ばかり飛びのくと、

「お武家様は、あの東助の野郎に騙されて、おいでなんでございますよ。東助の親は鞍馬山の近くで、いまも元気に働いております。力士仲間のわたしに会って、ばつが悪く、それに不義理をした詫びも言わなくてはならぬので、東助はお武家様に嘘をついたあげく、逃げ出したのでございましょう。見かけは正直そうで、色の白い、優しい顔つきをしているものだから、誰でも東助には騙されるんでございます」

「おのれが何を申そうと、この吉岡弥三郎、人に騙されるようなたわけではない」

問わず語りに、自分の名を口に出した吉岡弥三郎は、こんどは久五郎の腕をつかんで、振廻そうとした。柔術の心得のある侍だし、力も強いので、久五郎は右腕をねじあげられ、前へよろめこうとした。

しかし、ようやく踏みとどまると、こんどは久五郎が対手の二の腕をつかみ、横へ振廻した。

のめって行って吉岡は、境内の玉垣《たまがき》に打つかりそうになり、かっとして刀の柄《つか》に手をかけた。

それまで、この侍と旅姿の若い力士の取組を、屋敷の侍五人はどがじっと見ていたし、屋敷内の稲荷神社に参詣《さんけい》に来た侍であろうか、供《とも》を連れた旅姿の三十年配の武士が、面白そうに見物をしていた。

「しっかりせい、吉岡」

と、この屋敷の山内家の侍たちが声をかけて、こちらへ駈けよって来た。

「こたびは褒美の金もかかっておらぬようだが、力士などに負けるなよ」

朋輩に声をかけられて、吉岡弥三郎は刀の柄から手を放し、久五郎へ向って両手をひろげた。

「さあ、かかって参れ」

「どうか、ご勘弁《かんべん》を願います」

と久五郎は、大地に坐ってしまって、両手を仕えた。

「お手向いを致しましたのは、わたくしが悪うございました。でも、今牛若東助のことは、わたくしの申した通りに違いございませぬ。あいつは悪い人間ではないのですが、うしろに良くない女がついておりまして、人を騙したり、嘘をついたりして、だんだん自分の住む世界を狭くしております。どうか、わたくしの申し上げることをお聞き下さいますように」

まだ若いのに、落着いた態度でそう言った久五郎を見ると、ようやく吉岡も怒りが鎮《しず》まってきたらしい。

「それは、まことか。あの今牛若と申す力士、大坂のどこやらに、母と一緒に暮している、母の病いを医者に診《み》せたいので金が要る、と申しておった」

「それは、口から出まかせの嘘でございます」

と久五郎は、これまでの一部始終を物語った。

聞いているうちに吉岡は、眉《まゆ》をしかめた。

「そうであったのか。人を騙して金を取る、などとは、怪《け》しからぬ奴だ。それがしが手加滅をして、あの今牛若に負けてやり、銀十枚の褒美が手に入るように致してつかわしたのだが」

「それで、東助の奴は、どこに住んでいる、と申しましたでございましょうか」

「平右衛門町の裏長屋、と聞いたが、さっき出た沖仲仕の源助と申す男が、東助の住居を存じていよう」

「さようでございますか。では、平右衛門町を訪ねて見ることにします」

「どうも、わしは気短かで、馬鹿正直者ゆえ、あの男の申すことを本当にしてしもうて、そのほうには気の毒をした」

「いいえ、滅相《めっそう》もございません。おわかり下さったら、それでよろしいのでございます」

立ちあがって久五郎は、ほっとした顔で挨拶をし、土佐屋敷の裏門を出ようとした。

それまで玉根明神の玉垣のところに立って、さっきの旅姿の侍が、じっと久五郎の様子を見ていた。

三十二か三であろう、背の高い、品のいい顔つきをした侍で、着ているものも立派だし、供の者も五人ほどはいる。

この山内家の侍たちとも面識があるらしく、吉岡弥三郎もその旅姿の侍に気がつくと、そばへ寄って行って、ていねいに頭をさげた。

「どうも、お恥《はずか》しいところをごらんに入れました、荒尾《あらお》様」

「いやいや、飛んだ景物《けいぶつ》でござったな」

とその背の高い侍は、おだやかな微笑を見せて、

「本日は稲荷明神の参拝に参ったところ、素人相撲があると聞いたものでな。相撲好きのそれがしゆえ、つい最後まで見物を致しておった。いま貴公と取組んでいた対手は、やはり力士と思われるが、なんという名かな」

「はあ、大坂力士の朝日山の弟子にて、出雲国の生れ、黒緘久五郎と名乗りました」

「若いのに、なかなか分別があるらしい」

「さよう申されますと、それがしが赤面《せきめん》を致しまする。しかし、お言葉通り、いまの黒緘と申す若い力士、見どころがあるように思われます」

「黒緘久五郎か」

とその背の高い旅姿の侍は、裏門を出て行こうとする久五郎の後姿を見ながら、呟いた。

この侍は、伯耆国米子《ほうきのくによなご》四万石の城代《じょうだい》で、荒尾内蔵助《くらのすけ》という侍であった。米子は、因幡国《いなばのくに》鳥取《とっとり》の池田《いけだ》家の受持ちで代々、池田家の家老《かろう》が城代を勤めている。当代の荒尾内蔵助は、尊王家として知られ、この山内家の侍たちからも尊敬を受けていた。

四万石の城代であり、池田家の家老なのだから、こうやって江戸へ下る途中も、もっと

派手な供廻りで道中をするのが当然だが、荒尾内蔵助は、そういうことを嫌い、二十人ほどの家来や供の者を連れただけで旅をしている。

今日は、山内家の大坂留守居《るすい》と用談があり、この鰹座橋の屋敷を訪ねた帰りであった。自分も好きで、荒尾内蔵助はよく相撲を取るが、こんど、米子から鳥取、大坂を経て江戸へ下る道中にも、広島の在《ざい》の大竹村《おおたけむら》で生れた大蔦力蔵《おおつたりきぞう》という力士を、自分の供の中に加えていた。

「力蔵」

荒尾内蔵助に呼ばれて、うしろのほうにしゃがんでいた大蔦力蔵が、そばへよって来た。

「そのほう、いまの黒縅久五郎と申す若い力士に会うて、話をして参れ。旅仕度をしているのは、何のためか、定めし訳があるに違いない」

「承知を致しました」

直ぐに大蔦力蔵は、裏門から走り出して行った。

二

ここまで久五郎が追いかけて来る、とは思っていなかっただけに、今牛若東助は、息をのみ、土間に突っ立ったきりであった。

「とうとう見つけたぞ」

と久五郎は、息を鎮めながら、

「さっきも、人に嘘を言ったり、おれを悪者扱いにしたな。どうしてお前は、そんなに悪《わる》智恵《ぢえ》の働く男になったのだ。眼を覚ましてくれ、東助」

さっきの吉岡弥三郎という侍に教えられ、久五郎は沖仲仕の源助の家を探して、それからこの東助の家を訪ねて来たのであった。

大坂なら、いくらか地理にも明るいし、平右衛門町の裏通りへ入って、くわい頭をした力士崩れの若い男、と訊いただけで、すぐにこの裏長屋が見つかった。

近所の人の話の様子では、どうやら東助は、あの長山越中の妹のおしげと一緒に暮しているらしい。表面は、さる浪人の妹とその下男という触れ込みだが、ずっと女のほうが年上ながら、本当は夫婦と同様の暮しをしているに違いない、と近所の者の話であった。

「放っておいてくれ」

と東助は、久五郎の眼から顔をそむけて、

「わしは、もう以前の力士やないのやから、お前に意見をされるおぼえはない。放っておいてくれ」

「おしげさんという人は、留守らしいな」

行燈の光が揺れる小さな家の中を、そっと久五郎はのぞき込みながら、

「あの女子《おなご》にいつまでも付きまとわれていては、お前という男の一生が台なしになる。悪いことは言わぬから、おれと一緒に江戸へ行こう。誰か江戸力士のところに弟子入りをして、はじめからやり直すのだ。裸一貫ではじめる、というたとえもあるが、おれたちは裸が商売の力士、おまけに若いのだから、これからもやり直しは利く。なあ東助、これまでのことは、忘れてやろう。嘘をつかなくても暮して行くのが、何よりだぞ」

「帰ってくれ」

東助は、大きな声を出した。

「わしはお前とは違う世界に住んでいる人間やさかい、何を言われても、もう聞く気にはならん。帰ってんか」

「この野郎」

かっとして久五郎は、東助の胸倉をつかみ、土間から外へ引き出した。

ちょうどそのとき、外出先から帰ってきたおしげが、小路《こうじ》へ入って来て、これを見ていた。

せっかく東助が銀十枚をもらってきたばかりだし、ここで黒縅久五郎に会っては、尾道

の一件が明るみへ出る、とおしげは感じたのであろう。

いきなりおしげは、あたりの長屋中に響き渡るような声を立てた。

「泥棒じゃ、泥棒が、東助をおどかしておりまする。みなの衆《しゅう》、お出会い下さい、お出会い下さい」

それを聞いた久五郎もびっくりしたし、東助もあわてた。

「お嬢様、それは違います」

と東助は、久五郎に胸倉をつかまれたままで、

「これは、お嬢様もご存知の黒縅久五郎でございます。わたくしと友達ゆえ、そんな泥棒などと」

だが、おしげは東助の言葉など耳にもかけず、わざと甲高《かんだか》い声で騒ぎ立てた。

「せっかく東助がもろうてきた銀十枚、あの男が奪い取ろうとしております、どなたか東助に力を貸して下され」

それを聞くと、長屋の内に住んでいて東町《ひがしまち》奉行所付《づき》の権造《ごんぞう》という目明《めあか》しが、十手《じって》をつかんで飛び出して来た。

「なんだ、泥棒という声が聞えたが」

この権造というのは、日傭い人足の元締《もとじめ》を兼《か》ねて、町奉行所から十手捕縄《とりなわ》を預っている

男であり、身体も大きく力も強い。同じ長屋に住むよしみで、いつも東助はこの権造から仕事をもらっていた。

「お嬢様、この野郎だっか」

権造は、普段からおしげの口車《くちぐるま》にのせられ、親切気を出しているので、こういうときは男気を見せよう、という気持も手伝ったのであろう、いきなり久五郎と東助のあいだへ割って入ると、

「姿を見れば、どうやらお前も相撲取らしいが、人が褒美にもろうた金を横取りしようとは、飛んでもない悪党やな。さあ、お上に手数をかけんうちに、早う逃げさらせ」

と、久五郎を突き飛ばそうとした。

だが、久五郎は一足も退《ひ》かずに、かえって権造を突き飛ばした。

「お前などの出る幕ではないわい。おれは今牛若東助とは友達じゃ。みすみす悪い仲間に誘い込まれて、ろくでもない奴になるのを、黙って見てはおられぬ。さあ、東助、おれと一緒に、ここから出てしまえ」

突き飛ばされた権造は、相手の力が尋常ではない、と気がつくと、

「この野郎、ようもわしを突き飛ばしよったな、堪忍《かんにん》ならん」

十手を振りあげて、久五郎へ飛びかかって来た。

そのあいだも、おしげは甲高い声で叫び続けるし、長屋の諸方から男や女たちが飛び出し、わいわい騒ぎ立てた。

久五郎は、飛びかかる権造を、どぶ板の上へほうり投げた。騒ぎを聞きつけて、近くにいた権造の乾分《こぶん》の下《した》っ引《ぴき》たちが五人ほど駈けつけて来ると、わけもわからずに、久五郎へ組みついて来た。

せっかく東助に会って、意見をしよう、と思ったのに、こういう騒ぎになるとは、久五郎にも思いがけなかった。おまけに、十手を振りかざした目明しまで飛び出して来たし、権造の乾分たちもふえている。

おしげという女が、やたらに叫び立てるので、騒ぎはだんだん大きくなる一方だし、これでは逃げるよりほかはない。

三人ぐらいを一時に投げ飛ばしておいて、久五郎は、小路から走り出そうとした。

「あの野郎、逃がしたらあかんで」

権造がようやく起きあがって、十手を振廻しながらどなっている。小路の出口のところで、また久五郎は、権造の乾分たちに組みつかれた。それを投げ飛ばし、払いのけようとしているうちに、誰かの声が聞えた。

「さあ、早く一緒に逃げろ」

ちらりと見ると、夜の中で、権造の乾分たちを投げ飛ばしているのは、自分と同じように旅姿をした力士であった。誰だかわからないが、同じ力士だし、自分のために力を貸してくれるに違いない。

「お願い申します」

返辞をしておいて久五郎は、横丁から河岸《かし》の道のほうへ走り出して行った。

どすんどすんと音がして、いまの力士が、権造の乾分たちを道の上へ放り出したらしい音がする。やがて、その力士が、久五郎を追って走って来た。

「怪我《けが》はなかったかね、黒縅久五郎どん」

暗い堀沿いの道を走りながら、対手の力士は笑いをふくんだ声で訊いた。

久五郎は、息を切らして一緒に駈けながら、

「おれの名をご存じとは、お前さん、どなただね」

「おれは米子ご城代、荒尾内蔵助様のお抱《かか》え力士で、大蔦力蔵という者だ」

「それは、お初にお目にかかります」

「ともかく、ご主人様の言いつけで、おれはお前さんのあとを追ってきた。何やら面倒なことになったらしいが、荒尾様にかばってもらったら、何も心配なことはねえ」

ようやく、町家の軒先から灯明《ひあか》りの洩《も》れているところへ出たので、対手を見ると、年は

三十前後であろう、久五郎よりはひとまわりは大きいと思われる力士で、ごく人のよさそうな顔をしていた。

「それで、これからどこへ行くんです、大蔦関」

「荒尾様のお宿まで、ともかく一緒に来い」

大蔦が連れて行ったのは、東長堀にある西国屋という、古くからある旅籠であった。ここは、宿場でいえば本陣《ほんじん》宿のように、身分のある侍たちの定宿《じょうやど》になっているので聞えている。

その晩、久五郎は、米子城四万石のあるじで、鳥取池田家の家老の荒尾内蔵助に、はじめて目通りをした。

「若いに似ず、そのほうなかなかの親切者らしい。さいぜん山内家の吉岡弥三郎から、おおよその話は聞いたが、くわしくわけを申してみるがよい」

荒尾にそう言われて、久五郎はこれまでのことを、包まずに打明けた。

「さようか」

荒尾は、面白そうに笑い声を立てて、

「なかなかの友達思いで、感服をしたぞ。しかし、そのように悪い女子がついておるのであれば、東助と申す力士のことは、あきらめたほうがよさそうだな。とにかく江戸へ参るのなれば、わしの供をするがよい。わしは相撲が好きでな。この大蔦力蔵も、話相手がふえたほうがよかろう」

そういわれて久五郎は、荒尾内蔵助の供をして、江戸へ行く気になった。

黒縅久五郎にとっては、はじめての江戸であった。

桑名の焼蛤

一

「うちの殿様は変り者だから、びっくりしねえほうがいいぞ」

大坂を出立《しゅったつ》するとき、大蔦力蔵がそう言ったが、黒緘久五郎にとっては、はじめからびっくりすることばかりであった。

もともと久五郎は、大坂から東のほうは初めてだし、道中どこでも、見る物、聞くもの、みな珍しい。

理屈から考えれば、この一行は四万石取の池田家の家老の行列なのだから、もっと供廻りも多くていい筈だし、威張って道中するのが当然であろう。

ところが、荒尾内蔵助は、そういう目立つことが嫌いで、家来と小者《こもの》を併《あわ》せて二十人の供しか連れていない。それに大坂から大蔦力蔵と同じ力士だが、ずっと年の若い黒繊久五郎が一人、加わったわけであった。

鳥取の池田家の家老で、伯耆国米子四万石の城代をつとめているのだから、行列は大名に準じたところで、少しも不思議はない。

それなのに荒尾内蔵助は、馬や乗物を使わず、自分も徒歩で旅をしている。

その前後を二十人の侍と小者、それに一番殿《しんが》りを二人の力士が歩いているのだから、江戸の大身《たいしん》の旗本《はたもと》が、任地から帰る途中、と見られるかも知れない。

もちろん、途中では本陣宿、あるいは脇《わき》本陣に泊るが、荒尾内蔵助は決して自分の身分をひけらかすようなことはしない。

年は三十二だが、鼻の高い、品のいい顔つきで、さすがに米子城代をつとめるだけの貫《かん》禄《ろく》を備えている。

側用人《そばようにん》の進藤《しんどう》立馬《りゅうま》という四十年配の侍が、気さくな人物で、宿場宿場の泊りで主人の内蔵助が寝床へ入ると、自分のほうから大蔦力蔵や黒繊久五郎、それに中間などの泊っている部屋にやってきて、酒を飲ましてくれるし、気さくに世間話をした。

京都から二十里、亀山《かめやま》の城下で、樋口太郎兵衛《ひぐちたろべえ》という本陣宿に泊った晩、はじめて久五郎は進藤に身上話をした。

「さようか」

少し酒の廻った進藤は、丸い愛嬌《あいきょう》のある顔に、にこにこと笑いをのせて、

「では、そのほうには、尾道に言い交《かわ》した娘がおるのか。名は、お時と申したな。いずれそのほうが江戸へ出て、幕内へ入るような力士に出世してから、そのお時という娘を呼びよせ、晴れて夫婦になるがよい。承知の通り、われらの殿様は大そう相撲がお好きゆえ、その節は骨を折って下さるやも知れぬぞ」

「滅相もない事でございます」

顔を赤くして久五郎は、あわてて手を振った。

「殿様のようなご身分の高いお方に、そんなお世話を願うなど、冥利《みょうり》につきます」

「遠慮をするな。殿様は、そのほうがなかなかに見所がある若者、と申されてであったぞ」

「おそれ入ります」

小さくなって、久五郎は、

「江戸へ行ったら、わたくしも新規蒔直《まきなお》しで、江戸の関取の部屋へ入れてもらって、修業のやり直しを致します。これまでは大坂の朝日山関の部屋へ入って、相撲をおぼえましたが、やはり江戸の土俵を踏まないと、駄目でございます」

「その心がけは、大そう結構だ」

と、横にいた大蔦力蔵が、久五郎の肩を叩いて、

「江戸には、いろいろとおれの伝手《つて》がある。立派な関取の部屋へ入れるよう、橋渡しをしてやろうし、荒尾様の殿様にも、お願いをしたほうがいい」

「どうか、お願いを致します」

久五郎は、ていねいに礼を言った。

この大蔦力蔵というのは、荒尾内蔵助の抱え力士で、江戸の相撲取の部屋もよく知っているし、俠客《きょうかく》と呼ばれる男たちにも知合いが多いという。以前は松江の城主、松平出羽守《でわのかみ》の抱え力士、天津風雷五郎《あまつかぜらいごろう》の弟子だったが、荒尾の抱え力士になってから、江戸と米子のあいだを往復するようになっている。番付《ばんづけ》は、まだ幕下《まくした》の十二枚目で、相撲よりも唄《うた》がうまいし、いつでも荒尾の酒席《しゅせき》をにぎやかにしていた。

「さあ、寝ようか」

進藤立馬が奥へ入って行ってから、大蔦力蔵が久五郎へそう言った。

この本陣宿の樋口太郎兵衛の店の、ここはいつも大名の小者たちが泊る部屋で、三十畳敷きほどはある。

暑い夏の夜で、一張《ちょう》の蚊帳《かや》の中に、六人ほどが一緒に寝ることになっている。

横になってから久五郎は、なかなか睡《ね》つかれず、なんべんも寝返りを打った。

やはり思い出すのは、大坂であれきり別れた今牛若東助のことであった。世間知らずで、まだ若い東助が、友達の自分を騙した、とは考えられない。おしげというあの長山越中の妹で、年もずっと上の女が、東助を上手に丸め込んでいるのであろう。あのままでおいては東助はどうなるのか、それを考えると久五郎は、東助が可哀想《かわいそう》でならない。

これから先、江戸へ行って、自分は懸命に修業を積み、立派な力士になろう、という夢があるからいいが、長山越中という得体の知れない浪人や、その妹の仲間に引きずり込まれて、先はどうなるのだろう、と考えると、なかなか久五郎は睡られなかった。

そのうちにうとうとしたかと思うと、急にあわただしい女の声で眼が覚めた。

「泥棒、泥棒ですよ」

甲高い女の声が、どこかで叫んでいる。それに続いて、男たちの起き出す気配がした。にわかにこの本陣の中は騒々《そうぞう》しくなって、荒尾内蔵助の家来たちも起き出してきた。寝巻一枚のまま、久五郎は大蔦力蔵と一緒に廊下へ飛び出した。

「どうしたんだ」

廊下を走ってきた女中をつかまえて、久五郎が訊くと、女中は震えながら、

「正体はなんだかわからないんですが、お客様の部屋へ忍び込んで、お金を盗んで行きま

した」

「お客とは」

「奥にやすんでおいでの、荒尾内蔵助様でございます」

「そいつは大変だ」

久五郎と力蔵は、急いで奥の座敷へ行ってみた。

蚊帳の吊り手をはずして、寝巻姿の荒尾内蔵助が、寝床の上に坐り、側用人の進藤立馬たちと、落着いた顔色で話をしている。

「大蔦も黒絨も、心配するな」

と内蔵助は、行燈の光の中で苦笑いを浮べて、

「わしも、油断をしておった。寝床の中で、書物を読んでおったのだが、つい、うとうと睡《ねむ》ってしもうた。何やら物音がしたように思うたので、起きてみると、そこの障子《しようじ》が薄目に開いておった。気がついて調べると、枕の下に入れてあった紙入れが紛失している。胴巻《どうまき》は進藤に預けておいたゆえ、無事であった」

それから内蔵助の話では、泥棒、と呼んだのは、自分ではなく、泥棒自身らしいというのであった。

「わざわざ騒ぎを起させようとして、盗賊は叫び声をあげたのであろうな。いま聞いたと

ころでは、わしのほかに、この本陣宿のあるじの部屋も荒らされ、手文庫《てぶんこ》から百両ほどの金が盗まれておったと言う。どうも、面目のない話で、わしも困っておる」

「でも、盗まれた紙入れの中に、何か大切な品物でも」

そう訊いた久五郎へ、内蔵助は顔をしかめて、

「べつに公《おおやけ》の書付などは入っておらなんだが、人に見せられぬ手紙が、小さく折り畳んで入っておった」

「それは、どんなお手紙でございます」

と訊いた久五郎を進藤立馬は、こわい顔で睨みつけた。

「そのようなこと、殿様へお訊《たず》ねするものでない。控えておれ」

「へい」

何か事情がある、と察したが、自分の立入るようなことではないので、そのまま久五郎は控えた。

亀山六万石の城主、石川主殿頭《いしかわとのものかみ》の家来たちが騒ぎを知って、この本陣宿へやって来た。米子城代、荒尾内蔵助の部屋が荒らされた、と知ると、亀山藩士たちは狼狽《ろうばい》して、本陣宿の主人や奉公人たちを、厳重に調べはじめた。

荒尾内蔵助としては、騒ぎを大きくしたくないらしく、迷惑そうな顔をしていた。紙入

れの中には、小出しの金が五両と、二朱銀などが入っていただけで、ほかに盗まれて困るような物はなかった、と荒尾内蔵助は、亀山藩士たちへ答えた。

その晩、本陣宿へ忍び込んだ盗賊は、このごろ東海道を荒らしている男らしく、手がかりなどは少しも残さないし、まるで風のように忍び込んでは、さっと姿を消してしまう。

変っているのは、自分がその家から忍び出るときは、必らず泥棒、と大きな声で二三べん、わざわざ知らせて行く、ということであった。

「どうも、妙だね」

あくる朝、何事もなかったように荒尾内蔵助の一行が、本陣宿の樋口太郎兵衛の店を出るとき、大蔦力蔵がそっと久五郎へ言った。

「その盗っ人は、わざわざ自分から、泥棒泥棒、と声を立てておいて逃げ出すそうだが、ゆうべの女中の話では、どうも女のような声だった、と言うぜ」

「まさか、女がそんな盗っ人を働くとは」

「そうだよ、だからおれも妙だと思っているのだ」

内蔵助の一行は、亀山を出立してから、東へ向った。

その夜は、亀山から九里半、桑名《くわな》の城下に泊る予定であった。

二

焼蛤《やきはまぐり》で名の高い、桑名十万石、松平越中守《えっちゅうのかみ》の城下は、いつも賑わっている。

ここには、港があるし、宮《みや》まで海上七里の船渡しは、東海道でも名物になっている。

荒尾内蔵助の一行は、大塚與六郎という本陣宿に泊った。

亀山で盗難に遭ったことなどは、内蔵助たちも黙っていたし、東海道の上り下りには定宿にしているところなので、大塚與六郎も親切にもてなしてくれる。

「明日の朝は、このぶんなら海上七里の渡し船は、あまり揺れずに済みそうだ」

晩飯も終ってから大蔦力蔵は、久五郎を誘って、

「この城下に、焼蛤を売る茶店が並んでいる。名物だけに、土地ではあまり大切にしねえものだから、本陣宿でも膳の上に出してくれなかったろう。ひとつ、食いに行ってみねえか」

「結構ですね。名物の焼蛤は食べておきたいと思います。でも、殿様をほったらかしで、構わねえんですか」

「殿様は奥座敷で、進藤様を対手にご酒を飲んでおいでだから、いまのうちに出かけてこ

よう」

そう言われて久五郎は、力蔵と一緒に城下の町へ出た。港町だけに、さすがに活気もあり、人通りも多い。

歩きながら力蔵が説明するのでは、蛤というのは冬のはじめのころが一ばんうまいが、この桑名では一年中、売っているという。茶店では、火鉢《ひばち》を軒先へ出して、松かさで蛤を焼き、往来の人たちに食べさせる、と言うのであった。

力蔵に案内してもらって、久五郎は城下の道に並んだ茶店の一つに入り、焼蛤を食べた。二人とも力士だけに、見る見るうちに焼蛤を十も二十も平らげ、貝殻が盆の上に山のように盛りあがった。

「ずいぶん食べますね」

横のほうから、女の声が聞えた。

見ると、軒先に光っている行燈の下に旅姿の女がひとり腰をおろし、同じように蛤を食べながら、力蔵と久五郎のほうを見て笑っている。

年のころは二十二か三であろうか、細面の、はっきりした眼鼻立で、どことなく色っぽいのは、堅気の女ではない、と久五郎にもわかる。

「お二人とも、関取のようだが、お酒はあがりますか」

女に訊かれて、久五郎は手を振った。

「いやいや、わしらはまだ関取と言われるような力士ではありませぬ。わたしは酒は飲めませんが、連れのほうは、少しぐらいなら」

「では、お酒を言いつけたら」

「ところが」

と久五郎は、力蔵と顔を見合せて、

「ふところが、心細いもので」

「それなら、わたしにおごらせて下さい」

「いえ、そんなことをしてもらっては、見ず知らずのお人に」

「遠慮は要りませんよ」

と女は、さっさと酒を言いつけた。

大蔦力蔵は、それほど飲めるほうではないが、嫌いではないので、茶店の女の運んできた酒を二本とも、すぐに空けてしまった。

対手の女が、問わず語りに話すのでは、これから桑名の旅籠に宿をとって、明日の朝の渡し船で宮へ行くのだと言う。目当ては江戸で、伯母《おば》が奉公しているところへ厄介になって、働き先を見つけるつもりだ、と語った。

「もともと、江戸の生れなんですが、しばらく伏見《ふしみ》で下女奉公をしてましてね。申しおくれましたが、名はお北《きた》、と申します。お相撲さんたちの名は」

と訊かれて、力蔵も久五郎も名乗った。

「では、明日の朝、一緒の船になるかも知れませんね」

そう言ってから、お北は、勘定を払うと、

「おやすみなさい」

二人へ声をかけて、菅笠《すげがさ》と杖《つえ》を手に、さっさと立去ってしまった。

「あの女、なんだと思う」

本陣宿へ帰りながら、力蔵が訊いた。

「さあ、一向に見当もつかないが」

そう答えた久五郎の顔を、夜の色の中でのぞき込んで、力蔵は笑い声を立てながら、

「どうやら、お前に気があったらしいぜ」

「冗談じゃあない」

焼蛤のげっぷをしながら、久五郎も笑った。

あくる朝、間遠《まどお》の渡し、とも言われる海上七里の渡し船に、荒尾内蔵助の一行も乗った。

三十石積ほどの船で、胴の間に、六十人ほど客が乗れる。

ふと見ると、あのお北という女が、胴の間の隅《すみ》のあたりに坐って、久五郎のほうへ、にこりと笑いを送った。

この船は、乗客一人について六十文《もん》、挟箱《はさみばこ》一荷が五十四文、という値段で、胴の間のうしろに、艫《とも》の間という区切りがある。内蔵助に従っていた小者や、力蔵、久五郎などは、胴の間からその艫の間のほうへ入って行った。

さすがに海上へ出ると、風が涼しいので、力蔵や久五郎は艫の間から船上へあがって行った。

昼すぎには、この船は宮の渡船場《とせんば》へ着くという。

「なあ、黒繊」

積荷のところに腰をおろした力蔵は、ふっと思い出したように、

「大きな声では言えねえが、うちの殿様が、亀山の本陣宿で盗まれた紙入れの中に、何が入っていたと思うね」

「公の大切な書付なんぞは入っていなかった、とおっしゃっていたが」

「おれはな、いつぞや進藤様から、そっとうかがったことがある。あの通り殿様は、大そう堅人《かたじん》のように見えるが、本当は江戸に、好きな女の人が住んでいてな。池田様中《なか》屋敷から、ときどきその女の人の家へ通っているのだそうな。どうもあの書付の中には、その女

の人からきた手紙が、しまってあったらしい。だから、うかつな人間の手に入ると、殿様はご迷惑をなさるのだ」

「そうかえ。殿様に、そんなところがあるとは、思いがけなかったな」

自分が聞いても仕方のない話なので、それきり久五郎は忘れてしまった。

桑名の城下も、もう見えなくなり、知多《ちた》半島の陸の影が、行手のほうに浮びあがってきた。

「見なよ、黒繊。あの女が出て来たぜ」

力蔵に言われて、久五郎が見ると、お北と名乗った女が、裾を押えながら、胴の間から船の上へあがってきたところであった。

「おや、お相撲さんたちも、船の中は暑いと見えて、海の風に吹かれているんだね」

とお北は、笑いながら近づいてくると、

「ゆうべは知らなかったけれど、お前さんたち、胴の間にいるお武家様のお供なのですか」

「そうだよ。これから江戸へ、お供をして行く道中だ」

力蔵が答えると、うなずきながらお北は、海のほうを眺めていた。

午《ひる》を廻ってから、船は宮の渡船場に近づいた。海岸に、石で畳《たた》んだ大きな常夜燈が見えて、おびただしい船の帆柱《ほばしら》が見える。

船の客も、船着場へ着いてから、ぞろぞろと降りはじめた。

そのときになって、支度を終ったお北が、すっと久五郎のそばへ来ると、

「これを、ご主人様へさしあげておくんなさい」

ささやいて、折り畳んだ手紙のようなものを渡すと、人混みにまぎれ込んで、すぐに姿は見えなくなってしまった。

宮の宿場に着いてから、荒尾内蔵助の一行は、東海道を東へ歩きはじめた。今日のうちに、鳴海《なるみ》の宿場に着いて泊ることになっている。

「進藤様」

気がついて久五郎は、さっきお北から渡された手紙のようなものを、歩きながら進藤立馬へ渡した。細く畳んだものを、また上から半紙で包んである。

上包みを開いた進藤は、ちらりと中の手紙に眼を走らせると、急にこわい顔になった。

「黒絨、そのほう、この手紙を読んだか」

「いいえ、読みは致しませぬ。一緒の船に乗っていたお北という女が、ご主人様へ差しあげるように、と言って、わたしへ渡して行ったんでございます」

「何者だ、その女は」

進藤の表情が、あまりけわしいので、久五郎は大蔦力蔵と一緒に、お北という女のことを説明した。

「ふむ、さようか」

それきり進藤は、むずかしい顔をして、あるじの荒尾内蔵助を追って行った。

「久五郎、あの手紙というのは、殿様の江戸にいる女の人から来た便りに違いないぜ」

と力蔵は、心配そうに久五郎の顔を見た。

「どうも困ったことになりそうだな」

「でも、おれは何も知らなかったのだから、殿様からお叱りを受ける筈はねえ」

「それで済めばいいが」

と、力蔵は、なおさら心配そうな顔つきをした。

先のほうを歩いて行く荒尾内蔵助は、ちらりと久五郎を振返って、そのまま歩き続けたが、それまで、一度も見せたことのない、気むずかしい内蔵助の表情であった。

三股河岸

一

江戸に着いた荒尾内蔵助の一行は、一たん大川筋《おおかわすじ》にある鳥取池田家の中屋敷に落着いた。池田家の家老を勤め、伯耆国米子四万石の城代を勤めている荒尾内蔵助は、江戸では特別に自分の屋敷というものを持っていず、公用で出府《しゅっぷ》したときは、池田家中屋敷の中に住むのが常であった。

江戸へ連れてきた力士の大蔦力蔵、それから黒絨久五郎の二人は、内蔵助の小者という扱いになっているし、朝から庭掃除《そうじ》、拭掃除など下男と同様の仕事で追いまくられた。

道中とは違って、大きな池田家の中屋敷の中では、定められた場所以外は勝手に歩き廻るわけにもいかず、久五郎も最初のうちは窮屈《きゅうくつ》な思いをした。

大名の中屋敷というのは、上屋敷《かみ》ほど固苦しいことはない。それは、殿様や奥方、江戸家老以下の重臣たちが、いつも住んでいるところではなく、非常の際の立退《たちの》き場所、あるいは殿様の息抜きに遊びに来るところ、とされているので、あまり詰めている家来の数も多くないし、荒尾内蔵助のような人物には、このほうが住心地がいいのだ、と人蔦力蔵は久五郎へ教えてくれた。

「この通り、庭の塀の向うは大川筋だし、景色はいい。ここでしばらくお前ものんびりすることだな」

そう言って力蔵は、久五郎の先に立って働いた。

荒尾内蔵助は毎朝、大名小路《だいみようこうじ》にある上屋敷へ馬で出かけて行って、夕方になるとこの中屋敷へ帰ってくる。

その内蔵助が、ときどき夜になると頭巾《ずきん》をかぶって、中間をひとり従えただけで、ふっと外へ出て行くのに久五郎は気がついた。

「なあ、力蔵どん」

久五郎は、広い庭を掃除しながら、力蔵に訊いた。

「大きな声では言えねえが、うちの殿様が夜になって外へ出て行くのは、いつぞやお前さんに聞いた女の人のところへ通っているのだろうね」

「進藤立馬様も、あの通り口をつぐんでおいでなのだから、殿様の行先など気にしねえほうがいい。ああいう立派なお武家様でも、やはり他人には見せたくねえことがあるだろうからな」

「うむ、おれたちも何も気がつかねえ振りをしていようよ」

と久五郎は、それきりでくわしいことは力蔵にも訊ねようとはしなかった。

江戸もすっかり秋の気配になって、大川の水面《みなも》を吹き渡ってくる風が冷《つ》めたさを増した。雁《がん》が一列になって、空を飛んで行くのを仰《あお》ぎながら、ときどき久五郎は故郷の出雲国意東村で百姓をしている父の伊左衛門や母親のかねのことを思い出した。それから、やはり眼に浮ぶのは、尾道の造り酒屋備後屋にいる自分と夫婦約束をしたお時の面影《おもかげ》であった。

今牛若東助も、あのまま七つも年上の浪人の娘おしげと一緒に、まだ大坂で暮しているのだろうか。自分とどちらが先に出世をして、幕へ入るか、一緒に稽古をした東助なのに、立派な力士になることなど忘れて、女のために一生をあやまってしまうのか、と考えるとじりじりした思いになる。だが、それもこう住む世界が違ってしまっては、どうにも仕方のないことであった。

ともかく大蔦力蔵のいうように、機《おり》が来るまでここで奉公をしていよう、そのうちに江戸相撲の立派な関取の弟子にしてもらえる時が来るだろう、と久五郎は腹をすえていた。

江戸へ到着してから二ヶ月ほど経って、荒尾内蔵助が米子へ帰るときが近づいた。

「殿様も、そのほうのことを案じておられる」

と、側用人の進藤立馬が、久五郎や力蔵たちの寝泊りしている長屋へやってきて、

「大蔦力蔵は、江戸へ残して行く。両国横網町《りようごくよこあみちよう》に住む天津風雷五郎は、以前は力蔵の親方ゆえ、その縁をたどって弟子入りさせることも叶《かな》うが、どうだな、久五郎、そのほうは大坂力士朝日山の弟子であったころ三段目まで進んでいたのゆえ、いまさら新規蒔直しに序ノ口からやり直す気持にはなれまいな」

「いいえ、わたしと致しましても、はじめから相撲修業をする覚悟でございます。褌担ぎからやり直しても、べつに苦には思いません」

「その覚悟なら結構だ」

と進藤立馬は、自分がさげてきた酒を力蔵に振舞い、久五郎には串団子を食べさせながら、ひどく上機嫌であった。

「今夜は殿様もお帰りにはなるまい。早う寝るがよい」

そう言って立馬が屋敷のほうへ戻って行ってから間もなく、何やら奥のほうが騒々しくなった。

陽が暮れて間もないころだが、誰かいそいでこの中屋敷から走り出して行ったし、何か

ある、と察して力蔵と久五郎は、長屋から飛び出した。

進藤立馬が、屋敷の裏門のところに立っていた。

「なんでもない。そのほうたちは出て参るに及ばぬ。長屋へ入っていよ」

さっきとは打って変ったけわしい剣幕で、立馬は二人を叱りつけた。

あくる日になって、屋敷の足軽や中間の口からゆうべの騒ぎの原因が、そっと伝わってきた。

いつもの通り荒尾内蔵助は、甚内《じんない》という中間ひとりを連れて、外へ出て行ったが、浅草《あさくさ》三股河岸《みつまたがし》のところで、何者かに襲われたのだという。対手は手拭で顔を包んでいたので、浪人たちのほかに、市中のごろつきとわかる男が三人ほどで、いきなり声もかけずに殴りかかった。荒尾内蔵助は、刀も抜き合さずに対手を追い払ったが、肩や腰を棒で殴られ、そのまま中屋敷へ引き返してきた、というのであった。

「大きな声では言えぬが、うちの旦那様はご本家の殿様へ向っても、ときどき遠慮のないことを言うそうな。いつまでも公方《くぼう》様が天下を治めておらずに、天朝《てんちょう》様へお返ししたほうがいい、というようなことをおっしゃるんで、鳥取の池田様でも岡山《おかやま》の池田様でも、うちの殿様のことを大そう煙たがっておいでだそうな。もしやすると、ゆうべ殿様を闇討したのは、その連中じゃあねえかな」

「やはり殿様は、おれたちみたいな用心棒を連れて夜歩きをなすったほうがいい。浪人やごろつきたちが十人二十人出てきても、おれたち二人いれば手玉にとって、二度とつまらねえ真似をしねえよう、懲りを見せてやれるのだが」

「しかし、こっちから殿様の夜歩きのお供をしよう、と言い出せねえ。こっそりついて行くよりほか、仕方がねえな」

二人は、顔を見合せ、にこりと笑った。

内蔵助の夜遊びの先がどういうところなのか、それは知らなくてもいい。ただ途中でゆうべのようなことがあっては、と二人は心配しただけであった。

やはりその晩のことがあってから、三日ほど内蔵助は夜歩きをしなかった。それでも胆《きも》の据《すわ》った内蔵助なので側用人の進藤立馬の意見などは耳に入れず、三日経った晩、いつものように頭巾で顔を包み、中間の甚内を供に連れて、中屋敷の表門を出て行った。

あらかじめ大蔦力蔵は、進藤立馬の許しを得てあったので、黒繊久五郎と二人、着物の裾を端折って、こっそりと荒尾内蔵助のあとをつけた。途中で見つかったら、叱られるに違いないが、それはそのとき、と二人は覚悟をした。

内蔵助は、浅草の三股河岸へかかると、何か供の中間へ言いつけた。

慣れているらしく、甚内はうなずいて、道の端の柳の木蔭へ入った。ここで待ってろと内蔵助から言いつけられたらしい。

河岸から少し入った小路の突き当りに、町家の寮《りょう》のようなしゃれた一戸建の家がある。二階造りで障子から灯明りが外へ洩れていた。荒尾内蔵助はひとりでその家へ入っていった。

「あの家だよ、久五郎どん」

と、力蔵はささやいて、

「どうする。殿様が朝まであの家から出ておいでにならないとすると、おれたちもここで一晩中、見張りをしなくちゃあならねえが」

「お泊りになるのだったら、甚内さんをあすこで待たしておく筈はねえ」

「なるほど、おめえの言う通りだ。こういうことには慣れていると見える」

「飛んでもねえ。子供が考えたってわかる理屈じゃねえか」

「それもそうだな」

力蔵と久五郎は河岸まで引っ返して、柳の木蔭をのぞいた。

「おい、甚内さん、おれたちだよ」

力蔵の声を聞くと、中間の甚内が、暗い木蔭からしぶしぶ現れてきた。

「なんだ、おめえたち、ついて来たのか」

「殿様の用心棒に、とこちらから進藤様へお願い出てお許しを受けておる。今夜は、殿様はあの家へお泊りかえ」

「いいや、一刻《いっとき》も経てば出てくる、とおっしゃっていた」

「じゃ、おれたちも待たせてもらおう。決してお前さんの迷惑にはならねえようにする」

二

それから、夜鳴き蕎麦屋が通ったので、力蔵と甚内は酒を飲み、久五郎は三杯ほど立て続けに蕎麦を食べた。

蕎麦屋のあるじも、見るから相撲取とわかる図体《ずうたい》の大きな若い男ふたりに、紺看板《こんかんばん》一枚きりの中間という取合せを、べつに妙にも思わずにいたらしい。

こういうときは話のうまい力蔵が、それとなく三日前、このあたりで起った出来事を訊き出した。

「ただの喧嘩じゃなくて、対手は大身のお武家様だったらしい」

と、蕎麦屋のおやじは、自分の見たことを話してくれた。

待伏《まちぶ》せていたのは六人ほどだが、襲われた侍は、べつに驚いた様子もなく、刀も抜き合わさずに対手の棒を引ったくって、その六人を追い払ってしまった。

騒ぎを聞いて、近所の自身番《じしんばん》から番太郎《ばんたろう》が走って来たときには、もう争いは終って、侍はこの三股河岸から立去ったあとだという。襲ったのは、浪人が三人に、あとはごろつきたちらしい、と夜鳴き蕎麦屋のおやじは話をした。

「何だかわけはわからねえが、用心に越したことはねえ」

夜鳴き蕎麦屋が、河岸の道を去ってから、力蔵と久五郎は小路へ入って、さっきの家を見張った。

「おい、大蔦関」

と久五郎は、力蔵を天水桶《てんすいおけ》の蔭へ引っ張り込んで、そっと言った。

「うちの中の様子が、どうも妙だとは思わねえか、それに、あの家を見張っているのは、おれたちばかりではねえらしいぞ」

「うむ、おれも気がついていた」

あれから一時間以上も経っているであろう、まだ家の中に灯明りが見える。その上、女の泣き声と、何か叱りつけるような男の声が聞える。その男の声は、荒尾内蔵助にまぎれもない。

そっと振返ると、この暗い小路へ黒い姿が二つ三つ、忍び込んで来て、その家の様子を遠くからうかがっているようであった。

力蔵と久五郎が、じっと天水桶の蔭に身をひそめたままでいると、その黒い姿は小路を這うようにして、その家の戸口から中へ入ろうとした。

「黒純、あいつらをつかまえよう」

ささやいておいて大蔦力蔵は、先に天水桶の蔭から飛び出した。

「この野郎」

大きな声を出して久五郎も、その男たちのうしろから走りかかった。

手拭で頰《ほお》かぶりをした、見るから風采《ふうさい》のよくない男三人は、いきなり大きな男が二人もうしろから飛び出してきたので、びっくりしたらしい。それでも、めいめい手にした棒切れを振廻して、打ってかかろうとしたが、力蔵がその一人をつかまえるなり、地べたへ叩きつけた。

久五郎も、一人に足払いをかけ、もう一人の胸板に頭突《ずつ》きを食わした。

三人とも、もう起きあがれず、身体を丸くしたままうなっている。

その叫び声を聞いて、家の中から、荒尾内蔵助が大刀《だいとう》をつかんで出てきた。

「何ごとだ」

「わたし共でございます」

と力蔵が、灯明りの流れる中へ姿を見せて、頭を下げた。

「そのほうたち、何と思うてこのところへ参った」

「殿様の用心棒に、と存じまして」

そう言っている力蔵のうしろから、そっと久五郎は家の中をのぞいた。

玄関があって、長火鉢を置いた部屋が見える。そばに、三十前後の、丸髷《まるまげ》を結《ゆ》い、眉を剃った町家の女房風の女がひとり、横坐りになって、涙を拭いている。見たこともない女だが、それが、この家の女あるじらしい。

「すぐに立帰れ」

と、内蔵助は障子をしめながら、きびしい声で二人を叱りつけた。

「要らざることを致すと、容赦《ようしや》をせぬぞ」

「へい」

すごすごと小路を出て行きかけたが、そこにころがっている三人の男たちを見ると、

「こいつらをこのままでは、何をするか知れやしねえ。川風の吹くところへ、ほうり出してやろう」

それから二人は、三人のごろつきたちの襟髪をつかんで、表の河岸沿いの道まで連れ出した。

「おい」

と久五郎は、その中の一人の胸倉をつかんで、

「おめえたち、泥棒か。なぜあの家の中をのぞいていた。自身番へ突き出してやろうか」

「それには及ばねえ。苦しいから、手をはなしてくれ」

あとの二人は、これを見ると、さっさと逃げ出してしまったので、残った一人は久五郎に首を締められ、いまにも死にそうな声を出した。

「しゃべるから、助けてくれ」

「じゃ、手をゆるめてやる」

「これで助かった。だが、大した力だ。お前さんたちは本物の相撲取だね」

「さあ、訳をぬかせ」

「実は、おれたちは、浅草田町《たまち》の砂利場《じゃりば》の助五郎《すけごろう》の乾分たちだ。あの家には、お芳《よし》という女が住んでいる。旦那はどこかのお大名のご家老だそうだが、お芳という女は、以前うちの親分と訳があって、それから手が切れて、いまのような結構な身の上になった。だが、うちの親分には未練があるので、お芳という女とよりを戻してえ。それで、あの手この手とお芳をおどかしたり、お芳の旦那のどこかのご家老さんとやらを痛い目に遭わせようとしたのだが、これで二度しくじってしまった」

「そうか、三日前の晩、うちの殿様に闇討《やみうち》をかけやがったのは、おめえたちだな」

「なんだ、それでは相撲取、お前さんたちは、あのご家老とやらのお抱え力士か」

「それに気がつかぬとは、よほど間抜けだ。砂利場の助五郎という奴も、大したことはなさそうだな。これを土産《みやげ》に親分のところへ帰って、よく言うがいい。もう二度とあの女のひとや、うちの殿様へ余計な手出しをするなとな」

そう念を押しておいて久五郎は拳《こぶし》を固めると、対手の頭を力いっぱい殴りつけた。

蛙《かえる》のような声を出して、その男は尻餅《しりもち》をついた。気が遠くなったらしく、しばらくそのままでいたが、やがて四つん這いになると、河岸沿いの道を浅草のほうへ逃げて行った。

「なかなか上出来だったぜ、黒緘関」

と力蔵は、久五郎の肩を叩いてから、そっと姿を見せた中間の甚内へ声をかけた。

「ここで見たことは、殿様にも進藤様にも内緒だよ、甚内さん」

「わかった、おれは何も見なかったことにしよう」

と甚内は、うなずいてから、暗い中で改めて久五郎を見あげ、見おろした。

「相撲取だから、これが本当だろうが、黒緘関、お前さん、大した力だ」

「なあに、あれは手加減をしておいたのだ。それに黒緘関などと呼ぶのはやめてくれ。おれはまだ、相撲取の渡世《とせい》を、出たり入ったりしているような心持だからね」

それから久五郎と力蔵は、甚内より先に鳥取池田家の中屋敷へ帰った。

あるじの荒尾内蔵助が三股河岸の近くに囲っているお芳という女に、そういう面倒が降りかかっているというのは、進藤立馬にも内緒でいなくてはならない。

あるじの内蔵助も、この晩のことは一言も口に出さず、いつものように上屋敷へ出仕して、きちんと公用を果していた。

それから二日ほどして、中間の甚内が、顔色を変えて久五郎と力蔵のところへやって来た。

ちょうど二人とも裸になって、湯殿《ゆどの》を掃除しているところであった。

「力蔵さん、久五郎さん、大変だ」

「こんな明るいときに、狸《たぬき》にでもおどろかされたのかえ、顔がまっ青になっている」

「冗談を言っているときじゃねえぜ。砂利場の助五郎から、おめえさんたちに呼出しが来た」

それを聞くと、久五郎と力蔵は顔を見合せた。

「そいつは面白い。使いというのは、どこに待っている」

「裏門のところだ」

「行こう」

いそいで風呂場の掃除が終ると、久五郎と力蔵は着物を着て、裏門のところへ出て行った。

人相のよくない男たちが五人ほど、わざと凄味を見せて、門の向い側のところに立っている。

そのほうへ近づこうとして久五郎は、ふっと見た。

塀に沿った道を横合いから、女がひとり、にこにこ笑いながらこちらへ歩いて来る。遊芸の師匠といったような、粋《いき》な身なりをした若い女で、顔に見おぼえがある。

「黒絨久五郎さん」

女は、向うから声をかけた。江戸へ下る途中、桑名の茶屋、それから海上七里の渡し船の上、と二度も会ったあのお北という女にまぎれもない。

「どうやら、砂利場の連中と面倒を起したようだから、様子を聞いて、ここまでやって来た。黒絨さん、あたしに口をきかしちゃあくれませんか」

とお北は、じろりと久五郎に流し目をくれてから、道の向うに立っている助五郎の乾分のほうへ声をかけた。

「あたしの顔を、知っているだろう。これからこの若い相撲取と一緒に、砂利場の親分のところへ行こうじゃないか」

五人の男は返事もできずに、黙って突っ立っていた。

久五郎のほうも、呆っ気に取られた形で、力蔵と一緒にこの場の成行きを見ているきりであった。

秋の風

一

砂利場というのは浅草田町一丁目のことで、助五郎は、このあたり一帯を縄張りにしている顔役であった。もちろん、博奕打《ばくちうち》を表向きの渡世にするわけには行かないし、人足を集めて浅草寺《せんそうじ》の庭掃除をしたり、町内の為に働く、と見せかけておいて、その裏では悪いことばかりしているという。

浅草田町へ行く途中、お北は黒繊久五郎と大蔦力蔵へ、助五郎という男のことを話してくれた。

それも、左右とうしろから一緒に歩いてくる助五郎の乾分たち五人に遠慮や気兼ねをするではなく、大きな声であった。

「土地の人には評判をよくしておかないと損なので、そういうことについちゃあ、気を使っているようだけれど、その実、大した男じゃあないのさ」

このお北という女は、江戸の生れで、しばらく伏見で下女奉公をしていた、と桑名から宮へ渡る渡船の上で語っていた。

しかし、話の具合から察すると、どうも、ただの下女奉公などをするような女とも思われない。髪形も、着ている物も、あか抜けているし、水商売をしているのではないか、と思える。

しかも亀山の本陣宿で、あるじの荒尾内蔵助の枕の下から手紙を掏《す》り取ったのではないか、と久五郎はいまでも考えている。

そうするとこのお北という女は、女のくせに巾着切《きんちゃくきり》なのではあるまいか、と思えるが、こうやって一緒に歩いているところは、さっぱりして、大そう感じのよい女であった。

「もとは葛飾《かつしか》あたりの、草《くさ》博奕打だったらしいのが、先代の砂利場の富八《とみはち》という親分の乾分になってね、それから売出してきたのさ。昔でいえば男伊達《おとこだて》、というつもりでいるらしいが、なあに、当人は男伊達なんかとは大そうな違いさ。会って見ればわかるよ」

とお北は、わざと助五郎の乾分たちに聞えるよう、ずけずけと大きな声で言った。

五人の男たちも、腹を立てているようだが、面と向ってお北には何も言えないらしい。

やがて、この一行は、砂利場のごみごみした横丁へ入って、助五郎の家に着いた。表の格子戸《こうしど》が、ぴかぴかに磨《みが》かれて、しゃれた造りの二階家であった。

「ここだよ」

と足をとめてからお北は、助五郎の乾分たちへ顎をしゃくった。

「親分へ、お客が来た、と言うんだよ」

仏頂面をした乾分たちが、家の中へ入って行った。

「こわがることはないよ」

とお北は、久五郎と力蔵へ笑顔を向けて、

「あたしが口をきいてあげるからね。お前さんたちは、黙って見ておいで」

「でも、お北さん」

と久五郎は、力蔵と顔を見合せて、

「お前さんは女だから、矢面《やおもて》に立たせる、というわけには行かない。ここの家の乾分たちを殴りつけたり、ほうり投げたりしたのは、わたしたちだからね」

そこへ、さっきの乾分のひとりが、ぬっと格子戸のところから顔を見せて、頭ごなしに言った。

「親分が会って下さるそうだ。さあ、中へ入んな。その代り、この格子戸が、三途《さんず》の川になる覚悟で、入ってくるがいいぜ」

「おやおや」

とお北は、あたり近所へ響き渡るような大きな声で笑って、

「大そう強がりを言いはじめたね。さすがに親分の家へ入ると、勇気が出てくると見える。さあさあ、中へ入ろうよ。関取さんたち」

と、対手の乾分を押し返すようにし、お北は先に家の中へ入って行った。

表構えと同様、家の中もぴかぴかに磨き立てられ、縁側などは顔が映るほどであった。

茶の間の、大きな縁起棚《えんぎだな》の下に、長火鉢を前にして、砂利場の助五郎が坐っていた。

四十前後であろう、しゃれ者だな、と久五郎にも気がつく。色は浅黒いが、女に好かれそうないい男前の、着ている物もぴかぴか光った着物で、ぷうんと香油《こうゆ》の匂いがする。

「親分、しばらくでしたね」

遠慮のない口をきいてお北は、長火鉢の向う側に坐ると、久五郎と力蔵を呼んだ。

「関取たちも、ここへお坐んなさい。あたしが談判をしてあげるからね。こっちの乾分たちが、先に手を出したのだから、何も謝まることはありゃあしない。あたしが膏薬《こうやく》代を取ってあげる」

久五郎と力蔵は、大きな身体を二つに折って、お北のうしろのほうに坐った。

次の間にも縁側にも、助五郎の乾分たちが、十人ほど、ぎっしりと詰めかけて、その中には、ふところへ手を突っ込んでいるのもある。おそらく、匕首《あいくち》に手をかけ、久五郎やお北をおどかそう、というつもりに違いない。

「では、親分のご返辞をうかがいましょうか」

お北にそう言われて、それまで黙っていた助五郎は、苦笑いをしながら、

「さっきから聞いていれば、言いたいことを言うじゃあねえか。この相撲取たちは、おとついの晩、おれの乾分たちを痛めつけやがった。聞けば鳥取池田様のご家老、荒尾内蔵助様のお抱えの力士だそうだな。膏薬代を欲しい、だと。ふん、聞いて呆れる」

「呆れるのは、こっちのほうさ」

負けずにお北も、言い返した。

「お前さんが、荒尾内蔵助様を闇討しようとて、乾分たちをけしかけたこと、ちゃんとこの二人の力士は知っているよ。向うは身分のあるお武家様だから、騒ぎを表向きにしたくない、というおつもりだが、そっちの出ようでは、荒尾様は鬼にも蛇にもなるだろう。おわかりだろうが、荒尾様には大ぜいのご家来衆がいなさる。もしもお町奉行所の耳へ入ったら、親分のほうも損になるんじゃあなかろうか」

廊下や次の間にいる乾分たちが、めいめい膝《ひざ》をあげそうになった。

それを黒縅久五郎は、じろりと睨みつけた。

「見る通りお北さんが、親分と掛合いをしておいでだ。お前たち、手出しをするようなら、おれとここにいる大蔦関が承知をしねえ。そっちが十人なら、一人で五人ずつ対手にしてやろうか」

久五郎としては、こんなことを言うつもりはなかったが、どうも助五郎や乾分たちの様子が、はじめから気に入らないからであった。

一昨夜、久五郎と力蔵に殴りつけられた連中も、この中に入っているし、こちらは図体の大きな若い相撲取が二人もいるので、向うもびくっとしたらしい。十人の乾分たちは、めいめい顔を見合せたきり、おとなしくなってしまった。

助五郎は、久五郎と力蔵を見比べていたが、何を思ったのか、急に笑顔をつくって、愛《あい》想《そ》よくお北へ言った。

「なるほど、この相撲取たちは大そうな鼻《はな》っ柱《ぱしら》だ。聞けば荒尾内蔵助様は、もうじき米子へお帰りになるそうだが、そうなったら二人とも、米子へお供をして行くか。それとも江戸に残るのか、話次第では、おれが肩入れをしようじゃあないか」

「どういうことなんですね」

とお北は、わざととぼけて、

「親分が、この二人を贔屓にしてやろう、とでも言うんですか」

「いいや、おれの乾分になれ、という話さ」

「冗談でしょう」

お北は、ぴしゃりと言い返した。

「二人とも、まだ出世前の力士だし、博奕打の乾分にしようと思って、あたしがここへ連れてきたんじゃあないよ。おとついの晩、二人へ手出しをした奴らを追っ払うか、それとも、膏薬代を包むか、はっきりした返事を聞きにきたのさ」

「何だと、この阿魔《あま》」

助五郎は、かっとしたらしく、いきなり立ちあがろうとした。

その横のほうへ、大きな膝を近づけると、久五郎は対手の腕をつかまえ、畳へねじ伏せた。それが、あっという間の早業《はやわざ》なので、助五郎の乾分たちも手が出せず、眼を丸くしていた。

「こいつら」

と大蔦力蔵も、対手をどなりつけて、立ちあがりながら腕まくりをした。

「うかつに手出しをすると、お前たちの親分の腕が折れてしまうぞ。おれと違って、久五郎は気のいい男だから、これぐらいのところでとまっているんだ。さあ、手出しをしてみろ。一人残らず、叩《たた》っ挫《くじ》いてくれる」

それに加えて、お北も啖呵《たんか》を切った。

「お前たち、おとついの晩に殴りつけられたのを忘れていやあすまい。これからあたしが助五郎親分と取引をするのだから、黙ってそこで見ておいで」

久五郎に畳へねじ伏せられた助五郎は、ようやく顔をあげると、乾分たちへ声をかけた。

「お前たち、向うへ行っていろ」

さすがに親分だけあって、悲鳴はあげないが、久五郎の膝で背中を押えられ、身動きも出来ず、見る間に顔から脂汗《あぶらあせ》がにじみ出ている。

乾分たちが台所のほうへ立って行ったのを見届けると、ようやく久五郎は助五郎を突きはなした。

「さて、砂利場の親分」

とお北は、溜息《ためいき》をついている助五郎へ向き直った。

「ご返辞をうかがいましょう」

二

それから五日ほど経って、荒尾内蔵助は江戸を出立、米子へ戻る旅へ出た。

こんどは大蔦力蔵も供に加わらず、江戸に残ることになっている。

江戸の空も、すっかり秋の色になった朝、久五郎と力蔵は、内蔵助の一行を高輪《たかなわ》の木戸まで送った。

「よろしいか」

いつもの通り、わずか二十人ほどの供を連れただけで、高輪から品川《しながわ》へ向うとき、荒尾内蔵助は、力蔵と久五郎へ言った。

「そのほうたちのことは、深川新場《ふかがわしんば》の奥三十郎《おくさんじゅうろう》に頼んである。わしへ対する奉公は、今日かぎりで終ったと思え。あとは面倒を見てやれぬが、立派な力士になるのも、そのほうたちの修業ひとつだぞ」

「有難う存じます」

大蔦力蔵は、大きな身体を小さくして、しきりに泪《なみだ》を拭いながら礼を言った。

荒尾内蔵助の言ってくれた深川新場の奥三十郎というのは、佐賀町《さがちょう》に住む肥料問屋で、苗字帯刀《みようじたいとう》を許されている家柄であった。

以前、大蔦力蔵が弟子入りをしていた天津風雷五郎は、雲州《うんしゆう》の松平出羽守の抱え力士になっている。その天津風も、奥三十郎には贔屓になっているし、あらかじめ荒尾内蔵助から三十郎のほうへ手紙が届いていた。

内蔵助が江戸を出立したあと、大蔦力蔵は久五郎を連れて、奥三十郎のところへ挨拶に行き、天津風の弟子に取り立ててもらおう、という考えであった。

「そうそう、忘れていた」

品川へ向うときになって、内蔵助は思い出したように力蔵と久五郎へ言った。

「例の、三股河岸の家にいる女子のことだが」

さすがに内蔵助も、照れくさそうな口調で、言葉を続けた。

「あれは、お芳と申して、よるべのない女子でな。そのほうたちもすでに存じているであろうが、以前はよからぬ奴がついておった。そのために、いまでも難儀をしておる。立派な力士になろう、と修業を積むそのほうたちに、かようなことを頼んでは迷惑であろうが、ときどきはお芳の家を見舞ってやってくれ」

「ご安心下さいませ」

力蔵は、ちらりと久五郎と顔を見合せてから、頭をさげた。

「あのお芳様には、もう誰も手出しをすることはございますまい。砂利場の助五郎という親分にも、話をつけておきましたゆえ、もうお芳様のところへ押しかけて行くことはありますまい」

その話は内蔵助も、ご用人の進藤立馬から聞いていたようだが、自分では知らないふりをするよりほかはない。

「さようか」

と言っただけで内蔵助は、進藤立馬以下の家来や小者たちを連れて、やがて高輪の木戸から品川のほうへ向って旅立って行った。

一行の姿が見えなくなるまで見送り、久五郎と力蔵は、浅草のほうへ引返そうとした。

「大蔦関」

と久五郎は、そっと力蔵へささやいた。

「あすこに、お芳様が来ておいでだ」

うなずいて力蔵も、ちらりと道端の茶店のほうを見たが、足もとめずに歩き続けた。

茶店の中に、荒尾内蔵助の世話を受けているあのお芳という女が、眼立たぬようにひっそりと坐っている。よそながら、ここで内蔵助を見送っていたのであろう。

今日から十日ほど、力蔵と久五郎は大川端の鳥取藩江戸中屋敷内のお長屋に住むことを許されているが、それから先、身のふり方を考えなくてはならない。

あのお北という女のおかげで、砂利場の助五郎との話は、きれいに方《かた》がついた。

あの喧嘩は、乾分たちのほうが悪かった、と助五郎は言って、二人の膏薬代を払ったが、その中身はどれくらいの金が入っていたのか、力蔵にも久五郎にもわからない。

「これは骨折賃《ほねおりちん》に、あたしが貰っておきますよ」

とお北が助五郎の前で、その金包みを帯のあいだへ入れてしまったからであった。

力蔵も久五郎も、べつに怪我もしていなかったし、膏薬代など貰うつもりはない。ただ、あとあとのことがあるので、砂利場の助五郎などという評判の悪い親分に睨まれては、と考えたからであった。

助五郎も、久五郎の大力で押えつけられ、しかもお北と力蔵に啖呵を切られて、のっぴきならなくなり、言われるままに膏薬代を出したらしい。

「このまま無事に済むかどうか、わからないけれど、これからも用心をしたほうがようござんすよ」

砂利場を出てからお北は、久五郎と力蔵へ念を押したきり、さっさとどこかへ去ってしまった。

神田《かんだ》の伯母のところに厄介になっている、とお北は二人へ語ったが、その町名もわからないし、どんな暮しをしているのか、力蔵と久五郎には見当つかない。

「どういうことになるのかな、これは」

池田家中屋敷の長屋へ帰ってから、力蔵は苦笑いをしながら、久五郎へ言った。

「砂利場の助五郎との話はついたが、何のことはねえ、あのお北という女に金だけ持って行かれたわけだな」

「それも、考えようさ」

久五郎は、あっさりと言った。

「こっちは何も、銭金ずくだけで砂利場へ行ったわけではないのだから」

「お前《めえ》のようにあきらめが早いと、おれも文句が言えなくなってしまう」

と、力蔵は笑った。

荒尾内蔵助が江戸を出立してから二日目、久五郎と力蔵は、深川佐賀町、いわゆる新場といわれるところへ、奥三十郎を訪ねた。

出雲屋、と赤銅《あかがね》作りの大きな看板が立っている店で、間口《まぐち》六間ほどあり、奉公人の数も多いらしい。

「池田様のご家老、荒尾内蔵助様からお話のございました大蔦力蔵と、それから黒緘久五郎が参りました」

二人が挨拶をすると、小僧が帳場のほうへ取次いでくれた。

やがて奥のほうから、色の黒い、五十年配の痩《や》せた男が出てきた。

急いで力蔵と久五郎は、頭をさげた。

「これは、旦那様でございますか」

「いいや、わたしはここの番頭の甚左衛門《じんざえもん》という者だ。いま旦那様は、水戸《みと》のほうへお出かけで、お留守だが」

と甚左衛門は、頭から噛みつくような調子で、

「わたしは、相撲取が大嫌いでね。大飯ばかり食らって、店の手伝いも出来ないような男たちを世話をするほど、この店はひまじゃあない。旦那様がなんとおっしゃろうと、番頭のわたしがお断りをする。さっさと帰っておくれ」

いきなりそう言われて、力蔵と久五郎は面食らってしまった。

荒尾内蔵助の話では、この店を訪ねれば、寝る場所も世話をしてくれるし、天津風雷五郎へ橋渡しもしてくれる、ということだったが、番頭の甚左衛門は、いまにも塩をまきかねないような剣幕であった。

「何かのお間違えでございますまいか」

と力蔵は、ていねいに下から出て、

「荒尾様から、ちゃんとこちらの旦那様へはお話が通してあります。番頭さんのお前さんが一存でそんなことをおっしゃるとは、どうも合点《がてん》が参りません」

「何だと」

甚左衛門というのは、よくよく気短かと見えて、大きな男ふたりを対手に喧嘩をするつもりか、土間へおりて草履《ぞうり》をつっかけた。

「お前たちは、銭貫いだろう。追っ払われないうちに、さっさと帰るがいい」

それを聞くと、大蔦力蔵は、かっとしたらしい。

「番頭さん、銭貫いとは、言葉が過ぎやあしませんか」

「銭貫いだから、銭貫いと言ったのがどうした」

「この野郎」

力蔵は、甚左衛門の胸倉をつかむと、かるがると持ちあげた。

甚左衛門の足が、土間から三尺ぐらいはなれた。

「人殺しだ」

甚左衛門は喚《わめ》き立てた。

「みんな来てくれ。この相撲取がおれを締め殺すらしいぞ」

店の手代や小僧たちは、びっくりして眺めているきり、誰もそばへ寄ってこない。

「大蔦関、よしたほうがいい」

ようやく久五郎は、力蔵をなだめて、甚左衛門から手をはなさせた。

しかし、甚左衛門の喚き声を聞いて、店の奥からも若い者が飛び出してきたし、午下り《ひるさが》の表の通りには、わいわい弥次馬《やじうま》が集ってくる。

それを見ると大蔦力蔵も、困った顔つきになって、

「どうしよう、黒縅」

「逃げよう」

「よしきた」

二人は、いきなり表通りへ飛び出した。

こんなことになるとは考えなかっただけに、二人も面食らった心地になった。

地獄極楽

一

　図体の大きな、見るからに相撲取とわかる若い男が二人、どんどん走って行くし、出雲屋から飛び出した番頭や手代、小僧たちが、それを追いかけてくるので、通行の者たちも足をとめた。

「その野郎たち二人を捕えてくれ。うちの店へ来て、乱暴を働きやがった」

　出雲屋の番頭の甚左衛門が、黒い顔に汗をしたたらせて、走りながら大きな声で喚き立てている。番頭や手代たちは、何が起ったのかわからないが、番頭の指図だけに、いやとも言えず、一緒になってわいわい騒ぎながら追いかけてくる。

「大蔦関、何も逃げることはない」

と足をとめてしまって、久五郎は振返った。

「おれたちが、何をしたと言うのだ、番頭さん」

と黒繦久五郎は、足を張って、甚左衛門たちへ声をかけた。

大蔦力蔵も立ちどまって、久五郎と肩を並べ、追ってくる連中を睨みつけた。

さすがにこうなると、いくら相撲取が嫌いでも、さっき力蔵につるしあげられただけに、手も出せず、甚左衛門は立ちすくんでしまった。

手代も小僧も、そのうしろに身体をよせ合ったきり、黙って成行きを見ている。

「番頭さん」

若いだけに久五郎は、新しく腹が立ってきて、甚左衛門を睨みつけた。

「改めて、申し上げますが、こっちの男は大蔦力蔵、わたくしは黒繦久五郎。どちらも鳥取池田様のご家老荒尾内蔵助様からのお話があって、奥三十郎様へご挨拶に参ったのでございます。いくら相撲取が大嫌いだといっても、いきなり銭貫い扱いをするのは、番頭さんのほうが間違っていやあしませんか。旦那は水戸のほうへお出かけでお留守だとうかがったが、お店を預る番頭さんが、そんなことでよろしいんでございましょうか」

それを聞くと甚左衛門も、すぐには言葉が出ず、眼を白黒させた。

うしろに立っていた若い手代が、甚左衛門の顔をのぞき込んで、

「一体、これはどういうことになっているんでございます。わたくし共は、一向に訳がわかりません。この相撲取二人が、番頭さんに無体《むたい》を働いた、というのでございますか」

「そうだとも」

甚左衛門も、まわりに大ぜいの野次馬が集ってきたので、擬勢《ぎせい》を張って、

「そうだよ。こっちの大蔦という力士が、わしの胸倉をつかんで持ちあげた。きっとわしを締め殺すつもりだったに違いない」

それへ、手代はにやにや笑いながら、

「だって番頭さんが、この力士たちのことを、大飯くらいだとか、銭貫いだとか、悪態をついたからでしょう」

「わしは、相撲取が嫌いだからな」

「それじゃあ、番頭さんのほうが悪い」

「何だと。お前は、この相撲取たちの肩を持つ量見《りようけん》か」

それへは答えず、手代は進み出て、二人へ笑顔を向けながら言った。

「わたくしは出雲屋の手代で、長八《ちようはち》と申します。旦那はお留守だが、どういうご用でしょう」

「はじめから、そういう風に返辞をして下されば、何も乱暴な真似をしなくてもよかった

んだ」

と力蔵も、照れたように、

「荒尾内蔵助様から、奥三十郎様へ、お話が通っていたと思いますが」

「どうなんです」

と手代の長八は、甚左衛門を見て、

「ご存知じゃあないんですか、番頭さんは」

甚左衛門は、仏頂面をしてうなずくと、

「旦那から、それはうかがっているよ。だけど、わたしは相撲が大嫌いだからね」

「旦那が承知をなすったのなら、番頭さん一存でお断りしちゃあ、いくら対手が若い人でも、失礼というもんでしょう」

「何も、お前からお説教を聞こうとは思わない」

ほうっておくと、番頭と手代が、野次馬の見物している中で、喧嘩をはじめそうであった。

「まあまあ」

と久五郎は、こんどは自分が仲裁に出て、

「では、旦那がお帰りになってから、改めてうかがいます」

「それは困ります」

と、手代の長八が、

「荒尾様からお話のあった人を、このままお帰ししては、わたくし共が旦那からお叱りを受けます」

「でも、初対面でこういう具合になっては、わたくし共も何とも気まずうございますから」

と久五郎は、大蔦力蔵をうながして、そこから歩きはじめた。

手代の長八が、急いで追ってきた。

「どうか、気を取り直して、もう一ぺん店へ来ちゃあ下さいませんか」

「番頭さんとまたいがみ合いをしちゃあ、お店の迷惑になります」

もう立どまろうとはせず、久五郎と力蔵は、肩を並べて大川端のほうへ歩いて行った。

鳥取藩江戸中屋敷の長屋に、あと十日ほどは住んでいられるが、これから先、二人の落着く先を決めなければならない。

「どうする、黒絨関」

と大蔦力蔵は、その晩、長屋の一部屋で、改った形で久五郎へ話しかけた。

庭で、秋の虫がすだいている。もうじき中秋《ちゆうしゆう》の満月なので、広い中屋敷の庭も、水底のように青く浮びあがって、大川を上り下りする船の艪《ろ》の音が聞える。

「のう、大蔦関」

と久五郎は、しみじみした口調で、

「これまでわしは、尾道でも大坂でも、ずいぶん人の情というものを受けてきたし、また嫌やな人間も見てきた。だが、今日のような番頭に出会うと、力士というのは、やはり出世をしなけりゃ、世間並に通用しないものだ、とつくづく考えさせられる」

「それは、どんな仕事だって、同じだと思うが」

「相撲取というのは、ことにそうだよ。わしは褌担ぎから出直すつもりで、こうやって江戸に出てきたが、やはり世間様というのは、こっちの思う通りにさせてはくれない。今日は腹を立てたが、あんなことでは、まだまだ駄目だ。対手《したて》からどんな悪態をつかれようとも、こっちは出世前の相撲取なのだから、どこまでも下手から出なくちゃいけないのだ。今日の出雲屋の番頭さん、それから砂利場の助五郎、ああいう人たちと、むきになって喧嘩をするようでは、修業が足りないね」

「おやおや」

大蔦力蔵は、ひどくおかしそうに、声を立てて笑い出した。

「まだ二十二のおぬしが、まるで悟《さと》りを開いたお坊さんのようなことを言うじゃないか」

「ともかく、二人で日傭取でもやって、このお屋敷のお世話にならないようにして働こうじゃあないか。天津風関のところへ、晴れて入門のできるよう、時の来るのを待とうと思うが、どうだね」

「結構だね」

「だが、おぬしは天津風関を知っているのだから、一人だけでも弟子入りが出来る筈だ。何も、わしと付合ってくれることはいらないのだよ」

「ところがな、黒緘関」

こんどは力蔵が、しみじみした口調で言った。

「わしは、どんなことがあっても、おぬしと一緒に苦労をしよう、と思う。荒尾様のお殿様に言われたが、おぬしとひとつ、出世比べをしたいのだが」

「それは、どういうことだね」

「二人で一緒に、天津風関のところに入門できたら、それから先、どちらが先に幕へ入れるか、三役になれるか、ひとつ出世比べをしたいのだ」

「そうか」

笑って久五郎は、力蔵の膝を叩いた。

「おぬしのような友達ができて、おれもうれしい。じゃあ、約束をしよう」

「よし来た。明日から人足をやりながら、お互い、人の世話にならずに食って行こう」

「うむ」

うなずいてから久五郎は、急に淋《さび》しそうな表情になって、

「もう一人、今牛若東助がここにいたら、三人で出世比べが出来るのにな」

「あの男のことは、もう諦《あき》らめたほうがいいだろう。今ごろは、大坂でよくない浪人たちの仲間入りをして、きっと世間を狭く暮しているに違いないぜ」

「それだから、なお可哀想なのだよ、あいつのことを考えると」

それから二日ほどして、久五郎と力蔵は、中屋敷詰の池田家の侍たちへ挨拶をし、着換えを一枚と、下着などを入れた小さな包みをひとつずつ持ったきり、大川端の池田家中屋敷を出て行った。

ちょうど、この日の夕方、深川佐賀町の肥料問屋出雲屋のあるじ奥三十郎のところから、手代の長八が使いとして、池田家中屋敷へ訪ねてきた。

「その二人なら、今朝がた、この屋敷を出て行った。どこへ参ったか知れぬが、人の世話にならぬように働きたい、と申していたが」

中屋敷詰の侍の言葉を聞くと、長八はがっかりして、

「さようでございますか。あるじの三十郎が、最前、新場の店へ水戸から戻って参りまし

て、すぐにあの二人を連れてこい、と申しましたのですが」

それから長八は、そっと呟いた。

「番頭の甚左衛門さんが、余計なことを言ったものだから、こんなことになってしまった。さぞ、旦那がお怒りになるだろう」

二

黒絨久五郎と大蔦力蔵は、力があるところから、その日のうちに、両国にいる人入《ひとい》れ稼業の和泉屋《いずみや》嘉助《かすけ》の店に傭《やと》われた。

人入れ稼業というのは、大名や旗本の屋敷に出入りをして、自分のところに抱えている人足たちを、力仕事に出す商売であった。道普請、橋の架替え、土手の修理など、さまざまに仕事があるし、久五郎と力蔵は、大へん重宝《ちようほう》がられた。

和泉屋に傭われてから五日目に、吉原《よしわら》の廓《くるわ》の道普請をすることになり、久五郎も力蔵も、ほかの人足たち二十人ほどと一緒に、両国から出かけて行った。

尻切《しりき》れ袢纏《ばんてん》一枚に六尺褌という姿で、天秤棒《てんびんぼう》にもっこを引っかけたのを担ぎ、小頭《こがしら》の要助《ようすけ》に連れられて、日本堤《にほんづつみ》を歩くうち、ふっと力蔵が言った。

「おい、久五郎」

「何だ、力蔵」

二人とも、本職は相撲取というのは隠して、ただの久五郎と力蔵という本名で働いている。だから、どちらも人の前では、四股名は呼ばないことにしていた。

力蔵は、久五郎の横顔をのぞいて、

「むろんのこと、お前、吉原というところへ足を入れるのは、はじめてだろうな」

「噂に聞くばかりで、どんなところか見当もつかない。お前は知っているのか」

「前に一度、荒尾様のお供をして、大門《おおもん》をくぐったことがある。きれいな天女《てんにょ》が大ぜいいて、まるでこの世の極楽だぜ」

「極楽だろうが地獄だろうが、こんな裸の人足には、さっぱり縁のないところさ」

「まだ若いのに、お前もずいぶん色気のないことを言うぜ」

と力蔵は、大きな声で笑った。

やがて、この裸人足の一団は、吉原の表の大門にはかからず、江戸町《えどちょう》の横手にある非常口の狭い門から廓へ入った。

京町《きょうまち》の道のどぶがあふれて、道が泥田《どろた》のようになっているので、そこに土を盛り、固めるという仕事が待っていた。

まだ朝の早い刻限だが、京町の見世《みせ》から、ぞろぞろと遊び客が帰って行くところであった。

なるべくそういう客の眼に立たないように、という小頭の要助の指図なので、裸人足たちは廓の外の畠から土をもっこで運び、道を固めるという仕事にかかった。

「どうも、こういうところで働くのは、いろいろと眼に毒になるものが見えて、気が散って仕方がねえ」

と人足たちの中で、愚痴を言う者もいる。客を送り出した遊女たちが、二階の部屋の手すりのところから、裸人足の働くのを見おろしているし、新造《しんぞう》たちがこわごわ人足たちを避けて、道の端を通っている。

大蔦力蔵のほうは、これまで吉原で遊んだことがあるだけに、ちらちらとそういう女たちが眼に入り、気が散ってならないらしい。

しかし、黒緘久五郎は、女たちには関心を持っていないので、平気な顔で働いていた。

そのうちに、久五郎は鍬《くわ》で土をならしながら、自分では気がつかずに、だんだんと一軒の女郎屋のほうへ、後ずさりに近づいて行った。

そこは桔梗《ききょう》屋という店の前で、向い側に稲荷大明神の社《やしろ》がある。

鍬で土をならし、汗だくになって働いている久五郎の頭の上から、何かが落ちてきた。

肩口に固いものが当って、ちりんと足許で音がした。

ふっと見ると、久五郎の足のところに、一本の簪《かんざし》が落ちている。それを拾いとって、久五郎は上を見た。

二階の手すりのところから、まだ若い女郎が一人、困ったような顔をして、こちらを見おろしている。

「お前さんのかえ」

と久五郎が、泥だらけの手で、こわごわその簪をつかんで、女郎のほうへ見せた。

「そうでありんす」

胴抜《どうぬ》きの長襦袢《ながじゆばん》を着たその女郎は、窓の障子を一尺ほど開けて、顔をのぞかせながら、

「いま、若い衆をそこへやるほどに、待っていて下さんせ」

「うん」

うなずいたきり久五郎は、ぽかんと口をあけて、その女郎を見あげていた。

厚化粧をしているし、はっきりと年はわからないが、まだ二十才にはなっていないであろう。丸顔で、はっきりとした眼鼻立ちの女であった。

その遊女も、汗と泥にまみれた久五郎の顔を見おろし、くすくすと笑いながら、

「おまはん、どこの組の若い衆さんでありんすえ」

「わしは、両国の和泉屋の人足だよ」

「名前は」

黒繊、と自分の四股名を名乗りかけてから、いそいで久五郎は言い返した。

「名前は久五郎」

「こんどは、裸ではのうて、着物を着て遊びに来なまし」

対手の廓言葉が、よくわからず、久五郎はあっけに取られたような顔をして、

「わしは、裸が商売だが、こんな女郎屋などには縁のない男だよ」

そう言っているうちに、桔梗屋ののれんの中から、若い者《わかいもの》が出てきていきなり突慳貪《つっけんどん》に久五郎をどなりつけた。

「やいやい、花里花魁《はなざとおいらん》の簪を手前、猫ばばしやがるつもりなのか」

「いいや、わしは二階から簪が落ちてきたので、拾っただけのことだ」

「嘘をつきやがれ」

と若い者は、いきなり久五郎の胸倉をつかもうとした。

その手を払いのけて、久五郎は無雑作に若い者の胸倉を押した。手加減をしたつもりだが、対手は一間ほど飛んでいって、天水桶を積んであるところへ打つかり、頭から水を浴びた。

「この野郎」

もう一人の若い者が腹を立てて、久五郎へ飛びかかろうとした。

「六《ろく》どん」

と二階から、花里といわれた若い女郎が、声をかけた。

「その人足さんが、わちきの簪を拾ってくれたのでありんす。無体な真似は、よしにしなまし」

それを聞くと若い者たちは、仏頂面をして、久五郎の手から簪を引ったくり、見世の中へ引っ返して行った。

「では、久五郎はんとやら」

と花里は、にこりと笑顔を見せて、

「こんどは着物を着て、遊びに来なまし。きっとでありんすよ」

そう言って、ゆっくりと窓障子を閉め、顔が見えなくなった。

いい匂いが、二階から自分のほうへ降りそそいできたような気がして、ぼんやりと久五郎はそのほうを見上げたまま、棒立ちになっていた。

「おいおい」

もっこを担いだ大蔦力蔵が、そばへ寄ってきて、ぴしゃりと久五郎の背中を叩いた。

「女狐《めぎつね》にたぶらかされちゃあいけねえ。しっかりしろ」

「うん」

夢からさめたように、あわてて久五郎は、

「いや、おれは何も」

「一部始終は、さっきから見ていた。こんなところへ遊びにくる気になっても、裸人足の稼ぎじゃあ、とても及びはつかねえ。ほんの束の間、いい夢を見たと思って、あきらめるんだな」

「何もおれは」

「言訳はしなくてもいい。さあ、仕事だ仕事だ」

「よし来た」

久五郎も、また仕事にかかった。

およそ四時間ばかりで、道普請の仕事は終り、泥だらけの裸のまま、小頭の要助をはじめ和泉屋の人足たちは、京町の通りから、道具を片づけ、引きあげることになった。

あの桔梗屋の二階を、久五郎はちらりと見上げたが、障子は閉ったまま、しらじらと秋の陽を浴びて静まり返っているだけであった。

また江戸町の番所の前を通り、久五郎たちは廓の外へ出ようとした。

それとすれ違って、料理屋の女将《おかみ》、といった身なりの女が通りかかった。

「おや」

声をかけて、近づいてきたその女は、あのお北であった。

「黒縅関に大蔦関じゃあないか。どうしたのだえ、そんな裸で」

「しいっ」

あわてて久五郎は、対手の言葉を封じて、

「訳があって、こうやって働いているのだ」

「あたしも、お前さんたちを探しているんだよ」

とお北は、声をひそめた。

江戸相撲

一

「砂利場の助五郎が、また、三股河岸のあの女の人へ、ちょっかいを出しはじめたのだよ。あの通り、きれいに話がついたのだから、もう二度とお芳さんへうるさくすることはない、と思っていたのだけどね」

お北の話を聞いて、黒緘久五郎と大蔦力蔵は、顔を見合せた。

「あの野郎」

すぐに力蔵は、眉をつりあげて、

「ああやって、久五郎、おぬしに畳へねじ伏せられ、二度とお芳様へ手出しはしねえ、と約束をしたのに、男の風上にもおけねえ野郎だ」

と今にも、尻切れ袢纏に褌一本の裸のまま、走り出そうとした。

「まあ、お待ちよ」

あわててお北は、力蔵の袖をつかむと、

「お前さんのように、すぐ腕ずくで方をつけよう、というのは、よくない量見だ。それじゃあ、向うの砂利場の親分と同じような一向う見ずにされてしまうじゃあないか」

「それもそうだな」

力蔵は、腕組みをして、

「どうする、黒繊関」

「あのお芳様のことは、荒尾内蔵助様から頼まれているのだし、二度と砂利場の助五郎などに手出しをさせてはならない。またお北さんに手伝ってもらってもいいが、こんどは銭金ずくではなしに、男同士の話合いで方をつけたいからな」

と久五郎が言うとお北は、甲高い声をあげて笑った。

「おやおや、はっきりと久五郎さんに言われてしまったね。砂利場の助五郎から受取った膏薬代は、骨折賃にあたしが貰ってしまっても、こんどはどういう風にして話合いをつけるつもりだえ」

「まだ何も、考えていない。ともかく、両国へ戻って、晩飯を食わなくちゃあ、いい智恵も浮んでこない」

「それもそうだ」

力蔵もうなずいた。

お北は、この吉原の玉琴楼《ぎょくきんろう》のお職《しょく》を張っている女郎と友達なので、今日は用があって訪ねて来たのだ、という。

久五郎と力蔵が、両国の人入れ稼業和泉屋嘉助のところに傭われて、これで五日、人足をやっている、という話を聞くと、つくづく呆れたようにお北は二人の顔を見比べた。

「大蔦力蔵さんは、同じ両国横網町の天津風雷五郎関の弟子だったのだから、天津風関のところへ行って、二人とも改めて弟子入りをしたほうがいいのに。なにもそんな人足などしていなくとも、同じ裸になるのなら、本職の力士をやっていたほうが、ずっと生甲斐《いきがい》があろうと言うものじゃあないか」

「それはそうだが、なんだか機《おり》を失《な》くしてしまった形でね」

と力蔵は、深川佐賀町の出雲屋三十郎のところを訪ねて、番頭から門前払いを食った話をした。

「お前さんたちも、ずいぶん諦らめがいいのだね」

とお北は、さもさも呆れ返ったという風に、改めて二人の顔を見直すと、

「新場の出雲屋三十郎さんと言えば、相撲取のあいだでも名の売れている旦那だし、番頭に門前払いを食ったからといって、諦めることはありゃあしない。とにかく、二人とも力士になって出世をするよりほか、先に生きる道はなさそうだからね」

「有難うよ」

久五郎は、しみじみと礼を言った。

吉原の廓の外で、お北と別れてから、久五郎と力蔵は和泉屋の店へ戻った。

夜に入って、二人は着たきり雀の袷《あわせ》一枚を着て、外へ出た。

大川橋を渡って、行先は三股河岸のお芳の家であった。

「やはり、あの野郎、来ていやあがる」

小路の中をのぞき込んだ力蔵は、低い声で言った。

小路のところに、三人ほどの男たちが立っているし、お芳の家の中から、人の話声が聞える。女の声は、対手の太い声に消されて、何も聞えない。その太い声は、砂利場の助五郎に違いなかった。

うなずき合って久五郎と力蔵は、暗い小路の中へ入って行った。

図体の大きな二人の姿を見て、見張をしていた助五郎の乾分が、そばへ寄って来た。

「なんだ、お前たちは」

胸倉をつかもうとして、夜の色の中に二人の顔を見ると、このあいだの若い力士たち、と気がついたらしい。

びくっとして、その乾分が足をすくませるのを、いきなり力蔵は足払いをかけ、地面へ腹這いになった対手の背中へ、どしんと足を乗せた。蛙のような声が、下の男の口から洩れた。

「どうしたんだ」

ほかの乾分が二人、小路を走って来た。

久五郎は、自分のほうから進みよると、二人の襟を両手でつかんで、いきなり吊りあげ、低く言った。

「声を出すな。お前たちが何をしにここへ来たのか、よくわかっている。大きな声を出して、しばらくあの世をのぞいてくるか」

おとなしい久五郎にしては、珍らしく、凄味のある言葉なので、うしろで聞いていた力蔵は、くすくす笑い出した。

しかし、猫の子のように吊るしあげられた二人の乾分は、対手の力がわかっているだけに、もう物を言う元気もなく、黙ってなんべんもうなずいた。

「おれが、中へ入ってみる。ここは頼む」

と久五郎は、乾分の二人を道へおろして、力蔵へ声をかけた。

「よし来た。うまく掛合って来いよ」

と、力蔵は三人の乾分たちを塀のところへ押しつけ、大きく両手をひろげた。

お芳の家の格子戸の外に立って、久五郎が耳を澄ますと、砂利場の助五郎が、いい気持そうに啖呵を切っている。

「対手は米子のご城代かも知れねえが、おれも少しは人に知られた男だ。お前を取られっぱなしで、指を咥《くわ》えているわけには行かねえ。さあ、はっきり返辞をしろ。以前の通りおれの世話を受けるか、どうか。嫌やというのなら、この顔にちょいと傷をつけてやってもいいのだぞ」

どうやら刃物をひけらかして、お芳をおどかしているらしい。

黙って久五郎は、格子をあけ、家の中へあがって行った。

助五郎の声が、中から聞えた。

「手前たちには、見張をしろ、と言いつけておいた筈だぞ。誰も入ってくるんじゃあねえ」

「人違いで気の毒だな」

と言って久五郎は、唐紙をあけた。

茶の間の隅のほうに、お芳が立ちすくんでいる。その前に立った砂利場の助五郎が、匕首を振りながら、対手を脅《おど》しつけている最中であった。

振返った助五郎は、いきなり久五郎の入って来たのを見ると、どきっとして、

「おう、手前か」

「男の約束を、無にしたな」

と久五郎は、真直《まっす》ぐに助五郎へ飛びかかって、対手の右腕をつかまえて、逆にねじった。

今にも殺されそうな悲鳴をあげて、助五郎は畳に転がった。ぼきっと音がして、助五郎の腕の骨が折れた。

そのとき、小路の中で、力蔵と二人の乾分たちが、取っ組合いをはじめたらしく、罵《のの》しり声が起った。

近所から人が飛び出して来たらしく、わいわいと人の声がした。

「お芳さん」

と久五郎は、身体を丸くして動かなくなった助五郎を、そのままにしておいて、

「荒尾様から、ちゃんとお話を承っております。わたくしどもが参りました上は、どうかご安心を願います」

「お前様は」

ほっとしてお芳は、そこに坐ってしまうと、

「荒尾様にうかがいました。江戸へお供をしてきた、相撲取ですね」

はっきりと対手の顔を見るのは、久五郎も初めてであった。

いつぞや、ちらりと家の外から見ただけだが、三十前後の眉を剃った、丸髷の、町家の女房風で、ちょっと淋しそうな翳《かげ》はあるが、いい器量であった。

「なにもおっしゃらなくても、よくわかっております。この場の始末は、わたしと大蔦力蔵の二人が、きっと引受けます。せめてもの荒尾様へ恩返しでございます」

きちんと両手を仕えて、ていねいに久五郎は言った。

この騒ぎを知って、近くの自身番から岡《おか》っ引《ぴき》たちが駈けつけて来たが、久五郎も力蔵も手向いをせず、神妙に振舞った。

その晩、数寄屋橋《すきやばし》にある南町《みなみまち》奉行所へ、久五郎と力蔵、それに砂利場の助五郎や乾分たちが引立てられて行った。

このころの南町奉行は、遠山《とおやま》の金さんで知られた遠山左衛門尉景元《さえもんのじようかげもと》であった。

奉行所内の仮牢《かりろう》へほうり込まれた久五郎と力蔵は、あくる朝、吟味与力から取調べを受けたのち、白洲《しらす》へ引出された。

若いころは、腕に桜の刺青《いれずみ》をして、市井《しせい》のごろつきの仲間入りをしていた遠山景元も、

すっかり鬢のあたりは白くなっている。

だが久五郎は、遠山景元の前身などは、なにも知らないし、覚悟を決めていたので、悪びれずに答えた。

二

「そのほうたち、昨夜、砂利場の助五郎と喧嘩を致し、対手の腕を折ったに相違ないな」

縁側に坐った吟味与力に問われて、久五郎は、

「その通りでございます。前々からの喧嘩の引続きでございましたので、昨夜は我慢が出来ずに、ああいうことを致しました」

と、白洲の上に敷かれた莚《むしろ》に坐って腰縄を打たれたまま、まっすぐに顔をあげて答えた。

明るい秋の陽が白洲一面に降りそそいでいる。正面の広縁の上に、吟味与力が控え、座敷には遠山左衛門尉景元が坐って、書役《かきやく》が机を前に筆を動かしている。

「お芳と申す女子とは、どのような知合いだな」

吟味与力に問われたが、久五郎は、

「会ったことのない対手でございます。助五郎が匕首を抜いて、対手をおどしつけているのを見て、かっとなって飛び込んだのでございます」

どこまでも荒尾内蔵助の名前を出さず、万事は自分たちでかぶってしまおう、と久五郎は、力蔵と話合った末のことであった。

「さようか」

と吟味与力は、遠山景元から、何か低い声で言われると、一礼したあとで、

「砂利場の助五郎は、短刀で女子をおどしつけていたのだな。そのほうたちが、見るに見かね、対手を取りひしいだ、というのであれば、これは喧嘩ではない。罪にはならぬ。そうそうに引取ってよろしい」

白洲同心《どうしん》へ、顎をしゃくった。

すぐに小者たちが、力蔵と久五郎の腰縄をほどいて、町奉行所の裏門の中にある番人詰《つめ》所《しょ》へ連れて行った。

そこに三人の男が、久五郎と力蔵を待っていた。

色の黒い、五十年配の男には、見覚えがある。深川佐賀町の出雲屋の番頭、甚左衛門といった男に違いない。もう一人の若いほうは、長八と名乗った出雲屋の手代であった。

髪に白いもののまじった六十年配の、がっしりとした身体つきの町人が、にこにこ笑い

ながら、久五郎と力蔵を見比べていたが、

「わたしは、出雲屋のあるじ、奥三十郎という者だ。このあいだは水戸へ行って、留守のあいだ、とんだ失礼をしてしまった」

「あなた様が、出雲屋三十郎様でございましたか。わたくしどもは、荒尾様から」

「わかっている。砂利場の助五郎と喧嘩をして、お町奉行所へ連れて来られたと聞いて、遠山景元様へ身許引受けを願い出たのだ。対手は評判のよくない男だし、腕を折られたのも自業自得だろう。当分は、伝馬町《てんまちょう》の牢屋に入れられて、陽の目を見ることはあるまいだろうね」

そう言った三十郎の横から、甚左衛門が苦笑いをしながら、

「あの節は、つい売り言葉に買い言葉で、年甲斐もない、あたしもみっともない真似をした。旦那様に大そうお叱りを受けてね。これからは、お前さんたちの面倒を見させてもらうよ」

「それはどうも、有難う存じます」

と久五郎は、力蔵と顔を見合せ、ほっとした顔つきになった。

その日から久五郎と力蔵は、奥三十郎のところで世話になり、改めて力士修業の道へ踏み入ることになった。

あくる嘉永四年（一八五一）の正月、黒緘久五郎と大蔦力蔵は、両国横網町に部屋のある天津風雷五郎の弟子になった。

このころの天津風は、大関を張っていた。大蔦にとっては、改めて二度目の入門ということになる。

あの晩の喧嘩のあと、久五郎と力蔵が町奉行所で、お芳の名を表面に出さなかったのは、やはり遠山景元の心証をよくしたらしい。改めて、鳥取池田家の江戸屋敷から、お芳のところへ使いが立って、お芳は引越しをしたという。大川筋にある池田家の中屋敷のすぐ近くに、新しいお芳の家が定められたのは、遠山景元と池田家留守居との内々の話合いによること、と久五郎と力蔵はあとから知らされた。

天津風雷五郎は、雲州松江の城主松平出羽守の抱え力士で、大蔦力蔵は、以前は幕下十二枚目に付け出されていたが、こんどは新弟子の形なので、改めて三段目から出直すことになった。そうすると、黒緘久五郎の番付の位置が面倒になるが、大坂相撲の朝日山四郎右衛門の弟子だったころ、久五郎も三段目の五枚目に付け出されていた。

「大蔦と同じ扱いにする、というわけには行かねえが」

と言った天津風雷五郎へ、久五郎は、両手を仕えると、

「わたくしは、序ノ口からやり直しをしたいと存じておりますので、どうかそのようにお

願い致します」

「しかし、三段目だったお前に、前相撲を取らせる、というのも、どうだろうかな」

天津風は、親方連中と相談をしたすえに、黒縅久五郎を三段目の尻のほうに据えてくれることにした。

いろいろと廻り道をしたが、これで本所回向院《ほんじょえこういん》の相撲場へあがれる、と思うと久五郎は、ようやく行く手に光を見つけたような心地であった。

このころの相撲は、春と冬の二度、本所回向院を常打ちの興行場として、これを本場所《ほんばしょ》と呼んでいる。ほかの神社や寺で行なう相撲は花《はな》相撲、あるいは稽古相撲と称して、はっきりと本場所とは区別している。

天津風雷五郎は、陸中気仙郡《りくちゅうけせんごおり》の生れで、はじめは領主の南部大膳大夫《なんぶだいぜんのだいぶ》の抱え力士であった。

一昨年、出羽庄内侯《しょうないこう》の抱え力士、常山五郎治《つねやまごろうじ》と遺恨《いこん》相撲をして、天津風は不覚の敗北を喫《きっ》した。それが原因で、南部侯の抱え力士を解かれ、その後、雲州松平侯の抱えになっている。

こんどの春場所には、久五郎も力蔵も相撲をとらせてはもらえそうにはないが、それでも毎朝、暗いうちから起きて、稽古に励んだ。

天津風の弟子には、前頭十三枚目の初瀬川弥三郎《はつせがわやさぶろう》という古株もいるし、新しく弟子入りした黒縅久五郎が、いきなり三段目に付け出された、というのは、どうにも面白くないらしい。

「一丁、揉んでやろう」

稽古場で久五郎を見ると、すぐに初瀬川は土俵へ引張り出して、久五郎に稽古をつけた。しかし、はじめのうち久五郎も、対手の胸を借りて、打つかり稽古をやっていたが、初瀬川の稽古廻しに手がかかると、つい力が入った。

前頭十三枚目の初瀬川が、久五郎の上手《うわて》投げを食って、土俵へ叩きつけられると、まわりで見ている力士たちも、妙な顔をした。

「お前、なかなかやるじゃあねえか」

初瀬川は、ほかの力士たちの手前、取ってつけたような笑い方をして、

「大坂相撲のことだから、大したことはねえと思っていたが、馬鹿力がありやがる。さあ来い」

こんどは初瀬川も、むきになって、久五郎と稽古をした。

それでも、十番のうち五番まで、久五郎は負けていず、初瀬川を寄切ったり、押出したりした。

兄弟子のことだから、なるべく対手を投げたりしないように、という遠慮が、久五郎にあった。

その稽古ぶりを見ていた天津風雷五郎の女房が、あとになってから、そっと雷五郎へ言った。

「あの黒緘という新弟子、幕内の力士と同じぐらいの力を持っているように見えるけど」

「いまのところは、ただ力があるだけだ。相撲をよく知ってはいない。しかし、楽しみな奴が出てきたよ」

と雷五郎は、ほかの弟子たちの見ていないところなので、うれしそうな顔をした。

去年からすすめられていたが、来年の春、天津風は秀の山《ひでやま》と改名することになっている。大関を張ってから、もう何年にもなるし、歳も四十を過ぎているので、雷五郎も自分の力の限界を感じはじめているらしい。

背もあまり高くはなく、体重も三十四貫、突張りが巧みで、右の腕が左よりも一寸も長い。仁王様のような顔つきをしているが、気持はやさしく、女房のお早《はや》は、もと深川の芸者であった。

このころの番付は、東の大関に天津風、関脇《せきわけ》に小柳《こやなぎ》、小結に猪王山《いおうざん》、前頭に荒熊《あらくま》、御用木《ごようぼく》、君ヶ嶽《きみがたけ》、友綱《ともづな》、雲早山《くもさやま》、熊ヶ嶽《くまがたけ》、武蔵野《むさしの》、荒岩《あらいわ》と並んで、西の大関は鏡岩《かがみいわ》、関脇は荒馬《あらうま》、小結は常ノ山《つねのやま》、前頭は階ケ嶽《かいがたけ》、黒岩《くろいわ》、稲川《いながわ》、厳島《いつくしま》、一力《いちりき》、鶴ケ峰《つるがみね》、緑川《みどりかわ》、宝川《たからがわ》となっている。

その年の春、回向院の相撲が始る三日ほど前、久五郎は、師匠の雷五郎に呼ばれた。

「今夜、おれはお客のお供で吉原へ行く。あまり眼立たないように、内々でお客様と話があるので、眼につかない弟子を連れて行こうと思う。お前、ついて来てくれ」

「へい、よろしゅうございます」

久五郎は、すぐに返辞をした。

吉原、と聞いて、あの桔梗屋の花里という遊女の顔が、ちらりと眼に浮んだが、久五郎は首を振って、花里の顔を眼の中から消した。

飴ん棒

一

もちろん、こういう夜の吉原は、黒縅久五郎にとって、初めて見る世界であった。

大門を入って、江戸町の松葉屋《まつば》という引手茶屋《ひきてぢやや》へ、師匠の天津風雷五郎は、久五郎を連れて行った。

初春の陽が落ちて、仲之町《なかのちよう》の表通りには、雪洞《ぼんぼり》が光って、ぞめきの客が歩いている。そろそろ花魁の道中《どうちゆう》を見られる時刻だが、久五郎は、身体を固くして、吉原見物どころではない。

「関取、ようこそのおいで」

松葉屋のあるじの伊右衛門《いえもん》をはじめ、女房、奉公人などが天津風を出迎えた。

茶屋というのは、表の間口はどれも同じ広さで、土間へ入ると、二階の客座敷へあがる段梯子《だんばしご》がついている。

今夜、天津風をここへ呼んだのは、どんな客か、それは久五郎にはわからない。親方のおかみさんのお早が、せっかく吉原へ供をして行くのだから、と言って、天津風の着物を着せてくれた。どこかの贔屓から贈られたものであろう、着心地のいい絹《きぬ》の着物で、派手な縞物《しまもの》になっている。

「おかみさん」

久五郎は、ひどく照れて、

「わしは、こういう光った着物を着たことがないので、狼《おおかみ》が衣《ころも》を着たような具合になりゃあしませんか」

「おやおや、気の利いたたとえを知っているのだね」

お早は笑って、白い博多献上《はかたけんじょう》の帯をしめてくれた。

親方の天津風雷五郎は、大関だけに、紋《もん》のついた黒縮緬《くろぢりめん》の羽織《はおり》に、どっしりした光りかたをする小紋の着物で、鮫鞘《さめざや》の脇差《わきざし》を腰に差した。

そうやって、両国横網町の家を出る天津風の姿を、つくづくと久五郎は見あげて、

「立派ですね、親方は。やはり大関を張っている人は、どことなく違ったものだ」

「おやおや、黒絨に賞《ほ》められるとはな」

と、天津風は苦笑いをして、

「だが、力士というのは、どこまでも裸で勝負を決めるのだぜ。いくら着るものが立派でも、中味が粗末《そまつ》じゃあ、いい力士、とは言えやあしねえ」

「本当ですね」

久五郎も、しみじみと言った。

「わしも改めて修業のやり直しをする、と決めたのですから、末はやがて、大関を張るのが目当てでございます。どうか親方もおかみさんも、それを楽しみにしていておくんなさい」

少しも気負《きお》ったところもなく、久五郎の言葉つきが大真面目なので、入口まで見送りに出たほかの弟子たちも、ぽかんとして顔を見合せた。

前頭十三枚目の初瀬川のように、久五郎を眼の敵《かたき》にしている者もあるが、ほかの弟子たちは、大てい黒絨久五郎に好意を持って、親切にしてくれている。やはり、以前はこの部屋にいた大蔦力蔵が一緒に改めて入門しただけに、何かと久五郎には都合のいいことが多い。

そればかりでなく久五郎は、稽古も熱心だし、ほかの弟子とも仲良く付合うように努めている。

それだけに今夜、親方の天津風雷五郎が吉原へ招《まね》かれて行くのに、新弟子の黒緘久五郎を連れて行く、というのは、古参《こさん》の初瀬川などには面白くないようであった。

両国から舟に乗って、天津風と久五郎は日本堤へあがり、そこから吉原の廓まで歩いた。

「黒緘」

引手茶屋の二階へあがってから、天津風は、固くなっている久五郎へ笑顔を向けて、

「もう直《じ》き、わしを招《よ》んで下さったご贔屓のお客がお見えになる。お前は次の部屋で、飯を食っていてくれ。なあに、いくら吉原だとて、女たちが出てきてお前を取って食おう、などとはしない。気をらくにしていろよ」

そこへ松葉屋のおかみが、茶や菓子を運んできた。

二階の大きな座敷には、出縁があって、手すり越しに仲之町が見おろせる。久五郎はきちんと膝を揃《そろ》えて、だんだん賑やかになって行く吉原の夜景を、ちょうど錦絵《にしきえ》でも見るような感じで、ぼんやりと眺めていた。

やがて、階下のほうに賑やかな声がして、数人の侍が、芸者たちを引きつれて、あがってきた。

「おう、天津風、待たせたな」

そう声をかけた侍が、床の間《とこま》を背負って、くつろいだ様子で声をかけた。五十年配であろうか、ふっくらした顔立ちの、ごく品のいい侍であった。

ほかに三人、その侍の下役とみえて、横手のほうに並んで坐った。すぐに酒肴《しゆこう》の膳が運ばれ、芸者たちが取り持ちをはじめた。

挨拶が済んでから、天津風はその侍へ向って、改めて一礼すると、

「次の部屋におります若い者は、こんどわたくしの部屋へ入りました、黒緘久五郎と申しまして、出雲の八束郡の生れでございます」

「ほう、さようか、国者《くにもの》だな」

とその侍は、久五郎へ笑顔を向けた。

「ご挨拶を申し上げるのだ」

と天津風は、こちらを向いて、

「これにおいでのお方は、雲州松平様の江戸お留守居で、楠部大八郎《くすべだいはちろう》様とおっしゃられるお方だ」

「お初にお目にかかります」

敷居《しきい》越しに久五郎は、両手を仕え、ていねいにお辞儀をした。まだ年の若い、きれいな眼の色をしたその若い力士に、楠部大八郎も好意を持ったようであった。

問われるままに久五郎は、これまで世話になった大坂力士の朝日山のこと、尾道の橋本吉兵衛、伯州米子の城代荒尾内蔵助のことなど、いろいろと話をした。

「さようか。さまざまな人々が親切にしてくれるところを見ると、そのほう、末に見どころある力士らしいの」

と褒めてくれて楠部大八郎は、天津風や、自分の連れてきた下役たちを対手に、面白そうに酒を飲みはじめた。

しばらくして、また階下のほうが賑やかになり、この松葉屋へ次々に花魁たちが繰り込んで来た。

久五郎は次の間に小さくなり、松葉屋の女中の運んでくれた飯や料理を食べるのも忘れ、息をつめて、極楽の天女のように見える花魁たちを、ぼんやり眺めていた。

そのうちに、久五郎がどきっとしたのは、見おぼえのあるあの桔梗屋の花里という花魁が、新造や禿《かむろ》をつれて、二階座敷へあがってきたからであった。

「大様《だいさま》、近ごろはお見限りでありんした」

と花里は、楠部大八郎のそばに坐って挨拶をした。どうやらその様子では、二人は馴染《なじみ》らしい。

そのうち花里は、座敷の次の間を見て、はじめて久五郎に気がついたようであった。

「おや」

花里は、甲高い声で、

「このあいだのお若いお人、そうざましょう。おまはん、天津風関のお弟子さんになりんしたのか」

「これはこれは」

楠部は、面白そうに笑って、

「花里、そのほうと、天津風の弟子とは、深い仲であったのか」

「そうでありんす」

と花里は、澄ました顔つきで、

「そのお若い久五郎はんというお方とわちきとは、簪の取りもつ縁ざます」

「それは安くないな」

楠部の下役たちが、酒の勢いも手伝って、わいわいと囃《はや》し立てた。

久五郎はじろりと天津風に睨みつけられたので、あわてて敷居のところに膝を揃えると、

「いいえ、そんな仲ではございません。わたくしが天津風親方のお世話になる前、両国の和泉屋さんの人足をしておりましたときに、花里花魁の簪を拾ってあげたことがございます。ただそれだけで、この吉原に遊びに来たことは一ぺんもございません」

「そうむきになるな」

と楠部は、まだおかしそうに笑い続けながら、

「顔つきを見たときから、大そう正直そうな若者に思えたが、なるほど、これは正直すぎる。天津風もこれから、黒縅というこの若い者に、いろいろと浮世の風を当ててやったほうがよいぞ」

「おそれ入ります」

天津風は、苦笑いをして、

「まだ修業中の身でございますから、諸方を連れては歩きますが、女や酒に近づくのは早うございます。ところで、楠部様、お話というのを、そろそろ伺《うかが》いとう存じます」

「よろしい」

うなずいてから楠部は、久五郎のほうへ顎をしゃくった。

「そのほう、しばらく下へ行っていよ」

「へい」

あわてて久五郎は、廊下へ出ると、段梯子をおりて行った。

楠部大八郎と天津風雷五郎のあいだには、よほど大切な話があるらしい。

松葉屋の階下へおりたが、表の江戸町へ出て見る勇気はなく、久五郎は、土間の上り框

のところに腰をおろし、ぼんやりと外を見ていた。

二

うしろから、女の声がした。

「お相撲さん」

振返ると、この松葉屋の女中で、さっき二階へ台《だい》の物《もの》や酒を運んできた中に見えた顔であった。

細面のはっきりした眼鼻立ちで、尾道で橋本吉兵衛の家で小間使をしているお時と、なんとなく感じが似ている。年も同じくらいであろう。お時と違うのは、この娘は色町《いろまち》で奉公しているだけに、髪形から着物まで、やはり色っぽい、ということであった。

「退屈でしょう」

その女中は、袂《たもと》の中から、紙にくるんだ物を取出して、久五郎の膝の上においた。

「飴《あめ》ん棒《ぼう》ですよ。さっきご飯をあがったようだから、甘い物が欲しかろうと思ってね」

「それはどうも、ご馳走様」

「お前さんの名は、何というんです」

「四股名は、黒緘。名前は久五郎」

「そう。あたしは、ひろ、おひろというんです」

「江戸の人だね」

「そうですよ。お前さんの国は」

「出雲の国さ。ここからは、ずいぶん遠い」

「あたしは、川崎《かわさき》のお大師《だいし》へ参詣に行ったことがあるきり、あれから先は知らない」

そう言っておひろという女中は、ちらりと二階のほうを見ると、

「楠部様と天津風関のあいだに、何か相談ごとがあるらしいけど、決してお前さんを邪魔にしたんじゃありませんよ。この廓の花魁や芸者衆は、お客がどんなに内緒のお話をしても、決してそれを外へ行ってしゃべらない、という躾《しつけ》が身についているのでね。いいえ、お前さんにその躾がないというわけじゃないんですよ」

おしゃべりで、よほど気持の明るい娘に違いない。訊きもしないのにおひろは、べらべらとしゃべった。

うなずきながら久五郎は、おひろのくれた飴ん棒をしゃぶり、ぼんやりと表を見ていた。

そのうちに久五郎は、飴の棒をしゃぶったまま、土間へ足をのばした。

「どうしたんです、黒緘関」

そう訊いたおひろへは、返辞もせずに、急いで久五郎は言った。

「草履を、おれの草履を出してくれ」

「どこへ行くんです」

「なんでもいい、早く出してくれ」

「はいはい」

おひろが出してくれた草履を突っかけ、あわてて久五郎は、松葉屋の表へ飛び出して行った。

たしかに、いま松葉屋の前を通ったのは今牛若東助と、長山越中の妹おしげの二人であった。今牛若のほうは、どこかの若旦那のような身なりをして、おしげは町家の内儀《ないぎ》然とした姿で、今牛若に寄り添って歩いていた。

眼の迷いではない。あの二人に相違なかった。

「あいつら」

久五郎は、仲之町の通りへ飛び出すと、二人の行ったほうへ走り出した。

「この江戸へ出ていやがったのか」

自分の世話になった橋本吉兵衛のほか、尾道の人たちを騙し、金をかたって逃げ去った今牛若東助、そして大坂でも自分に苦い汁をのませた今牛若とおしげの二人を、このままではおけない、という気持であった。

まだ今牛若に意見をすれば、改心をして以前のように力士修業に精を出してくれるに違いない、と考えると、久五郎は夢中であった。

「危ねえっ」

ぞめきの客が、久五郎に打つかって、勢いよく転がって行ったが、急いで起き直ると、

「やい、待て、手前は相撲取だな。大きな図体をして、よくもおれに打ち当りやがったな」

その男は酔っ払っているので、大きな久五郎へむしゃぶりついてきた。

「まあ待ってくれ。わしが悪かった」

久五郎は、その男の着物を払ってやり、何べんも頭をさげてから、また仲之町の通りを走り出した。しかし、いまは吉原の廓も一ばん人の出盛《でさか》るときで、雪洞の光の明るい道には、紘歌《げんか》の声が聞え、大ぜいの客が歩いている。

わずかのあいだに、今牛若東助もおしげも、どこかの店へ入ったのか、姿は見えなくなっていた。

急いで久五郎は、仲之町から江戸町の通りを何べんも走り廻ったが、二人の姿はもう何《ど》処《こ》にもない。

がっかりして松葉屋へ帰ると、さっきのおひろという女中が、あわてて出迎えた。

「どこへ行ってきたんです、黒縅関。まだ修業中の身なのに、吉原をぞめいて歩いたりしてはいけませんよ」

「いいや、なんでもない」

がっかりして久五郎は、上り框へ腰をおろした。

二階の話も済んだと見えて、間もなく女中が久五郎を呼びにきた。

さっきの二階座敷へあがってみると、天津風雷五郎は、ひどく気難しい顔つきになって、芸者の酌《しゃく》で酒を飲んでいる。

楠部大八郎は、これも押し黙ったきり、天津風から顔をそらせるようにしていた。

「久五郎」

と天津風は、怒ったように声をかけた。

「呼んだらすぐに来なくてはいけない。わしは、これで帰る」

「はい」

何かあったな、と察したが、久五郎は下へおりて、天津風の預けておいた脇差を受取った。

改めて久五郎は、楠部たちへ挨拶をして、その座敷を出ようとした。

「黒緘、これからもひまがあれば、わしのところへ遊びに参れ。これは祝儀だ」

と、懐中《かいちゅう》から取出した紙入れの中の小粒を二つ、紙に包んで久五郎の前へ投げた。

両手を仕えて、頭をさげた久五郎は、内心ではむっとした。

相撲取は、贔屓客から金を貰うことが多い。それは大坂相撲の朝日山の門に入って、諸国を巡業しているあいだにも、いつも経験していた。だが、こうやって金を投げ与えられたのは、初めてであった。

「有難う存じますが、わたしは大道芸人《だいどうげいにん》ではございません」

はっきりと久五郎の言ったのを聞いて、下役の一人は、むっとした表情になると、

「だから、どうしたと申すのだ」

「お金は、天下の通宝《つうほう》でございます。このために上はお大名から、下はその日暮しの人間まで、苦労を致します。それを、投げておよこしになるとは、お心のうちが汲《く》み取れませぬ。お志《こころざし》は有難う存じますが、これは受取れませぬ」

師匠の天津風を贔屓にしている楠部大八郎へ、喧嘩を売る気はなかったが、久五郎は思うことを口に出した。

帰り支度をした天津風は、それを黙って見ていた。

「では、ご免《めん》を蒙《こうむ》ります」

挨拶をして天津風は、久五郎を連れて、廊下へ出ようとした。

そのうしろから、下役の一人が、

「これ、待て、黒絨とやら申す、褌担ぎ。楠部様へ対して、無礼なことを」

それを桔梗屋の花里が、軽く制した。

「無粋《ぶすい》なことは、止《や》めなんし。ここは色里《いろざと》ざます。身分に上下はありんせん。さあ、黒絨
久五郎はんとやら、天津風関のお供をして、無事にお引取りなんし」

「有難うよ」

振返って久五郎は、にっこりと花里へ笑顔を見せた。

そのまま天津風と久五郎は、松葉屋の者たちに送られ、大門の外へ出た。

もうぞめきの客も途絶《とだ》えて、吉原の賑わいも、今夜はそろそろ終りになる刻限であった。

「天津風関、駕籠《かご》を」

と言った松葉屋のおかみへ、天津風は首を振って、

「少し悪酔いをしたようだから、土手を歩いて、浅草あたりで舟を雇うことにする。どう
も、おかみさん、お世話になりました」

久五郎をうながして、天津風は歩き出した。

「親方」

うしろから久五郎は、そっと声をかけた。

「楠部様と、何か喧嘩をなすったのでございますか」

「少し面倒なことになってな。だが、お前の知ったことじゃあねえ」

「わたしも、さっき思いがけない男と女の姿を見たものですから」

と久五郎は、自分の友達の今牛若東助という若い力士と、何か得体の知れない浪人長山越中の妹で、今牛若よりは年上のおしげという女のことを、歩きながら話した。

「相撲の修業をしているのならいいのですが、さっきの様子では、どうも相撲とは縁を切ったように見えますので、それが心配です」

「お前も、ずいぶん友達思いだな」

そう言ってから天津風は、不意に足をとめると、低く久五郎へ声をかけた。

「気をつけろ、黒緘」

「へい」

ゆっくりと久五郎は、裾をからげた。

暗い土手の下から、何人かの男たちが、こっそりとこちらのほうへ近づいて来る、と気配でわかったからである。

不知火

一

「親方」

得物《えもの》は何も持っていないが、喧嘩なら人に負けない自信はある。いつでも肌脱《はだぬ》ぎになれる用意をして、そっと天津風雷五郎のうしろを歩きながら、久五郎は低く声をかけた。

「追剥《おいは》ぎでしょうか」

「対手は、どうもお侍らしい。何があっても、お前は手を出すな。これはおれ一人のことだからな」

「そうは行きません。親方と弟子の間柄なのに、そんな水くさいことを」

「馬鹿野郎」

吹き出しそうになるのを我慢して、天津風は久五郎を叱りつけた。

「喧嘩が始まろうというのに、水くさいもへちまもあるもんか」

「喧嘩ですか、これは」

と久五郎は、足をとめ、左右を見た。

土手の下から、ゆっくりと黒い姿が二つずつ、道へあがってくる。いずれも黒い頭巾で顔を隠し、袴の股立《ももだち》をとって、どうやら襷《たすき》もかけ、まるで果合《はたしあ》いにでも来たような恰好《かっこう》をしている。暗い中で、それが久五郎の眼にも、はっきりと入った。

久五郎をうしろにかばって、天津風は左右へ眼を配りながら、声をかけた。

「お前様方は、どこのお侍たちでございます。わたくしが天津風雷五郎、と知っての上で、お待ちになっていたんでございますか」

「そうだ」

右手のほうから道へあがってきた侍のひとりが、頭巾の中から太い声で、

「おのれのような力士の風上にも置けぬ男、成敗《せいばい》をしてくれる」

その侍の言葉に、北国のほうの訛りがある、と久五郎も気がついた。

「どいていろ」

いきなり天津風は、久五郎を横へ突き飛ばした。侍のふたりが、いきなり左右から刀を

抜打《ぬきう》ちに、無言で斬《き》りこんできたからであった。

しかし天津風は、脇差の柄に手をかけようともせず、三十四貫という体重が嘘のように、軽く素早く動いた。

侍のひとりは、刀を持ったままの右手を殴りつけられ、うめき声をあげて棒立ちになった。もう一人は、天津風に足払いをかけられ、勢いよく土手の下へ転がり落ちて行った。

「親方へ何をしやがる」

かっとした久五郎は、続いて斬りかかろうとする三人目の侍の真っ向から飛びかかると、刀を上段《じょうだん》に振りかぶった対手の胸板へ鉄砲をかませた。

「うむ」

声を出したまま、その侍は棒を倒すように、土手の道へひっくり返ってしまった。

それを見て、四番目の侍は、刀を抜いたまま、もう身動きができず、天津風と久五郎へ切先《きっさき》を向けたままであった。

「およしなさい」

落着いて、天津風は言った。

「わしの腰には、雲州様から拝領の脇差がある。だが、これを抜かねえのは、お前様方がどういうご連中なのか、ちゃんとわかっているからだ。さあ、刀を引いて、早くここからお引上げなすっておくんなさい。そのほうが双方にとっても無事だ」

「お、おのれ」

残った一人の侍は、頭巾の中で、呻いたまま、さっと土手の下へ駈け出して行った。道に倒れていた侍も、あわてて立ちあがると、同じように土手の下へ逃げて行った。

四人とも、大した腕前ではないし、天津風をおどしつけるのが目的であったのであろうが、それきり引返してくる様子もなく、足音が遠くなった。

「親方」

さすがに久五郎も、無事に済んでみると、おそろしさがつきあがってきて、こわごわ夜の中を見廻しながら、

「何でございます。今の侍たちは」

「お前だから話をしても構わねえだろう。あの人たちは、以前、わしがお抱えになっていた南部大膳大夫様のご家来衆だ。おととし、出羽庄内様の江戸力士、常山五郎治と遺恨相撲をとって、わしは負けた。それが因で南部様のお出入りを差しとめられ、わしは今のように雲州様のお抱えになった」

「それなら、もう喧嘩を仕掛けられるような筋は残っていない筈じゃございませんか」

「ところがな、また面倒なことが起った。今夜わしが楠部大八郎様に呼ばれて、吉原へ行

ったこと、もうあの南部様のご家来たちには、筒抜けになっていたらしい」

「雲州様の江戸お留守居、あの楠部大八郎様と親方とのあいだに、今夜どんなお話があったんでございます」

「もうじき始まる回向院の相撲で、わしは南部様のお抱え力士荒馬と顔が合う。今夜、楠部様はわしに念を押された。以前の縁があるからといって、南部様のお抱え力士の荒馬などに負けてはならぬ、とおっしゃるのだ。わしらのようになると、それぞれお大名に抱えられて、こうやって刀も頂戴するし、お国入りのときなどはお供を仰《おお》せつかる」

「はい、それは存じております」

「だが、わしらはお大名のために相撲をとっているのではない。お大名同士がどんなに競い合っても、土俵へあがってしまえば、わしらにはそれは縁のないことだ。いくら楠部大八郎様から念を押されても、勝負は勝負、雲州様のために南部様のお抱えの相撲を土俵に投げてやろう、とは思わない。普段ご贔屓になるのは有難いが、勝負の世間だけは別なのだ。今夜わしは、はっきりとそれを楠部様へ申し上げた。ところが、楠部様は大そう機嫌を悪くなされて、そのほうが今日、大関を張っているのは誰のお蔭だ、とまでおっしゃった。笑って聞き流せば済むものを、わしも口答えをした。今日こうやって大関を張っております のは、南部様のお蔭でもなし、雲州様のお蔭でもなし、自分で相撲にいのちを賭《か》けているお蔭でございます、とな」

ひとり言のように話をしながら、ゆっくりと天津風は吉原土手を歩いている。

そのあとから続きながら黒縅久五郎は、天津風の言葉をよく考えてみた。

昔から相撲好きな大名たちは、自分のところへ出入りをする力士たちを贔屓にして、いつも祝儀をやる代りに、いつでも負けるな、と強《し》いる。それが何かで仲の悪い大名同士になると、抱え力士が土俵にあがる前から、双方の家中の侍たちが遊び場でもいがみ合って、喧嘩まで起すことがあるという。

大坂から米子城代荒尾内蔵助に従って江戸へ出てくる途中、久五郎は大蔦力蔵からそういう話を何べんも聞いた。

「できるだけ身分の高い、立派なお大名の抱えになるのは有難いが、そのために土俵で対手の力士に遺恨を持ち、後味の悪い相撲をとることがあるそうな。当人の心掛け次第だそうだが、あまり相撲取で立身をするというのも、考えものだな」

と大蔦力蔵は、冗談のように話をした。

久五郎は、その大蔦の言葉を新しく思い出した。

「親方」

「何だ」

「力士は太鼓持や芸者とは違うのですから、何も贔屓のお客様たちの機嫌気褄《きづま》をとることは要らねえと思います」

「うむ」

うなずいてから天津風は、歩きながら久五郎を振返ると、

「お前は、稽古次第で幕へ入れる力士だ。それからの出世は、稽古だけではなしに、運不運もある。今夜のわしのような羽目にならねえよう、よく気をつけることだ」

「大丈夫です、親方。たとえ三役になろうと、大関を張ろうと、わしはお大名の玩具《おもちゃ》にはならないつもりでおります」

「その性根《しょうね》を忘れるな」

さっきの喧嘩も、もうすっかり忘れたように、笑いを含んだ声で天津風は言った。

その春の回向院の相撲で、三段目に付け出された黒縅久五郎は、大蔦力蔵と並んで、初日から勝ち進んだ。

同じ天津風の一門、前頭十三枚目の初瀬川は、いつも稽古場で久五郎を眼の仇にしていたが、久五郎の土俵を見ると、すっかりしこりも取れた顔つきで、

「どうも、おれはお前を見損っていたようだ。今の調子なら、次の場所には二段目に張り出されるだろう」

と、本心から喜んでくれた。

親方の天津風雷五郎と、もとの抱え主の南部大膳大夫の家中とのしこりは、その場所中もなかなかにとけず、荒馬に勝った日も、両国横網町の家に帰ると、むっつりと黙り込んでいた。

女房のお早は、前々からその一件を知っているので、できるだけ天津風の気持をほぐらせようとして骨を折っている。

「黒緘」

明日が千秋楽《せんしゅうらく》という夕方、初瀬川弥三郎が久五郎と大蔦力蔵を呼び出しにきた。

「お前たち二人とも、明日の土俵で勝てば、揃って全勝だ。こんな目出度《めでて》えことはない。おれがおごるから、ちょいと外へ出て一ぱいやらねえか」

「有難う存じますが」

と力蔵は、久五郎と顔を見合せて、

「わたし共は、まだまだ兄弟子と一緒に酒を飲めるような身分じゃございませんから」

「何を遠慮しているのだ。贔屓のお客に呼ばれたんじゃねえ。兄弟子のおれがおごるといっているんだから、付合ってもいいじゃねえか」

そう言われると、二人とも断る口実がなくなってしまった。

二

両国橋を渡った八《や》つ小路《こうじ》に、若い力士がよく飲みに行く、茗荷屋《みょうが》という小料理屋がある。

そこのあるじは、もと前頭まで取った常陸川《ひたちがわ》という力士で、足の骨を折ってから、この小料理屋をはじめて十年になる。女房のお市《いち》が愛想がよいので、いつでも店は繁昌していた。

二階には小座敷が二つほどあるが、力士たちは下の板の間の飯台《はんだい》に向って、醬油樽に腰をおろし、酒を飲んでいた。

「おやじさん」

茗荷屋へ入っていった初瀬川は、久五郎と力蔵を引き合せた。

「おれと同じ天津風親方の弟子で、これは黒縅、こっちのほうが大蔦。どっちも初日から勝ちっ放しという、末に見込みのある若い者たちだ」

「それはそれは」

板場《いたば》から出てきたあるじの新兵衛《しんべえ》は、以前が相撲取だけに、今でも身体が大きい。びっ

こを引きながら三人の腰のおろしているところへ酒を運んできて、

「お前さんたちみたいな若い力士を見ていると、おれも昔のことが思い出されて、やはり懐しい。明日の土俵に差支《さしつか》えないように、まあせいぜい加減をして飲んでおくれ」

新兵衛と一緒に、女房のお市も出てきて、三人に酌をしてくれた。

「明日の土俵があるから、あんまり飲まねえほうがいいぜ」

と力蔵が、小さな声で久五郎へ言った。

その久五郎が返辞もせず、ぽかんとした口をあけたのは、店の奥のほうから若い娘がひとり出て来たのを見たからであった。

「おや」

向うの娘も、びっくりしたように声をあげた。

「このあいだ、飴ん棒をあげたお相撲さん。たしか四股名を黒緘、と言いましたね」

「お前さんか」

赤くなって、久五郎は腰をあげた。

その娘は、吉原の引手茶屋、松葉屋の女中で、おひろと言った娘であった。あのとき、おひろは自分に飴ん棒をくれて、しきりに話しかけてきた。はっきりおぼえているのは、尾道の橋本吉兵衛の家で小間使をしているお時と、顔立ちが似ているからであった。

「何だ何だ、お安くないぜ」

と初瀬川は、目を丸くして、

「おい、黒繊、おめえ、土俵でも油断のならねえ対手だが、女にも手が早いと見える。もうおひろちゃんを知っていたのか」

「いいや、そういう訳ではありません。兄弟子」

 どぎまぎして、言訳をしようとする久五郎の側《そば》へ寄って、おひろは明るい声で笑った。

「あたしたちは、もうとっくに知合いなんですよ、ねえ黒繊関」

「いや、わしはまだ、関取などという身分ではない」

「それでも、もうじき出世をするお前さんだもの。何も遠慮をしなくてもいいんですよ」

「だけど、おひろさん」

 と久五郎は、改めて対手の顔を見直すと、

「お前さん、どうしてこんなところへ来ているのだえ」

「ここはね、あたしの姉の嫁《とつ》ぎ先なんですよ」

「そうすると」

 訊き返した久五郎へ、お市が笑いながら言った。

「おひろはね、あたしの妹なんですよ。松葉屋さんへ女中奉公に行っているけど、気儘《きまま》奉公なんで、ときどきこうやって、ここへやってきては、店の手伝いをしてくれるんです」

「おい、黒縅」

側から力蔵が、にやにや笑いながら訊いた。

「吉原の何とかという、あの花魁、それに、尾道に待たしてあるとかいう娘、それにこのおひろちゃん、お前もなかなか女の出入りの多い男だな」

「冗談ではない」

むきになって、久五郎は言い返した。

「わしは何も」

「わかったわかった」

面白そうに笑って、力蔵は久五郎の肩を叩いた。

「女にかけては、お前が融通《ゆうずう》のきかねえ堅人だということ、誰よりもおれが一番よく知っているよ」

おひろやお市の酌で、三人が酒を飲んでいるところへ、表からぬっと身体の大きな相撲取がまた一人、店へ入ってきた。

おひろと面白そうに話している久五郎たちを見ると、その力士はじろりと眼をくれただけで、すぐ側の飯台へ向って腰をかけた。

「おひろちゃん、おれにも酒をくれ」

「はいはい」

おひろは、愛想よく返辞をした。

酒がきてからその相撲取は、はじめて初瀬川に気がついたように、

「おお、これは、初瀬川関でしたか。天津風関のところに、このごろいい新弟子が入ったそうだが、お目出度うござんす」

「それは、この二人だよ」

と初瀬川は、久五郎と力蔵へ対手を引き合せた。

もとは大坂相撲の年寄《としより》、湊《みなと》の弟子で、江戸へ出てから境川《さかいがわ》の門へ入って、いまでは西方二段目の尻から四枚目に付け出されている不知火光右衛門《しらぬいこうえもん》という力士であった。

久五郎よりも三つ四つ年上であろうか、ひどく背が高く、色が白い。がっしりと胸板の厚い、もみあげの濃い、顎の張った顔で、いかにも気が強そうに見える。

「その二人とも、初日から勝ち続けだそうだが、よくよく運がついていると見える。おれなどは、ようやく今日で勝ち越しが決ったような次第で」

と不知火はずけずけと久五郎たちに向って、嫌味を並べ出した。

べつに対手と喧嘩をする気もしないし、久五郎がさからわずにいると、不知火はそれが

面白くないのであろう、こんどはおひろへからみはじめた。

「おれはおめえの姉の亭主のように、足を折って、こんな小料理屋のおやじに成下るような力士じゃねえ。やがて幕へ入って、いずれは三役にまで出世をしようという力士だ。そういうおれをつかまえて、そんなに素気《そつけ》なくすると、今に罰《ばち》が当るぞ」

よほど酒癖《さけぐせ》の悪い男らしく、おひろの手をつかんで、大きな声でどなった。

黙って見ていた初瀬川も、とうとう我慢ができなくなり、立って行って不知火をなだめた。

「明日は大事な千秋楽だ。そう酒を飲んでは、土俵に差支えるだろう。もういい加減に切りあげて帰ったらどうだ」

「初瀬川関のおっしゃることだから、さからっちゃあいけますまい」

と不知火は、じろりとこちらのほうを睨み廻すと、

「初日から勝ち放しかも知れねえが、おい、黒縅久五郎とか言ったな。今におれがおめえを必ず土俵の砂に埋めてやるぜ」

それだけ言うと、勘定も払わずに店を出て行った。

「黒縅関」

おひろは、そっと久五郎の側に腰をおろすと、

「酒の上のことだから、気にしないで下さいよ。あの人も素面《しらふ》のときは、ごくおとなしいんだけれど」

「なあに、気にしてはいないさ」

久五郎には、不知火がなぜ自分にからんできたのか、よくわかっている。不知火はおひろに惚《ほ》れて、ここへ通っているのであろう。そのおひろが自分に愛想よくしているのを見て、腹が立ったのに違いない。

「ねえ、黒縅関」

おひろは、しみじみと言った。

「うちの姉さんのご亭主も、もと常陸川という四股名の相撲取だったときに、もうじきに三役になるだろうといわれていた人だけれど、対手に投げられたとき足の骨を折って、それきり相撲取をやめてしまった。どうかお前さんも、怪我だけはしないようにして下さいよ」

「有難う」

久五郎も、本心から礼を言った。

「力士になった者は、誰でも最初は幕へ入るのが望みだ。それから三役。大関を張るようになれば、力士の夢が果せたことになる。わしはそうなっても、決してお大名などの玩具にはならない覚悟だ。お大名の言いつけで、遺恨相撲を取るなどと、そんなことはご免を蒙る。わしは、人のためには相撲を取らない。自分のために相撲を取る。どこから見ても、誰が見ても、恥しくない相撲ばかり取って見せる」

ひとりでに昂奮《こうふん》して、久五郎は大きな声で言った。

それを初瀬川やおひろ、お市などが、呆気にとられたように見ていた。

ただ大蔦力蔵だけは、にこにこ笑いながら、久五郎の横顔を見つめている。黒縅久五郎の気持が誰よりもわかるのは、この大蔦力蔵であった。

その年の冬場所、黒縅久五郎は出世をして、幕下番付外で土俵へあがるようになっていた。

鞘当

一

江戸の勧進相撲の最初については、三つの説がある。寛永《かんえい》元年（一六二四）、四谷塩町《よつやしおちょう》で興行したというのと、同じ年、上野《うえの》東叡山寛永寺《とうえいざんかんえいじ》創建に際して行なわれたという説、もう一つは四谷塩町の興行は寛永元年ではなく、九年だという説の三つであった。

しかし、その頃から江戸の相撲は少しずつ盛んになりはじめ、勧進相撲が完成期に入ったのは、安永《あんえい》から天明《てんめい》、そして寛政《かんせい》年間に入ったころといわれている。それには小野川喜《おのがわき》三郎《さぶろう》、谷風梶之助《たにかぜかじのすけ》などという人気のある力士が続いて出たからでもあろう。

寛政元年（一七八九）冬場所、谷風、小野川が横綱の免許を受けたが、その後長らく大関を張った雷電為右衛門《らいでんためえもん》という力士も出ている。だが、雷電という四股名の力士は、寛政年間にも為右衛門のほか、同じく源八《げんはち》、為五郎《ためごろう》などという力士もいたし、そのいずれもの逸話《いつわ》がすべて雷電為右衛門ひとりのものにされて伝えられた。

寛政三年、江戸城の吹上《ふきあげ》の庭で、将軍の上覧《じょうらん》相撲があったので、ますます相撲は盛んになり、生月鯨太左衛門《いけづきげいたざえもん》という巨人力士が出たりして、この嘉永年間に至っている。

嘉永五年（一八五二）の春場所で、黒縅久五郎は幕下の尻から九枚目に付け出された。

外国船がときどき日本の港へ入ってきて、江戸でもそれに備えて砲台《ほうだい》を作ったり、旗本たちに調練《ちょうれん》させたりして、世上《せじょう》はおだやかではない。

久五郎は二十四歳の春を迎えたわけだが、このころ江戸では盛んに感冒《かんぼう》がはやり、薬も飲めない貧乏人たちは、ただ死ぬのを待つより仕方のない状態であった。

裸で相撲を取っている力士のあいだにも、感冒に罹《かか》る者が現われて、久五郎の師匠の天津風雷五郎も、千秋楽が済んでから熱が高くなり、寝込んでしまった。

新場の肥料問屋出雲屋のあるじの奥三十郎も、心配をして、医者をよこしたり、薬を届けてきたりした。

「あと二日ぐらいで、もうおれは起きられそうだが」

と無精《ぶしょう》髭《ひげ》をはやした天津風は、女房のお早に看病をされながら、あたりに弟子のいないのを見届けると、そっと言った。

「黒縅の野郎、このごろ夜遊びをよくやっているようじゃねえか」

「まだ若いんですから、あまり叱らないでやって下さい」

とお早は、かいがいしく天津風の額に当てた濡れ手拭を、新しいのと取り代えながら、

「この春場所も負けが二つだけで、来場所はもっと出世が出来るでしょうし、少しぐらいの夜遊びは大目に見てやらなくちゃあ」

「両国八つ小路の茗荷屋へ、毎晩のように黒縅は通っているそうだな」

「大蔦も一緒なんですから心配は要りませんよ。大蔦もこの場所は負けが三つだけで、黒縅と出世比べをしているようですし、おまけに大蔦のほうは黒縅と違って、女遊びをしたこともあり、世慣れていますから、相弟子に馬鹿な真似をさせる気づかいはないと思います」

「それならいいが、あの黒縅には、女のことでしくじりをさせたくねえからな」

「相撲取ですもの、少しぐらい女出入りがあったって、稽古の邪魔にさえならなけりゃ、そう心配することはありませんよ。あたしが深川から出ていたころ、お前さんは三段目の筆頭《ひっとう》で、親方に叱られながら、しょっちゅう深川へ遊びに通ってきたじゃありませんか」

「昔のことを、何もおさらえをしなくってもいいじゃねえか」

まだ熱のとれない赤い顔に、天津風は苦笑いを浮べた。

天津風が心配していた通り、春場所が終ってから黒緘久五郎は、毎晩のように相弟子の大蔦力蔵を誘って、両国橋を渡り、八つ小路の茗荷屋へ出かけていった。

いつも相撲取の集る小料理屋だけに、黒緘のように毎晩現われてもべつに不思議がる者はいない。

あるじの常陸川新兵衛と女房のお市が、久五郎たちの話相手をしてくれるし、三日に一度ぐらいは、吉原の引手茶屋の松葉屋で女中をしているおひろが、店に姿を見せ、客の酌をした。

「こんなことを改めて訊いては、お前の気を悪くするかも知れねえが」

今夜は少し酒の廻った大蔦力蔵が、わざと大仰《おおぎょう》に声をひそめて、

「本当のことを言ってくれ。お前、ここのおかみさんの妹が目当てで、こうやって飲みに来るのか。飲むといっても、おれと違ってお前は下戸だし、せいぜい銚子《ちょうし》を一本あけるのが関の山、ほかに目当てがある、と思われても仕方がなかろう」

「大きな声で、そんなことを言う奴があるものか」

と久五郎は、あわてて力蔵を手で押えながら、板場のほうをのぞいた。

今夜、おひろの姿はまだ見えない。常陸川新兵衛と女房のお市が、女中に手伝わせて、客の相手をしながら酒や肴《さかな》を運んでいる。

隅のほうに、遊び人風体《ふうてい》の男がふたり、黙って酒を飲んでいるきりで、今夜は大そう静かであった。

「実は、訳がある」

と、改まった顔つきをした久五郎へ、力蔵は薄笑いを浮べて、

「いよいよ本音を出すか、黒繊。おひろちゃんはいい娘だが、お前には尾道にお時さんという娘が待っている筈じゃねえのか」

「女の話ではねえ」

ひどく難しい顔つきになって久五郎は、声をひそめた。

「この春場所が終ったところで、親方は秀の山と改名する、と決っている。来年あたり、親方は横綱を締めるようになるのじゃねえか、という話も聞いた」

「親方が横綱になれば、弟子のおれたちも肩身が広い、というものだ。しかし、それがどうしたのだ」

「親方はいま、雲州様のお抱え相撲になっている。去年の回向院の相撲で、南部様の抱え力士荒馬と顔が合って、親方は対手を上手投《うわてな》げで負かした」

「あれはいい相撲だった。うちの親方だから褒めるわけじゃないが、お客が総立ちになって喜んでいたな」

「ところが、親方は以前、南部大膳大夫様のお抱え相撲だった。それだけに、南部様のご家来衆が、親方を大そう憎んでいる。一度は吉原の戻りかけ、親方に闇討を食わせようとしたくらいだ」

「へええ。そんなことがあったのか」

「その晩、おれは親方のお供をしていたし、少しばかり喧嘩の手伝いもした」

「そんなことがあったのか、ちっとも知らなかったぜ」

「親方からも口どめされていたし、親方だっておかみさんにさえ話しちゃあいねえ」

それから久五郎は、あの晩の話を、くわしく力蔵へ打明けた。

雲州松江松平出羽守の江戸留守居、楠部大八郎が吉原の松葉屋へ天津風雷五郎を呼んだのは、荒馬と土俵で顔が合ったら、以前の義理などを忘れて、必ず勝つように、と念を押すためであった。それへ対して天津風は、いくらお大名の抱え力士になっていても、勝負の世界だけはべつなのだから、世話になっているお大名のために勝とうとは思わない、と返辞をした。

それが楠部大八郎には、面白くなかったらしいが、土俵では天津風は勝ったので、その晩のことについては何も楠部は含んではいないらしい。

しかし、南部家の侍たちは、前々から天津風に遺恨を持っていた。かつて南部家の抱え力士だったのに、出羽庄内の抱えの常山五郎治と遺恨相撲を取って敗《やぶ》れ、それが因で天津風は南部家への出入りを差しとめられた。

「以前は以前、今は今で、どうでもよさそうなものだが、南部家の侍たちにとっては、面白くないらしい。吉原土手で待伏せをして、親方を叩き殴ろう、としたのだが、かえって土手の下へ一人のこらずほうり出されてしまった。おまけに親方は、もうじき横綱を締めそうだし、部屋も大きくなっている。そうなると南部家では余計に癪《しゃく》にさわって、このまま天津風が秀の山と改名をして横綱になったりしては、引っ込みがつかねえ心持になったらしい」

「大そう難しい話になったが、黒縅、その話と、お前がこの茗荷屋へ通うのとは、どんな関合いがあるのだ」

「来月、麹町平河天神《こうじまちひらかわてんじん》で、奉納《ほうのう》相撲がある」

「それが、どうかしたのか」

「おれは、不知火光右衛門と顔が合いそうだ」

「あの男も、幕下三枚目に出世をしたし、おまけにこの店のおひろちゃんに、やはり気があるらしいからな」

「不知火は、ことしから南部様のお抱え力士になったのだぜ」

「何だと」

大蔦は、じっと久五郎の顔を見つめた。

「お前は、不知火と遺恨相撲を取らなくてはならねえ、と心配をしているのか」

「そうなりたくないから、いまのうちに不知火と友達になっておきたい」

「それが望みで、毎晩こうやって茗荷屋へ遊びにきていたのか」

「もうひとつある」

久五郎は、遠くを見るような眼をして呟いた。

「あの今牛若の便りが、この店で聞けそうなのだ」

二

おひろが今牛若東助らしい男の話をしたのは、この春場所が始まる前のことであった。

吉原の松葉屋へ、ときどき浪人たちが五人ぐらいずつ、揃って遊びに来ることがある。風体のよくない浪人たちなら松葉屋でも断るのだが、その中に長山越中という浪人者がいて、身なりもいいし、いつも懐中に金を沢山持っていた。

松葉屋に来るようになったのは、長州《ちょうしゅう》江戸藩邸の侍が連れてきたのが最初で、それから長山越中は何人かの浪人仲間と一緒に現われ、派手に遊んで帰る。

去年の暮、長山越中の妹だという二十六七になる大年増《おおどしま》も一緒にきて、めずらしそうに花魁の姿を見たり、楽しそうに遊んで帰った。それから今年の春も、長山越中はおしげという妹を連れて、顔を見せた。

その晩、おしげの連れだという男が松葉屋へ迎えにきた。身体の大きな、色の白い、まるで相撲取のような男で、顔つきは優しくて、言葉に京訛りがあったという。

「その男が、今牛若東助に違いない」

久五郎は、低い声で大蔦へ話し続けた。

「おれにとっては、大坂の朝日山関のところで、同じ釜の飯を食った相弟子だし、江戸に出てきているのなら、もう一度会って、よく意見してやろうと思うのだ。いつぞや吉原で、ちらりと姿を見たときは、今牛若は商人のような身なりをしていたが、相変らず、長山越中や妹のおしげと一緒に、何かよくないことをやっているらしい。お侍たちが、攘夷論とかを唱えて、騒ぎ立てるのは結構だが、今牛若のような正直者まで仲間に入っては、どうせろくなことはねえに決っている」

今牛若のことは、何べんも久五郎から聞いているので、うなずきながら大蔦は聞いていた。

「それで、おひろちゃんから、その後の今牛若の話を聞こう、というのか、黒緘」

「今夜は、おひろちゃんも、この姉さんの家へ帰ってくるそうだ」

「なるほど」

呆れたように大蔦は、つくづくと久五郎の顔を眺めた。

「黙って相撲を取っていればいいものを、お前もずいぶん物好きだな」

「いつぞや親方と話をしたのだが、おれはいくら出世をしてお大名の抱え力士になっても、そのお大名のために相撲を取るなどということは、決してやらねえつもりだ。南部様では、不知火とおれに相撲を取らせて、それを因に親方にけちをつけよう、というつもりだろうが、そんなことは真《ま》っ平《ぴら》ご免を蒙る」

「おいおい、噂をすれば影とやらのたとえの通りだぜ」

と大蔦は、低い声で言って、のれん口のほうへ眼をやった。

「今晩は」

太い声がして、不知火光右衛門が、同じ境川の弟子三人ほどと一緒に、この茗荷屋へ入ってきた。

「お先へ」

と声をかけた大蔦力蔵へ、じろりと眼を向け、軽くうなずいたきりで不知火は、離れたところに腰をおろした。

あるじの常陸川新兵衛も、女房のお市も、表面では愛想よく不知火たちに挨拶をして、この春場所の相撲の話などをしたが、内心では黒絨たちと喧嘩にならなければよいが、と心配をしているらしい。

間もなく、お市の妹のおひろの、陽気な声が聞えた。

「おやおや、皆さんお揃いで」

と、おひろが奥のほうから姿を見せた。

「不知火関も、この場所は勝越《かちこ》しで、お目出度う」

愛想よく不知火に声をかけておいて、おひろは、久五郎と大蔦力蔵の腰をおろしている飯台のところへ近づいてきた。

「おそくなってしまって」

とおひろは、久五郎の隣に腰をかけると、酌をしながら、低い声で言った。

「例の長山越中というご浪人と、妹のおしげという人、ゆうべも松葉屋へ遊びにきましたよ。お尋ねのあの図体の大きな若い人は、店の表で待っていたようだけれど、帰りにはあのご浪人さん兄妹と一緒に帰って行きました。だけど、様子を見ていると、おしげさんという人は、対手の図体の大きな若い人を、東助東助、と呼び捨てにして、まるきり夫婦とは見えなかった。夫婦だとしたら、年も違うし、相撲取のような身体をしながら、すっかりおかみさんの尻に敷かれているように思えたけれど」

「やはり、今牛若東助だったのだな」

と久五郎は、暗い表情をして、ちらりと大蔦と顔を見合せた。

「それで、おひろちゃん」

久五郎は、低い声で訊いた。

「長山越中という人は、長州のお侍たちと知合いだそうだけれど、何をして暮しているのか、お前さんに見当がつくかい」

「さあ、あの様子では、このごろはやりの攘夷党の仲間じゃないんでしょうかね。あたしは座敷へお酒を運んで行くだけで、ろくに話も聞いたことはないけれど、長山というご浪人様は、いつも大きなことを並べているようですよ。お前様に頼まれた通り、芸者衆に探りを入れてみたが、長山越中の住居は、下谷《したや》あたりらしい。おしげという妹さんも、東助という若い男と一緒に暮しているそうだけれど」

「そうか、どうも有難う」

ほっとして黒緘は、何べんもおひろに礼を言った。

そうやって、黒緘久五郎とおひろが話をしているのが、不知火には面白くないらしい。

自分の存在は忘れられて、ひそひそと二人が仲良く話をしているように思えたからであろう。

「おい、黒縅」

少し酒が廻ってきたのか、不知火は大きな声で久五郎を呼んだ。

「知っての通り、おれはこの場所から南部様のお抱えになった」

「それは聞いている、結構だったな」

久五郎は、本心からそう言った。それが不知火には、かえって気に障《さわ》ったらしい。

「お前たちの師匠の天津風関は、こんど秀の山と改名するそうだが、大そう雲州様へ胡麻《ごま》をすっているそうだな。横綱になりてえからだろう」

「不知火どん」

さすがにむっとして、久五郎は言い返した。

「ここは、もと力士だった常陸川関のやっている店だから、冗談だと思って聞き流してくれるだろう。だが、何も知らねえ人たちが耳にしたら、本気にするかも知れねえ。相撲の出世というのは、お大名や金の力で、どうなるものではない。めいめい自分で強くなり、それで番付があがって行くのだ」

「ところが、そうばかりでもねえ時があるとさ。お前たちの師匠の天津風関は、口も上手だし、雲州様はお大名の中でも、評判の相撲好きだ。年寄連中にも押しが利くし、ご自分の好きな取組だって勝手に作れるそうじゃあねえか」

「何だと」

立ちあがろうとする久五郎を、無言で大蔦は押えた。よせよせ、と大蔦の眼が言っていた。

不知火の師匠は、西方《にしかた》の前頭六枚目で、伊勢《いせ》の桑名の生れであった。もと大坂力士の三保ケ関《みほがせき》の弟子で、江戸へ出てから先代境川の弟子になった。

その境川の弟子の中でも、不知火は一ばん将来を期待されている力士だが、人間に癖があって、あまり好かれてはいない。

「何か文句があるのか」

こういうきっかけを、待っていたに違いない。不知火は、のそっと立ちあがると、

「ここは小料理屋だから、喧嘩なら外へ出よう」

「よさねえか、不知火どん」

大蔦力蔵も、立ちあがって、不知火を制した。

「何を怒っているのか知らねえが、相撲取が、こんなところで喧嘩をしちゃあならねえ。力士同士が勝負をつけるのは、土俵の上じゃあねえのか」

「お前は引っ込んでいてくれ」

不知火は、近よってくると、いきなり久五郎の胸倉をつかんだ。

「どうも前々から、おれはこの野郎を嫌いだったんだ。いずれは土俵の土に埋めてやる野郎だが、いまのうちに、しめしをつけておいてやろう。さあ、外へ出ろ」

それを見て、あるじの新兵衛や女房のお市が、あわてて二人のあいだへ割って入った。

「喧嘩などしたら、お二人とも、親方に叱られるだろうし、無事では済まないよ。さあ、仲良く一緒にお酒を飲んでおくれ」

「お前さんたちは、引っ込んでいてくれ」

と不知火は、新兵衛の肩をつかむと、壁のほうへ突き飛ばした。

それまで我慢をしていた久五郎も、もう辛抱がしきれず、不知火を殴りつけようとした。

久五郎が拳を固めたとき、外から、いきなり女の声が飛び込んできた。

「黒緘関、ここにいると聞いてきた」

それは、しばらく姿を見せなかったお北であった。

「ちょいと付合っておくれ。また砂利場の助五郎が、お芳様をおどかしているんだよ」

飛んだ災難

一

「おい黒緘、どうする気だ。このまま水が入って引分《ひきわけ》にするつもりか。女の行司に裁きをつけてもらうとは、お前も大した相撲だ。両国の垢離場《こりば》の見世物《みせもの》小屋で、めくらと女が鳴物入《なりものい》りで相撲を取っているそうだが、こいつは見世物じゃあねえ。おれが売った喧嘩、そのままにして逃げるつもりか」

うしろから不知火光右衛門の罵り声が聞えたが、立ちどまろうとしかけた黒緘久五郎も、我慢をした。

「よせよせ。あいつと土俵で顔が合ったとき、今夜のかたをつけるがいい。お前は相撲取なんだぜ」

側を一緒に走る大蔦力蔵が、そう言ってくれたからでもあった。

「飛んだところへ飛び込んで悪かった。こっちも急いでいるんだよ」

とお北は、久五郎にぶら下るようにして走りながら、

「砂利場の助五郎につけねらわれ、うるさいものだからお芳様は、浅草の三股河岸から向島《むこうじま》へ引越しをなすったのだよ。三囲《みめぐり》稲荷の近くに手ごろな家を見つけ、そこに落着いてから三ヶ月ほどだが、近ごろになって砂利場の助五郎が、とうとうお芳様の居所を見つけてね」

「あの野郎、痛い眼に遭わせてやったのに、まだ懲りを見ねえのか」

両国橋の上を走りながら、新しく腹が立ち、久五郎は大きな声で言った。

自分や大蔦力蔵が恩をこうむった米子城代荒尾内蔵助が、江戸屋敷の侍たちにも内緒で、お芳の世話をするようになってから、もう何年にもなる。身寄りもなく、ただ一人で暮しているお芳のために、こういうとき役に立ってやれるのは、久五郎と大蔦のほかにはないわけであった。

「あたしは向島まで、とてもお前さんたちと一緒に走れそうにもない」

両国橋を渡ったところで、お北は悲鳴をあげた。

「相撲取の走る足に、女のあたしが、敵う筈がないじゃないか」

「ちょうど駕籠がきた。あれに乗ってくれ」

大蔦力蔵は、通りかかった空《から》駕籠を呼びとめ、押込むようにお北を乗せると、一緒に大川沿の道を向島のほうへ走り出した。ようやくお北も、ほっとしたらしく、駕籠の垂れをあけさせ、側を走る久五郎と大蔦へ話しかけた。

「あたしが見ていても、このごろのお芳様の様子は、ちょっとおかしいのだよ。何やら得体の知れない浪人たちが出入りをしているようだし、あたしだけではどうにもわからなくなってしまった。以前のことはべつとして、何か弱味を砂利場の助五郎に握られているのじゃあないかと思う」

それを聞くと久五郎は、一緒に駕籠の側を走っている大蔦へ、低く声をかけた。

「おぬしに何か心当りがあるか、大蔦関」

「そう聞けば、ないでもない」

と大蔦は、大股に足を運びながら、首を傾げて、

「荒尾様というお方は、京都のお公卿《くげ》様とも付合いがあるし、米子のお城にも、いつも旅の浪人たちが訪ねてきていた」

「それとお芳様と、何かつながりがあるのか」

「そうではねえか、とおれは思う」

二人は裾をからげ、袖をまくって、駕籠の両側を挟《はさ》んで向島のほうへ急いだ。

夜の中でも、はっきりと相撲取とわかる黒緘と大蔦だけに、駕籠かきふたりは、久五郎たちの顔をのぞきながら走っていたが、

「お前さんたちは、黒緘関に大蔦関でござんしょう」

「知っているかい、おれたちを」

そう訊いた大蔦へ、駕籠屋の前棒は、はしゃいだ声で、

「あっしたちも、相撲は大好きでさあ。まだ暗いうちから回向院の相撲場へ通って、大入《おおいり》場《ば》から声をかけている口さ。何か訳があるようだが、よかったらお手伝いいたしますぜ」

「なあに、人の手を借りるまでもねえ」

大蔦がそう言ったのは、お芳のことで喧嘩をするのはともかく、騒ぎを明るみへ出したくない、と考えているからであろう。

この春場所が済んでから、二人の師匠の天津風は、横綱を許され、秀の山と名乗ることになった。相撲の歴史では、九人目の横綱になったわけであった。しかし、風邪をこじらせて、まだ臥たきりだし、年も四十六才になっているので、もう土俵を踏めるかどうかわからない。

秀の山一門としては、前頭十枚目に付け出された初瀬川が出世頭だが、幕下の尻から九

枚目にあがった黒緘久五郎が、一ばん将来に期待されている。

しかし、自分が言い出したら決してあとへは退かない秀の山の性格だけに、稽古はきびしく、贔屓の客に向っても機嫌取りに頭をさげたりせず、お世辞《せじ》などということは決して口にしない。

出雲の松平家の抱え力士になっているが、江戸留守居の楠部大八郎の不興を買い、横綱を許されたのに、雲州家からも通り一ぺんの祝いがきただけであった。しかも一門の若者、本中《ほんちゅう》の連中と待遇のことで対立して、秀の山は少しも妥協をせず、まだ睨み合いが続いている。

こういう風に、師匠の秀の山の身辺に面白くないことが持ちあがっているいま、お芳のことから砂利場の助五郎などと喧嘩の蒸し返しをしてはよくない、と久五郎も考えていた。

「大蔦関」

お北を乗せた駕籠と一緒に、三囲稲荷の近くへきてから、久五郎はそっと言った。

「助五郎たちと喧嘩をするにしても、なるべく手っ取り早く片づけてしまったほうがいい」

「そのことだが」

駕籠と並んで走りながら、大蔦も何か考えていたらしい。

「もしも喧嘩になっても、おぬしは先へさっさと逃げてくれ。あとはおれが引受けた」

「何か訳があるのか。荒尾様のご恩を受けていることでは、おれもおぬしと同様だ。喧嘩を一人で引受けるとは水臭いぜ」

「あとで話をしてやる。おや、あれはお芳様じゃあねえか」

足をゆるめながら、大蔦力蔵は前方の夜の中を指さした。

三囲稲荷の鳥居の前を、何か言い争いながら、五六人の人影が急いでくる。よく見ると、お芳を囲んで、裾をからげた砂利場の助五郎と、乾分五人ほどが、言い争いながらこちらへ急いでくるところであった。

直ぐにお北は駕籠をとめさせ、自分も駕籠から抜け出すと、

「助五郎たち、お芳様を隠れ家から連れ出したと見える。さあ、黒緘関、大蔦関、ふたりであの連中を追っ払っちまっておくれ」

しかし、すぐに飛び出して行くか、と思った大蔦は、急に声をひそめて駕籠かきふたりへ、何か言いつけた。

「へい、承知しました」

駕籠屋ふたりは、空駕籠を道端の道祖神《どうそしん》の蔭に据えて、自分たちはそのうしろに身をひそめた。

お芳と砂利場の助五郎の言い争う声が、はっきりここまで聞えてきた。

「荒尾様の迷惑になりたくなかったら、おとなしくしているがいい」

と助五郎は、お芳の腕をねじあげ、大股に歩きながら、

「お前がどんな連中と付合っているのか、おれにはわかっているんだぜ。天下の大法《たいほう》を破る浪人たちと付合っていて、それが荒尾内蔵助のいのち取りになる、と気がつかねえのか。やはり女だな」

それへお芳が、痛さをこらえた声で、懸命に言い返している。

「お前などの指図《さしず》は受けない。こんなことをすると、どうせお前たちもろくなことはないよ」

「黙っておれについてくるがいい。いくら米子のご城代か知らねえが、物騒なことを考えている荒尾内蔵助などとは、もう手を切ってしまったほうがいいぜ」

久五郎と大蔦力蔵は、道祖神の横のほうに隠れていたが、助五郎たちとの距離が十間ほどに縮まると、

「いいか、黒絨。おぬしは手を出すんじゃねえぞ」

久五郎へ念を押しておいて、大蔦は草むらから夜の道へ飛び出そうとした。

その大蔦が、急に足をとめたのは、思いがけない光景になったからであった。

大川を背にした土手のあたりから、不意に五つほどの人影が現われると、物も言わずに助五郎たちへ殴りかかった。暗い中で、はっきりとは見えないが、袴をつけたり、あるいは着流し姿の、いずれも両刀を帯《お》びた浪人体の侍たちで、顔を黒い頭巾で隠している。めいめい手に木刀《ぼくとう》や弓の折れをさげて、助五郎をはじめ乾分たちを、的確にひとりずつ殴り伏せた。

「何をしやがる」

助五郎が喚いたのも、ようやくのことで、木刀で脳天《のうてん》を殴りつけられ、呻き声をあげたきり、どさりと夜の道に転がってしまった。

その浪人の中の一人が、素早くお芳を助け出し、何か低い声でささやいた。

大蔦力蔵は、そのほうへ駈け出そうとしたが、こんどは久五郎が大蔦を引きとめた。

いま現われた浪人たちのうしろから、裾をからげた図体の大きな男と、女がひとり、お芳をまん中に挟んで、土手のほうへ連れて行こうとしている。

どうやらその様子では、いま現われた浪人たちも、その大きな男と連れの女も、お芳の仲間に違いない。

さっき大蔦力蔵が、訳がある、と言ったのは、このことであろう。

「様子が変った。手出しをせずに、しばらく見ていろ」

そう言った大蔦へ久五郎はささやいた。

「あの大きな図体の男、おれの探していた野郎だ」

「何だと」

「あれが、今牛若の東助だよ。連れの女は、おしげ。そうすると、浪人たちの中に、長山越中という浪人がいるに違いない」

二

どうやら長山越中たちは、土手の下に小舟を待たせてあるらしい。

お北はお北で、お芳が砂利場の助五郎に狙われていると知って、黒繊久五郎たちに急を知らせたのだが、越中もお芳を助け出す手段を考えていたようであった。

「出るな」

大蔦力蔵は、懸命に久五郎を引とめながら、早口にささやいた。

「荒尾内蔵助様は前々から、京都のお公卿様と仲良くしておいでだ。天朝様のために、何か事を起そう、と荒尾様は考えておいでなのじゃねえかと思う。そうなると、お芳様も荒尾様のために、江戸で何か仕事の手伝いをしておいでだった、と考えられる。いま現われてきた浪人たちは、荒尾様やお芳様の仲間に違いない。おれたち相撲取が手出しをしても、よけいな飛ばっちりをうけることになろうぜ」

それは久五郎にもよくわかるが、ようやく見つけた今牛若東助を、このまま逃してしまう気にはなれなかった。

自分を引とめている大蔦やお北の手を、無理に引き離すと、久五郎は夜の道へ飛び出した。

「待て、今牛若」

その声を聞くと、お芳の手を引いて土手をあがりかけていた身体の大きな男は、どきっとしたように足をとめ、こちらをのぞいた。

手拭で頬かぶりをして、裾をからげたその男が今牛若東助、と暗い中でもはっきりと久五郎にはわかる。

今牛若をかばうように、その前に立った女は、長山越中の妹のおしげであった。

「何だ、こやつは」

浪人たちの中から、声をかけながら、背の高い、袴をつけた長山越中が、のっそりと近づいてきた。

砂利場の助五郎や乾分たちは、半分が殴り倒され、気を失っているし、残りは暗い道を這うようにして逃げ出している。

「わしだ、今牛若」

と久五郎は、長山越中のほうは見向きもせず、土手へ近づいて行って、

「黒縅久五郎の顔を、見忘れる筈はあるまい」

「お前か」

はっとしたようだが、それでも今牛若東助は、擬勢を張って、

「回向院の相撲の番付で、お前の名前を見た。おいおいと出世して、結構やったな。だが、わしとお前では、もう住む世界が違《ちご》うている。わしのことは構わんでおいてくれ」

「それでいいつもりか、東助」

浪人たちに囲まれながら、久五郎は声を張った。

「せっかく一緒に相撲取になって、出世比べをしよう、と約束したのに、こんな得体の知れねえ浪人たちの仲間入りをして、先々はどうなると思うのだ。さあ、早く眼を覚まして、おれのところへ戻ってきてくれ」

その横から、長山越中が低く声をかけた。

「おのれが、黒縅久五郎か。東助は、われらの仲間入りをしてから、天晴《あっぱ》れ役に立っている。今さら力士になる気持はないのだ」

それに続いて、おしげも笑いを含んだ声で言った。

「せっかくだけど、わたくしと東助とは夫婦になっている。もうお前などの指図は受けぬ」

久五郎は、今牛若とおしげを睨みつけていたが、こんどは暗い中で、お芳へ声をかけた。

「これは、どういうことでございます。お芳様。こんなことをなすって、荒尾様がお喜びになる、とお考えなんでございますか」

「久五郎どの」

顔をそむけるようにして、お芳は答えた。

「これも、荒尾様のお指図通りにしていることとゆえ、もはや構わないでいてほしい。そこらに大蔦力蔵どのとお北どのがおられたら、よろしく伝えて下され」

そのままお芳は、自分が先に立って土手を向うへ駈けおりて行った。

今牛若とおしげが、それに続こうとした。

「待たねえか、今牛若」

声をかけた久五郎の肩をつかみ、長山越中は刀の鍔音《つばおと》を立てた。

「今宵《こよい》、ここで見たことは、誰にも口外するな。世の中には、お前たち相撲取では見当がつかぬことが多いのだ。われらは天下のために働いている。その天下というのは、このような世の中ではない。もそっと新しい世の中なのだぞ」

「そんなことを、おれが知るものか」

長山越中の手を振りもぎり、久五郎は土手を駈けあがろうとした。

その久五郎の前に、浪人たちが立ちはだかり、めいめい刀の柄に手をかけた。

ようやく久五郎も、自分を押えた。この連中を対手に、いのちのやり取りをするほど、久五郎も向う見ずでない。

歯がみをしながら久五郎が見ているうちに、長山越中たちは、お芳を岸の小舟に乗せ、暗い大川の水面へ漕《こ》ぎ出して行った。

「よく我慢をしたな」

近づいてきた大蔦が、ほっとしたように、声をかけた。

「荒尾様とあの浪人たちが、同じことをしているとは、おれにも考えつかねえことだった。もう今牛若のことはあきらめろ。お芳様のなさることに、おれたちは口を出さねえほうがいいのだ。それよりも、稽古をするほうが大事だぜ」

その横から、お北も言った。

「これであたしにも、どうやら訳がのみ込めたよ。あのお芳様が、何べんも居所を変えていたのは、何も砂利場の助五郎などを避けていたのじゃない。やはり荒尾様から、指図を受けていたからなんだね」

荒尾内蔵助やお芳、それに長山越中などが何を考えているのか、それは久五郎にも見当のつかないことであった。

新しい世の中を作る、といっても、いまの徳川家の勢いを引っくり返せるものかどうか、いくら考えてもわからないし、相撲取の自分などには縁のないことだ、と久五郎は思った。

その晩のことは、駕籠屋にも口止め料を払ったので、騒ぎは明るみへ出ることもなく、久五郎も大蔦も、師匠の秀の山には黙っていた。

夏になってから、ようやく秀の山雷五郎も病気は恢復《かいふく》したが、まだ旅興行へ出るところまでは力がつかず、巡業には参加しなかった。

しかし、黒縅久五郎、大蔦力蔵などは、東海道を巡業して大坂へ行く一行に加えてもらった。

不知火光右衛門とはべつべつの巡業なので、旅先で顔が合うということもなく、その年の十月、久五郎たちは江戸へ帰ってきた。

両国八つ小路の茗荷屋も、相変らずだし、亭主の常陸川も女房のお市も、元気であった。お市の妹のおひろも、吉原の引手茶屋の松葉屋で働いているが、おひろから話を聞くと、今年の春から長山越中たちは、一度も吉原に姿を見せないという。

久五郎も、もう今牛若東助のことは、諦めるよりほかはなかった。

あくる嘉永六年（一八五三）の春場所で、黒紘久五郎は東の幕下十二枚目に付け出された。

夏が過ぎて、秋の深くなったころ、不意に、黒紘久五郎と大蔦力蔵のところへ、町奉行所から呼び出しがきた。

何の気なしに、町名主《まちなぬし》たちに付添われ、北町《きたまち》奉行所へ出頭してみると、いきなり吟味与力から、きびしい声で訊問《じんもん》された。

「そのほうたち、米子ご城代荒尾内蔵助どのから、大そう世話になっているそうだな」

「へい、荒尾様は、わたくし共の恩人でございます」

と久五郎が答えると、吟味与力はなおのことけわしい声で、

「荒尾様はこのたび、鳥取池田家の殿様よりご勘気《かんき》をこうむり、蟄居閉門《ちっきょへいもん》のお身の上と相《あい》成《な》った。それについて、荒尾様の世話を受けておったそのほうたち、特別の吟味を受けるようになるやも知れぬ。江戸におる限り、罪科《ざいか》は免れがたいであろうな」

何のことかわけがわからず、久五郎はびっくりして、訳を訊こうとした。

それには何も答えず、吟味与力は奥へ入ってしまった。

町奉行所を出た大蔦力蔵は、低い声で久五郎へ言った。

「このぶんでは、江戸にいると、どうもよくねえことになるらしい。親方に話をして、おれもお前も一年ほど、江戸を離れることにしようじゃあねえか。どこへ行っても、相撲さえ取れれば、米の飯に困ることはないだろう」

あの吟味与力が、江戸から姿を消すように、と暗《あん》に教えてくれたのだ、と久五郎にものみ込めた。来年あたり幕へ入れるかも知れない、というのに、久五郎にとっては、降って湧《わ》いたような災難であった。

新しい四股名

一

黒縅久五郎と大蔦力蔵が、師匠の秀の山雷五郎と相談の上、こっそりと江戸から姿を消したのは、嘉永六年の冬にかかろうとするころであった。

二人とも、とにかく以前の縁を頼りに、大坂相撲の朝日山のところへ身を寄せるつもりで、どちらも懐中に二両ほどの金を持っていったし、路銀には困らない。

知っている人々のところへ挨拶廻りに行っては、かえって迷惑をかける、と思い、久五郎も大蔦も、夜逃げ同然の旅であった。

両国八つ小路の茗荷屋へも、顔を出さないままだし、今牛若東助やお芳がどこへ去ったのか、見当のつかないままであった。

この嘉永六年の六月、アメリカのペルリが相州浦賀《そうしゅううらが》へ来て、日本との通商を請《こ》い、それが国内に大波瀾《だいはらん》を起す原因になった。

将軍家慶《いえよし》は病気中だし、幕府の重臣や諸大名のあいだにも、外敵を力を以《もっ》て追い払うべし、と唱える者もあり、あるいは港を開いて国交を結ぼう、という説も出た。

六月に入って、将軍は世を去り、七月にはロシアの使節《しせつ》プチャーチンが軍艦をひきいて長崎《ながさき》へ入る、などという出来事もあった。

嘉永七年（一八五四）は、十一月二十七日に改元《かいげん》して、安政《あんせい》元年となった。その年、再びペルリが軍艦をひきいて浦賀へ入って来た。

ようやく国内にも、開港説が盛んになって、伊豆《いず》の下田《しもだ》と蝦夷地《えぞち》の箱館《はこだて》の二港を開くことに決った。

その安政元年から、あくる二年にかけて、アメリカ船、ロシア船などが引続いて日本の港へ入り、攘夷を旗印にした倒幕《とうばく》論者が次第に勢いを増しはじめた。

十月二日、江戸に大地震が起り、死者は二万人を越え、大名屋敷、旗本屋敷、それに町家などが広範囲にわたって焼け失《う》せた。

その前年、横綱の秀の山雷五郎は引退して、年寄になっていたが、数多くの弟子たちをひきいて行くにしても、部屋の中での筆頭が前頭の初瀬川なので、なかなか思うように弟子たちは言うことを聞かない。その上、嘉永四年にごたごたを起した本中の若い者たちが、揃って部屋を出て行ったので、秀の山の部屋は淋しくなっていた。

「このごろ黒縅や大蔦から、さっぱり便りがないけれど、達者でいるんでしょうね」

夫婦と二人きりのところでは、やはり女房のお早は愚痴《ぐち》っぽい口調で秀の山へ言った。

「何も自分たちで種を蒔いたことでなし、米子の荒尾様の飛ばっちりを受けて、二人とも気の毒に」

「だが、そのお蔭で、わしらは何もお咎《とが》めを受けなかったのだ」

秀の山は、お早を慰《なぐさ》めるように、

「黒縅の探していた今牛若という若い大坂力士、それに長山越中などという浪人たちは、どこへ逃げ出しやがったのか、お上《かみ》でもわからねえらしい。黒縅や大蔦が江戸に残っていたら、何べんもお呼出しを受けて、わしらも無事では済まなかったろう」

「それにしても、米子ご城代の荒尾内蔵助様というお方は、何を企んでおいでだったのでしょうね」

「企むといったところで、わしらのような相撲取とは縁のないことだが、何でも天朝様の御代《みよ》に返そう、というので、大ぜいの仲間を江戸でも集めておいでだったらしい。鳥取の池田様でも、前からそれがわかっていたので、荒尾様を国許《くにもと》へ呼び寄せ、蟄居閉門、という沙汰《さた》にしてしまったのだそうな」

「それにしても、大蔦や黒緘は、何も荒尾様の片棒を担いだわけではなし、江戸から逃げ出さなくとも、ほかに方法があったんでしょうに」

「さあ、それはわしにも、何とも言えないな。とにかく二人とも、大坂の朝日山関の世話で、西国のほうを巡業して回っているらしい。いつぞや来た手紙では、黒緘も尾道へ戻って、お時とかいう娘と晴れて夫婦になったそうな」

「お時という娘のことは、あたしたちも聞いているけれど、そのお父《とっ》つあんの初汐というお人は、尾道では力士で通るかも知れないけれど、もう大坂では相撲も取れないのだからね。黒緘久五郎にしたところで、お時さんという人と夫婦になって、そのまま尾道に松杉《まつすぎ》植《う》える気にはなれないだろうし」

「おいおい」

秀の山は、笑い声を立てて、

「何もそこまで、お前が心配することはねえだろう」

「だけど、いずれ黒緘が江戸へ帰れるようになったら、この部屋へ戻ってくれるのだし、おかみさんの世話をするのは、あたしの役目だからね」

「そこまで心配してやっている、とわかったら、黒緘も喜ぶだろう」

十月の地震では、この両国横網のあたりも、つぶれた家もあるが、火事は起らなかったので、秀の山の家も稽古場も無事であった。

雲州の松平出羽守の抱えになっているおかげで、秀の山の生活は苦しくはないが、やはり弟子の中から傑出《けっしゅつ》した力士が出ないと、短いあいだにもせよ、横綱を締めていただけに、秀の山自身も残念であり、力士や年寄仲間にも幅が利かないことになる。

やはり女房のお早が言うように、黒縅久五郎と大蔦力蔵が江戸へ戻って来さえすれば、どちらかが幕へ入り、ずんずんと出世してくれるに違いない、と期待しているからであった。

その年の暮になって、旅先の黒縅久五郎と大蔦力蔵から、秀の山のところへ久し振りに便りが届いた。二人とも大坂力士朝日山の一行に加わって、加賀国《かがのくに》から船に乗り、遠く蝦夷地まで興行に行ったという。その帰りがけ、暴風雨に遭って、今にも船が海中へ沈みそうになったが、久五郎は大声で出雲大社《いずもたいしゃ》に祈《いの》った。

そのお蔭か、無事に船は敦賀《つるが》の港へ入り、船頭《せんどう》たちは久五郎へ礼を述べたという。その後も、備前国《びぜんのくに》の諸方を巡業して回り、西大寺町《さいだいじちょう》というところで興行をしているとき、土地の西大寺の観音堂から火を発した。すぐに久五郎は火事場へ駈けつけ、火と煙の中をくぐりながら、鐘楼《しょうろう》に吊した梵鐘《ぼんしょう》を取りおろし、それを安全なところまで担ぎ出したという。西大寺の住職《じゅうしょく》は、泪を流して喜び、黒縅久五郎を、三井寺《みいでら》から釣鐘を担ぎおろした武蔵坊弁慶《むさしぼうべんけい》にたとえ、いつまでもこの話を土地に伝えたい、と言ったという。

それと同じころ、秀の山雷五郎のところへ、南町奉行池田播磨守頼方《いけだはりまのかみよりかた》から内々で吟味与力が訪ねてきた。

先年の荒尾内蔵助の一件の飛ばっちりを受けて、黒縅と大蔦ふたりの力士が江戸から逃げ出したが、もうそろそろ町奉行所でも調べを打切るので、江戸へ帰してもいい、という町奉行の内命《ないめい》を伝えにきたのであった。

直ぐに秀の山は、大坂へ飛脚便《ひきゃくびん》を立てた。

二月になって、黒縅久五郎と大蔦力蔵は、晴れて江戸へ帰ることになった。

久五郎としては、尾道に女房のお時を残したまま、ふたたび江戸へ修業をしに戻るわけだが、お時の父親の初汐、それに贔屓の橋本吉兵衛などが相談をして、お時は尾道へ置いて行くことになった。

「晴れて幕へ入れたら、すぐにお前を江戸へ呼び寄せよう。わしも初めから出直しをするのだから、どうかお前も辛抱《しんぼう》をしてくれ」

そう言われて、お時も承知をしたし、思い残すこともなく久五郎は、大坂から江戸へ向った。朝日山四郎右衛門が、久し振りに江戸へ戻るのに弟子も連れないでは、と言って、自分の弟子の松島《まつしま》という若い力士を、久五郎に付けてくれた。大坂の贔屓から貰った路銀が懐中にあるし、三年前に江戸を逃げ出したときとは違って、気持もはればれとした旅であった。

久五郎は、大蔦力蔵と松島と三人、大坂を出立してから、東海道近江《おうみ》の土山《つちやま》の宿場を通りかかった。鈴鹿《すずか》越えの難所があるので、久五郎も大蔦も馬を借り、馬子に手綱《たづな》を取らせていた。

大坂を出るとき、朝日山が身なりをととのえてくれたので、どちらも黒紋付の羽織を着て、下には膝付袴《たつつけ》、脇差を差して、すっかり貫禄も具《そなわ》っている。

「おや、黒縅関じゃあないか」

土山の宿場を通っているとき、不意に久五郎は茶店の中から声をかけられた。

旅姿の、小さな荷物を背負った四十年配の男が、その茶店から駈け出してきた。江戸にいたころ、親方の秀の山の部屋へよく遊びにきていた版下画工《はんしたがこう》の金蔵《きんぞう》という男であった。

「おや、金蔵さんじゃあないか」

「久し振りだな、黒縅関。江戸を出たきり大坂で相撲を取っている、と聞いたが」

「これから、久し振りで江戸へ戻るところだよ」

「それは目出度い」

馬の上と下で話をしているうちに、金蔵は急に思いついたのか、懐中から横綴《よこと》じの帳《ちょう》面《めん》を取り出すと、腰の矢立《やたて》を抜き取った。

「これも、何かの縁だろう。ここで会ったお前さんの姿を、わしに描かせちゃあくれまいか」

「いいや、わしは、まだ絵を描いてもらうほどの力士にはなっていないのだから」

「いずれお前さんは役力士にまで出世をするんだ。今日の思出《おもいで》に、その時はこの絵を仕上げて、お前さんのところへ届けることにしよう」

金蔵にそう言われて、久五郎も断り切れず、道中馬の背にまたがったまま、自分の姿を金蔵に描いてもらった。

二

その安政三年（一八五六）の春の回向院の相撲で、久し振りに江戸力士の仲間へ戻った黒縅久五郎は、西の幕下三十一枚目に付け出され、再出発をすることになった。

久五郎は、二十八歳になっていた。

師匠の秀の山はもちろん、ほかの部屋の力士も年寄連中も大そう喜んでくれたが、喧嘩対手の不知火光右衛門は、もう西の前頭七枚目に入幕して、細川家に抱えられ羽振りを利かせている。その不知火も、三十二歳になっていた。

秀の山の贔屓をしている雲州家としては、将来を期待されている黒緘も自分の家の抱え力士にしようとして、秀の山を通じて働きかけた。

しかし、大名抱えになるのは、力士としても生活がらくになるし、何かにつけて都合はいいのだが、師匠の秀の山が嫌やな目に遭わされたのを何べんも見ているだけに、久五郎は、すぐには承知をしなかった。

それよりも、稽古のほうが先だし、あれきり別れた今牛若東助、それにお芳のことも気にかかったが、二人の行衛《ゆくえ》は全く手掛りもつかめない。

米子城代であった荒尾内蔵助は、鳥取城下のどこかに監禁《かんきん》されているようだし、池田家の江戸屋敷の侍たちに訊いても、その消息は全くわからずにいる。

三年振りで、両国八つ小路の茗荷屋へ行ってみると、亭主の常陸川は、去年の大地震のとき、日本橋の親類のところへ泊りに行っていて、梁につぶされて死んでしまったという。

だが、女房のお市は元気だし、その妹のおひろも、奉公先の吉原の引手茶屋、松葉屋から暇を取って、姉を手伝っていた。

「これで黒緘関も、本腰を据えて相撲の修業に精を出すのでしょうね」

からかうようにいいながらおひろは、熱っぽい眼で久五郎を見た。

「わしも、もう江戸から逃げ出したりするような、馬鹿な真似はしないつもりだ」

「お前さんは、どうも他人に親切過ぎるのだよ。荒尾様というお人の世話になったのを忘れないのはいいが、お芳様という人のために骨を折って、大そうな迷惑をかけられたじゃあないか」

「よく知っているのだな。誰に聞いた」

「お北さんという人だよ」

「あの人も、変りはないかい」

「ここ一年ほど、江戸を留守にして、どこかへ働きに行っていたらしい。わたしにはわからないのだけれど、あのお北という人の素姓は、一体、何なのだえ」

「さあ、わしも大蔦関も、くわしいことは知らないが」

「あの人とは、あまり付合わないほうが、いいのじゃないのかしら。この春になって、江戸へ舞い戻ってきたらしいが、諸方の博奕場へ、女だてらに出入りしている、と聞くし、これのほうもやっているのじゃないのかしら」

とおひろは、人差指を鉤《かぎ》の形に曲げて見せた。

「まさか、盗っ人など」

笑いかけた久五郎へ、おひろは低い声で言った。

「いいえ、巾着切のことだよ」

返辞をしようとして久五郎は、側で一緒に酒を飲んでいた大嶌力蔵と、顔を見合せた。

三年前までのお北の素振りを思い出してみると、巾着切だということもうなずける。荒尾内蔵助の供をして、亀山城下の本陣宿に泊ったとき、荒尾の紙入れを盗み取ったのは、お北ではないか、と二人とも内心では考えているからであった。

「お北さんのことはともかく」

とおひろは、急に思い出したように、

「黒緘関、あの花魁を、おぼえておいでかえ」

「花魁というと」

「吉原で二度ほど、お前も会ったことがある筈だよ。桔梗屋の花里というきれいな花魁を」

「ああ、あの人か」

久五郎は、急に身体中が熱くなった。

人足をやっているとき、はじめて足を踏み入れた吉原で、花里という花魁の簪を拾ってやったことがある。その後も、雲州松平家の江戸留守居役、楠部大八郎や師匠の秀の山の供をして吉原へ行ったとき、二度目には座敷で花里に会った。

「おぼえているところを見ると、黒縅関も、あの花魁には、まんざらではなかったらしいね」

と、おひろは久五郎の顔をのぞき込んで、

「今でもときどき、花里花魁がお前のことを噂をしているそうな。こんど機があったら、花里さんに顔を見せてあげるがいいよ」

「まだおれは、女どころじゃねえ」

「尾道という遠いところに、おかみさんを置いてきたそうだからね」

「それも知っているのか」

「不知火関から聞いたよ」

「おしゃべりだな、不知火関は」

「いずれお前と土俵で顔を合せたら、喧嘩の代りに相撲で片をつけてやる、と向うは言っているよ」

「わしも、それが望みだ」

それを聞いた大蔦力蔵が横から、笑顔で言った。

「相撲に遺恨を残してはならねえが、お前と不知火関とは、いい取組対手になりそうだな。

だが、それも先々のことで、お前はまだ幕下、向うはもう幕へ入って、れっきとした関取なのだからな」

その安政三年の冬の回向院の相撲で、黒緘久五郎は、幕下十一枚目にのぼった。春の相撲で、勝が九つ、休みが一つ、というい成績だったからであった。

冬の場所が始る前、師匠の秀の山が、黒緘ひとりを自分の部屋へ呼んだ。

「折入って、お前に相談がある」

「お大名の抱えになっては、というお話でしたら、しばらく考えさせて頂けますまいか」

「いいや、それはそれとして、お前もここらあたりで、そろそろ四股名を変えたほうがいいのじゃねえか、と思うのだ」

「それは有難う存じます。わたしも江戸へ帰ってから、生れ変った気で土俵へあがっておりますので、四股名を変えれば、もっと気持も改まるかも知れません」

「それで、お前の四股名だが、陣幕《じんまく》という名はどうだ」

「陣幕、と申しますと」

「こう書くのだ」

床の間に据えた三宝《さんぽう》の上から、水引《みずひき》をかけた一枚の奉書紙《ほうしょがみ》を、秀の山はうやうやしく取りおろしてきた。

陣幕、という二字が達筆でそれに書かれてある。秀の山の字ではないし、侍の筆跡《ひっせき》ではないか、と久五郎は気がついた。

しかし、それにはこだわらずに久五郎は、

「結構でございます。これからは、陣幕という四股名を名乗らせてもらいます」

「古い番付を見ると、大坂に陣幕という四股名の相撲がいた。大坂でも相撲の勧進元をやっていたようだし、その次の陣幕島之助《しまのすけ》という力士は、江戸では大関まで張った力士だ。縁起のいい四股名だし、お前もそれに負けねえよう、しっかり修業をするのだぜ」

「はい、有難う存じます」

「それについて、お前に引き会せたい人がある」

そう言ってから秀の山は、奥の客間のほうへ声をかけた。

「どうぞ、これへお越し下さいまし」

返辞の代りに襖《ふすま》が開いて、三十年配の立派な身なりをした侍が、秀の山の居間へ入ってきた。色が黒く、長い顔で、落着いた眼色をしていた。

「このお方は、蜂須賀《はちすか》様のご用人で、森平馬《もりへいま》様とおっしゃる」

秀の山に引き会された久五郎は、ていねいに挨拶をした。今夜のことが、前々から秀の山とこの侍のあいだで打合せが出来ていたのだ、と気がついたが、対手の侍の態度から久五郎は、さっぱりとしたいい感じを受けた。

「陣幕と四股名を改めたること、まことに目出度い」

と森平馬は、きさくな態度で、

「陣幕という名を決めたのは、どなたか、そのほうにわかるかな」

「はい、ここにおいでの親方でございます」

「いいや、そうではない」

笑顔で、森平馬という侍は言った。

「これは、わが蜂須賀家の殿様だぞ」

「え」

びっくりして久五郎は、自分の膝の上に置いた奉書紙を、急いで見直した。

「その陣幕という二字も、殿様おん自《みず》から筆を染《そ》められたのだ。われらの殿が大そう相撲をお好きだということ、そのほうも存じておろう。大名の威勢《いせい》、それから金の力などで、力士を召抱えることはよろしくない、と殿は常に仰せなされて在《おわ》すが、そのほうの相撲振りを大そうお気に入られてな。蜂須賀家の抱えになるのがいやなれば、無理に勧めずともよい、というお言葉だ。ただそのほうの四股名を、陣幕と変えるよう、この秀の山に勧めること、わしが仰せつかってな」

「有難う存じます」

まだ顔は見たことはないが、蜂須賀の殿様というのが、普通の大名とは違っているお人なのだな、と久五郎は思った。

その冬場所に、四国徳島《とくしま》二十五万七千九百石のあるじ蜂須賀阿波守斉裕《あわのかみなりひろ》から、抱え力士でもない陣幕久五郎へ、美しい化粧廻《けしょうまわ》しが贈られていた。

東山の湯

一

安政四年（一八五七）の春、まだ下田にとどまっているアメリカ使節のハリスは、将軍に謁見《えっけん》のことをさかんに催促《さいそく》をするし、幕府もその返辞に困っているようであった。

正月の回向院の相撲で、黒緘から改めて陣幕と四股名を名乗っていた久五郎は、東の幕下十一枚目で十日間全勝という星であった。師匠の秀の山も大そう喜んだし、誰よりも喜んでくれたのは、これまで一緒に苦労をしてきた大蔦力蔵であった。

「これでお前は、七枚か八枚、番付を一ぺんにあがれるようになるだろう。おれは五勝五敗だったから、今のままの番付に違いない」

いつもの通り、両国八つ小路の茗荷屋で酒を飲みながら、嬉《うれ》しそうに力蔵は言った。

「あと二年か三年経つと、お前は幕へ入って、おれがお前の付人をやらなくてはならなくなるだろうな」

「冗談じゃあねえ」

怒ったような顔で、久五郎は、

「番付の高い低いは、べつのことだ。お前とおれとは、これから先、何年経っても友達だぜ」

「だが、お前のほうが早く出世をするのは、わかりきったことだし、それを承知でなった相撲取なのだから、いくら出世をしても、決しておれに遠慮などしてくれるなよ」

と大蔦力蔵は、さっぱりした笑顔を見せた。

あるじの常陸川が地震で死んでから、この茗荷屋は後家《ごけ》のお市、その妹のおひろの二人で切り廻し、繁昌していた。

西の幕内五枚目に昇進した不知火光右衛門も、弟子たちを連れて、よくここへ酒を飲みに来る。しかし、陣幕の顔を見ても、不知火は軽く会釈《えしゃく》を返すきりで、声をかけようともしない。それも陣幕久五郎には、少しも気にならず、かえっておひろのほうが、はらはらと気を揉んでいた。

去年の冬場所で、久五郎は徳島二十五万七千九百石のあるじ蜂須賀阿波守から、用人の森平馬を通じて化粧廻しを贈られたし、祝儀も貰ったが、まだ蜂須賀家の抱え力士になった、というわけではない。

それは、師匠の秀の山雷五郎のことを、いつも側で見ていたからであった。

今年に入ってからも秀の山は、病気がちだし、正式に引退をして年寄になり、弟子たちを養うことに専念している。だが、弟子の中での筆頭は前頭の初瀬川だし、一ばん秀の山としては、将来に期待をかけているのは、陣幕久五郎に違いない。

それを秀の山は、口に出して言おうとはしなかったし、久五郎としても、自分が師匠の部屋を背負って立てる力士になれる、などとは考えていない。ただ相撲を取って、強くなるだけが久五郎の目的だからであった。

蜂須賀家としても、陣幕を抱え力士にしよう、という気持らしいが、久五郎は森平馬へ、はっきりした返辞はしていない。力士が大名の抱えになるのは、普通に行われていることであり、力士にとってもそれが得策なのだが、そうなれば抱え主の大名やその家来たちに、世辞のひとつも言わなくてはならないし、そういうことは久五郎には苦手であった。

「陣幕関」

おひろが、新しい銚子を久五郎たちの飯台へ運んできて、思い出したように、そっと言った。

「このあいだ、例のお北さんという人、博奕打みたいな人を五人ほど連れて飲みにきたけれど、そのときに、こんな話をしていたよ。陣幕関の古い友達の今牛若という人と、神奈《かな》川《がわ》の宿場で会ったそうな」

「今牛若が」

盃《さかずき》をおいて、久五郎は急き込んだ調子になった。

「何をしていやあがるのだろう、あの野郎は」

「お北さんの話では、ご浪人さんが十人ほどに、女もまじって、賑やかな一行だったそうな。今牛若という人は、年上のおかみさんと一緒で、腰に脇差をさし、浪人だか遊び人だかわからないような恰好をしていたそうだよ。お北さんのほうは、相変らず市中の博奕場を廻り歩いたり、関東の諸方へ出かけて行って、荒っぽい稼ぎをしているらしい」

「今牛若の野郎が、なぜ神奈川などへ」

久五郎は、黙って考えこんだ。

あの長山越中という浪人と一緒で、年上のおしげと夫婦になって、うまく行っているのならいいが、おひろの話では、浪人たちと連れ立って旅をしていたという。荒尾内蔵助の思い者だったお芳は、長山越中たちとは仲間なのだから、今牛若東助もその中に入って、いわゆる天下の為になる、という仕事をやっているのであろう。

いまの世の中を引っくり返して、その後でどういう新しい世の中がくるのか、久五郎には見当もつかない。ただ、長山越中や、その妹のおしげというのは、どうも安心の出来ない連中だけに、今牛若もその仲間に引入れられて、末はろくでもないことになるのではないか、という心配があった。

「お前の気持はよくわかるが、今牛若という男は、自分が好きこのんであの連中の仲間入りをしているのだから、おれたちとは全く違う世界の人間さ」

大蔦力蔵は、しきりに久五郎を慰めた。

「今牛若と出世比べをしよう、などということは、忘れたほうがいい。第一、おれが出世比べをしたいと思っても、お前のほうが図抜《ずぬ》けた出世をしそうだからな」

「本当だよ、陣幕関」

側から、おひろも言った。

「お前さんは、ただ相撲を取ることだけを、考えていればいいんだよ」

黙って久五郎は、三度ほどうなずいた。

その春場所の好成績で、陣幕久五郎は幕下二枚目に付け出されることになった。

その年の夏、ロシアの使節も北蝦夷《きたえぞ》へ上陸したし、国内の攘夷論はますます盛んになった。師匠の秀の山雷五郎は、久五郎の出世をなによりの楽しみにして、毎朝の稽古のときも、いちいちきびしい注文をつけていた。

「なあ、久五郎」

稽古でひと汗かいて、飯を食っている久五郎へ、秀の山は声をかけた。

「蜂須賀様のご用人、森平馬様が、昨日もお越しになったが、お前を蜂須賀様の抱え力士にしたい、とおっしゃっていた。そういう話が出たのは、これで三度目だから、そろそろお前も承知をしたほうがいいのじゃあねえのか」

「有難うは存じますが、わたしはお大名のお抱え力士になっても、うまいお世辞を言えるわけじゃあございませんし、殿様のおっしゃる通りの相撲をとれ、と言われても、それは無理でございます」

「お前の気性は、森様もよくご承知をなすっている。蜂須賀家のお殿様というお方も、大そう相撲が好きで、鬼面山谷五郎《きめんざんたにごろう》関、大鳴門灘右衛門《おおなるとなだえもん》関も、蜂須賀家のお抱え力士になっている。江戸お屋敷でお暮しのあいだ、ときどき力士たちを呼んで、世間話をなさるのが殿様のお楽しみのひとつになっているそうな。どうだ、そのうちお前も、蜂須賀様のお屋敷へうかがって、殿様にお目通りをしたら」

「はい」

飯を食べながら、久五郎は渋い顔をした。

「お大名からご祝儀を貰わなくては、暮しが成り立たない、というわけではございませんし、どうも殿様の前へなど出るというのは、わたしのような人間には、苦手でございます」

「わしも、無理にお前へすすめているわけではない。まあ、ゆっくりと考えといてくれ」

それきり秀の山も、蜂須賀家の話を、むし返そうとはしなかった。

その夏、江戸相撲の五十人ほどが、北陸《ほくりく》へ巡業に出かけたので、陣幕久五郎も、その一行に加わった。

江戸から六十五里、会津若松《あいづわかまつ》の城下で興行をした日、陣幕久五郎たちは土地の客に招かれて、東山《ひがしやま》の湯治場《とうじば》で一泊をした。

こんどの一行について、年寄として旅へ出て来た秀の山雷五郎が、この会津へ入ってから身体の調子がよくないので、弟子の久五郎たちにとっては、師匠の看病という仕事もふえている。

「どうも、この湯治場も、物騒なことになりそうだ」

風呂場からあがってきた大蔦力蔵が、声をひそめて言った。

この湯治場は、若松城下の東、三十四丁のところにあり、土地の名は湯本《ゆもと》というのだが、会津藩はここに遊女をおき、客の対手をさせ、土地が賑やかになるようにしている。

会津界隈《かいわい》では一ばん繁昌している遊び場なので、ここを京都の東山になぞらえ、東山とも呼んでいる。

他国の人間には、湯本というよりも、東山と呼んだほうが通りのいい湯治場であった。

「何があったのだ。大蔦関」

秀の山の足を揉んでいた久五郎は、低い声で訊いた。

その旅籠の下を、音を立てて谷川が流れている。旅籠は二階、あるいは三階で、黒川《くろかわ》という谷川の岸に並んで、一軒に一つずつの湯舟を備えていた。

秀の山が、うとうとと寝ているらしいので、大蔦は、ずっと低い声になった。

「伊豆の下田で、アメリカのハリスを殺そうとした攘夷党の浪人たちが、この湯治場へ逃げ込んだらしい。城下からも役人たちも出張ってきているし、土地の目明し連中が、風呂場をのぞき込んで行った」

二

攘夷党の浪人、と聞いても、陣幕久五郎は、何も関心がなかったし、黙ってそれを聞き流しにした。

明日はここを発《た》って、江戸へ帰る旅に出なくてはならないが、今夜の様子では、師匠の秀の山は動けそうにもない。陣幕と大蔦は、年寄たちに頼んで、ここに三日ほど残り、師匠の看病をすることになった。

「どうも、わしのために、飛んだ迷惑をかけてしまったな」

その晩、いくらか元気を取り戻した秀の山は、済まなそうに久五郎と大蔦力蔵へ礼を言った。

「なあに、あとは江戸へ帰るだけですから、親方もここへ湯治にきた、と思って、ゆっくりなすって下さい」

秀の山の寝込んだのを見届けて、久五郎は風呂場へおりて行った。

廊下を二つほど曲って、黒川の岸に向ったところに、棟《むね》がべつになっていて、そこが風呂場であった。柱に金網《かなあみ》行燈が光って、岩をそのまま使った大きな湯舟へ、音を立てて湯が流れ込んでいる。

首のところまで湯に沈めて、久五郎は一人きり、じっと動かずにいた。

急に、この湯宿の外を、呼子笛《よびこぶえ》の音が走って行った。人の叫び声がして、がたがたと戸をはずし、外をのぞいたらしい男たちの声もする。すうっと、灯の色が揺れた。

久五郎は、ぼんやりと灯明りの流れる湯の上に顔だけ出して、眼を配った。

湯殿のうしろの、三尺幅ほどの板戸が開いて、夜風と一緒にそこから誰か男が一人、そっと入ってきた。着ている物を手早く脱ぎ捨て、岩の上へ置くと、その男はこっそりと湯舟へ身を入れた。身体の大きな、頭を総髪に結んだ、まだ若い男であった。

ほかに人はいない、と安心をしていたのだろうが、その男は、灯明りの中に陣幕久五郎の顔を見つけると、あわてて岩のほうへ逃げ出そうとした。

「今牛若じゃあねえのか」

久五郎は、低く声をかけた。

「おれだ、久五郎だ」

対手の男は、手拭を背中に隠すようにした。その手拭の中に、匕首が入っているに違いない。

黙ってその男は、鈍《にぶ》い灯明りの中で、久五郎の顔をのぞいていたが、なにかが咽喉《のど》に詰ったような声を出して、

「ほんまに、お前、久五郎か」

「役人に追われているらしいな。何をやったんだ」

「実は」

今牛若東助が何か言いかけようとしたとき、風呂場に続く段梯子を、何人かの男たちが

駈けおりてくる足音が聞えた。

「風呂場を探してみろ」

「この旅籠の中に、さっきの奴が逃げ込んだに違いねえ」

男たちの声は、土地の目明し連中に違いない。

「今牛若」

久五郎は、急いで声をかけた。

「その岩のうしろに、小さくなっていろ。あの連中は、おれが追い払ってやる」

そのまま久五郎は、湯舟を出て、流し場にあぐらをかいた。今牛若のほうは、灯明りの届かない岩のうしろに身を隠した。

板戸が開いて、三人ほどの男たちが中をのぞいた。

「誰だ、そこに入っているのは」

「わたくしは、江戸の相撲取でございます」

首をねじ向け、久五郎は返辞をした。

「陣幕久五郎と申しますが、何かあったんでございましょうか」

「おう、関取か」

目明しの一人が、急に愛想のいい声になって、

「お前さんの土俵、若松のご城下で見せてもらった。大した力だな、お前さんは」

「こんなに夜おそく、ご用の筋でございますか」

「伊豆の下田で、玉泉寺《ぎょくせんじ》に住んでいるアメリカのお使いを、よくねえ浪人めらが、殺そうと企みやがった。その片割れの五人ほどが、夕方、この湯治場へ入ってきたのだ。浪人の二人はふんづかまえたが、ほかの二人は逃げてしまった。もう一人、町人姿の大きな図体の野郎が、さっきまでこのあたりを逃げ廻っていやがったのさ」

「そうでございましたか」

久五郎は、身体に湯をかけながら、

「どうも、お役目とはいいながら、ご苦労様でございます」

「この風呂場には、関取ひとりかえ」

「はい、さっきから、わたくしだけでございます」

「どうも、お邪魔をしたね」

そのまま目明したちは、廊下へ引き返して行った。

足音と声が聞えなくなってから、ようやく今牛若東助は、湯をかきわけるようにして、久五郎の側へ近づいてきた。

「どうも、おぬしには何と言うてええか。今夜のことは、改めて礼を言うときがくるかも知れん。どうぞ、わしのことは忘れてくれ」

「お前、そうやって諸方を逃げ隠れして、自分では立派な仕事をやっているつもりだろうが、末はろくなことにはならねえぞ。まだ、あの長山越中などというご浪人と一緒に、世の中をよくする為、とやらいう仕事を続けているのかえ」

「わしはもう、相撲取には戻れん人間や。お前はだんだん出世をして、陣幕という四股名に変ったことも、噂に聞いている」

身体つきだけは大きいが、顔のあたりはすっかりやつれて、東助は湯に顔を浸《ひた》すようにして、低い声で言った。

「お前、これからどこへ行くのだ」

久五郎に訊かれて、東助はすぐに答えず、眼を伏せたままで、

「今夜のことは決して忘れない」

そのまま東助は、湯舟から飛び出すと、身体を拭いもせず、着物をひっかけて、さっきと同じ暗い夜の中へ逃げ出して行った。

東助が、自分のやっていることに、自信を持っていないということはわかったが、それ以上のことは久五郎にもしてやれなかった。

ただ、あくる日になって、久五郎は、自分が今牛若東助を逃がしたことなど、師匠の秀

の山にも、友達の大蔦力蔵にも黙っていた。

その年の十一月の回向院の相撲も、そろそろ近くなってきた。

「今日はひとつ、向島へ遊びに行ってみようじゃあねえか」

師匠の秀の山に誘われ、久五郎は、一緒に両国横網町の家を出た。

三囲稲荷の近くに、以前から秀の山を贔屓にしている深川佐賀町の肥料問屋、新場の出雲屋三十郎の寮があるので、そこで今日は遊ばせてもらう約束であった。午過ぎからは、秀の山の女房のお早や、初瀬川、大蔦力蔵なども揃って、その寮へ来ることになっていた。

よく晴れた日で、きれいな大川の水には、幾艘《そう》も屋根船が出ていて、三味線の音も聞える。

河岸の道を、八百松《やおまつ》という料理屋の門前まで通りかかったとき、その中から不意に秀の山を呼ぶ声があった。

「おう、秀の山ではないか」

見ると、蜂須賀家の側用人、森平馬が、にこにこ笑いながら門のほうへ出てくるところであった。

「陣幕も一緒か。どこへ参るのだ」

「ついその先の、出雲屋さんの寮でございます」

秀の山が答えると、平馬は声を低めて、

「実はな、本日、この八百松へ、殿様がお忍びで参られておる。鬼面山、大鳴門、それに虹《にじ》ケ嶽《がたけ》、緋縅《ひおどし》なども顔を見せておるゆえ、そのほうたち二人も同席をせぬか。ちょうどよい機だ。殿様にお目通りを願いあげろ。わしが取次いでつかわす」

「それは有難う存じます」

礼を述べてから、秀の山は久五郎の顔を見て、

「どうだな、蜂須賀の殿様へ、ご挨拶をして行こう」

これが、秀の山と森平馬の前々からの話合いだ、と気がついたが、久五郎にも断わる口実はなかった。

「よろしゅうございます。お供を致しましょう」

久五郎が答えると、すぐに平馬は先に立って、八百松の庭へ走り込んで行った。

この料理屋は、大名や大身の旗本がよく遊びにくるので、道からは庭の中が見えないように作られている。また奥座敷の周囲には、人が近づけないよう、ちゃんと気が配られていた。

「おう、二人とも、ようこそ」

東方《ひがしかた》の前頭五枚目、鬼面山谷五郎が奥のほうから出てきて、二人へ挨拶をした。鬼面

山は美濃国《みののくに》の出身だが、縁故《えんこ》で蜂須賀家の抱え力士になっていた。同じ東方の七枚目、阿波国の出身の大鳴門灘右衛門、同じ十四枚目の虹ヶ嶽杣右衛門《そまえもん》、西方の幕下七枚目、緋縅力弥《りきや》も顔を見せた。

やはり今日のことは、森平馬と秀の山とのあいだで取り決められ、陣幕久五郎が蜂須賀阿波守に目通りを許されるよう、計らっておいたことに違いない。

久五郎は覚悟をして、秀の山のあとから奥座敷へ進んで行った。

相撲長者

一

阿波徳島二十五万七千九百石のあるじ蜂須賀阿波守斉裕は、十一代将軍家斉《いえなり》の四十七番目の子に当る。先代の徳島藩主阿波守斉昌《なりまさ》に嫡男《ちゃくなん》がなかったので、側室《そくしつ》に大ぜいの子を生ませた家斉から、いわば蜂須賀家は養子を押しつけられた形であった。

しかし、天保《てんぽう》十四年（一八四三）に封《ほう》を継いで従四位《じゅしい》阿波守になった斉裕は、大名としても優れた人物であり、このころ五十歳に近く、正四位《しょうしい》の中将《ちゅうじょう》に叙《じょ》せられ、奥方は京都の鷹司関白政通《たかつかさかんぱくまさみち》のところから来ている。

大名の中には相撲好きは多いが、この斉裕は、けたはずれに相撲が好きであった。

東方の前頭五枚目の鬼面山谷五郎をはじめ、十数人の力士を抱えて、相撲長者と綽名《あだな》があるくらいで、大名小路にある上屋敷の庭に土俵を作り、家来たちにも相撲をとらせている。

父の亡き家斉に似て、頬骨の尖《とが》った、ほっそりとした顔立ちだが、手足は大名とも思えないほど太い。相撲が好きなだけに、武芸にも精を出しているし、その一面、斉裕は学問好きのところがあった。

今日、この向島の八百松という料理屋へ、微行《びこう》で遊びにきた斉裕は、家老たちを供に連れず、側用人の森平馬をはじめ近習役《きんじゅやく》を十人ほど従えてきただけであった。

ただ森平馬の計らいで蔭供の人数が三十ほど、眼立たない姿で、この料理屋の周囲を守っている。

料理屋の座敷だけに、上段の間などはないが、一ばん広い二十畳ほどの広間の床の間を背に、斉裕が坐っている。

近習役が五人ほど、この広間に居並び、それから鬼面山をはじめ大鳴門、虹ヶ嶽、緋縅などの力士が、斉裕の酒の対手をしていた。

「以前の横綱にて、只今は年寄を勤めておりまする秀の山雷五郎、お目通りを願いおりますが」

森平馬は、広い庭に向った縁側に両手を仕えて、あるじへ言上《ごんじょう》した。

「秀の山が参ったか。これへ通せ」

すぐに斉裕は、気さくに答えた。

「今ひとり、秀の山の連れがおりまする」

と森平馬は、うしろを振返って、

「秀の山の弟子にて、幕下二枚目の陣幕久五郎も参っておりますが、昨年、殿より化粧廻しを給《たまわ》ったおん礼を言上《ごんじょう》したい、と申しておりまするが」

「陣幕も参ったか。よしよし、本日は無礼講《ぶれいこう》ぞ、これへ通せ」

鬼面山谷五郎も、ほっとしたような顔つきであった。

森平馬にうながされて、秀の山と陣幕久五郎は、敷居のところへ両手を仕えた。

「ご機嫌のご様子にて、お目出度う存じまする」

これまで二度ほど、阿波守斉裕の前に出たことのある秀の山は、ていねいに挨拶をした。

しかし、生れて初めて大名の前に連れ出された久五郎は、どう挨拶をしていいのかわからず、ただ頭を低くさげているきりであった。

「これへ参れ、盃を取らそう」

斉裕は、上機嫌であった。これまで森平馬を通じて、自分の家の抱え力士にしようとした陣幕久五郎が、初めて挨拶に出たのだし、まわりには家老たち重臣もいない。自分の好きな相撲の話が、思う存分に出来るのであった。

「間もなく回向院の相撲が始るが、どの力士が強そうだな」

自分もしきりに酒を飲みながら、気軽に斉裕は鬼面山へ訊いた。

「さようでございますな」

と鬼面山は、しばらく考えていたが、

「幕内でも、やはり近ごろ、めきめきと強くなって参りましたのは、前頭三枚目の不知火でございましょう」

「そのほうと顔が合ったら、どう取組むな」

「すぐに左四《ひだりよ》つになれば、わたくしも勝てると存じますが、右四《みぎよ》つになれば勝ち目はございませぬ」

それから斉裕は、次々に力士たちに同じようなことを訊いた。誰もが同じように、不知火の強さを賞め、自分たちでは勝ち目がない、と素直に答えた。

下座《しもざ》のほうに酒も飲まず、神妙に控えていた陣幕久五郎を見て、最後に斉裕は聞いた。

「では、陣幕はどうだな」

すぐには返辞が出来ず、久五郎は顔をあげ、師匠の秀の山を見た。秀の山も、久五郎に返辞をさせていいのかどうかわからず、困ったようであった。

それを察して、森平馬が言葉を添《そ》えた。

「かまわぬ、本日は無礼講とのお許しゆえ、遠慮なしにお答えを致せ、陣幕」

そう言われて久五郎も、膝を進めると、斉裕の顔を仰ぎ、はっきりと答えた。

「取組む対手は、誰でも強うございます。しかし、土俵にあがったる上は、勝たねばなりませぬゆえ、弱気は禁物《きんもつ》と存じます。もしわたくしが不知火関と顔が合いましても、ただ負けるとは存じませぬ。力のある限り出しきって、取組んでみたいものだと存じます」

それを聞いて、秀の山はじめ鬼面山たちは、困ったような顔つきをした。

このごろになって、めきめきと売出してきた陣幕だし、このまま進めば、近いうちに幕へ入れる、と誰もが見ている。だが、平常は無駄なことをしゃべらず、ごくおとなしいし、初対面の蜂須賀の殿様の前で、こんな大きなことを言うとは、誰もが考えていなかったからであった。

「それは面白いな」

斉裕も、ますます上機嫌になって、鬼面山に訊いた。

「陣幕と不知火の取組は、何日目になろうかな」

「はい」

鬼面山は、大鳴門と顔を見合せ、弱り切った表情で、

「不知火は、幕内の三枚目でござります。この陣幕は、まだ東の幕下二枚目でござりますゆえ、土俵では顔は合いませぬ」

「それは、理屈であろうが、どうだな、秀の山。そのほうのような年寄に申しつければ、不知火と陣幕の顔が合うよう、計ろうてくれるかな」

「さあ、それはどうでございましょう」

さすがに、秀の山も返辞が出来ず、鬼面山たちの顔を見た。

斉裕のほうは、それきり陣幕と不知火の取組のことにはふれず、力士たちを対手に酒を飲んだ。

その日は陣幕も、阿波守斉裕から祝儀をもらったが、蜂須賀家の抱え力士になれ、などということとは一度も言われず、無事に無礼講の宴《うたげ》は終った。

陽の暮れる前に、阿波守斉裕は側用人の森平馬をはじめ近習などを連れ、乗物に乗って、八百松を出て行った。きびきびした動きの蔭供の人数が、乗物の周囲を守っている。八百松の門前に立って、それを見送ってから、陣幕久五郎は秀の山のあとに従い、ほかの力士たちと一緒に両国のほうへ引返した。

大川の水面に、夕闇がひろがりはじめている。

「約束だから、出雲屋さんの寮を訪ねよう」

と秀の山も、久五郎を連れて三囲稲荷の近くにある新場の出雲屋三十郎の寮を訪ねた。

もうそこには秀の山の女房のお早、それに初瀬川などが先にきて待っていた。

あるじの奥三十郎は、深川の店が忙しいので、今日は寮へ来られないという。

「八百松さんからお使いがあって、蜂須賀様のお殿様のお座敷へ呼ばれている、と聞きましたが、首尾はどうでした」

女房のお早に訊かれて秀の山は、ほっとしたような顔つきで、

「蜂須賀のお殿様も、大そうなご機嫌で、おれも陣幕も面目をほどこした」

それから、阿波守が陣幕と不知火の取組を見たがっておいでらしい、と話をした。

初瀬川は、大蔦力蔵と顔を見合せて、

「いくら年寄たちの力でも、前頭三枚目の不知火と、幕下二枚目の陣幕では、少し無理だろうな」

当人の陣幕久五郎は、べつにその話には興味がないと見えて、黙って晩飯を食べていたが、その晩、両国横網町の秀の山の家へ戻ってから、思い出したように久五郎は訊いた。

「親方、あの八百松という料理屋へ行ったのは、ひょっこりと森平馬様にお目にかかったのではなくて、初めから親方が勘定に入れておいたのではないのですか」

「実を言うと、それが本当だ」

と秀の山は、苦笑いをした。

「どうしても蜂須賀のお殿様は、お前の顔を見たい、とおっしゃる。ああいう殿様のご身分だから、回向院の相撲場へお出《いで》になることは、滅多にない。大ていはご自分の家来たちを相撲場へやっておいて、面白い取組があると、すぐにご家来が馬に乗って、お屋敷へ駈けつけ、勝負をお知らせする、ということになっている」

「よくよくあの殿様は、相撲がお好きなんでございますね」

そう言ったきりで久五郎は、もう今日の出来事など、忘れたような顔つきになった。

初めて大名の顔を側で見たわけだが、べつに普通の人間とは変っていないし、ことに蜂須賀阿波守が頭から自分を抱え力士にしよう、などと言い出さなかったのは、久五郎には大へん気持がよかった。

「のう、大蔦関」

その晩、一緒の部屋で、布団に入ってから久五郎は、大蔦力蔵へ言った。

「お大名というのは、どんな人もみんなあの蜂須賀様のように、さっぱりしたお方なのかな」

「そうとは限らねえ。まるで力士を、太鼓持と同様に扱い、自分の機嫌をとらないと腹を立てる殿様が多いが、蜂須賀様はそうではない。それに、おれは噂に聞いただけだが、出雲の松平様、肥後《ひご》の細川様、薩摩《さつま》の島津《しまづ》様のように、ただの道楽ではなく、本当に相撲のお好きの殿様は、どなたもみな同じらしい」

「殿様から祝儀を貰ったところで、べつに相撲が強くなるわけではないのだからな」

そう言って久五郎は、枕に顔をつけると、すぐに寝息を立てはじめた。

二

十一月の回向院の相撲の初日で、陣幕久五郎は、西の幕下筆頭、千田川《せんだがわ》と顔が合った。いきなり右四つに組むと、すぐに久五郎は千田川を上手投げで破り、勝名乗《かちなのり》を受けた。まるで対手を、子供扱いにしたような取口《とりくち》であった。

支度部屋へ戻ると、親方の秀の山雷五郎が、待っていたが、初日の勝相撲を賞める前に、ひどく困ったような顔つきになって、

「どうも大変なことになった」

「何でございます」

「お前の明日の取組対手が、急に変った」

「今朝の割《わ》りを見ると、明日は松ヶ枝《まつがえ》関の筈ですが」

「それが、急に割り変えになった」

「対手は、誰でございます」

「不知火だ」

急に返辞が出来ず、久五郎は黙って秀の山の顔を見ていた。

「蜂須賀のお殿様のお望みでございますか」

「実はな、こういう訳だ」

今朝になってから、急に蜂須賀阿波守斉裕の上屋敷へ、相撲年寄の追手風喜太郎《おいてかぜきたろう》、玉垣《たまがき》額之助《がくのすけ》の二人が呼びよせられた。

二人とも、ときどき蜂須賀家へ呼ばれているし、いつも相撲を贔屓にしてくれている斉裕のことなので、どういう急用なのか、見当もつかなかったらしい。

斉裕が、二人の相撲年寄を書院の間へ呼び、言い出したのは、今日からの取組のことであった。

斉裕の訊ねたのは、不知火と陣幕の取組は、面白い角力《すもう》になるかどうか、ということであった。

玉垣も追手風も、自分たちの思う通りに、それが本当に出来たら面白い角力になるであろうし、江戸の人たちも大喜びするに違いない、と答えた。

「では、不知火と陣幕の取組をすぐに決めよ。江戸の者たちが喜ぶのであれば、相撲道の為に結構なことではないか」

そう言われて追手風と玉垣は、すぐに返辞が出来ず、相談をした。

結局、二人の話が決ったのは、初日の取組は、もう決っているから、二日目ぐらいだったら差支えないのではないか、ということになり、急に割り変えをすることに決った。

それを聞いて斉裕は、大そう喜んで、

「わしは登営《とえい》日でもあるし、相撲場へも参れぬが、家来たちを回向院へつかわすことにしよう。不知火と陣幕の勝負、楽しみだな」

そう言って、手許金の中から追手風と玉垣へ、五十両ずつ下げ渡した。

それが、今朝早くのことで、両国へ戻った追手風と玉垣は、勧進元や年寄たちに相談をしたが、蜂須賀阿波守の望みでもあり、ことに金百両の祝儀を貰っているのに、年寄たちの中にも、はっきり反対をする者もいなかった。

「どうだな。いきなり二日目に、幕内と顔を合せるのは、お前にとってもまたとない機だし、蜂須賀のお殿様も、これほどまでにお前の相撲を楽しみにしていて下さる」

秀の山にそう言われると、べつに久五郎は感激した様子も見せないで、

「先日、蜂須賀様の前で、少し大きなことを申し上げましたが、わたしとしては二日目に

大関と顔が合おうとも、あわてても致しませぬし、いつもと同じ気分で土俵へあがります。勝負にはこだわらずに、出来るだけ、いい相撲を取りたいと思いますゆえ、親方もご安心下さい」

それを聞いて秀の山は、ほっとしたようであった。

その晩も久五郎は、いつもと同じ顔色で、よく飯を食べたし、陽が暮れてから、大蔦力蔵にさそわれるまま、両国八つ小路の茗荷屋へ出かけて行った。

茗荷屋のおひろも、もう明日の取組のことは知っていた。

「陣幕関、今夜はあまりお酒を飲まないほうがいいでしょう。もしも、明日の土俵に差支えがあったりしては、わたしも申訳が立たなくなりますからね」

「なあに、心配無用だよ」

久五郎は、にこにこ笑いながら、いつもと同じように酒を飲んだ。

一緒にいる大蔦力蔵のほうが、かえって酒が咽喉に通らないような有様であった。

「あまり遅くならねえうちに、帰るとしよう、陣幕関」

銚子を三本ほど空けたところで、大蔦が腰をあげ、久五郎をうながした。

そこへ、不意に外から、すらりとした姿の女が入って来た。お北であった。

「おやおや、いい度胸だね、陣幕関は」

久しぶりに会うお北は、以前と同じ婀娜《あだ》っぽい身なりで、旅から帰ったばかりなのか、化粧もしていない顔は、薄く陽に灼《や》けていた。

「いよいよ明日は、幕内の力士と顔が合うそうだね」

「わしは相撲を取るのが生甲斐だから、対手が誰であろうと、おそれはしない」

と久五郎は、お北を見おろして、

「しばらく、旅へ行っていたそうだが」

「相変らず、あたしは女だてらに博奕が好きでね。しばらくぶりに江戸へ舞い戻ってきたのさ」

久五郎と向い合って、お北は、湯呑茶碗で酒を呷《あお》ると、

「そうそう、小田原《おだわら》で、あのお芳様という人にお目にかかったよ」

「え、お芳様が、小田原に」

「街道の茶店で、休んでいるところだった。浪人や女たち、連れが五人ほどだったけれど、向うも江戸へ帰る途中だったらしい。あたしは箱根《はこね》の木賀《きが》の湯で、三日ほどお湯に入ってきたから、向うのほうが先に江戸へ着いているだろう」

「その連れの中に、図体の大きな男がいやあしなかったかね」

「あれが、陣幕関の友達の今牛若東助という人だろう、年上の女に、まるで下男同様に扱

われていたけれど」

嫌やな顔をして久五郎は、黙ってうなずいた。

相変らず今牛若東助は、長山越中の妹、年上のおしげと一緒に諸方を歩き廻り、天下を新しくするとやらいう仕事に熱中しているに違いない。

「おれも、もうあの野郎のことは忘れてしまった」

そう言って久五郎は、勘定を払い、茗荷屋を出ようとした。

「どこでも明日の取組は大評判だよ、陣幕関。あたしも楽しみにしているからね」

と、お北がうしろから声をかけた。

陣幕久五郎当人は、それほど気にもしていなかったが、回向院の相撲の二日目に、いま売出しの不知火が、幕下の陣幕と顔が合う、というのは一晩のうちに、江戸中に知れ渡り、噂の的《まと》になっていた。

不知火と陣幕が、どこかの小料理屋の娘を張合って、明日の相撲には恋の遺恨も手伝っている、などという噂まで飛んだ。

二日目の朝、午前八時ごろには、もう回向院の相撲場は客どめになって、見物場は人が溢《あふ》れるようになっていた。

蜂須賀家の枡席《ますせき》には、阿波守斉裕の命を受けた側用人の森平馬たちが陣取って、不知火と陣幕の取組を待っている。

締込みをつけ終った久五郎の側へ、大蔦力蔵が寄ってきて、

「どうだえ、気分は」

からかうように、笑顔で訊いた。

「いいや、いつもと同じだ」

そう答えた久五郎の顔は、本当に平常と同じだし、上気《じようき》している様子もない。

それがわかったので、大蔦力蔵は、もう何も言わず、黙って、久五郎の肩を叩いた。

取組が進んで、不知火光右衛門と陣幕久五郎の名が呼出された。

見物場は大騒ぎで、双方の名前を呼んだが、やはり不知火を贔屓する声のほうが多い。

不知火としても、蜂須賀阿波守の望みに、相撲年寄たちが屈服し、こういう取組を決めたと思うだけに、面白くないのであろう。仕切《しき》りが重なるにつれて、だんだん顔が赤くなり、眼つきがけわしくなった。

それと反対に陣幕久五郎のほうは、かえって落着いてきて、眼つきが澄んでいる。

仕切りが重なり、ようやく気が合うと、不知火と陣幕は、行司の声で、砂を蹴立てて立った。すさまじい客の声が、相撲場から空へ突き抜けて行くような感じであった。

すぐに陣幕は、不知火の右上手《みぎうわて》を取ったが、不知火は陣幕の前褌を取り、右手を陣幕の

胸に当てがった。陣幕久五郎の左手は、対手の廻しをつかめずにいる。

激しい勢いで不知火は、陣幕を押しまくった。ずるずると東の土俵際《ぎわ》まで退《すさ》った陣幕の踵《かかと》が、俵《たわら》のところにとまった。

京都の風

一

見物場から、すさまじい声が起った。その大半は不知火の名を呼び、あいだを縫うようにして陣幕を声援するのが聞える。

押込んでくる不知火を、陣幕は対手の右手を下から押え、踵を俵にあてて、懸命にこらえた。

眉を吊りあげ、歯を喰いしばった不知火の顔が、陣幕の眼の前にある。それを、はっきりと見届け、見物場の声援を耳で聞きわけるゆとりが陣幕にはあった。

全身に新しい力が溢れてきて、陣幕は不知火の右腕を押しあげながら、ぐいぐいと押返して行った。不知火の右上手を取った手は、がっしりと廻しをつかんだまま引きつけているし、不知火も右腕がなまってきたのであろう、そのまま土俵の真中《まんなか》へ押返されて行った。

見物場は大へんな騒ぎになり、立ちあがって両手を振廻す見物もいる。

正面の土俵に近いところで見物をしていた阿波徳島藩の側用人森平馬は、袴の膝をつかんだ。あるじの蜂須賀阿波守斉裕が、年寄たちに無理を言って、西の幕内三枚目の不知火と、東の幕下二枚目の陣幕との顔合せを作らせただけに、この一番だけは蜂須賀家に責めがあるし、いつもの相撲見物とは違って力が入る。

土俵の真中まで戻った両力士は、こんどは、がっぷりと四つに組んだ。色の白い不知火の身体が、まっ赤になっているし、陣幕の全身には力瘤《ちからこぶ》が盛りあがっている。

不知火としては、大名の横車《よこぐるま》からこういう取組をさせられた、というのが面白くないし、このごろ売出してきた陣幕などに負けてなるものか、という意地もある。

それと比べると陣幕は、負けてもともとだし、親方の秀の山がいくら喜んでくれても、蜂須賀家に対して義理や恩などは感じていない。それだけに、気持もらくであった。

いきなり不知火は、陣幕を吊りあげるようにして、上手投げをかけてきた。それへ陣幕は下手《したて》投《な》げを打返し、対手の身体を引きつけると、一気に西土俵まで押込んで行った。それを不知火は、廻り込みながら、陣幕の身体を吊りあげようとした。外掛《そとが》けで防いでおいて、こんどは逆に陣幕は不知火の身体を吊りあげ、自分の胸許に抱きかかえるようにして、身体をもたせかけた。

不知火は、陣幕を打《う》っちゃろうとした形のまま、仰向《あおむ》けに土俵の外へ倒れて行った。

東の陣幕のほうへ行司が、軍配をあげた。

見物場は、大騒ぎになり、座布団が八方から土俵の上へ飛んできた。

勝名乗をうけながら、べつに陣幕は昂奮したような表情も見せず、落着いていたが、さすがに不知火のほうは口惜《くや》しそうに、西の花道《はなみち》を引きあげて行った。

森平馬は、すぐに見物場から飛び出すと、前から相撲茶屋のところに用意してあった駕籠に乗って、藩邸へ駈けつけて行った。

今日は登営日だが、早目に鍛冶橋《かじばし》の上屋敷へ帰って陣幕の勝負の結果を待っていた蜂須賀阿波守斉裕は、大そう喜んで、その日、両国の横網町の秀の山の家へ二挺《ちょう》の乗物を遣《つか》わした。陣幕久五郎と親方の秀の山雷五郎に、屋敷へ来るよう、迎えの乗物であった。

「こんな目出度いことはねえ」

女房のお早に言いつけ、陣幕久五郎に支度をさせながら秀の山は、ひどく喜んでいる。

大蔦力蔵も、今日は相撲に勝ったので、なおのこと秀の山は嬉しいらしい。

「お大名から、わざわざお乗物を差向けて下さるとは、あまりねえことだ。しかもお前は、まだ幕下だし、これはよくよくのことだぜ、久五郎」

袴をつけてから久五郎は、改めて秀の山の前に両手を仕えた。

「今日の勝星《かちぼし》は、親方をはじめ兄弟子たち、それに兄弟分の大蔦力蔵などのお陰でございます」

「べつにそう、四角張《しかくば》って礼を言うことはねえ。お前もこれまでお大名の抱えになるのは嫌やだ、と言い続けていたが、今日、蜂須賀様のお殿様からその話が出たら、お断りするわけには行かなくなるぞ。蜂須賀様も、無理を承知で、今日の一番をご注文なすったのだし、年寄の玉垣、追手風の二人も、これで面目が立ったというわけだ。お大名のご威光《いこう》と金の力で、これから後、好き勝手な取組が作られるようでは、相撲のためによくねえことになる。おそらく今日の一番だけで、そういうことはなくなると思うが」

「親方、わたくしがお訊ね致したいのは、お大名の抱えの力士になった者は、どこまでも太鼓持と同様、殿様のご機嫌ばかり取っていなくてはならないのか、ということでございます」

「何もお前、相撲取は芸人とは違う。いくらご贔屓になるからとは言っても、殿様の無理難題まで聞くことはいらねえ」

「それならよろしゅうございますが、生意気なことを言う、と思われるかも知れませんが、お大名はご自分の道楽に、力士をお抱えになる、力士のほうは、お大名の道楽のお対手は勤まりませんゆえ、お侍衆が殿様に忠義を尽《つ》すのとは違っていても、一向に差支えはないと思います」

「何もお前、そう難しく考えることはないだろう」

久五郎の勝星で、有頂天《うちょうてん》になっている秀の山は、対手が何を考えているのか、あまり気にしないようであった。

その日、久五郎は師匠の秀の山と一緒に、鍛冶橋の蜂須賀家上屋敷へ伺候《しこう》し、あるじの阿波守斉裕から、ご酒下《しゅくだ》されのことがあった。しかし、その日は阿波守から、抱え力士にするなどという言葉も出ず、側用人の森平馬も、そういうことには触れようとはしなかった。

秀の山雷五郎としては、内心、陣幕久五郎が蜂須賀家の抱え力士に取立てられるのではないか、と期待していたようだが、その日は不知火との相撲の話が出て、祝儀を貰っただけで、秀の山と陣幕久五郎は夜に入ってから両国横網町へ帰った。

「のう、久五郎」

相弟子の大蔦力蔵は、その晩、久五郎と同じ部屋で布団を並べて臥ながら、

「親方は、少しがっかりしておいでのようだが、もしも今日、蜂須賀様からお抱えにした

い、という話が出たら、おぬし、どうする気だった」

「おれは、幕内へ入るまで、どこのお大名の抱えにもなりたくはない。これは、おぬしだから言うのだが」

と久五郎は、声をひそめて、

「お大名のほうは、いわば力士を道楽の対手にしておいでだ。祝儀をやったり、酒の対手をさせるのだから、力士が殿様の言うなりになるのが当り前、という考えだろうが、力士のほうも、それだけではいけねえと思う」

「おいおい、久五郎、おぬし、何を考えているのだ」

「力士だとて、お大名の力を使って、やりたいことをやるのが当り前じゃあねえかな」

「当り前、と言うと」

「知っての通り、信濃国《しなののくに》からは、雷電為右衛門という立派な力士が出ている。相撲も強かったが、人間としても人並秀《ひとなみすぐ》れた男だったそうな。これまでの相撲取というのは、自分の土俵だけを第一に考えていたが、おれは力士全部のことを、もっと考えてみたいのだ」

「と言うと、どんなことだ」

「江戸でも大坂でも、幕内力士が何人も出入りする商家は、祝儀が出過ぎて、だんだん店も左前《ひだりまえ》になって行く、ということを聞いた。力士は贔屓から祝儀を貰うのが当り前、と考えているし、お大名の抱えになれば、拝領《はいりょう》した刀を腰に差して、ほかの世界の人間よりもずっと出世したように思い込んでしまう。それは、間違いだと思うのだ」

「大そうなことを考え出したのだな、おぬしは」

「まだ幕下のおれが、大それたことを言い出す、と思うだろうが、おぬしだから本心を打明けるのだ。おれの考えていることは、自分が力士として立派にならなけりゃあ、何も仕出かせねえのだ。まあ、当分、誰にも黙っていてくれ」

大蔦にも、久五郎が何を考えているのか、本当のことはわからないようであった。

この安政四年十一月の回向院の場所で、陣幕久五郎は二日目に幕内力士の不知火光右衛門を破り、三日目には、幕下の外《そと》ヶ浜浪五郎《がはまなみごろう》に勝ち、四日目には明石潟波五郎《あかしがたなみごろう》、五日目はふたたび西の幕下筆頭千田川吉蔵《きちぞう》と顔が合い、千田川を上手投げで倒し、初日以来、白星《しろぼし》を重ねた。

六日目には、東の幕内、前頭六枚目の鷲《わし》ヶ浜音右衛門《がはまおとえもん》と顔が合ったが、この鷲ヶ浜には、陣幕も、もう少しというところで、踏み越しがあって敗れた。七日目は幕下の東の筆頭、松ヶ枝喜三郎《きさぶろう》を負《ま》かし、八日目にはふたたび西の前頭三枚目、錦木塚右衛門《にしきぎつかえもん》と相撲を取って、陣幕久五郎は吊出《つりだ》しで対手を破った。

九日目は、幕下の八光山権五郎《はっこうざんごんごろう》を簡単に押出しで破ったが、十日目の千秋楽に、陣幕久五郎は、西の大関境川浪右衛門《なみえもん》と顔を合された。

初日以来、不知火、錦木、と二人の幕内力士を破っているのだし、充分に久五郎の実力は認められたが、しかし、東の大関猪王山と並んで西の大関を張る境川と顔が合うとは、久五郎も考えていなかった。

二

「明日は、いよいよ大関だね」

九日目の晩、大蔦と一緒に久五郎が、両国八つ小路の茗荷屋へ出かけて行くと、先に来ていたお北がもう銚子を五本も空け、いい心持ちそうになっていたが、嬉しそうに久五郎へ声をかけた。

「二日目の不知火関との勝負は、蜂須賀様の横車というので、どこでも評判になっていたが、やっぱりお前さんは強い、とこれで証拠立てたことになる」

「なあに、相撲というのは、取ってみるまではわからないさ」

明日は大関が対手、と思うだけに、久五郎もあまり酒を飲まず、大蔦も控え目にしていた。

「陣幕関」

とお北は、自分の飯台のほうから、久五郎たちのほうへ移ってきて、

「四日目だったかしら、回向院の見物場に、お芳様がきておいでだったよ。浪人が三人ほど一緒だったが、お前さんの友達の今牛若の東助という人も、あの年上の女も、相撲場には来ていなかった」

黙って久五郎は、うなずいたきりであった。

この年の秋、下田にいたアメリカの総領事のハリスが江戸へ出てきて、通商をすることを幕府へ説いたが、幕府でも、まだはっきりした返辞をしないでいるらしい。朝廷《りょうてい》では、勅許《ちょっきょ》がなくては港を開いてはいけない、と幕府に命じているようだし、尊王攘夷派の浪人たちも、こういう世の中の動きに乗じて、諸方で騒動を起しかけている。

狭い力士という世界に住んでいながらも、陣幕久五郎は、町の噂から、それぐらいの知識は耳にしていた。

今牛若東助も、年上のおしげと一緒に、おしげの兄の長山越中、それにお芳などと一緒に、倒幕攘夷とやらの運動に働いているのかも知れない。もう、こういう風に今牛若の住む世界とは縁が遠くなってみると、以前のように東助に意見をして、再び、力士の仲間へ引戻そうとしても、無駄に違いなかった。

「お北さん」

久五郎は、そっと訊いた。

「お前さんは、諸方に顔が広いから、もしや噂を耳にしたことがないかえ。お芳様の旦那の、もと米子ご城代をお勤めになっていた荒尾内蔵助様が、どうなすっているか」

「ちらりとだが、聞いたことはある。なんでも、お国許と江戸で、尊王攘夷の浪人たちを集めて、物騒なことを企んでいた、というので、鳥取の池田様のお城へ連れて行かれ、閉《と》じ籠《こ》められているそうな。お芳様は、荒尾様の志を受けて、浪人たちと一緒に働いておいでのようだが、仲間の長山越中という浪人の評判は、どうもよくないようだよ。金のある侍や商人を味方に引込んで、ご公儀《こうぎ》の眼を忍《しの》んで尊王攘夷の為に働いている、と見せかけながら、その実は、せっせと自分で金を蓄《た》め、吉原や品川などの遊び場所で、金をばらまいている。わたしも二度ほど長山越中の遊びぶりを見たことがあるが、どうしてどうして、ご公儀の眼を忍んで何かやっている、とは思えず、大そう派手な遊びぶりだったよ」

それからお北は、久五郎へ顔を寄せ、ずっと声を低くした。

「長山越中というのは、裏のほうでは、ご公儀の役人と肚を合せて、何かやっているんじゃあなかろうかね。例えば、尊王攘夷派の味方を集めておいて、その仲間のことを、いちいちご公儀の役人に知らせているのじゃあなかろうか、と思うのだけれどね」

「あの浪人のことだから、それぐらいのことはやるかも知れない。今牛若東助も、お芳様も、長山越中の正体を知らずに働いているとは、可哀想に」

と、久五郎は呟いた。

だが、今は東助やお芳のことを心配しているどころではなく、大関の境川との相撲を前にひかえて、それだけで久五郎は頭がいっぱいであった。

あくる朝は、よく晴れて、回向院の相撲場は暗いうちから、客が溢れそうになるくらい詰めかけている。

境川と陣幕の取組は、結《むす》び一番前で、双方とも土俵にあがると、見物は口々に二人の名を呼んだ。ことに境川は、江戸の出身なので、旗本、それに札差《ふださし》商人などのあいだに贔屓が多い。

仕切りを重ねて、双方とも気が合った瞬間、きれいに立った。いきなり陣幕久五郎は、境川の胸板を二三べん突き立て、一たんは西の土俵際まで追い詰めたが、やはり対手は大関だけに、勢いに乗った陣幕も、歯が立たない。押立てて行くのを、境川は組みとめ、上手と下手の廻しに手がかかると、そのまま陣幕を上手投げに土俵の中へ叩きつけた。

それでも陣幕久五郎は、この場所は八勝二敗という好成績であった。

あくる安政五年（一八五八）正月、陣幕久五郎は、晴れて幕へ入り、前頭六枚目に付け出された。蜂須賀阿波守も大そう喜んで、側用人の森平馬を使《つかい》に立て、新しい化粧廻しを贈ってくれた。だが、表面では蜂須賀家の抱え力士と同様の扱いをうけていながら、陣幕久五郎は、まだ正式に蜂須賀家の抱えになったわけではない。

大蔦力蔵も、幕下筆頭に昇進し、久五郎のためには相変らずいい相談対手になってくれていた。

不知火光右衛門は、西の前頭二枚目に昇進したし、これから先、不知火と陣幕は、場所ごとにいい取組になるであろう、と江戸中の評判であった。

「どうだな、陣幕」

その年の二月、江戸に大火があって、十二万戸以上の家が焼ける、という騒ぎがあったが、両国のほうにまでは火が及ばず、本所や深川のあたりは、災禍《さいか》を免《まぬが》れたものの、力士たちも、それぞれ出入り先の大名や旗本、商家などの手伝いで忙しかったが、それが一段落したころ、思い出したように、秀の山が言った。

「お前も、もう三十。ここらで世帯を持ったほうがいいのじゃあねえのか。来月あたり、相撲は巡業で西国のほうへ出かけるから、どうせ尾道でも興行をすることになるだろう。尾道の初汐関の娘、お前と夫婦約束をしたお時さんを、そのまんまにしておいちゃあいけねえ。どうだ、思い切って、江戸へ連れてきて、夫婦になったら」

「有難う存じますが、まだわたしは女房を貰うには早い、と思っております。こうやって、川向うの江戸が焼け野原になったというのに、世帯を持つどころじゃありますまい。こんどの巡業のあいだに、わたしもよく考えることに致します」

と久五郎は、素直に答えた。

三月に入って、江戸相撲は西国のほうへ巡業の旅に出かけた。東海道を振出《ふりだ》しに、大坂の四天王寺《してんのうじ》の勧進相撲を晴天《せいてん》十日、興行を打って、それから京都へ入った。都の五条《ごじょう》家の世話で、十日間の興行を打つためであった。

仏光寺《ぶっこうじ》門前町に空地《あきち》があるので、そこに小屋掛《こやが》けをし、土俵を築いて興行をすることになったし、大関は猪王山と境川、関脇は雲竜《うんりゅう》と階ヶ嶽、小結は響灘《ひびきなだ》と平石《ひらいわ》、それに前頭が十六人、幕下が二十人、久しぶりに江戸相撲が京都で興行をするので、前々から人気が盛りあがっている。

陣幕久五郎にとっても、久しぶりの京都であった。まだ自分が大坂力士の朝日山の弟子だったころ、京都へは三度ほどやってきたことがあるが、まだ客の詰めかけない暗いうちに土俵へあがったし、幕内力士として京都で相撲を取るのは、これが初めてであった。

秀の山雷五郎には、前々から京都に贔屓がいる。近衛《このえ》家の諸大夫《しょだいぶ》で、大塚理右衛門《おおつかりえもん》という公卿侍であった。大塚家は代々、近衛家に仕え、実家は西陣《にしじん》の織物《おりもの》問屋なので、暮し向きも裕福《ゆうふく》なだけに、相撲の世話など何でもないことであった。

秀の山と弟子の初瀬川、陣幕、大蔦など行司や床山《とこやま》を加えて十人ほどは、四条《しじょう》木屋町《きやまち》筋《すじ》にある揚羽屋《あげは》という旅籠に泊ることになった。

京都でも、攘夷か開港か、というので、中山忠能《なかやまただやす》を先鋒《せんぽう》とする公卿たちが連盟《れんめい》を結び、幕府のやり方を盛んに弾劾《だんがい》しているし、それに応じて攘夷派の浪人たちも続々と京都に集って来ているという。

「どうだな。今夜は大塚様のお座敷があるから、一緒に出かけよう」

初日をあくる日に迎えた晩、秀の山は初瀬川、陣幕、それに大蔦の三人へ言った。

「祇園町《ぎおんまち》に鶴家《つるや》という料理屋がある。大塚様のご贔屓の店だそうだが」

「お供を致しましょう」

大蔦がすぐに承知をしたので、初瀬川も陣幕も、秀の山に従って出かけることになった。

陽の暮れ前、秀の山の一行四人は、それぞれ紋服《もんぷく》に袴をはき、脇差を腰に帯びて、木屋町の揚羽屋から出かけて行った。

四条大橋《しじょうおおはし》を渡る途中、まだ明るい河原に沿った道を、呼子笛を吹き鳴らしながら、町奉行所の役人や手先であろう、二十人ほどが一団になって走って行くのが見えた。

「どうも、都も物騒だな」

秀の山は、軽く呟いた。

なんとなく陣幕久五郎は、長山越中と妹のおしげ、それに今牛若東助のことを、ふっと思い出した。あの連中も、お芳様と一緒に、この物騒な都へ入っていて、攘夷論とやらの為に何かを企て、町奉行所の役人に追われているのではないか、という気がしたからであった。

武者の小路

一

京都の祇園に色町が出来たのは、それほど古いことではない。

清和《せいわ》天皇の御代、祇園感神院《かんしんいん》を勧請《かんじょう》してから、その後、何べんも兵火《へいか》に遇《あ》い、徳川幕府のころになってから、改めて修理をし、参詣人が増えたので、自然にこのあたりに茶屋が立った。

享保《きょうほう》十七年（一七三二）に、はじめて茶屋渡世が許され、祇園八坂《やさか》神社下、末吉町《すえよしちょう》、富永町《とみながちょう》などをふくめて、祇園新地《しんち》と呼んでいる。

ほかにも京都には、宮川町《みやがわちょう》、北野《きたの》神社に近い五番町《ごばんちょう》、先斗町《ぽんとちょう》・北野七軒《しちけん》・二条《にじょう》新地など、さまざまの遊所があるが、やはり古くからの由緒を持っているのは島原《しまばら》の廓で、その次は伏見撞木町《ふしみしゆもくまち》、ということになる。

この安政のころは、諸国から盛んに侍たちが上洛《じようらく》しているし、島原や祇園などはそういう侍たちの遊び場所になって、大そう賑わっていた。

それに、この安政五年の二月に入ってから、朝廷では、アメリカとの通商開港修好《しゆうこう》をどうするか、会議も開かれたし、三月になると中山忠能、大炊御門家信《おおいのみかどいえこと》、大原重徳《おおはらしげとみ》など八十八人の公卿が連署をして、通商貿易の不可を説べ、勅答案《ちよくとうあん》についてさまざまの議論が沸騰《ふつとう》している最中であった。

今夜、秀の山雷五郎をはじめ、初瀬川、陣幕、大蔦の四人は、秀の山の贔屓の近衛家の諸大夫大塚理右衛門に招かれ、祇園の鶴家という料理屋へ遊びに出かけた。

秀の山は何べんも祇園へきているが、ほかの三人は初めてなので、暮れ方の春の道を歩く祇園の芸子や舞子の姿を、きょろきょろ物めずらしそうに見ながら、道を歩いた。

鶴家は、ほかの祇園の茶屋と同様、入口に暖簾《のれん》を下げ、奥行の深い古めかしい建物で、江戸では見られない造りであった。

「お越しやす」

眉を剃って、美しいかねを光らせた三十年配の女が、裾を曳《ひ》いて玄関に一行四人を出迎えた。もとは、やはり祇園から出ていた女であろう、際立ってよい器量というのではないが、色の白い、おとなしい顔つきの女であった。

「おかみさん、これは、わしの弟子で初瀬川、陣幕、大蔦と申します」

二階の座敷へ通されてから、秀の山雷五郎は改めて弟子たちを引会せると、三人へ言った。

「このお人は、この鶴家さんの女あるじで、お鶴《つる》さんとおっしゃる。以前からわしがご贔屓になっているお方だから、そのつもりで」

「はい」

初瀬川たち三人は、大きな身体を縮めるようにして、ていねいに挨拶をした。

師匠の秀の山は何も説明しないが、どうやら、この女あるじのお鶴という人は、大塚理右衛門の世話をうけているようであった。

いかにも古風な造りつけの座敷で、障子の下は、狭いながら手入れの届いた庭になっていて、石燈籠《どうろう》に灯が入っている。

「待たせたな」

声がして、四十年配の恰幅《かっぷく》のいい着流しの侍が入ってきた。色が白く、眼の大きな美男で、これが近衛家の諸大夫大塚理右衛門であった。

「久し振りに都で相撲が興行を打つのゆえ、わしも楽しみにしておる。しかし、かよう物騒な世の中ゆえ、わしものんびりと相撲見物に行くわけには参るまい」

と酒を飲みながら、理右衛門は気さくに話をした。お鶴をはじめ、赤い前垂《まえだれ》をかけた仲《なか》居《い》たちが酒の酌をしているうちに、芸子や舞子たちが座敷へ入ってきた。

江戸をはじめ、諸方の土地で贔屓の客から酒席に招ばれるのには馴《な》れているが、やはり祇園町の芸子たちを眼の前で見るのは初めてなので、陣幕久五郎も、どぎまぎした。

大塚理右衛門は、秀の山から三人の経歴と、土俵の成績などを面白そうに聞いていたが、このごろ眼ざましい出世をしている陣幕の名前は、理右衛門も聞いているらしい。

「そのほう、出雲の生れ、と聞いたが、力士になる前は何を生業《なりわい》にしていたな」

理右衛門に訊かれて、久五郎は答えた。

「出雲の意東と申しますところで、漁師をしておりました。家が貧乏なものでございますから、舟を一艘持つ、というところまでは行きませぬが、人の手伝いをして働いておりました。尾道で初汐という師匠につきましたのも、初汐関が雲州松江の生れだからでございます」

「そのほうの父や母は、わが子が力士になることを喜んでいたかな」

「いいえ、そうではございませぬ。しかし、わたくしも土地の素人相撲では、いつも大関を張っていましたし、漁師となって舟を持つよりも、力士で出世をしたい、と決心をしたわけでございます。ちょうど松江のご城下に大坂力士が巡業にきたとき、八角という力士と相撲を取りまして、向うは本職の相撲取、わたくしがいくら素人相撲の大関でもかなうわけがございません。きれいに土俵の外へほうり出され、腕を折ってしまいまして、それから自分でも口惜しくなって、故郷の立石《たていし》神社というところに籠って、三七二十一日のあいだ座禅《ざぜん》を組みました。今でも残っていると思いますが、小さな祠《ほこら》の上の、山の中腹に、大きな岩がございます。その上に乗って、懸命に神様を拝《おが》んでいたものでございますから、土地の人に、すっかり気違い扱いをされてしまいました」

対手は五摂《ごせっ》家《け》の近衛家に仕える諸大夫だが、大そう気さくな侍なので、気らくに久五郎は、自分の身の上話をした。

「尾道の初汐関を頼って、故郷をあとにするとき、土地の大海屋《たいかい》という網元が、一人前の力士になって意東へ帰ってきたら、わしのこの首をやる、と約束しましたが、わたくしはまだ、大手を振って故郷へ帰れるほどの力士にはなっておりませんので」

「その心掛を忘れるな」

と大塚理右衛門は、久五郎へ盃を差してくれた。

ふっと気がつくと、女あるじのお鶴のほか、芸子や舞子の並んでいる中にまじって、髪を結綿《ゆいわた》に結った娘がひとり、にこにこ笑いながら久五郎の話を聞いていた。髪形から見ても、芸子ではないし、ここの仲居とも思えない。色は黒いが、細面の、切長《きれなが》の眼をした、明るい感じの娘であった。

「これは、わたくしの姪《めい》で、おうめと申します」

と、女あるじのお鶴は、秀の山をはじめ四人の力士へ、その娘を引会せた。

「京都に近い吉祥院村《きっしょういんむら》の百姓の娘どすが、もう三月ほど前からここで手伝うてもろうております。もう年もいっておりまするし、芸子にするというても、今さら遅まさどすよってになあ」

自分の妹のように可愛がっているのであろう、お鶴は笑いながら言った。

その晩、大塚理右衛門もすっかり酒を過して、鶴家に泊って行くようだし、夜が更けてから秀の山は、初瀬川、陣幕、大蔦の三人を連れて、鶴家を出た。

「どうも大塚様は、はっきりとはおっしゃらなかったが、おいのちを狙われているのじゃあないかと思う」

八坂神社から四条大橋へ続く通りを歩きながら、秀の山は低い声で言った。

「難しいことはわからねえが、アメリカと日本の通商について、京都のお公卿様方の大半は、反対しておいでだそうな。その中でも大塚様のご主人の近衛忠熙《ただひろ》様は、一ばん強いご意見を出しておいでだという。そのご家来だから、ご公儀のご重臣方に憎まれて、江戸から侍たちが京都へ送り込まれているらしいのだ」

「そうすると、親方」

と久五郎は、そっと訊いた。

「のんびりと相撲見物などなすっている場合じゃあねえわけですね、大塚様は」

「それについて、この三人の中で、誰かに頼みたいのだ。嫌やだったら、遠慮なしに断ってもらいたい」

四条大橋の中ごろまで来たとき、秀の山は足をとめ、夜風に吹かれるような恰好をしながら、そっと言った。

夜も遅いので、あまり人通りはない。だから、こういう橋の上で内緒話をしたところで、人に立聞かれるおそれはなかった。

秀の山の話とは、こうであった。

禁裏御所《きんりごしょ》の北のほうに、近衛家の屋形がある。この西の武者《むしゃ》の小路通《こうじどお》りに、大塚理右衛門の屋敷があるが、数日前から大塚家の周囲を、得体の知れない者たちがうろつき廻っているという。だから、力士の中から何人かが、毎晩、交代で大塚屋敷の警戒に当ってくれないか、という秀の山の話であった。

さっき鶴家の座敷で酒を飲んでいるときは、べつにそんな話も出なかったし、大塚理右衛門と秀の山は、通り一ぺんの話や相撲の話しか交していなかったが、内々で前からそういう打合せがあったのであろう。

　大塚理右衛門としても、自分たちの家来のほかに浪人たちを傭ったりしては、あるじの近衛忠煕の面目にも関わる。だが、いつも出入りをしている力士を屋敷に泊めるぶんには、少しも構わないわけであった。

　今夜、鶴家の座敷で、大塚理右衛門は秀の山の連れてきた弟子たちの中から、誰かを選ぶつもりだったに違いない。

「わたくしたちは、アメリカとご公儀が、どんな約束を結んだのやら、一向に知らねえ者たちでございますから」

　と初瀬川が、いかにも興味のなさそうな口ぶりで答えた。

二

「どうだろう、大蔦関」

　仏光寺門前町の空地で開かれた相撲の二日目、木屋町の旅籠揚羽屋へ帰った陣幕久五郎は、大蔦力蔵と布団を並べて寝ているうちに、思いついたように言った。

「親方は、あの大塚理右衛門さんから、ずいぶんお世話になっているのだろう」

「うむ、こんどの京都の相撲にしても、勧進元から金が出ねえのに、親方は大塚様のところへ無心《むしん》に行ったところが、気持よく三百両もの金を出して下すったそうだ。これは、おれも親方から聞いたのではねえが、今朝、支度部屋にいたとき、行司の勘之助《かんのすけ》から聞いた話だ」

「そうすると、せっかく大塚様が頼んできなすったのに、親方の弟子のおれたちが何もお役に立たねえ、というわけになる」

「対手は、近衛様の諸大夫を勤めなさる大塚様だ。ご自分の身を守るためには、ご家来衆も揃っておいでなのだし、おれたちがそこまで心配することはねえだろう」

「だが、こうやって、旅籠宿から場所入りをするのも、大塚様のお屋敷から場所入りするのも、土俵に差支えを起さないかぎり、同じことじゃあねえのかな」

「お前は大塚様の屋敷に泊り込んで、用心棒の役目を勤めるつもりかえ」

「それだけではなく、ふっとおれには思いついたことがあるのだ」

「お公卿様のご家来の用心棒を勤めて、何かいいことでもある、と言うのか」

「その逆じゃあねえか、と思っているが」

枕に頭をつけながら、久五郎はそう答えた。

あくる朝、久五郎は秀の山の前へ出て、武者の小路通りにある大塚理右衛門の屋敷へ、今日から行きたい、と言った。

「そうか、やはりお前が行ってくれるか。わしもそう言い出してくれるのを待っていた」

と秀の山は、軽く頭をさげて、

「礼を言う。大塚様としても、実のところ、騒ぎをあまり大きくしたくないらしい。お前が若い者ふたりほどつれて、今夜から七日間、大塚様の屋敷に詰めてくれ。こうやって日を限ったのも、大きな声では言えねえが、あと五日ほどのち、朝廷から将軍様へ、はっきりしたお答えが出るのだそうな。江戸から来ている連中は、七日のあいだに大塚様をおどかして、近衛様の考え方を変えさせてしまおう、というつもりなのだ」

「難しいことは何もわかりませんが、少しでも大塚様のお役に立つのでしたら、お安いご用でございます」

それから久五郎は、秀の山の弟子の初風《はつかぜ》、秀ノ海《ひでのうみ》という二人の三段目の若い力士を選んで、自分と一緒に大塚の屋敷へ行くことにした。

武者の小路にある大塚家は、長屋門を構え、築地塀《ついじべい》をめぐらした古い屋敷で、裏手のほうから、近衛家の裏門へすぐに駈けつけられるように出来ている。

「よう来てくれた」

久五郎をはじめ、二人の若い力士を迎えた大塚理右衛門は、大そう喜んで、

「そのほうたちの部屋は、わしの居間とは廊下続きのところに用意をしておいた。だが、三人の中で、大きな鼾《いびき》をかくものがあったら、ほかの部屋へ移ってもらうぞ」

「大丈夫でございます」

久五郎は、そう答えてから、膝を進めた。

「折入って、おうかがい致したいことがございます」

この屋敷には理右衛門の妻と、息子が二人、それに娘が一人、家来が六人、小者が三人、女中が奥と台所を合せて四人、という人数であった。父の代から近衛家の諸大夫を勤めているので、屋敷は古く、庭の植込みの向うに近衛家の屋根が見えて、静かな場所であった。

「訊ねたいこととは、何だな、陣幕」

「あなた様を狙っている連中というのは、正体がわかっているのでございますか」

「それが、一向にわからぬのだ。攘夷派の浪人たちには、わしも知合いがあるが、先般来、わしのところへたびたび妙な手紙が参る。近衛家がこのまま、江戸幕府の意向に反対するのであれば、まず諸大夫のお前に天誅《てんちゅう》を加える、というのだが、もちろん差出人の名などはない」

初対面以来、この陣幕という力士を信頼したのか、それとも対手は力士だけに、天下国

家のことなどには関心がない、と考えたのであろうか、打ちとけて理右衛門は詰をしてくれた。

「このたび、アメリカと江戸幕府とのあいだに通商貿易の約束が出来たが、それについて、もっとも反対をしているのは、粟田《あわた》の宮《みや》様をはじめ奉《たてまつ》り、わしのご主君の近衛忠熙卿《きょう》、それに三条実萬《さんじょうさねつむ》卿、お三方なのだ。だから幕府の内命をうけた浪人たちの中には、三家の家来たちをおどかせば、そのあるじたちも怖気《おじけ》をふるって、考えを翻《ひるがえ》すに違いない、などと思う連中もいるであろうな」

理右衛門の言葉は、久五郎にはよく理解できなかった。しかし、この京都へ入ってみると、日本とアメリカの通商条約について、都の公卿はもちろん、諸国の侍たちがどんなに動揺しているか、それがおぼろげながらわかるような気持がする。

「よろしゅうございます」

久五郎は、はっきり答えた。

「今夜から七日間、相撲が終ったらすぐに、こちらのお屋敷へ戻って参り、詰めることに致します。どんな連中が、このお屋敷を狙っているか存じませんが、力ではめったに誰にもひけをとらないつもりでおります」

「頼むぞ」

にこにこ笑いながら、理右衛門は言った。

うわべは温厚で、細かいことにはこだわらないように見える理右衛門も、正体の知れない脅迫状《きょうはくじょう》には、実のところ神経を尖らしているらしい。庭の立木には、縄を張りめぐらし、鳴子《なるこ》をさげて、曲者《くせもの》がうっかり入ってきたときには、それが大きな音を立てて鳴るようにしてある。

その晩から久五郎は、二人の若い力士と一緒に屋敷うちの部屋に詰めることになった。あるじの理右衛門の寝所《しんじょ》へ近づく者があると、必ずその部屋の前を通らなくてはならないし、見張をするには、都合のよい部屋であった。それでも久五郎は、二人の若い力士と一緒になって、三人で交代に寝ずの番をすることにした。

あるじの大塚理右衛門は、近衛忠熙が参内《さんだい》するときは必ず供をするし、夜おそくなってから屋敷へ帰ってくることが多いという。近衛家へ通うのに、人目につく大きな図体をした力士を供につれて行くわけにも行かないので、いつも家来たちが、厳重に理右衛門の周囲を警戒していた。

陣幕久五郎たちが、大塚屋敷に寝泊りするようになってから、三日目の夜であった。

「関取、関取」

寝ずの番をしていた初風が、低い声で久五郎を揺り起した。

「庭のほうに、何か足音が聞えます」

久五郎と同様、百姓の倅に生れたという初風は、陣幕久五郎を自分の本当の兄のように慕《した》っている。まだ十八歳で、子供のような顔をした男だが、腕力が強く、この大塚屋敷へきてからも、ひまさえあると庭へ出て、久五郎の胸を借りて、打つかり稽古をしている。それが大塚家の人々にとっては、面白い観物のようであった。

「大きな声を出さねえようにしろ」

低く言って久五郎は、寝所から起き出した。万一の用心に、床の間には、大塚理右衛門から借りた枇杷《びわ》の太い木刀を置いてあるので、浴衣姿のまま久五郎はそれを手にとった。

秀ノ海は、よく寝ていたが、久五郎に揺り起されると、あわてて飛び起きた。

「お前たちは、廊下へ出て、大塚様のご寝所に近づく者があったら、大きな声を立てろ。おれは庭へ廻る」

ささやいておいて久五郎は、行燈を吹き消して、そっと雨戸を開けると、暗い庭へ飛びおりた。

月も星もない暗い夜で、風が騒いでいる。雨になるのか、夜気《やき》は湿《しめ》っていた。

太い木太刀《きだち》をさげたまま、足音を立てないように久五郎は、建物の曲り角のところにしゃがんで、じっと庭を見廻した。

柴垣《しばがき》があって、その向うに外庭がある。しゃれた柴折戸《しおりど》がついているが、そのあたりに何か人の動くような気配がした。

息をしずめ、久五郎は少しずつそのほうへ近づいて行った。

暗い中に、人影が三つ見える。刀を差しているのは二人で、ほかの一人はひどく図体が大きい。

顔は見えないが、姿形で久五郎は気がついた。身体の大きなその男は、今牛若東助に違いない。そうすると、刀を差した二人のうち、一人は長山越中であろうか。

向うの三人は、暗い庭を這うようにして、じりじりと母屋のほうへ近よってくる。目当ては、大塚理右衛門の寝所にまぎれもない。

木太刀を振りかぶって、いきなり大きな声を出すと、久五郎は三人のほうへ走りかかった。

「泥棒、そこを動くな」

攘夷浪人

一

まさか庭に待伏せがあるとは思っていなかったらしく、暗い中で三人は、びっくりして棒立ちになった。すぐに帯刀の二人が、刀を抜いて、陣幕久五郎の前に立ちふさがった。

「うぬっ」

木太刀を横に払いざま、久五郎は二人の真向から飛びかかった。がつん、と音がして、ひとりの刀が手から飛び、庭へ転がった。

久五郎の声を聞いて、廊下に身を伏せていた秀ノ海と初風が大きな声を出した。

「泥棒だ、泥棒だ」

その声を聞いて、刀を落した一人は、あわてて夜の中を外庭のほうへ走り出し、音を立てて柴垣に打つかった。

「逃げるな」

と、刀を振りかぶった侍が、低い声で仲間を叱りつけ久五郎へ斬りつけてきた。それを危うくかわして、久五郎は対手の足を木太刀で払った。対手も飛びあがろうとしたが、久五郎の木太刀で、膝頭を殴りつけられたらしい。

「うん」

呻き声を洩らし、前のめりに倒れそうになった。その肩口へ、こんどは真向から振りおろした久五郎の木太刀が、力をこめて打当った。

まるで、丸太でも倒れるように、対手の侍は庭土へ顔を打当て、転がってしまった。

最後に残った図体の大きなひとりは、うろうろしていたが、その侍が倒れるのを見ると、頭を下げて久五郎の胸板へ打つかってきた。それを避けもせず、久五郎は左腕を延ばして、対手の顔へ平手打を食わせた。大きな音がして、対手はふらりとよろめいた。

その平手打が、普通の人間ではなく、相撲の張手《はりて》だ、と気がついたらしく、対手は二三歩さがった。

「今牛若だな。おれの声を忘れたか、久五郎だ」

それを聞いて、今牛若東助は声も出せず、立ちすくんでしまった。しかし、そのときは屋敷の諸方から、提灯をかかげた侍たちが庭へ飛び出してきたし、秀ノ海と初風も廊下から庭へ飛び降り、地響きを立てて駈けよってくる。

柴垣に打つかった侍は、外庭まで逃げたところで、大塚屋敷の侍たちにつかまったようであった。

「陣幕、怪我はないか」

寝巻姿の大塚理右衛門が、手燭《てしょく》をかかげ、廊下のところから声をかけた。

「曲者は三人でございますが、そのうちのひとりは、ここに倒れております。もうひとり、図体の大きな男がおりますが」

と久五郎は、横眼で今牛若を睨みつけて、

「こいつの始末は、わたくしにお任せ願いとう存じます」

「倒れているのは、浪人のようだな」

庭下駄をはき、近づいてきた理右衛門は、手燭の光で照らして見た。

久五郎が察した通り、うつ伏せに倒れて気を失っているのは、長山越中に違いない。庭土を嚙むようにしているその横顔に、確かに見覚えがある。

今牛若東助は、まさかこんなところで久五郎に会うとは思いがけなかったらしく、ぼんやりと気の抜けたような顔で、棒立ちになっている。以前の相撲取のころと同じように、総髪を結んで、春だというのに、薄汚れた単衣物一枚きりで、裾をからげ、素足であった。

「お前がなぜこんなことをしているのか、おれにも見当がついている。悪いようにはしねえから、おとなしくしていろよ」

久五郎に言われて、今牛若東助は、長山越中を助けて逃げることも出来ず、もう諦めてしまったらしく、黙ってうなずいた。

「この浪人、見覚えがある」

と大塚理右衛門は、手燭の光で長山越中の顔を見おろしながら、

「十日ほど以前であったかな、わしの屋敷を訪ねて、天朝様のために働きたいゆえ、しかるべき橋渡しをしてくれぬか、との願いであった。しかし尊王を食い物にしている浪人たちが大ぜい、都に集っているのでな。いちいち対手にするわけにも参らず、草鞋銭《わらじせん》を包んで引取ってもらった」

「それにしては、妙でございます」

と久五郎は、長山越中を引起しながら、

「禁裏様のために働きたい、という浪人が、こんな夜中、まるで泥棒と同様にお屋敷へ忍び込むとは、合点が参りませぬ」

「詮議をしてみよう。そのほうたちは、もう休むがよい。家来たちもこの浪人の仲間をひ

とり、捕えたようだが、それに立っている大男は、陣幕、そのほうに任せよう」

そのまま大塚理右衛門は、気を失っている長山越中を表庭のほうへ運ばせた。うしろ手に縛られた連れの浪人も、そのあとから、家来たちの手で引立てられて行った。

「こっちへ来い」

枇杷の木太刀を片手に、久五郎は今牛若東助の腕をつかんで、自分たちに当てがわれた部屋へ連れて行った。何かわけがあるらしい、と察した初風と秀ノ海が、すすぎの水を運んでくれたし、声が聞えないよう、廊下に見張に立ってくれた。

「まっすぐ、おれの顔を見ろ」

行燈に灯を入れ、その上から自分の羽織をかけ、光が廊下へ洩れないようにしておいて、久五郎は東助と向い合った。

「東山の湯治場で会ったときも、お前は土地の目明し連中に追いかけられていたな。こんどはこのお屋敷へ忍び込んで、おれに捕えられるとは、よくよくの因縁《いんねん》らしい。どんな目当てがあって、この大塚様のお屋敷へ忍び込んできたのだ」

膝に両手をつき、東助はうなだれたきり、しばらく顔をあげようとしない。よく見ると、無精髭が生えて、若いころの面影は薄れ、東助はすさんだ顔つきになっていた。

「あのおしげという年上の女と、まだ一緒に住んでいるのか」

久五郎に訊かれて、わずかに東助はうなずき、やがて顔をあげた。その眼に、きらきらと泪が光っている。

「腐《くさ》れ縁《えん》、というのやろうな。いまだにあの女子と、よう別れんと、あちこちと旅を続けている。今夜は長山越中様の言いつけで、仲間の浪人さんと一緒に、このお屋敷へ忍び込んだのや」

「おかしいじゃあねえか、ここのお屋敷のご主人は、近衛様の諸大夫を勤めるお方で、江戸のご公儀とは仲が悪い。ご公儀の言いつけを受けた浪人がやってきて、大塚様のおいのちを狙う、というのなら理屈も合うが」

「それがなあ」

ようやく東助は、昔の友達に本当のことを言う気持になったのであろう、あたりの気配をうかがいながら、低い声で話しはじめた。

「尊王や攘夷や、と言うても、いろいろあることが、ようようわしにはわかってきた。お前も、お芳様というお人を、先《せん》ぐり知っての筈や。米子の池田様のご城代、荒尾内蔵助様の想い者で、今では閉門になった荒尾様の代りに、尊王攘夷のために働いておられる。ところが、あの長山越中という浪人は、それが商売でな。尊王や攘夷やというても、金にさえなれば、いつでもその敵側に廻る、という二股膏薬《ふたまたごうやく》でな」

「おれは最初から、あの長山越中という浪人と、その妹のおしげという女は、食わせ者だ、と睨んでいたのだ」

「若気《わかげ》の至り、というては、言訳のように聞えるかも知れぬが、四国の西条でお前に意見をされたとき、わしはおしげという女子に夢中やった。長山越中からも、身を捨てて新しい世の中を作るために働いている、と聞かされたし、力士で出世するよりも、世の中の為に尽したほうが人間としての生甲斐がある、そうわしは一途《いちず》に思い込んでしもうた。しかし、あれからのち諸々方々を歩き廻っているうちに、だんだん長山越中の正体がわかってきた。尊王攘夷のために、というのを表看板に、若い者たちを集め、金を巻きあげると、さっさと逃げ出してしまう。妹のおしげのほうは、色仕掛で攘夷派の浪人たちをたぶらかす。結句のところ、わしは力があるよって、態《てい》のいい用心棒や」

そこまで話してから東助は、拳で泪を拭った。

久五郎は、うなずきながら、

「それで今夜、長山越中やお前たちが、ここへ忍び込んだのは、何のためだったんだ」

「大塚様という、ここのご主人は、近衛様の諸大夫を勤めておいでのお方やという。先日、長山越中はここへ来て、攘夷のために入用《いりよう》やからというて、大金を無心したが、きっぱりとそれを断わられると、こんどは京都所司代《しょしだい》の家来たちに渡りをつけて、寝返りを打ったんや」

「寝返り、と言うと、大塚様を殺そう、とでも言うのか」

「当分は動けぬように、怪我をさせれば、近衛様をはじめ、江戸のご公儀のやり方に反対しているお公卿様も、弱気になるやろう、という狙いでな」

「そこまで長山越中の正体がわかっていながら、のこのここんなところへついてくるとは、お前もよっぽど間抜けだな」

「笑うてくれ」

がくりと顔を伏せ、泣き声で東助は、

「わしは、おしげと離れては暮して行けぬ。あの女子の悪いところは、充分に承知をしているが、どうしても縁が切れんようになってなあ」

黙って久五郎は、つくづくと今牛若東助の顔を見ていた。

二

京都の興行を打上げた夜、秀の山雷五郎は、大塚理右衛門に招かれ、あの祇園の鶴家という茶屋へ出かけて行った。供はいつもの通り、初瀬川と陣幕、それに大蔦の三人であった。

「こたびは、陣幕に骨を折らせた」

そう言って大塚理右衛門は、特別に久五郎へ祝儀を与えたし、女将のお鶴も、大ぜいの芸子たちを集め、姪のおうめも座敷に呼んでくれた。

あの晩の刺客《しかく》の仲間に加わっていた図体の大きな男はどうした、と理右衛門は、一言も久五郎に訊ねない。おそらく対手も力士くずれらしいし、陣幕久五郎とのあいだに何かわけがありそうだ、と察したからであろう。

「近ごろは尊王攘夷に名を借りて、お公卿様のお屋形を訪ね、金を押借《おしか》りする連中が多くなった」

酒が廻ると理右衛門は、気持が寛《くつろ》いだのであろう、屈托《くったく》のない口調で、

「尊王と言い、倒幕と言うのも、いずれも日本の為を考えているのだから、双方で眼くじら立てていがみ合うことはない。アメリカとのあいだに通商条約を結ぶのも結構だが、それで攘夷派の勢いを押えられる、と思うのは江戸幕府の考え違いだ。倒幕派の連中は、攘夷を口実にして、禁裏様や都のお公卿たちを後楯《うしろだて》に、幕府の勢いを弱めようとかかっている。これでは、やがてこの日本の中で戦《いくさ》が起るに違いない。わしは、それを案じているのだ」

対手が力士たちだけに、かえって気持がらくなのであろう、大塚理右衛門は、思うままを口に出したようであった。

あの晩、大塚屋敷で捕えられた長山越中と仲間の浪人は、どちらも奉行所へ突き出されることもなく、あくる朝、まだ暗いうちに追放《おいはな》たれた。しかし、今後のいましめ、というので、二人とも理右衛門の家来たちに頭を丸く剃られ、大小とも取りあげられて、裏門から追放たれたと言う。

新しい世の中を築くために、と称して、諸方で若い者たちを集めて、金儲けをしていた長山越中も、陣幕久五郎のお蔭で、味噌《みそ》をつけた形であった。

久五郎は、今牛若東助に意見をして、持っているだけの金をやり、暗いうちに大塚屋敷から逃がしてやった。こののち、決して長山越中や、妹のおしげと近づかないよう、と久五郎は東助に約束をさせた。その代り久五郎は、お芳様の行衛を探して、必ずその身を守るように、と言いつけたが、東助がどこまで久五郎との約束を守るか、それは当てにはならない。

「友達だけに、わしも出来るだけのことはしてやりましたが、今牛若が二度と相撲取になれないことだけは、確かでございます」

あくる朝、木屋町の旅籠へ帰った久五郎は、師匠の秀の山雷五郎へすべてを語ったあとで、そうつけ加えた。

「お前がそこまで親切にしてやっても、先方に通じたかどうかな」

と秀の山は、苦笑いをしたきり、大塚屋敷で起った出来事は口外しないように、と久五郎に念を押した。

こうやって、いつものように祇園の鶴家で大塚理右衛門の振舞を受けながら、久五郎はなんとなく落着かない気持でいる。あのまま長山越中が素直に京都から退散するかどうか、疑問だからであった。

「わたくしどもには、難しいことはわかりませぬが」

と、秀の山も酒が廻ってきたのか、気軽に言った。

「尊王だとか攘夷だとか言っても、つまりは日本人同士のことでございますから、なんとか話合いで、うまくおさまりがつかないものでございましょうか」

「わしも、そうなればよい、と思うているが、そこが面倒なところでな」

と理右衛門は、笑いながら、

「今も、この家の二階に長州の侍たちが集っている。わしをその場へ呼んで禁裏のご意向を確かめよう、というつもりであろうが、わしはこの通り酔うているのでな」

わざとおどけて理右衛門は、お鶴へしなだれかかるようにした。

「みなさんの居《い》はる前で、そないなことを」

とお鶴は、色っぽい笑顔を見せた。

姪のおうめは、陣幕久五郎の側に坐って、酌をしてくれていたが、

「先夜、秀の山親方から聞きましたが、あんたはん、尾道におかみさんがおいでやすそうどすな。尾道へ、これから興行をしにおいでやすのか」

「いえ、江戸へ戻ることになりますので、尾道へは参りません」

娘としては、もう嫁ぎ遅れた年ごろのこのおうめから、なんとなく圧倒されるものを感じた久五郎は、尻ごみをする心地であった。

そのうちに二階の座敷にいる客が、しきりに仲居を迎えによこして、理右衛門を呼んだ。

「わしは、この通り酔うている」

と理右衛門は、大げさに酔ったふりをして、お鶴にもたれかかりながら、

「尊王だとか攘夷だとか、そのような論判、今宵は勘弁してもらおう。尊攘派の志士たちも結構だが、すぐに刀をひねくり廻すのでな。どうも、殺風景でよろしくない」

「攘夷だ攘夷だと言ったところで、長山越中のような浪人が多いのではございますまいか」

と久五郎は、理右衛門につり込まれて、

「本心から、自分の考えることの為に、いのちを捨てて働いているのなら結構ですが、金儲けのためにそういうことをしている連中が、やはり都にも大ぜい集っているように思われます」

「陣幕関」

そばから、おうめが低い声で言った。

「そんなこと、二階においでの長州のお侍様方に聞えたら、えらいことどっせ。ここでは難しいお話、一切禁物どす」

「それじゃあ、旅先で見聞きした面白い話でも致しましょう」

と久五郎は、くつろいだ表情になった。

その晩、大塚理右衛門は、いつもの通り鶴家に泊るので、秀の山と初瀬川、陣幕、大蔦の四人は、祇園を出て木屋町の旅籠まで歩いて帰ることになった。

「あさっては、江戸へ戻る道中へ踏み出すわけだが」

四条大橋のほうへ歩きながら大蔦力蔵が、そっと久五郎へ言った。

「どうも、あのおうめという娘さん、おぬしに気があるようだな」

「京都で面倒を起すのは、もうご免だ。今のおれには、女のことより土俵のほうが大切だからな」

四人が、四条大橋の手前まで来たときであった。不意に秀の山雷五郎は、足をとめ、三人の弟子へささやいた。

「気をつけたほうがいい。追剝ぎらしい」

その言葉と同時に、久五郎は気がついた。暗い道の片側から、黒い姿が五つ、夜の色の中からにじみ出るように、この四人の行手に現われ、ぬっと立ちふさがった。

暗い中で久五郎は、その五人とも着流しの浪人姿だが、中の二人は坊主頭に手拭をかぶっている、と見てとった。大塚屋敷で頭を剃られた長山越中と、その連れの浪人に違いない。五人のほかに、浪人の仲間は見当らない。

「何かご用でございましょうか。わたくしどもは、江戸から参っている相撲取でございますが」

そう言った秀の山へは何も答えず、前に進んだ長山越中は、久五郎を睨みつけると、

「わしを覚えておろうな。東助に要らざる智恵をつけ、逃がしてしもうたのは、陣幕久五郎、そのほうだろう」

「あれは、わたくしの古い友達でございますから」

と久五郎は、いつでも羽織を脱ぎすてられるように、身構えながら、

「お前様たちのやっていることは、おおよそわかっております。ここで仕返しをしよう、

というおつもりなら、こっちも天下の力士、それにめいめい、ご贔屓から頂戴した脇差を腰に差しております。それを抜いて斬合ったら、双方に怪我人が出るし、へたをすると、いのちを落す者が出るかも知れませぬ。それでよかったら、かかっておいでなされ」

「その覚悟なれば、刀の錆にしても惜しくはない」

喚くと同時に長山越中は、いきなり抜打ちに久五郎へ斬ってかかった。

羽織の紐を解くと同時に久五郎は、横へ飛び、長山越中の顔へ羽織を叩きつけた。このあいだの晩の手並で、対手がどれほどの腕前か、久五郎も察しはついている。

「お、おのれ、この相撲取たち、幕府の手先だ。一人残らず斬り捨ててしまえ」

と長山越中は、刀を構え直しながら叫んだ。連れの坊主頭にされた浪人のほかは、寄せ集めの連中に違いない。

「こっちも、負けていちゃあならねえ」

と秀の山も、羽織を脱いで振廻しながら、弟子たちへ声をかけた。

「志士だか狸だかわからねえ連中だ、構わねえから叩きのめせ」

双方が睨み合っているとき、四条大橋を渡って三人の勤番者《きんばんもの》らしい侍が走って来た。

「何じゃ、喧嘩か。やめえ、やめにせえ」

先頭のひとりが、西国訛りの、元気のいい声をかけた。

鶴の家おうめ

一

秀の山をはじめ陣幕久五郎たち四人は、こちらから売った喧嘩ではないので、さっと道を開いた。

四条大橋を渡ってきたのは、夜眼にも明らかな大たぶさの、袖の短い着物に袴をつけた勤番者とわかる侍三人であった。

「おう、片方は相撲取だな」

と、その中でも年かさらしい一人が、双方を見比べて、

「おはんたちは、何者か」

いつでも長い刀を抜ける構えをとって、長山越中たち五人を睨みつけた。

「いや、これは、われらのみにて結着をつけねばならぬことでござる」

と長山越中は、得意の弁舌《べんぜつ》で対手を丸め込もう、と考えたのであろう。

「なにとぞ、お見逃し願いたい」

「おはん、手拭で頭を隠しておるが、正体は坊主とは思えぬ。連れの連中も、妙な恰好をしとる。名乗れ。どこの浪人じゃ。おいどんは島津家の京都屋敷詰、與倉《よくら》直右衛門という者じゃ」

どすんと腹に響くような、太い声であった。対手の與倉直右衛門という名を聞くと、長山越中の連れの浪人たちは浮足立ち、今にも逃出しそうになった。

長山越中も、対手の名は知っているらしい。ぎょっとしたように、足を引いた。

「これは、失礼を致しました。それがしは四国浪人、長山越中と申します。たびたび薩《さつ》州《しゅう》様お屋敷へはうかがったこともあり、京都ご勤番のお方たちにも面識がありまする」

それを聞くと、與倉直右衛門の横から、背の低い、がっしりした身体つきの侍が進み出てきて、噛みつくように言った。

「この、えせ浪士め。おいどんの顔、明るいところで見たら、おはん、大きな口を利けぬ筈じゃ。おいどんは、相良治部《さがらじぶ》」

「おう、相良様でしたか」

あわてて長山越中は、一間ほど飛び退《の》くと、連れの浪人たちをうながした。

「引きあげよう。薩藩士の方々に仲裁《ちゅうさい》に出られては、わしも、お預け申すより仕方がない。さあ、早く」

越中の連れの浪人たちは、急いで木屋町のほうへ逃げ出して行った。

「仲裁などに来たのではなか。まだ京都をうろつき廻っているのなら、明るいとき、おいどんたちに顔を合せんように気をつけたほうがええ」

相良治部に罵られながら、言葉も返さず、こそこそと長山越中は浪人たちのあとから走って行った。

「どうも、有難うございました」

秀の山雷五郎は、ていねいに礼を述べて、自分たち四人の名を名乗った。

「おう、江戸から来ておる力士か。先日、おいどんも仏光寺門前町の相撲場で、陣幕の取組を見た。おんしが陣幕久五郎か」

と、與倉直右衛門という侍は、夜の色を透《す》かし、久五郎の顔をのぞき込んだ。

「薩摩の侍には、相撲好きの連中が多かぞ。おはんの贔屓も、薩州屋敷にはだいぶおる」

相良治部にそう言われて、久五郎はていねいに礼を言った。

近衛家の諸大夫大塚理右衛門の名を出して、迷惑をかけては、と気をつかった秀の山は、ここで得体の知れない浪人たちに喧嘩を吹きかけられた、という風に話した。

「あの長山越中というのは、評判の悪か浪人じゃ。こんどこぞで会うたら、金をせびられるかも知れんが、その時はわしの名を出すがよい」

と與倉直右衛門は、親切に言ってくれた。

「あの連中にとって、わしは苦手の筈だからな」

「重ね重ね、有難うございました」

秀の山は礼を言って、與倉たちと別れた。

陣幕久五郎が、薩摩の侍と近づきになるきっかけになったのは、その晩の出来事からであった。

京都の十日間の興行は無事に打終り、江戸相撲の一行は東海道を久しぶりに江戸へ帰る旅に踏み出した。

その安政五年の夏、江戸にコロリという病気が流行し、おびただしい死者が出た。

そのため、相撲の興行は中止になったが、陣幕久五郎は、大坂での成績がよかったので、前頭四枚目に昇進した。

同じ年、いわゆる安政の大獄《たいごく》というのが起り、倒幕派の侍たちは、いたるところで捕えられた。

幕府と水戸家の関係も険悪《けんあく》になり、今にも江戸市中で戦の起りそうな噂が飛んだ。

七月に世を去った将軍家定《いえさだ》のあとを継いで、その年の十月二十五日、家茂《いえもち》が将軍職についた。

大名の抱え力士になる、ということについて、長らく疑問を持っていた久五郎も、親方の秀の山、それに蜂須賀阿波守の側用人森平馬の勧めもあって、正式に蜂須賀家の抱え力士になった。

相撲好きの諸大名の中でも、相撲狂ともいえる阿波守斉裕から、紋服と脇差を与えられ、陣幕久五郎は、どこへ行っても蜂須賀家のお抱え力士というので、なおのこと大切に扱われるようになった。

茗荷屋のおひろは婿《むこ》を貰って、姉のお市に代って、店を仕切るようになっている。

「前々から見ていたところ、おれは陣幕関とおひろちゃんが夫婦になると思っていたが、浮世というのは、そう都合よくも行かねえものだな」

茗荷屋で酒を飲みながら大蔦力蔵が、そう言ってからかったが、おひろは照れたような顔もせずに、

「陣幕関は、尾道というところにおかみさんを残してきているのだし、どこへ行っても女にもてるのだから、関取の女房になどなっていたら、あたしは焼餅ばかり焼いていたでし

ようよ」

板場にいる亭主の和助《わすけ》へ笑いかけながら、明るい大きな声で言った。

「のう、陣幕関」

その晩、親方の家へ帰る途中、しみじみとした語調で、大蔦力蔵が言った。

「京都の鶴家というお茶屋のおかみさん、あの人におうめさんという姪がいたのを、憶えているかえ、陣幕関」

「うむ、わしにも大そう親切にしてくれた」

「どうも、おれが見たところ、ただの親切じゃあねえ。お前に気があったらしいな」

「冗談ではない」

「いやいや、本当だ。こんど京都へ興行に行ったときは、あのおうめさんの眼つきをよく見るがよい」

「わしも大そう、色男になったものだな」

そのときは、べつに気にもとめず、久五郎は笑った。

江戸市中では、尊王攘夷派の浪人たちがつぎつぎに捕えられ、伝馬町の牢へ送られて行く姿が毎日のように見られる。

年の暮れ、久五郎と大蔦力蔵は、浅草観世音《かんのんん》へ参詣に行った帰り、吾妻橋《あづまばし》の近くにある軍鶏《しゃも》屋へあがって、酒を飲んだ。

空《から》っ風の吹く、寒い午下りであった。

「女がしょっ引かれて行くぜ」

外の道を、がやがや騒ぎながら弥次馬の声が走って行った。

二階座敷の障子を開けて、久五郎は外を見おろしたが、どきっとして、眼顔《めがお》で大蔦を呼んだ。

「なんだ」

窓の手すりへ近づいた大蔦力蔵も声が出ず、息をのんだ。

窓の下の道を、町奉行所の役人や手先たちに引立てられ、一人の女が歩いているところであった。うしろ手に縄をかけられ、髪も乱し、裾もはだかっている。浪人の妻、といった風の、丸髷に眉を剃った女で、それは、まぎれもなくお芳であった。

「陣幕関、お芳様が」

「うむ」

久五郎も、どうしていいのか急には考えつかず、窓障子のところに身体を隠すようにして、お芳のうしろ姿を見送った。

悪びれた様子もなく、お芳は弥次馬の視線を浴びながら、真直ぐ顔をあげ、手先たちに引立てられて行った。

米子城代荒尾内蔵助も、鳥取の城内に監禁されている、と聞いたが、その後の消息は、久五郎も知らない。

内蔵助に代って、お芳は尊攘派の浪人たちと、仕事を続けていたのであろう。

「お気の毒だとは思うが、おれたちにはどうにも出来ねえことだ」

と大蔦は、溜息をつきながら言った。

二

あくる安政六年（一八五九）、久五郎は三十一歳になった。このごろの陣幕の相撲ぶりは、自分から決して待ったをしないのが特徴で、対手に押されても、踵が俵にかかると、まるで根が生えたように、びくとも動かない。

積極的に攻める、というよりも守勢《しゅせい》に廻ったほうが強いのが、陣幕の相撲の特徴であった。

不知火とも何べんも顔を合せたが、はじめて顔が合って以来、陣幕は一度も負けたことがなかった。不知火は、西方の二枚目になり、陣幕久五郎とは、もっとも好敵手《こうてきしゅ》であった。

その年の三月、江戸相撲の一行は、また西国巡業に出かけた。

久しぶりで尾道へも行き、久五郎はお時とも会い、義父の初汐と酒を酌《く》み交した。

五月になって、江戸力士の一行は、京都へ入った。

年寄や力士たちは、五条家をはじめ、世話人、贔屓筋などのところを挨拶に廻った。

旅籠は、去年も泊ったことのある木屋町筋の揚羽屋であった。

「大塚様が、明日の朝、わしらを祇園町へ呼んで下さるそうな」

挨拶廻りが終った夜、風呂からあがってきた秀の山が、久五郎をはじめ、大蔦、初瀬川たちへ、そう言った。

「いつもの通り、鶴家というお茶屋だ」

それを聞いて大蔦力蔵は、にやにや笑いながら、久五郎の横顔をのぞき込んだ。

「陣幕関、忘れるなよ」

「何をだ」

「なあに、鶴家さんへ行って見れば、わかることさ」

おうめという、女あるじの姪のことだ、と察したが、どうということもないので、久五郎は黙っていた。

京都へ入ってから、人の話を聞くと、江戸と同様、都でも物騒な噂が飛び、尊王攘夷派の公卿たちも謹慎《きんしん》を命ぜられたりして、いろいろと面倒なことが多いらしい。久五郎たちのような力士には、よくわからないことながら、大老井伊掃部頭直弼《たいろういいかもんのかみなおすけ》が朝廷を動かし、開港のほうへ国の方針を持って行こう、としているようであった。

昨日まで、勢いを張っていた公卿も、今日になると急に勢力を失う、というような有様なので、風雲を望んで京都に集ってきた諸国の浪人たちも、落着かずにいるらしい。所司代や町奉行所では、不穏な動きを見せる浪人たちを、どしどし召捕って、六角《ろっかく》の牢へほうり込んでいるという。

大塚理右衛門の屋敷でも、その後、長山越中はどうしたのか、まるきり知らないようであった。

四国の伊予西条のような小さな城下町では、長山越中も、先生先生と呼ばれ、若い者たちを集めて得意になっていたが、やはり京都ではそうも行かないらしい。うっかり江戸へ帰れば、お芳と同様、すぐに手がうしろに廻るに違いないし、人眼を忍んでどこかにひそんでいるのであろう。

今牛若東助はどこにいるのか、久五郎にも見当がつかなかった。あの晩の様子では、東助も長山越中に愛想をつかしていたし、と言って、もう力士の世界へも戻れず、年上のおしげという女と、どこかをさまよい歩いているのかも知れない。

あくる朝、秀の山は久五郎をはじめ、あの晩、長山越中たちとの喧嘩を仲裁してくれた礼を言いに、薩摩屋敷を訪ねた。

「與倉直右衛門様に、お目通りを願いたいのでございますが」

裏門を守る小者にそう言うと、大きな力士が四人も訪ねてきたので、すぐに小者は門番の侍へ取次いでくれた。

しばらくして、裏門のくぐりから、にこにこ笑いながら背の低い侍が出て来た。あの晩、與倉と一緒に長山越中たちを追い払ってくれた相良治部という侍であった。

「おお、また京都へ興行にきたそうだな。今日あたり訪ねてくるか、と待っておった」

と相良は、いかにも相撲好きらしく、四人を見あげながら、

「あいにく、與倉様は大坂へお出かけになっていて、五日ほどのちでないとお帰りにならぬ。しかし、初日から、おいどんが毎日、相撲を見物に行くぞ」

「有難う存じます」

と秀の山は、去年の礼をなんべんも述べて、門前から引返した。

その晩、祇園町の鶴家へ行った秀の山をはじめ四人は、去年と同じように大塚理右衛門から接待を受けた。

女あるじのお鶴、姪のおうめも座敷へ出てきて、酌をしてくれた。

近衛家の諸大夫という役目からいえば、大塚理右衛門は、謹慎をしていなくてはならない場合であった。

尊攘派の公卿の中でも急先鋒といわれる近衛忠熙は、三月に左大臣をやめ、四月には幕府の内奏《ないそう》によって、謹慎の上、髪をおろすことになった。近衛忠熙のほか、前の右大臣《うだいじん》鷹司輔熙《すけひろ》、前の内大臣《ないだいじん》三条実萬も、同様の沙汰を受けている。

それなのに、近衛家の重臣を勤める大塚理右衛門が、自分と関合いのあるお鶴のやっている祇園町の茶屋へ力士たちを呼び、大盤振舞《おおばんぶるまい》をするのは、何か訳がありそうに思える。

おうめは、陣幕久五郎の側へぴたりと寄り添って、ほかの大蔦や初瀬川などは、全く眼中にないような素振りであった。

伯母のお鶴は、その姪の様子を、嬉しそうに眺めている。

「これこれ、おうめ」

しきりに盃を傾けながら、上座から大塚理右衛門が声をかけた。

「よい加減にせぬか。人眼があるぞ」

「へえ、その人眼は、陣幕関の身体でかぼうてもらいますよって、どうぞお見逃しを」

とおうめは、久五郎の背中に隠れるようにしながら、そう言った。

座敷に集っている芸子たちも、声を合せて笑った。

久五郎だけは、照れくさそうに、大きな身体を縮めていた。

さっきから様子を見ていると、大塚理右衛門は酒を飲み続けだが、少しも酔ったような気配は見せない。何か気持の中にわだかまるものがあり、それが大塚の酔を妨げているようであった。

もしかすると、大塚様は死ぬのを覚悟しているのではないかな、と久五郎は感じた。これを最後の酒、と思い切って、大塚様は酒を飲んでいるに違いない。

そう考えると久五郎は、それまで飲んだ酒が、一ぺんにさめる心地がした。秀の山雷五郎も、久五郎と同じことを考えたのであろう。

「大塚様」

と秀の山は、そっと理右衛門の前へ膝を進めて、

「わたくしどものような力士風情《ふぜい》が、あなた様のお役に立てる、とは存ぜませぬが、もしもお力になれるのでございましたら、なんなりとおっしゃって頂きとう存じます」

「そう見えるか、わしの顔が」

と言ってから大塚理右衛門は、急に憂鬱《ゆううつ》そうな表情になると、

「酔をさましてくる」

お鶴へ声をかけ、足を踏みしめながら、奥座敷のほうへ入って行った。すぐに、お鶴が

あとから続いた。

「大塚様は、明日あたり、お役ご免になるのかも知れんのどっせ」

と、おうめが久五郎へささやいた。

「やはり、そうだったのか」

うなずいて久五郎は、秀の山へ小声で言った。

「どうも今夜は、ご酒を頂戴するような気持にはなれませんが」

「わしもそうだ」

秀の山がそう言ったとき、不意に奥のほうから、けたたましいお鶴の叫び声が起った。

「誰か、誰か来て」

ものも言わず、久五郎たちは立ちあがると、廊下を奥のほうへ駈け込んで行った。

眼についたのは、いずれも覆面《ふくめん》をした侍が五人ほど、刀を抜き、奥座敷へ斬り込んで行く姿であった。

大塚理右衛門が脇差を抜き、必死にその侍たちを防いでいる。

「この野郎」

大きな声を出すと、まるでつむじ風が奔《はし》るように、廊下を鳴らして、陣幕久五郎は奥座敷のほうへ走って行った。

女房ふたり

一

燭台《しょくだい》の光の中に、大塚理右衛門の真青になった顔が見える。左の肩に刀を浴びたらしく、羽織が切り裂かれ、薄い鼠色の着物の胸に血がにじみ出ていた。

「こいつら、何をしやあがる」

廊下を踏み鳴らし、おそろしい勢いで走って来た陣幕久五郎をはじめ、秀の山雷五郎、大蔦力蔵、それに初瀬川など、大きな男たちの姿を見ると、覆面の侍が五人も、ぎょっとしたらしい。

「近づくと、おのれたちも、打斬《ぶったぎ》るぞ」

着流しの裾をからげた浪人と見える男が、濁声《だみごえ》でどなった。

もうその時は、久五郎は座敷へ飛び込み、振返った覆面の侍をふたり、立て続けに摑みあげて、庭へほうり出していた。

大蔦も初瀬川も、対手の長い刀など眼中になく、羽織を振廻しながら、残る三人を追い詰めて行った。

「退《ひ》け、退け」

庭に転がり落ちた侍が、あわただしい声で叫んだ。それを聞くと、座敷の隅に追い詰められた三人が、襖を蹴破り、揉み合うようにして裏手のほうへ逃げ出して行った。

「野郎ども、ひとりも逃がすな」

大きな声を出した久五郎を、大塚理右衛門が呼びとめた。

「追うな、わしは大丈夫だ」

そう言ったのが、ようやくのことであろう、柱によりかかるようにして、ずるずると理右衛門は畳の上に崩れ伏した。

「早く、お医者を」

床の間に追いあげられたようになって身を縮めていたお鶴が、泣きそうな声を出し、理右衛門のところへ走りよった。

「医者は呼ぶな。騒ぎを大きくしてはならぬ」

と理右衛門は、お鶴を制した。

すぐに秀の山が、理右衛門の肌を脱がせ、てきぱきと久五郎たちへ指図をした。

座敷にいた芸子や舞子も、隅のほうに固まり、声も出ずに震えている。

「ちょっとした騒ぎがあっただけだ。誰も今夜のことは、お役人なんかに告口《つげぐち》するんじゃあねえ」

と久五郎は、お鶴の姪のおうめへ言った。

おうめも、心得た顔つきで、芸子や舞子たちを集め、この鶴家から出さないようにした。

そのあいだに秀の山は、お鶴に湯を沸《わ》かさせ、卵と晒布《さらし》を取りよせると、大塚理右衛門の傷に手当を加えた。

理右衛門とお鶴は、奥の部屋で、何かこみ入った話をしていたらしい。そこへ裏木戸を抜け、裏庭伝いに近づいて来た五人の侍が、いきなり声もかけずに斬り込んできたのであった。

理右衛門は、床の間の大刀を摑むゆとりもなく、ようやく脇差を抜いて防いだが、近衛家に仕える公卿侍だけに、剣道のほうは得手ではない。

幸い、理右衛門の傷は骨には達していず、左の肩から胸へかけて一尺ほどの長さに切り裂かれただけであった。焼酎《しょうちゅう》で傷口を洗い、秀の山は、理右衛門の傷口に卵の白身を塗りつけた。

「傷を縫合せるまでもございますまい。これで今夜、熱が出なければ、大丈夫でございます」

縁側の手洗いで手を洗いながら、ほっとしたように秀の山は言った。

その手伝いをしたのは陣幕久五郎で、大蔦と初瀬川は、もとの座敷へ戻り、わざと大きな声で唄をうたって騒いでいた。

さっきの叫び声は、近くの茶屋にも聞えたに違いないし、それを胡麻化《ごまか》すよう、秀の山から指図をされたからであった。

「重ね重ね、おぬしたちの世話になるな」

奥の間に敷いた夜具に臥かされた大塚理右衛門は、秀の山と陣幕久五郎の顔を見あげて、しみじみとした口調で言った。

「実はな、今宵、このような事があるのを、わしは覚悟をしていたのだ」

「旦那様」

側から、お鶴がおろおろと言葉を入れて、

「あまりお話をなさると、傷に障りますえ」

「いや、今夜でのうては話をする機がない」

お鶴を制して、理右衛門は秀の山と久五郎へ言った。

「そなたたちのような力士には、くわしいことはわかるまいが、今年に入ってから、幕府はますます尊王攘夷派のお公卿たちに圧迫を加えてきた。近衛家でも、おんあるじはお髪をおろされ、老女《ろうじょ》の津崎村岡《つざきむらおか》が、江戸へ送られ、押込めの身となった。公卿だけではなく、幕府は諸大名の家にまで手を延ばし、開港に反対する侍たちを捕えて、牢屋へ送るに違いない。わし自身は、近衛家のためによかれ、というのを第一に考え、京都にある薩摩や長州の屋敷の侍たちと往来して、さまざまに心を砕《くだ》いた。それが、幕府には面白くないらしい」

「そう致しますと」

秀の山は、そっと訊いた。

「さっきここへ斬り込んで参ったあの五人は、ご公儀の手先でございますか」

「近衛家の侍たちが三人、すでに江戸へ送られたが、わしはご主君のご信任が厚いので、幕府でも容易に手を下さなかったらしい。このような茶屋で、喧嘩口論のあげくに殺された、ということにすれば、あまり騒ぎは表に出ずとも済む」

「さようでございましたか」

秀の山は、溜息をつき、久五郎と顔を見合せたが、

「大塚様が、これからは危い目にお遭いなされる、とわかっていながら、お世話になったおれたちが、黙って腕を組んでいるわけには行かない。どうしよう、陣幕」

「これは、わたしの思いつきですが」

前置きをして、久五郎は言った。

「相撲の一行は、これから東海道を江戸へ下ります。途中で十ヶ所ばかり、興行を打つことになっております。わたしは病気ということにして、この京都に残しておいらゃあ下さいませんか。町の中を出歩けば、こんな図体でございますし、すぐに目につきますが、大塚様のお屋敷で暮しているぶんには、一向に差支えはございますまい」

「なるほど」

しばらく考えていた秀の山は、大塚理右衛門の顔をのぞき込んで、

「いかがでございます、大塚様」

「それは結構だが、わしは当分のあいだ、武者の小路の屋敷には戻らぬつもりだ。近衛家へは病気につき暇《いとまご》乞いを願い出てあるし、都から離れたところで暮そうと存じている」

「都から離れたところ、とお言いやすと、どのあたりどす」

心配そうに訊いたお鶴へ、理右衛門はにこりと笑って、

「大原《おおはら》に、前々からわしの買い求めてある小さな家がある。そこに引籠って、江戸のほう

から吹いてくる風を避けようと思うのだ。お鶴、そなたとおうめには、一緒に住んでもらわずばなるまい」

「わたくしも、お邪魔にならないのでございましたら、用心棒代りに、置いて頂きとう存じます」

と、久五郎は言った。

大塚理右衛門は、昨日のうちに、武者の小路の屋敷にいる家族を、丹波国《たんばのくに》にある近衛家の所領地へ逃がしてしまい、自分と奉公人だけが屋敷に残っている、という。

その晩のうちに、話が決って、京都の興行が終ってから陣幕久五郎は、急病という届《とどけ》を出して、木屋町の旅籠に引籠った。

三段目の若い力士、初風と秀ノ海が、久五郎の付人として、京都に残ることになり、江戸相撲の一行は江戸へ帰る旅に踏み出して行った。

大塚理右衛門が借りた家は、京都の郊外、大原の寂光院《じやっこういん》に近い竹藪《たけやぶ》のそばにある家で、古風な冠木門《かぶきもん》を構え、部屋数は五つほどあった。

理右衛門の話では、ここに三月《みつき》ほどひそんでいるうちに、京都所司代の計らいで、もっと安全な地へ移ることが出来るだろう、と言う。

「関取」

まだ若い初風と秀ノ海は、洛中《らくちゅう》とは違って、風の音と鳥の声しか聞えず、裏手は竹藪という淋しい家に移ってから、心細くなったのか、久五郎の顔を見た。

「親方や、関取の言いつけだから、わたくし共は文句は申しませんが、いつになったら、江戸へ帰れるのでしょう」

「三月の辛抱だ」

笑いながら、久五郎は言った。

お鶴は、祇園の鶴家は番頭や女中に任せ、自分は大塚理右衛門のそばにつききりで、傷の手当をしている。

姪のおうめは、久五郎たち三人の大きな力士の世話をするので、忙しそうだが、それでも嫌やな顔ひとつせず、いそいそと働いていた。

「どうも、あのおうめさんという人は、関取が好きなようですね」

そう言った秀ノ海を、久五郎は睨みつけた。

「馬鹿なことを言うな」

だが久五郎は、大蔦力蔵の言葉を思い出し、ひとりでに顔を赤くし、そわそわと落着かなくなった。

約束通り、それから三ヶ月経って、陣幕久五郎は、秀ノ海と初風を連れて、江戸へ戻ってきた。

二

江戸でも、のちに安政の大獄と呼ばれた騒動が起って、落着かない毎日が続いていた。

ご三家《さんけ》のひとつ、水戸のあるじ徳川斉昭《なりあき》が永蟄居《えい》を命ぜられ、幕府の重臣たちの数人が職を免ぜられ、いわゆる攘夷派の諸大名は、ますますきびしく幕府から睨まれている。

十月に入って、儒者《じゆしや》の頼三樹三郎《らいみきさぶろう》が斬罪《ざんざい》に処《しよ》せられ、長州の吉田松陰《よしだしよういん》も、同じく死罪《しざい》の沙汰を受けた。

十一月に入って、本所回向院の場所が始ったが、東の前頭二枚目に張出された陣幕久五郎は、十日間のうち、大関の境川とは引分け、関脇の猪王山と西の前頭二枚目の鷲ヶ浜に破れただけで、不知火との勝負では、やはり勝を占めた。

千秋楽の日に、蜂須賀阿波守の屋敷へ挨拶に出た久五郎は、祝儀のほか、褒美として着物や袴をたまわり、面目をほどこして、両国の秀の山の家へ帰ってきた。

その晩、酒が廻ってから、親方の秀の山は上機嫌で久五郎へ言った。

「お前が三役の中へ入るのは、もう眼の前に見えている。そろそろ尾道からお時さんという人を呼んで、世帯を持ったらどうだ」

「それについて、親方に相談したいことがあります」

次の部屋では初瀬川をはじめ、秀の山部屋の力士たちが酒を飲んで騒いでいるが、茶の間には、秀の山とお早だけなので、久五郎は膝を進め、思い切って言った。

「わしは都で、間違いを致しました」

「何だね、間違いとは」

「お鶴様の姪のおうめさんと、わしは」

あとは黙って久五郎は、眼を伏せた。

秀の山は、女房のお早と顔を見合せていたが、やがて笑い声を立てると、

「そうじゃあねえか、とわしも考えていた。なあに、気にすることはねえ。上方《かみがた》の旅興行に行ったときは、おうめさんと一緒に暮すさ。ただし尾道のほうへ行ったときは、お時さんという人がお前の女房だぜ」

何も言わず、久五郎は無言で眼を伏せたままであった。

それからの久五郎は、世の中の動きなどには一切じっと眼をつぶった形で、相撲にばかり精を出した。

あくる安政七年（一八六〇）は、三月に改元して、万延《まんえん》元年となった。

その年の二月の回向院の相撲で、陣幕久五郎は西の大関の境川に破れただけで、関脇の猪王山、それから小結に昇進した不知火と、引分けの相撲をとった。

同じく十月の回向院場所では、不知火には勝ったものの、大関の境川、それから小結になった鷲ヶ浜と、やはり引分けになった。

そして、万延二年の二月場所では、とうとう境川を破り、はじめて陣幕久五郎は、九勝、一の休みで、優勝をした。

同じ二月の十九日、改元のことがあって、文久《ぶんきゅう》元年と改った。

陣幕久五郎は、三十三歳になっていたが、まだ定まった女房は、江戸で迎えず、巡業に行ったときに、京都ではおうめに会い、尾道ではお時と会っていた。

双方の女を、隠しておく気にならず久五郎は、どちらのことも、対手へ正直に告げた。

「おぬしは、よくよくの果報者《かほうもの》だな」

どんどん白星を重ねる久五郎とは違って、まだ前頭の中軸《ちゅうじく》あたりにとどまっている大蔦力蔵が、からかうように言った。

「これで、江戸におぬしの女がいたら、三人を対手に、大そうな色事師《いろごとし》だ、と言いてえところだが、相変らずおぬしは堅人だし、冷やかす気にはならねえ」

「わしも、おぬしが対手では、怒る気にもなれぬ」

と、久五郎は苦笑いをした。

若いころとは違って、このころになると陣幕久五郎は、すっかり落着きも出来て、年相応の貫禄が身についている。身体もずっと大きくなった。土俵の上では、相変らず待ったをかけないし、対手に組ませてから自分の相撲を取る、という型が、ちゃんと身についてしまっていた。

それが、陣幕を抱えている蜂須賀阿波守には、面白くないらしい。これで何年も、まだ前頭二枚目の地位にとどまって、なかなか三役になれそうにもないし、阿波守としては、待ち切れなくなったようであった。

側用人の森平馬は、久五郎に会うたび、ずけずけと言葉に出して言うようになった。

「そのほうのように、毎場所、よい星をあげている力士が、いつまで平幕《ひらまく》のままでいるとは、どうも解《げ》せぬ。もはや小結や関脇になってもよいじぶんと思うが、何か訳があるのか」

「何も、訳などはございませぬ」

少しうるさくなってきて、突き放すように久五郎は答えた。

「番付があがるのは、力士が決めることではございませぬ。わたくしどもは、ただ土俵で、懸命に相撲をとっていればよろしいのでございます」

「殿様も、登営なされたとき、やはりご自慢の種がのうて、やきもきされておる。当家の抱え力士の中から、三役になる者が出れば、殿様としても、ほかのお大名衆に対してご自慢が出来るわけだ」

「そうでございますか」

久五郎は、嫌やな顔をした。

その晩、向《むこう》両国の茗荷屋へ飲みに行った久五郎は、大蔦力蔵を対手に、何本も銚子を空けたあげくに、しみじみとした口調で言った。

「どうも、仕方のねえことだが、おれはお大名の抱え力士になど、ならなきゃあよかった」

「嫌やなこともあろうが、我慢をすることだな。おぬしがいつも言っている通り、力士はお大名のために相撲をとっているのではねえ。何もかも、おれたちは土俵に賭けているのだからな」

久五郎の肩を叩き、しきりに大蔦はなぐさめてくれた。

茗荷屋のおひろは、亭主とも仲がいいし、店は繁昌している。

その晩、久五郎と大蔦力蔵が、そろそろ帰ろうとしていると、不意に風のように、お北が店に入って来た。

相変らず、婀娜っぽい姿をして、どんなことをやって暮しているのかわからないが、少し老《ふ》けたな、という気がするきり、やはりお北は美しい。

「いま秀の山親方の家へ行ったら、ここだ、と聞いたものだからね」

「何か用かえ、お北さん」

そう訊いた久五郎へ、お北は低い声であわただしく言った。

「今牛若東助というのは、お前さんの若いころの友達だったね」

「東助が、どうかしたのか」

「江戸に居るよ」

「おしげという、年上の女と夫婦になって暮しているのだろう」

「そのおしげという女のお蔭で、東助さんは、ひどい目に遭っているのだよ。助けてやれるのは、陣幕関、お前さんのほかにはいないのだからね」

「東助は、どんなことになっているのだ」

「一緒に来ておくれでないか。もとはお前さんと土俵の上で出世比べをしよう、と約束をしていた今牛若東助のなれの果て、どういう姿になっているか、見て貰いたいのさ」

黙って久五郎は、大蔦力蔵と顔を見合せた。もう東助のことには関合いたくない、とも思ったが、やはり聞流しにする気持にはなれなかった。

京からの客

一

一ヶ月ほど前から中風《ちゅうふう》の気味で、ずっと床に就《つ》いたきりの秀の山雷五郎が、気配を感じたのか、居間から声をかけた。

「ちょいと出掛けて参ります」

と陣幕久五郎は、秀の山の部屋をのぞいて、

「お客様から呼ばれておりますので」

「あ、朝っぱらからかえ」

「どこへ行くのだ」

枕の上から、秀の山は、探るように久五郎の顔を見あげた。

女房のお早は、その枕許で薬を煎《せん》じていたが、笑い声を立てて、

「陣幕関だとて、もう子供ではないのだから、昼遊びをしたところで、構やあしませんよ」

と眼顔で、早く行け、と久五郎をうながした。

秀の山雷五郎は、ことし五十五歳、中改《なかあらた》めという検査役《けんさやく》の仕事をしているが、こう病気になっては、九代目の横綱として羽振《はぶ》りを利かしていたころの面影はない。

「すぐに戻ります」

挨拶をして、久五郎は外へ出た。

大蔦力蔵が、塀のところで待っていた。

その一丁ほど先に、お北が、お高祖頭巾《こそずきん》で顔を隠して、人眼につかないように立っている。

これから自分たちを案内して、今牛若東助のところへ連れて行ってくれる、とゆうべ約束をしたが、それがどんな場所なのか、お北は一言も説明をしようとはしない。

去年の万延元年三月三日、大老井伊掃部頭直弼が桜田門外《さくらだもんがい》で殺されてから、しばらくは江戸の町も物騒であった。井伊直弼の当面の対手であった水戸斉昭も、同じ去年の八月十五日、六十二歳で世を去った。

アメリカへ使節として出向いていた新見豊前守《しんみぶぜんのかみ》や村垣淡路守《むらがきあわじのかみ》も、日本へ帰ってきたし、いままでのように攘夷一方では通らない世の中であった。

その一方、やはり去年の十二月、アメリカ公使館《こうしかん》の通訳官《つうやくかん》ヒュースケンが、麻布古川橋《あざぶふるかわばし》で暗殺されたりして、この文久元年に入ってから、穏やかでない噂が諸国からも江戸へ聞えている。

そういう世の中の動きとは、全く関係のないように見える力士の世界に住んでいながら、それでも陣幕久五郎は、京都で近衛家の諸大夫の大塚理右衛門から世の中の情勢について聞かされたり、薩摩藩士與倉直右衛門たちの知遇《ちぐう》を受けて、諸藩の動きを説明してもらった。お蔭で、尊攘論というのが、どういうことか、開国論が日本にとって必要なのかどうか、それくらいのことはわかるようになってきている。

「さあ、こっちですよ」

お北は、久五郎と力蔵の先に立って、両国橋のほうへ歩き出した。

「すぐ近くですからね」

春の陽射しの明るい朝のことで、両国橋の袂にある本所相生町《あいおいちょう》の盛場《さかりば》は、人出で賑っている。

この向両国には垢離場というのがあり、下帯《したおび》一つになった善男善女が、藁《わら》の束《たば》を手に、川へ入って水を浴び、口々に呪文《じゅもん》のようなものを唱える。それを両国橋の上から見物する弥次馬も多いし、そのほか向両国の盛場には、いろいろな見世物が並んでいた。

「あれを、ご存知かえ、陣幕関」

足をとめ、お北が指さしたのは、その中の一軒の見世物小屋であった。

ほかと同じように、蓆《むしろ》張《ば》りで、景気のいい鳴物が中から聞えているし、木戸口に坐った呼込みが大きな声で客を呼んでいる。

「さあさあ、これが評判の座頭《ざとう》相撲だよ。回向院の本場所でも見られない面白い取組だ。大人は十文、子供は五文、さあ、いらはいいらはい」

小屋の外には、古ぼけた幟《のぼり》がいくつも立っていて、回向院の相撲場では見られない妙な四股名が染めてあり、大川から吹いてくる川風に揺れて、侘《わび》しい感じであった。

その幟を見あげていた久五郎は、眉をしかめた。

今牛若東助さん江、ひいきより、と染めた真新しい一本の幟が、眼に入ったからであった。

「じゃあ、あの野郎は」

「だから、びっくりしないほうがいい、と言ったんですよ」

とお北は、久五郎のそばへ身を寄せて、

かろう」
「おれたちは、この通り、誰が見ても力士とわかるから、おれたちが中へ入っちゃあまず
「とにかく、土俵というのを見物したらどうです」

と大蔦力蔵が、横から言った。

「お北さんは、こういう見世物小屋には顔が利くようだから、こっそりと見物場じゃあねえところから、見せてもらうわけには行かねえか」

「じゃあ、こっちへお出でなさい」

小屋のうしろへ廻ったお北は、中へ入って、しばらく話をしていたが、やがて、久五郎と力蔵を手招きした。

「ここの親方は、あたしと博奕場で顔なじみでね。当代売出しの陣幕関と聞いて、大喜びだ。ここはご承知の通り、眼の見えない座頭ばかり集って、相撲を取っているのだが、今牛若東助だけは、盲人じゃあない」

小屋から出てきた見世物小屋の親方が、三人を案内したのは、楽屋口ではなく、小屋の横手のほうであった。

そこの蓆を引き開けると、また蓆を垂らしてあり、その内側が見物場になっている。

「どうか、ここから関取方はのぞいておくんなさい。世の中に、こんな相撲もあるのか、

とびっくりなさるかも知れませんが」

顔に刀傷のある見世物小屋の親方が、そう言って、へへへへ、と妙な笑い方をした。

見物場には、二十人くらいしか客が入っていない。小屋の真中に、形ばかりの土俵が作ってあって、頭を丸めた盲人がふたり、廻しをつけ、おかしな恰好で相撲を取っている。

こういう座頭相撲のことは、久五郎も噂には聞いていた。

『延ばす手が撫《な》でるようなる柳《やなぎ》かな』という川柳《せんりゅう》もあるし、盲人に相撲を取らせるのは、ずいぶん前から見世物として行われていたらしい。いつも町奉行所から眼をつけられ、そのたびに興行を差しとめられているが、それでも溝《どぶ》から湧き出る蚊《か》のように、またこういう風な小屋掛けをして、客を集めているのだという。

中には、女相撲と取組をさせて、大当りを取った見世物師もいるらしいが、こういう風に世の中が物騒になると、この類《たぐ》いの見世物は、かえって繁昌するのであろう。

土俵で取組んでいたふたりの盲人が、賑やかな鳴物につれて引込むと、こんどは、回向院の力士と同様、髪を大銀杏《おおいちょう》に結った大きな男が現われた。

久五郎は、眼をそむけたい思いであった。

それは、今牛若東助にまぎれもない。しかし、身体は大きいながら、肌の艶《つや》も失せ、げっそりと肉が落ちている。眼も凹《くぼ》んで、すさんだ顔つきになっていた。

それでも、きちんと褌をつけた東助は、作法通りさがりをさばき、相撲の手をいろいろと見せた。

回向院の土俵とは違って、この見世物小屋は賑やかな鳴物が入るが、今牛若東助の相撲の形は、まとも過ぎて、あまり客には受けていない。

そのうちに、五人ほどの盲人の相撲が、それぞれ褌一本の裸で、手探りをしながら土俵へあがってきた。めいめい四本柱につかまって、妙な形で鉄砲の稽古をしたり、四股を踏んだりしはじめた。

鳴物が変って、五人の座頭相撲は、ひとりずつ今牛若東助へ飛びかかって行った。

東助のほうは、五人を対手にして、ひとりずつ違う手で投げ飛ばしたり、土俵から押出したりしている。

「行こう」

久五郎は、大蔦力蔵とお北をうながして、小屋の外へ出た。

「どういうわけで、今牛若東助は、あそこまで身を落したのだえ」

力蔵に訊かれて、お北は答えた。

「悪縁《あくえん》というのだろうね。あのおしげという年上の女と、まだ東助さんは一緒に暮しているのさ。おしげの兄貴の長山越中という浪人は、京都でも評判を悪くして、どこかに隠れているらしい。荒尾内蔵助様の想い者だったお芳さんは、伝馬町の女牢《おんなろう》へほうり込まれたまま、まだ娑婆《しゃば》の風に当られずにいる。おしげのほうも、兄貴や仲間たちと離れて、すっかり困ってしまい、おまけに病気になったものだから、ああやって今牛若東助は見世物の相撲にまでなって、稼いでいるのさ」

それを黙って聞いていた陣幕久五郎は、溜息をつくと、懐中の紙入から小判を三枚取り出し、お北へ渡した。

「あの様子では、今牛若東助、もう元の人間に戻れそうにもねえ。これは、わしからとは言わずに、黙ってあいつに渡してやって下さい」

そのまま久五郎は、大蔦力蔵をうながして、歩き始めた。

「とうとうあいつも、あんなところまで落ちてしまったか」

と久五郎は、ひとり言を言った。

その久五郎の気持がわかるので、力蔵は何も言わず、黙ってうしろから歩いていった。

二

あくる文久二年（一八六二）の正月十五日、坂下門外《さかしたもんがい》で、老中安藤対馬守《ろうじゅうあんどうつしまのかみ》が、水戸浪《ろう》士《し》たちに襲われる、という事件もあったし、まだまだ世の中は物騒であった。

その年三月の回向院の相撲で、陣幕久五郎は初日に幕下三枚目の両国梶之助《かじのすけ》と引分になり、四日目には不知火光右衛門と顔が合って、押出しに対手を破った。

この場所、不知火は西の大関に進んだばかりで、陣幕との取組には、いつもの通り人気が集っていた。

しかし、どうしても不知火は陣幕には勝つことが出来ず、そのときも、東前頭二枚目の陣幕久五郎は、堂々と取組んで、新大関を破ったわけであった。

しかし、七日目に、西の前頭三枚目、小柳平助《へいすけ》と顔が合い、陣幕は外掛けで敗れた。

同じ月、小柳平助は急に病気になって、医者が手当するのも間に合わず、息を引とってしまった。

その死が、あまり突然だったので、小柳を抱えていた肥後熊本《くまもと》細川家の江戸屋敷詰の侍たちは、陣幕久五郎が毒を盛ったのではないか、と騒ぎ立てた。それも根も葉もない噂だし、細川家の侍たちが騒いだだけで、やがて噂は消えてしまった。

その文久二年の十一月、何人もの力士を抱えていた阿波徳島の蜂須賀家では、一ぺんに力士たちの抱えを解くことになった。

大名の中でも、ことに相撲好きと言われた蜂須賀阿波守斉裕も、藩の財政が思う通りに行かず、諸事倹約《けんやく》という建前から、重臣たちから押し切られたらしい。

ようやく陣幕久五郎は、それまで嫌っていた大名抱えから離れて、ほっとした顔つきになった。

だが、それと同時に、親方の秀の山雷五郎の病気が悪化し、全く物も言えない日が何日も続いて、睡ったまま秀の山雷五郎は息を引取ってしまった。

十一月の回向院の相撲では、陣幕久五郎はこの前の場所に続いて、幕下筆頭にあがっていた両国梶之助と引き分け、西の関脇の小野川才助《おのがわさいすけ》とも分けた。

しかし、東の横綱の雲竜久吉《ひさきち》と同じ星で、せめてもそれが、親方の秀の山雷五郎の霊前《れいぜん》への手向《たむけ》になった。

秀の山の部屋では、陣幕久五郎が筆頭の力士なので、これからは、部屋を預るという責任を負わされたことになる。

「ねえ、陣幕関」

その年の十二月に入ったころ、亀戸《かめいど》の普門院《ふもんいん》という寺へ行き、秀の山の墓参りをしたあと、お早が心細そうに言った。

「お前さんが、お大名の抱えになるのを嫌やがっているのは、あたしもよく知っているが、親方が亡《なく》なったあと、部屋を仕切って行くのは、とても女のあたしでは出来っこない。年の暮になるというのに、大ぜいの力士を抱えて、餅代の算段もしなくちゃあならないのだからね」

「それは、よくわかります」

久五郎も、しんみりとした口調で言った。

「親方も、貯《たくわ》えなどは何もなしになくなったのだし、わしたちも、こういう物騒な世の中では、ご贔屓から頂戴する祝儀も、今までとは大そう違って来ています」

こういう場合、大名の抱え力士になっていれば、生活には困らないし、部屋に何十人の若い力士がいても、食べさせるのにも不自由はないわけであった。

「それで、さっきの話だけれど」

横網町の家へ帰ってから、お早は言い難《に》くそうに切出した。

「雲州様で、お前さんを抱え力士にしたいと言っておいでなのだよ」

その話なら、うすうす久五郎も耳にしていた。

自分の生れたところは出雲の意東だし、生国《しょうごく》からいっても雲州松江侯の抱え力士になるのが当然であった。

しかし久五郎は、阿波の蜂須賀家の抱えになっていたし、それは雲州松平家の侍たちにとって、面白くないことに違いない。

現在の松江藩主は、松平出羽守斉貴《なりたけ》で、ことし四十八歳であった。

もともと学問好きの大名で、相撲のほうには、あまり興味を持っていないが、江戸詰の重臣たちの中には、他家と同じように相撲気違いも少くない。だが、あるじの意向に背いて、家来たちが勝手に相撲を抱えるわけには行かず、わずかに回向院の土俵を見て、それで慰めているという。

あくる文久三年（一八六三）、陣幕久五郎は三十五歳になった。

三月に入ってから、将軍家茂は、老中や若年寄などをひきいて、上洛した。京都では、尊王攘夷論が盛んになり、公卿たちも諸藩の侍たちと連絡をとって、幕府へ対して不穏な画策《かくさく》をしている、とわかったからであった。

その年の春場所は、江戸城の西《にし》の丸《まる》に火事があったため、夏まで延ばされることになった。

「陣幕関」

四月に入ってから、江戸相撲は、旅興行へ出ないと力士たちの生活が成り立たないし、年寄が集って相談をしている、という最中、大蔦力蔵が、妙に落着かない顔をして、久五郎の部屋へ入って来た。

「京都から、お客様だ」

「おう、京都からとは、誰が」

「びっくりしちゃあいけねえ。近衛家の大塚理右衛門様とお鶴さん、それにおうめさんの三人が、江戸へ出て来なすった」

「女連れで、大塚様が」

「どうも、何か訳があるらしい」

と大蔦力蔵は、そっと坐ってから、縁側のほうの気配に耳を澄ましながら、

「さっき、旅籠屋の手代が、この家をのぞいて、おれに声をかけた。親方が亡なったのは知っているようだが、お前とおれに、今夜、馬喰町《ばくろちょう》まで出向いてもらいたいそうだ」

大塚理右衛門が、前ぶれもなく江戸へ下ってきた、というのは、何か訳がありそうだし、しかもお鶴とおうめを連れている、となると、何の用なのか、久五郎にも見当がつかない。

「馬喰町の旅籠屋なのか」

「いいや、近江屋《おうみ》という札差商の家だ。どうやら近衛家の御用を聞いている店らしいが」

「ともかく、おかみさんたちにわからねえように、そっと出かけよう」

久五郎は、大蔦力蔵と相談をして、陽が暮れてから、そっと横網町の家を出た。

万一の用意に、どちらも脇差を腰に差し、手形を用意しておいた。

日本橋馬喰町へ入ると、近江屋という両替商はすぐにわかった。

間口八間ほどの大きな店で、もう大戸もおろし、くぐり戸も閉っていた。

「今晩は、今晩は」

大蔦力蔵がくぐり戸を叩き、そっと声をかけると、中から低い声が聞えた。

「どなたでございます」

「陣幕久五郎と、大蔦力蔵と申す力士でございます。こちら様に近衛家の大塚様がお越しになっているそうでございますが、お言伝《ことづて》を頂きまして」

店の中で何か話声が聞えていたが、間もなく明るい女の声が近づいてきた。

「関取が、来てくれはったんどすか」

おうめの声であった。

すぐに、おうめを叱りつけるお鶴の声が聞え、くぐり戸が開いて、灯明りが外へ流れ出た。

お鶴とおうめの顔が、そっと外をのぞいた。

張出関脇

一

おうめのほうは、もう物も言えず、べそを掻きそうな顔をしたが、伯母のお鶴はいつもと同じ気さくな態度で、陣幕久五郎と大蔦力蔵を迎えた。

「よう来てくれはりましたな。大塚様もお待ちかねどす。さあさあこちらへ」

案内をされたのは、土間伝いに奥へ入ったところにある段梯子の下であった。

そこをあがると二階の座敷に、旅支度を解いてから間もないと見える大塚理右衛門が、床の間を背に坐っていた。

久しぶりに会う理右衛門は、何か心配ごとがあるのか、それとも旅の疲れなのか、眼の下あたりに隈《くま》が出来て、げっそりとやつれた顔つきをしている。

「不意に使いをつかわしたのに、よう参ってくれたな。秀の山雷五郎の亡なったこと、あとにて聞いたが、京都も何かと物騒なことに相成ってな、わしやお鶴たちも、京都から逃げ出しておったゆえ、悔《くや》み状《じょう》も出さず、まことに心苦しゅう思うている」

と大塚理右衛門は、改まった形で久五郎と力蔵へ挨拶をした。

お鶴もおうめも、理右衛門の横に坐って、うなだれたきり何も言わずにいる。それが、何かにおびえているような態度であった。

「大塚様、いったいどういうことがございましたので」

久五郎が訊くと、理右衛門は溜息をついて、

「難しいことを申しても、そのほうたちには迷惑であろうが、生麦《なまむぎ》事変以来、都にても江戸にても、ますます尊王攘夷の争いが盛んになって参ってな。わしなどは都に住んでいると、いつも攘夷派の連中が押入ってきて、害を加えられるやも知れぬ。卑怯《ひきょう》なようだが、馬鹿者を対手に争うのもおとな気ないのでな、京都から逃げ出したというわけだ」

「それだけのことで、わざわざ京都から江戸へお下りになったのでございますか」

そう訊いた久五郎へ、理右衛門は首を振って、

「わしには、江戸へ参った目的は、ほかにもある。わしの妻や子供たちは、すでに一年ほど前から丹波のほうの親戚の許へ立退かせてある。お鶴のやっておった祇園町の鶴家も、

もはや半年ほど前から店は仲居頭《がしら》に任せてある。わしの巻添えを受けて、お鶴やおうめまで災いを蒙りそうになったのでな」

「さようでございましたか」

自分たちは相撲取だし、尊王攘夷がどうなろうと、土俵の上だけが生きる世界なのだ、と数年前までの久五郎は考えていた。

しかし、荒尾内蔵助やお芳、それに長山越中などの騒動に引き込まれ、加えて近衛家の諸大夫大塚理右衛門、薩摩藩京都詰の與倉直右衛門や相良治部などの知遇を受けるようになってから久五郎も、天下の動きに興味を持つようになってきた。将軍家茂は、現在、京都に滞在して、朝廷とのあいだに尊攘実行の時期を決める折衝《せつしよう》を行なっているという。

ことしは江戸城西の丸で火事があったので、本所回向院の春場所もとりやめとなり、夏まで相撲の興行は行なわれない。

数日前には、麻布一《いち》の橋《はし》で清河八郎《きよかわはちろう》という出羽浪人が殺されたというし、江戸にも物騒な出来事が次々に持ちあがっている。

「それで、お鶴さんとおうめさんは、江戸でどうなさるおつもりでございます」

そう訊いた陣幕久五郎へ、大塚理右衛門は微笑を浮べながら、

「わしが江戸へ入ったこと、当分は内密にしておいてもらいたい。この近江屋という両替

商は、都の近衛家とは縁が深いゆえ、お鶴とおうめをかくもうてもらうには向いておる。なるべく二人は外へ出ぬようにさせるが、女子のことゆえ、買物もあろう、また芝居見物に参りたいと思う時もあろう。その時はそのほうたち二人、用心棒の役目を勤めてはくれぬか。幕内の力士が側についておれば、誰も理不尽な振舞をする者もおるまい」

「はい、それは大丈夫でございますが」

久五郎は大蔦力蔵と顔を見合せ、そう答えてから、そっと理右衛門の顔をのぞくようにした。

「それで、大塚様は、どのような目当てで江戸へお下りになったのでございます」

「そのほうたちにも打明けられぬことでな。お鶴とおうめのことをそのほうたちに頼んだゆえ、これで安心してわしはお役目が果せる。今夜のうちに、わしはこの家から姿を消す。しかし、江戸のどこかの屋敷へ入り込むのゆえ、いのちに別条はない。それだけは安心をしてくれるよう」

「さようでございますか」

それ以上、久五郎たちが何を訊いても、大塚理右衛門は本当のことを打明けそうにもない。

しかし、理右衛門が近衛家の内命を受け、江戸にある薩摩屋敷へ使者としてやって来たのではないか、と久五郎にも察しのつくことであった。

京都から東海道を下って来るにしても、女連れなら人眼につかない筈だし、江戸へ入ってからは単独で行動するつもりなのであろう。

「とにかく、ここの近江屋さんのご主人にお引合せを願います」

久五郎にそう言われて、理右衛門は笑いながら、

「さようであったな。ここのあるじの孫左衛門《まござえもん》と申す者は、屋号の通り近江国の出でな。以前は三井《みつい》家で手代奉公をしておった男だ」

すぐに近江屋孫左衛門が、そこへ呼ばれて来た。

田舎の庄屋然とした朴訥《ぼくとつ》そうな男で、年は五十年配であろう、がっしりと肩が張り、手足も太い。

「関取たちの土俵は、いつも見せてもらっております」

と孫左衛門は、すっかりのみ込んだ、といった表情で、

「お鶴様とおうめ様のことは、どうかご心配なく。関取たちがついていて下されば、百人力でございます。それにわたくしとしても、近衛様からは一方《ひとかた》ならぬご恩を受けておりますゆえ、これくらいのことはなんでもございませぬ」

と、愛想よく言った。

思いがけないことになったが、陣幕久五郎は、なんとなく納得の行かないものを感じられた。

大塚理右衛門だけが江戸へ下って来て、島津家の侍たちと何か画策をする、というのならうなずけるが、女を二人まで道連れにしたのは、どういうわけであろうか。

お鶴という女は、理右衛門にとってかけがえのない存在に違いないが、お鶴の姪のおうめは尊攘運動には何も関合いはない筈であった。

「とにかく、お鶴様とおうめさんのことは、お引受け致しました。どうか大塚様もお気をつけ下すって」

久五郎の言葉に送られて大塚理右衛門は、すぐ近所へ行くような身なりで部屋を出ると、そのまま近江屋の裏口から駕籠に乗った。

前々から近江屋孫左衛門が手配をしておいたらしく、それは普通の町駕籠だが、駕籠かきは二人とも侍が化けたのではないか、と久五郎には感じられた。

お鶴のほうも、それほど理右衛門の身の上を心配しているような様子は見えない。

まるで祇園町の鶴家から、理右衛門を送り出すときのように、笑顔を見せて、

「行っといでやす」

と駕籠の中の理右衛門へ、ていねいに声をかけた。

近江屋の裏口は、土蔵の並んだ小路に面していて、人通りもない。

だが、理右衛門を乗せた駕籠が十間ほど走り出すと、塀の下、土蔵の蔭などから五人ほどの侍が現われ、駕籠の前後を守って走り出した。こういう連絡は、あらかじめ決めてあったに違いない。

「あのお侍たちはな」

とお鶴は、久五郎へ笑顔を見せ、そっと言った。

「三田《みた》の薩摩屋敷のお侍はんどす。これだけ言えば、陣幕関にも、ようおわかりどっしゃろ」

「そうだろうと存じておりました」

自分がどういう面倒なことに引込まれるか、それもまだ考えずに、ほっとして久五郎は答えた。

近江屋のもとの座敷へ戻ると、おうめが、うれしそうに久五郎のそばへ来て坐った。

「これでようやく、二人きりになれます。京都でも陣幕関の評判、大そうなもんどっせ。いまにあの相撲取は、横綱を締めるに違いない、と言うてな」

大塚理右衛門とお鶴が、自分と一緒にするために、わざわざおうめを京都から江戸へ連れて来たのではないか、と考えると、久五郎は大きな身体を縮めたいような心地になった。

二

その年の七月の場所で、陣幕久五郎は出釈迦山《しゆしやかやま》と引分、二日の休みという好成績で、張《はり》出関脇《だしせきわけ》につけ出された。

同時に久五郎は、雲州松江十八万六千石の城主松平出羽守の抱え力士になった。

それには、松平家の用人高橋紋右衛門《たかはしもんえもん》の尽力があり、久五郎としても、亡なった親方の秀の山の部屋を継ぐため、秀の山の女房のお早と相談をした結果であった。

雲州家としても、自分の領地の意東から出た陣幕久五郎を抱え力士にしたのだし、ほかの大名に対しても幅が利くわけになる。

この年の夏、松平家ではあるじの出羽守斉貴が世を去り、養子の定安《さだやす》が跡を継ぎ、出羽守に任官したばかりであった。

先代の斉貴は学問好きで、相撲などにはあまり興味を持たなかったが、定安のほうは武芸に堪能《たんのう》であり、それだけに相撲などに興味を持っている。

加えて有沢《ありさわ》能登という江戸家老が、相撲気違いと言っていいほどの侍で、まだ幕下のころ黒緘と四股名を名乗っていた久五郎に眼をつけていた、という。

その年の十月、陣幕久五郎にとっては好敵手の不知火光右衛門は、吉田司家《よしだつかさけ》から免許を受け、十一代目の横綱になった。

九州の肥後国菊池郡陣内村《きくちごおりじんないむら》の百姓の家に生れた不知火光右衛門は、幼名を峰松《みねまつ》と言い、先代不知火の門に入ったが、のちに境川浪右衛門の門下に入り、殿峰五郎《しんがりみねごろう》と名乗った。

しかし、大坂力士の不知火の弟子になったために、なかなか昇進が出来ず、幕へ入ったのは三十二歳の時であった。

その前から不知火光右衛門は、故郷の領主細川家の抱え力士になっていたが、横綱をしめたこの年、不知火は、すでに三十九歳になっている。

色の黒い陣幕久五郎とは対照的で、色が白い。右差《みぎさし》が得意で、不知火の相撲には柔らかさがある。

陣幕久五郎としても、若いころは不知火が嫌いで、土俵へあがると、ほかの力士と向い合ったときの何倍も闘志をかり立てられた。これまで一度も不知火には敗れたことがないし、安政四年、はじめて不知火と取組んで対手を負かしてから、ずっと勝ち続けている。

久五郎も、すでに三十五歳になり、張出関脇につけ出されてみると、若いころのように、ただどうしても対手に勝とう、というのではなく、いい相撲を取ろう、という気持のほうが強くなっていた。

その年の十一月、幕府は長州討伐《とうばつ》を行うかも知れない、というので、江戸の町の中には物騒な噂が飛んだ。

旗本の次男三男、それにご家人の厄介者などは、今にも長州征伐《せいばつ》に出されるかも知れない、というので、毎晩、吉原をはじめ市中の盛り場は賑わった。戦いに行けば生きては帰れないかも知れない、と思う連中が、この世の名残りのつもりで遊ぶのだし、酒代も払わずに喧嘩をする連中もいる。

馬喰町の近江屋孫左衛門の家にいるお鶴とおうめは、陣幕久五郎からの言伝もあったので、家を出ないようにしていた。

大塚理右衛門は、あの町駕籠に乗って、島津家の侍たちに守られ、三田四国町《しこくまち》の薩摩屋敷へ入ったきり、何の便りもない。

だがお鶴は、べつに心配をする風でもなく、京都の祇園町で暮しているときと同様、のんびりとした顔つきで毎日を過していた。

「なあ、陣幕関」

様子を気にして、近江屋へ訪ねて行った久五郎をつかまえ、おうめのいないとき、お鶴は本気とも冗談ともとれる口調で言った。

「あんたはん、おうめをどう思いはります」

「どうって」

もう三十五にもなっている久五郎は、顔を赤くして、

「きれいな、いい娘さんだと思っていますが」

「もうお嫁に行くと言うたかて、年もいっているし、いっそ、関取のおかみさんにしてもろうたら、とうちは思うております」

「でも、わしは」

「尾道に、関取のおかみさんと同様の女子はんのおいやすことも、よう知っております。おうめのほうも、関取の身の廻りの世話をするのやったら、どんな苦労もいとわぬ、という決心どっせ」

「機があったら訊こう、と思っていたが、お鶴さん、大塚様とお前さんが江戸へ下って来たのは、何が目当てだったんですね」

「もうそろそろ、打明けてもええころどっしゃろ」

まるでなんでもないことのように、お鶴は話し出した。

朝廷は幕府の勢いを押えるために、攘夷を提唱しているが、もうすでに諸外国の船が日本の港へ入るようになっている現在、外国船を追い払うだけでは日本の外交は成り立たない、と公卿の心ある者たちにはわかっている。

そのひとりが、近衛忠熙の長男、近衛忠房《ただふさ》であった。

大塚理右衛門が、あるじの息子忠房の命を受け、お鶴とおうめを伴って江戸へ下って来たのは、島津家江戸屋敷詰の侍たちと画策をするのが目的であった、と言う。

「伝馬町のご牢内に、お芳様とお言いやす人が、まだ罪も決まらぬまま入ってはる。そのお人と薩摩のお侍とのあいだで、内々に話が取り交され、間もなく米子のご城代家老を勤めておいやした荒尾内蔵助様も、晴れて外を出歩けるお身になりましょう。それまでわたしは、この近江屋に隠れて、うちの旦那様から知らせがあるのをじいっと待ってます。ただ、おうめが可哀想や。あの子は関取に会いとうて、危《あぶな》いのを承知で江戸へ下って来たんどっせ」

それを聞くと久五郎は、すぐには返辞が出来ず、黙ってお鶴の顔を見ていた。

まだ自分が若いころ、大坂から江戸へ出て来る途中、世話になった米子城代の荒尾内蔵助は、倒幕運動をしているのが明るみへ出て、いまだに謹慎の身の上と聞いている。

その荒尾内蔵助とお芳、そして大塚理右衛門、ここにいるお鶴などが、みな同じ糸でつながっている、とは久五郎には思いがけないことであった。

「わしも、難しいことはわかりませぬが、ただの祇園の茶屋のおかみと思うていたお鶴さんが、そんなに肝の太い人だとは」

「これも、うちの旦那はんのお仕込みどす」

とお鶴は、色っぽい声を立てて笑った。

一たん長州征伐の命令を出した幕府も、諸大名が反対をするので、十一月の半ば、中止になった。

お鶴はとにかく、姪のおうめのほうは、市中を歩き廻るのが、こわくもなんともないので、平気で両国横網にある秀の山部屋まで遊びに来た。

陣幕久五郎も、まだ一軒の家を構えるところまでは行かず、以前と同じ秀の山部屋に寝泊りをしている。

雲州松平家の江戸家老有沢能登、それに用人高橋紋右衛門なども、ときどき久五郎を誘い出しにきて、吉原や料理屋などへ連れて行った。

吉原京町の桔梗屋で、今では立派な花魁になっている花里が、客に引かされ、吉原を去ったのは、ちょうどその年の師走であった。

「花魁、あの節は、いろいろとお世話になりました」

松平家の江戸家老有沢能登に連れられ、桔梗屋へあがった陣幕久五郎は、花里の前に、改めて両手を仕えた。

「修業をして、いい相撲取になるように、と花魁に意見されたこと、今でも覚えている。

ようやくわしは関脇になれたが、綱を締めるまで、花魁の意見を忘れはしない。これは、ほんの志だが、嫁入支度の足しにしておくんなさい」

そう言って久五郎は、小判を三十枚、紙に包み、花里の前に差出した。

何も言わずに花里は、ただ泣いていた。

その晩、自分を引かしてくれた大工職人のところへ、花里は嫁入りをして行った。

水口の宿

一

その文久三年も十二月に入って、京都では攘夷論がますます盛んになり、二条城に留っていた一橋慶喜《ひとつばしよしのぶ》も、公卿たちと公武合体の諸大名とのあいだを斡旋《あっせん》した。長州と薩摩が、倒幕の手段に極端な攘夷を実行しようとしているのは明らかだし、朝廷でもそれに巻込まれないように気をつけている。

関白鷹司輔熙は辞任し、それまで隠居同様の日を送っていた前関白近衛忠熙を引出そうとしたが、温厚派の忠熙は幕府と攘夷派のあいだで板挟みになるのをいやがり、承知をしようとはしない。

その代り、忠熙の長男の忠房が左大臣に任ぜられた。

父の忠熙と違って、忠房は若いながら実行力のある公卿であり、攘夷だけでは日本の外交は成り立たない、と割り切っていた。

その矢先、下関《しものせき》の海峡を通っていた薩摩の西洋型の船が外国船と間違えられ、長州藩の前田《まえだ》砲台から砲撃を加えられる、という事件が起きた。

薩摩の船は、そのために豊前沖で沈没し、二十八人の死傷者が生じた。

それが因で、また長州と薩摩の仲は悪くなったが、朝廷としても、幕府が長州征伐を実行に移そうというのは、どうしても押えなくてはならない。

十二月末、将軍家茂は江戸を発し、汽船翔鶴丸《しょうかくまる》に乗って海路を上洛した。

あくる文久四年（一八六四）は、二月二十日に元治《げんじ》元年と改められたが、そのころ、長州藩士が薩摩の船を砲撃した事件はようやく解決した。

前田砲台の責任者の侍が二人、大坂で切腹をしたからであった。

江戸は元治元年の春になったころから、毎日のように雨が降り、回向院でも相撲が興行できず、力士たちは旅興行へ出かけることが多かった。

東の張出関脇になっていた陣幕久五郎は、亡なった親方の秀の山の部屋を守る責任もあり、旅興行へ出て力士たちの収入を計ってやらなくてはならない。

以前は初風といっていた力士が、このごろは幕下に付け出され、相生《あいおい》という四股名で相撲をとっている。名は松五郎《まつごろう》といって、まだ年は若いが、久五郎のためには一ばん役に立つ弟子であった。

久五郎としても、いつまでも亡き親方の家に寝泊りしているわけには行かず、近所に家を借りて住んでいたが、おうめがその身の廻りの世話をするようになっていた。

親方の女房のお早、それにおうめの伯母のお鶴に勧められたし、大蔦力蔵をはじめ一門の相撲たちも賛成をしてくれた。

久五郎には、尾道に残してきた女房同様のお時という女がいるし、それはお鶴もおうめも承知の上であった。

去年、江戸の薩摩屋敷へ入った大塚理右衛門は、ときどき馬喰町の近江屋へ訪ねて来て、お鶴に会っているらしい。

元治元年の四月、江戸相撲が上方へ興行に行く、と決ったところ、不意に久五郎のところへ大塚理右衛門から呼出しがきた。

誰にもわからないように近江屋へ訪ねてきてくれ、というのであった。

夜に入ってから久五郎は、弟子の相生松五郎ひとりを連れて、日本橋馬喰町へ出かけて行った。

二階の座敷に、もう大塚理右衛門がお鶴と二人で久五郎を待っていた。

一年近く会わないうちに、大塚理右衛門はすっかり肥って、大そう元気そうであった。

「あまり外へ出かけぬので、むやみに肉がついてしもうてな」

お鶴の手で、そこへ酒肴が運ばれてから、理右衛門はくだけた口調で言った。

「わしもここのところ、江戸詰の薩摩藩士といろいろと話合いが重なってな。島津家がイギリスより買入れた軍艦二隻、大砲六十門、横浜に間もなく到着するゆえ、それの検分も致さねばならぬ」

「わたくしは相撲取でございますから、難しい天下のことなど何もわかりは致しませぬが、大塚様は近衛家の諸大夫を勤められるお侍、薩摩の侍衆と仲良うなされるのは、当然と存じますが、この江戸へ参られたのは、やはり難しいお仕事があってでございますか」

「実を言うと、今夜ここへおぬしに来てもらったのは、折入って頼みたいことがあるからだ。それも、断りたかったら断ってもらったほうが、かえってわしは気がらくになる」

顔には微笑を浮べているが、よほど大切なことを頼もうとしているのだ、と久五郎にも察しがついた。

盃をおき、久五郎は坐り直した。

「ともかく、うかがってみての上からでなくては、ご返辞が出来ませぬ」

「それもそうだな」

まるで他人のことのように言ってから、大塚理右衛門は、お鶴に眼くばせをした。

黙って立ちあがるとお鶴は、唐紙をあけて、段梯子のおり口のほうをのぞき、窓障子を開けて外を見おろした。

大塚理右衛門もお鶴も、よほど慎重に話を運ぼうとしているらしい。

盃を手に、理右衛門は、じっと久五郎の顔を見ながら、

「五日ほど前、伝馬町の牢から女の囚人がひとり、外へ出された。名は、お芳と申す。そう聞けば、そなたにも思い当るだろう」

「あのお芳様でございますか」

「さよう。米子城代荒尾内蔵助どのの想い者で、その右腕同様になって働いていた女子だ。ご公儀の取調べを受けて、不逞《ふてい》浪人たちと関合いがある、という疑いをもたれてな。だが、それも無実であった、と裁きが下りての」

「そう致しますと、荒尾様は」

「長らく本家の鳥取池田家で蟄居の沙汰を受けていたが、その荒尾内蔵助どのも、こたび浪人の身となり、京都へのぼったそうな」

「さようでございましたか」

自分にとっては大恩をうけた荒尾内蔵助が自由の身になったというのは、陣幕久五郎に

とって、なによりうれしい知らせであった。

しかし、その次にきた疑問は、江戸の伝馬町の牢から出されたお芳も、京都へのぼって、荒尾内蔵助と一緒に何か仕事をはじめるのではないか、ということであった。おそらく眼の前にいる大塚理右衛門が公儀の役人を動かし、お芳を無罪にしたのに違いない。荒尾内蔵助とお芳が、また以前と同じ幕府を倒す仕事をはじめるとすると、この大塚理右衛門はどういう役割を持っているのであろう。

「それで、頼みと申すのは」

と理右衛門は、依然としておだやかな語調で言葉を続けた。

「そなた、島津家京都詰の與倉直右衛門、相良治部などという人々と面識があるそうだな」

「はい、いつぞや京都で、長山越中たちと喧嘩をしそうになったとき、仲裁をしてもらいました。あのお二方とも相撲がお好きで、わたくしも京都へ参るたびに、いつもご贔屓になっております」

「その與倉直右衛門と相良治部へ、そなた、手紙を持って行ってはくれぬか、来月のはじめ江戸相撲が大坂へ興行に参る、と聞いているが」

「お安いご用でございます」

そう答えてから久五郎は、念を押した。

「わざわざわたくしのような相撲取にお言いつけになるのでございますから、ご公儀のお役人たちに気がつかれてはならぬ手紙なのでございましょうな」

「その通りだ。だが、手紙を渡したからというて、そなたに迷惑をかけるようなおそれはない。そなたとしても、出雲の松平家の抱え力士だからな。雲州家は、徳川家ゆかりのお大名、その抱え力士が、ご公儀に敵対する侍たちに手を貸した、などとわかっては、陣幕久五郎も無事では済むまい」

自分から頼んでおきながら、まるで久五郎をからかっているように大塚理右衛門は言った。

「それで、その手紙は、京都の薩摩屋敷までお届けに参るのでございますか」

そう訊いた久五郎へ、理右衛門は、ちらりと眉をしかめた。

「京都ではない。おそらく大津《おおつ》までの東海道の道中で、與倉と相良、いずれかが姿を見せることになっておる。街道中か、あるいは旅籠宿か、はきとはわからぬが」

「手紙をお渡しするだけなら、万一、面倒なことになっても、わたくしにも言い抜けの法はございます。とにかく、お預り申しましょう」

「これだ」

内懐中から大塚理右衛門は、油紙で厳重に包んだ一通の書状を取出した。

二

「お鶴様も、大そう機嫌よくしておいでだった」

両国横網町の秀の山部屋に近い自分の家に帰ってから、陣幕久五郎はおうめにそう言った。

このごろのおうめは、眉も剃り、お歯黒をつけて、すっかり陣幕の女房同様に働いていた。

二階には相生松五郎をはじめ、三人の弟子が寝泊りしているし、久五郎も夜の明けないうちに秀の山部屋へ出かけて行って、一門の力士たちに胸を貸し、稽古をつけてやっている。

「そいで、何か急なご用でもおしたんどすか」

そう訊いたおうめへ、久五郎は、

「なあに、こんどの旅興行で、京都でも相撲を取ることになるから、言伝を頼まれただけのことさ」

と久五郎は、大塚理右衛門から預った手紙のことなど、何も話そうとはしなかった。油紙に包んだその手紙は、おうめにも見つからないよう、久五郎は手文庫の底のほうに隠しておいた。

こんどの旅興行は、東の横綱は雲竜久吉、関脇は鬼面山谷五郎、張出関脇は陣幕久五郎、小結は梶ヶ浜吉五郎、それに前頭は千年川《ちとせがわ》、尾上《おのえ》、照ヶ嶽、梁瀬嶽《やなせだけ》、湊川《みなとがわ》、武蔵川《むさしがわ》、西の横綱は不知火光右衛門、関脇は小野川才助、小結は鷲ヶ浜音右衛門、前頭は出釈迦山、千賀ノ浦《ちがのうら》、荒馬、白真弓《しらまゆみ》、綾浪《あやなみ》、東関《あずまぜき》、越ノ海《こしのうみ》という顔ぶれであった。

東の横綱の雲竜は四十二歳、西の横綱の不知火は四十一歳。雲竜は、生れ故郷の筑後柳《ちくごやな》河藩《がわ》の抱え力士になっている。

旅へ出る前に陣幕久五郎は、松平家の江戸家老有沢能登に招かれ、両国の料理屋へ出かけて行った。

松平家の先代のあるじ出羽守斉貴は学問が好きな一方で、奇矯《ききょう》な行いが多く、脳を患《わずら》って四十九歳で世を去った、と伝えられている。しかし、久五郎が聞いたのは噂だけで、真偽のほどはわからない。

現在の松平家のあるじ出羽守定安は、いま二十九歳、作州《さくしゅう》津山《つやま》松平家の四男に生れ、斉貴の養子になった人物であった。

もともと徳川家の親藩《しんぱん》なので、現在のように倒幕攘夷論が盛んになってみると、攘夷論などは眼の仇にしているし、家来たちも同様であった。

その晩、江戸家老の有沢能登に向って、久五郎はこういうことを頼んだ。

「わたくしは、もともと出雲の百姓の倅でございます。それから大坂力士の弟子になって、ようやく今日のように三役を張る身の上になってございますが、やはり相撲というのは子供のころから親しんでいなくては、なかなかに本職の力士になれないものでございます。こんどの巡業でわたくしは、故郷の出雲へ帰って、父や母の墓を作りたい、と存じております。その節、生れ故郷の意東にどこか土地を選んで、土俵を作りたいと思いまする」

「それは結構だな」

相撲好きな有沢能登は、すぐに賛成をしてくれた。

「いずれの土地にもせよ、力自慢の若い者たちが相撲をとれる土俵があれば、相撲も盛んになり、相撲道のために役立つことも多いであろう。酒や喧嘩口論などに憂《う》さをまぎらわす暇があったら、田舎の若い者たち、裸になって相撲をとればよいのだ。一石二鳥とは、そのことであろう。そのほうが出雲へ帰るころを見計らって、城代家老へ書状を送っておこう。陣幕が土俵を作りたいと申し出たときは、便宜《べんぎ》を計らってくれるように、とな」

「それは、有難いことでございます」

旅へ出る久五郎のために有沢能登は、路用《ろよう》の足しにと言って、金を包んでくれた。

江戸相撲の一行五十六人は、元治元年の四月はじめ、江戸を出立した。

大坂で十日、京都で五日間の興行があるし、ほかにも数ヶ所、興行の約束がある。

十月には本所の回向院の本場所があるので、久五郎は京都の場所を打あげたあと、久しぶりに故郷の出雲へ戻る予定を立てていた。

江戸を出立して、東海道を西へ向ううちに、水戸のほうで、何か騒動が起ったらしい、という噂が聞えた。

水戸藩士の中で攘夷論を唱える侍たちが、ひとつに集り、筑波山《つくばさん》に立籠って、同じ水戸藩士と戦いを交えているという。

だが江戸相撲の一行は、そんな物騒な噂をうしろに、旅を重ねて西のほうへ向った。

大坂はともかく、京都にも攘夷浪人たちが集っているというし、五日間の興行も無事に出来るかどうか、年寄たちにも不安らしい。

玉垣、入間川《いるまがわ》、追手風、伊勢ノ海《いせのうみ》などという年寄たちは、毎日、旅籠に集ってその話で持ちきりであった。

東海道でも、前々からの約束もあり、江戸相撲は、三日あるいは一日限りの興行を続け、岡崎《おかざき》から鳴海、宮の宿場を過ぎ、海上七里の渡しを通って、桑名へ入った。

陣幕久五郎としては、自分が内懐中におさめてある大塚理右衛門からの書状を受取りに、いつ與倉直右衛門、相良治部など薩摩藩の侍が現われるのか、だんだん気持が重くなってきた。

自分は徳川家親藩の雲州家の抱え力士だし、近衛家の諸大夫と薩摩藩の侍のためにこういう文使いの役目を勤めた、とわかっては、どういうことになるかわからない。

しかし、大塚理右衛門も自分にとっては大切な贔屓だし、わずか一通の手紙が、それほどの大事を招くとは考えられない。

桑名から四日市《よっかいち》、亀山、と過ぎて近江の水口《みなくち》へ入ったときであった。

ここは石部《いしべ》まで三里十二丁、宿場の中は二十余町、名物は葛籠《つづら》細工であった。

江戸相撲の一行は、三軒の旅籠に分宿することになっている。

久五郎は、弟子の相生松五郎と一緒に、近江屋という旅籠宿に入った。

そこは、東の横綱の雲竜、それに関脇の鬼面山、小結の梶ヶ浜と同じ宿であった。

「関取」

風呂に入って、部屋へ引取ってから、弟子の相生松五郎がひどく心配そうに久五郎へ訊いた。

「こんなことを申しては、出過ぎたことを言う、と叱られるかも知れませんが」

「なんでも言ってみるがいい」

「こんど旅へ出てから、どうも関取は、毎日が落着かないような素振りでおいでなさる。おうめさんを江戸へ置いてきたのが、それほど心配なんでございますか」

「馬鹿なことをぬかせ」

「それならいいが、何かわけがあったら、わたしにも教えては下さいませんか」

「もう京都まで、あとわずかだから、話してやってもいいだろう。実を言うとおれは、ある人から、手紙を預ってきている」

「それが、どうかなすったんで」

「受取ってくれる筈の対手が、いつ現われるか、見当もつかねえのだ。対手は二人の侍で、薩摩訛りがある」

「それなら、待っていればいいじゃあございませんか」

「お前はそう気らくそうに言うが、おれにしてみると、せっかく預った手紙を対手に渡すまでは、気が気じゃあねえのだ」

「よろしゅうございます」

相生松五郎は、胸を叩くようにして言った。

「薩摩訛りのお侍が現われたら、すぐ関取にお知らせします」

「向うから、ちゃんと名乗って姿を見せてくれりゃあいいが」

なんとなく虫が知らせて、久五郎は呟いた。

その晩、相生松五郎と二人、同じ部屋で臥ていた久五郎は、ふっと眼を覚ました。

窓障子が開いて、夜風と一緒に誰かこの部屋へ、そっと入ろうとしている。

寝床から飛び起きた久五郎は、いきなり対手へ飛びかかった。その手に、べとりとなにか血のようなものが触った。

「おいどんじゃ。相良治部だ」

と対手は、苦しそうに低い声で言った。

暗い中を透かして見ると、旅姿の相良治部は、どうやら傷を負っているらしい。

常善寺

一

「関取」

気配を感じて、相生松五郎もあわてて起き出してくると、

「泥棒ですか」

「静かにしろ。人を呼ぶんじゃあねえ」

と陣幕久五郎は、相生松五郎に行燈の灯を入れさせ、相良治部の手当にかかった。

着物を脱がせてみると、相良治部は右の肩から背中へかけて一太刀斬られている。

窓のところから畳にかけて、血がこぼれているが、急いで相生松五郎は手拭を濡らしてきて、それを拭き取った。

「外科の医者を呼びたいが、それでは相良様もかえってご迷惑でございましょう」

寝巻に血がつかないよう、久五郎も裸になって、相良治部の傷の手当にかかった。

こういうとき、よく気のつく相生松五郎は、この近江屋の台所へおりて行って、酒と玉子をさがして来た。

「傷を縫い合せなくちゃあならねえが、とにかく血どめをしておきます」

振分荷の中から、新しい晒木綿《さらしもめん》を取出し、久五郎は相良治部の傷口を酒で洗い、玉子の白身をすり込んだ。

「薩摩の侍が、うしろ傷を負うようでは、まことに以て面目次第もないが、いきなり抜打ちに斬りつけられたのでな」

傷の痛さをこらえながら相良治部は、そう言って苦笑いを浮べた。

背中の傷は、あまり深くないし、これならいのちに関《かかわ》るというほどではない。

すぐに相生松五郎が、寝巻のまま近江屋の裏口から出て行って、あたりを調べてきた。

この江州《ごうしゅう》水口の宿場には、五十六人の江戸相撲の一行が三軒の旅籠に分宿しているし、まだ酒を飲んでいる連中もあるらしく、三味線や太鼓の音も聞える。

しかし、島津家の相良治部を探しているような侍の姿は、どこにも見えない。

問屋場《といやば》まで行って様子を調べてきた松五郎が、やがて近江屋へ戻って来た。

ようやく相良治部は、傷の痛みもうすらいだらしく、陣幕久五郎の布団に臥かされ、低い声で久五郎と話をしていた。

「怪しい奴の姿など、どこにも見えませんでした」

そう言った相生松五郎へ、久五郎は笑って、

「ご苦労だったな。だが、この相良様を狙っていたのは、旅姿の侍などではなく、この宿場の男と見せかけた三人連れの連中だったそうな」

「そうすると、前々からこのお武家様のお通りになるのを、待伏せていたんですか」

「お前に、頼みがある」

「なんでございます、関取」

「おれたちの一行は、明日の朝早くここを発って、草津《くさつ》まで行く。お前はこのお武家様を駕籠へ乗せ、一足おくれて京都へ来てくれ。草津の宿には、島津様の京都お屋敷詰のお侍が五人ほど、迎えに出ている手筈だそうな」

「わしでお役に立つのでしたら、なんでも致します」

それを聞いて陣幕久五郎は、相良治部の顔をのぞき込んだ。

「お聞きの通り、わたしの弟子を相良様にお付け致します」

「忝《かたじ》けない」

枕から頭をあげ、相良治部はじっと久五郎の顔を見た。

「あれを、必ず京都へ無事に届けてくれ。おいどんを追っていた連中も、五十数人もの大きな身体をした力士の一行には、うかつに手も出せまいからな」

「たとえ十人や二十人の侍たちが現われても、わたくしどもが追払ってしまいますから、ご安心下さい。ただし、相良様とこの相生松五郎のほうが、かえって狙われるかも知れませんが」

「それは、もとより覚悟している」

「大塚理右衛門様からお頼まれ申したことは、ちゃんとやり遂げてごらんに入れます。ところで、あなた様のお連れの與倉直右衛門様は、どうなさいました」

「與倉はな」

そっと眼を閉じ、眉をしかめながら相良治部は言った。

「十日ほど以前、京都で死んだと聞いた」

「では、與倉様は」

「対手は新選組《しんせんぐみ》の暴れ者だったそうな。国許から西郷吉之助《さいごうきちのすけ》という男が上洛をしてな。身辺に気をつけねばならぬので、與倉直右衛門も充分に気を配っていたのだが、かえって自分のほうが人手にかかったらしい」

「そうでございましたか」

陣幕久五郎は、溜息をつき、しばらく黙っていた。

尊王攘夷というのがどんなことか、相撲取の陣幕久五郎には、まだはっきりとわかっていない。

日本の港へ入ってくる外国船を追い払い、一方では、幕府の勢いを衰《おとろ》えさせようとして、数多い侍たちが命懸けで働いている。

近衛家の大塚理右衛門もそうだし、侍たちばかりではなく、お芳のような優しい女まで江戸の伝馬町の牢へ入れられたりして、苦労を重ねている。

そんなことをして、間尺《ましやく》に合うのかどうか、まだ久五郎には見当もつかないことであった。

しかし、大塚理右衛門に托された密書を相良治部に渡した、と見せかけ、それを京都の薩摩屋敷まで運ぶ自信は充分にある。

相良治部の話を聞くと、江戸にいる島津家の侍からの密書は、陣幕久五郎に預けたから、途中で受取ってくれ、という連絡が入ったという。

與倉直右衛門が殺されてから、相良治部も自分の周囲に京都守護職《しゆごしよく》や新選組の眼が光っているとわかっていたが、とにかく大塚理右衛門からの密書を無事に京都の薩摩屋敷へ入れる、という重大な使命がある。

今日この水口の宿場に江戸相撲の一行が泊ったと知って相良治部は、東の張出関脇陣幕久五郎が近江屋という旅籠に入ったのをつきとめ、夜中こっそりと訪ねようとした。

蓮華寺《れんげじ》という宿場の中の寺の側を通っているとき、向うから町人風の男が三人、歩いて来るのを見た。

「お晩でございます」

そう声をかけてすれ違った三人の男たちは、いきなりうしろから懐中に隠した脇差を引抜いて、相良治部へ斬りつけた。

背中に一太刀浴びせられたが、ようやく治部は二人まで斬り伏せ、近江屋の裏手へ逃げて来たのだという。

「とにかく、草津の宿へ着くまで、気持を丈夫にお持ち下さい」

陣幕久五郎にそう言われて、安心をしたのか、うとうとと相良治部は睡りはじめた。

あくる朝早く、東の横綱雲竜久吉、西の横綱不知火光右衛門以下、五十六人の江戸相撲の一行は、水口を出立して草津のほうへ向った。

横綱をはじめ三役を張る力士たちは、それぞれ道中駕籠に乗り、明荷を積んだ二十頭ほどの馬があとから続いた。

近江屋の二階の座敷に臥ている相良治部は、相生松五郎に付添われ、一足おくれて駕籠で出立することになった。

夕方近く、草津の宿へ入った江戸相撲は、ここで一日だけ興行をすることになっているので、常善寺《じょうぜんじ》という寺に泊った。

宿場の中に札《ふだ》の辻《つじ》があり、東海道と木曾《きそ》街道の別れ道になっている。

常善寺は京都の智恩院《ちおんいん》に属する寺であり、ここの住職は年寄の入間川と知合いなので、いつでも相撲のために寺を宿所として開放してくれる。

広い庫裡《くり》で横綱以下、相撲取が集って晩飯を食べ終ったところへ、納所《なっしょ》坊主が知らせに来た。

「陣幕関、お客様ですよ」

「西国訛りのある旅姿のお武家が、お三人ですよ」

相良治部と朋輩《ほうばい》の、島津家江戸屋敷詰の侍に違いない。

しかし、なんとなく疑問を感じて久五郎は、庫裡から外へ出てみた。

この常善寺は、書院の造りが東海道でも名高く、庭は細川三斎《さんさい》好みといわれているが、そういうことは久五郎には縁がない。

立木の多い境内へ出てみると、大きな石燈籠のうしろに、それぞれ笠を手にした旅姿の侍が三人、あたりに眼を走らせながら立っていた。

二

あたりは暮色《ぼしょく》に包まれはじめ、鐘楼のほうから入相《いりあい》の鐘が聞えている。

「わたくしが陣幕久五郎でございますが」

久五郎がそう言うと、三人連れの侍のうち、背の高い、眼の鋭い男が近づいて来て、

「江戸から預って参った書状がある筈だが。われらの手にて、京都屋敷へ届けるゆえ、渡して貰いたい」

「失礼でございますが、あなた様方のお名前を承りとう存じます」

「力士の分際で、われらの素姓を疑うのか」

と四十年配の背の低い、人相の悪い侍が、むっとした表情で、

「とにかく、書状を渡せば、そのほうの勤めは果せるのだ」

「それにしても、お名前を伺いませんと」

「わしは、斎藤三郎《さいとうさぶろう》」

と横合いから引取るようにして、背の高い侍が、

「この二人は、佐藤八右衛門《さとうはちえもん》、山田十郎《やまだじゅうろう》。いずれも島津家江戸屋敷詰の侍だ」

「さようでございますか」

と久五郎は、三人を見渡していたが、

「相良治部様から、なにかお言伝がございますか」

それへ、ちょっとためらっていたあとで、斎藤三郎という侍が答えた。

「治部どのは、只今、大坂へ参っておる」

「與倉直右衛門様は、お変りもございませんか」

そう訊いた陣幕久五郎へ、斎藤三郎と名乗った侍が、面倒臭さそうに、

「與倉どのも、大そう元気にしておられる」

「なるほどね」

二足ばかり退った陣幕久五郎は、いきなり大きな声を出した。

「お前たちは、みんな偽者だ。おれが世の中を知らねえ力士と見て、手紙とやらを騙し取る量見だろうが、そうは行かねえ。與倉直右衛門様が人手にかかってお果てなすったのも知らねえとは、お前たちは島津家の侍でねえ証拠だ。ぐずぐずしていると、ここへ本物の島津家のお侍たちがやってくるぜ。相良治部様も一足おくれて、この草津へ到着なさる筈だからな」

それを聞いた斎藤三郎と名乗る武士は、いきなり大刀の柄に手をかけながら、ほかの二人へ声をかけた。

「面倒だ。この力士、打斬ってしまえ」

「そうは行かねえ」

大きな身体を打つけるようにして、陣幕久五郎は斎藤という侍の胸倉を摑み、大きく横へ投げ飛ばした。

「なんだなんだ、どうしたのだ」

久五郎の声を聞いた力士たちが、庫裡の裏口から一ときに飛出してきた。

陣幕ひとりでも持て余すところへ、身体の大きな力士が二十人も走り出して来たので、三人の侍は度胆《どぎも》を失ったらしい。

「逃げろ」

ようやく起きあがった斎藤という侍は、真先に声をかけて走り出そうとした。

そのうしろから飛びかかって、陣幕は対手に足払いをかけ、よろめくところを突き倒した。

ほかの侍ふたりも、裏門まで逃げ出さないうちに、大ぜいの力士につかまってしまい、五六ぺん地面へ投げ飛ばされ、気を失ってしまった。

三人の侍は、そのまま縛りあげられ、常善寺の奥庭へ連れて行かれた。

「何があったのか知らねえが、宿場のお役人様を呼んだらどうだ」

心配をした年寄の玉垣、入間川、追手風、伊勢ノ海などがそう言ったが、

「いいえ、これは、わたしだけのことでございますから、親方たちは知らねえふりをしていて下さい」

と断って久五郎は、大蔦力蔵、それから同じ秀の山部屋の初瀬川へ頼んで、三人の侍たちに泥を吐かせにかかった。

「対手を相撲取と見て、侮《あなど》ってかかったのが、拙者《せつしや》たちの不覚」

と、斎藤と名乗った侍は、さっきの勢いも失せてしまい、小さくなって白状をした。

「われらは、風雲に乗じて一旗あげよう、と思い、都へのぼってきた侍たちでな。それぞれ、生れも育ちも違っている。わしの本名は、斎木三兵衛《さいきさんべえ》。実は、さる人に頼まれ、陣幕久五郎と申す相撲取が京都へ運ぶ密書を、道中で騙し取ってくれ、と頼まれてな」

「誰に頼まれたのだ」

と久五郎は、三人の前へ立って、おとなしく訊いた。

「白状しねえというのなら、仕方がない。間もなく島津家の相良治部様がここへおいでになる。お前たち三人を引渡すことにしよう。島津家の侍たちに首を刎《は》ねられても、おれは

知らねえぞ」

「助けてくれ」

四十年配の背の低い侍が、泣きそうな声を出した。

「われらにこのような仕事を頼んだのは、長山越中どのという浪人でな。その妹におしげどのといわれる人がおる。兄の越中どのよりも智恵の働くお人で、京都にあって尊攘派の浪人と、京都所司代の侍、双方を手玉にとり、金儲けをしておられる」

「おい、陣幕関」

横から大蔦力蔵が、低い声で聞いた。

「長山越中と妹のおしげ、まだ京都で悪いことをしていやがると見える。京都には一山起こそうとて、さまざまな人間が入り込んでいるそうだから、あの兄妹にも金儲けをする道があるのだろうね」

それへは黙って久五郎は、斎木三兵衛という侍の襟髪をつかみ、三尺ほど吊りあげてから、わざとていねいに訊いた。

「その浪人の兄妹のところに、東助という図体の大きな男が働いていやあしねえかね」

「東助だと、はてな」

首をかしげた斎木三兵衛は、足をばたばたさせて、

「とにかく、下へおろしてくれ。息がつまりそうだ」

「東助という男を、知っているのか、どうなのだ」

「存じておる。長山越中と妹のために走り使いをして、下郎同様の奉公をしている男であろう。少し智恵は足りぬが、大そう力があるので、長山どのも重宝しているらしい」

「あの馬鹿野郎」

いきなり大きな声で言って、久五郎は斎木という浪人を、地面へ叩きつけた。

「まだ長山越中のために、働いてやがるのか、東助は。よくよくおしげという女の色香に迷っていると見える」

「あの今牛若東助のことは、もう忘れた筈じゃあなかったのか」

と横から、なだめるように大蔦力蔵が言った。

三人の浪人は、そのまま常善寺の奥庭の立木に縛りつけ、久五郎は、相良治部と相生松五郎が草津へ着くのを待った。

だが、夜が更けても、まだ相良治部の乗った駕籠は宿場へ入って来ず、だんだん久五郎は不安を覚えた。

相生松五郎だけが、息を切らして常善寺へ飛び込んで来たのは、もう真夜中ごろであった。

「関取、相済みません」

懸命に走って来たらしく、髪の毛も乱した松五郎は、久五郎の前へ両手を仕えると、

「うっかり油断をしておりました。途中の石部の宿に、名物の菜飯《なめし》と豆腐の田楽《でんがく》を食べさせる店がござります。相良治部様が大そう元気になられ、空腹になった、とおっしゃるものですから、その茶店でひと休み致しました。わしは厠《かわや》へ立って、店へ戻って来ると、相良治部様も道中駕籠も、もうどこにも見えなくなっておりました。茶店の婆さんに訊いてみると、街道を歩いて来た五人ほどのお侍たちが、相良様と何か押問答をしているうちに、無理に相良様を駕籠へ押込み、草津のほうへ急いで行ったそうでございます。わしも夢中になって、あとを追いかけましたが、その駕籠は木曽街道のほうへそれたのか、どうにも見当りません」

「相良様を、探しに行かなくてはならねえ」

と久五郎は、身支度に取りかかった。

そのそばから、大蔦力蔵が言った。

「お前は、だんだん尊王攘夷派の騒ぎの中へ、巻込まれて行くらしい。力士というのは、土俵の上で相撲を取っているだけでいい、と思うのだが」

その言葉を考えてみるゆとりも、いまの陣幕久五郎にはなかった。

西郷吉之助

一

京都の薩摩屋敷は、相国寺《しょうこくじ》の山門《さんもん》に向って左側に、大きな地所を占めて建っている。

江戸相撲の一行が京都へ入った日、陽の暮れるのを待って陣幕久五郎は、大蔦力蔵と一緒に、定宿の木屋町の旅籠を出た。

「二人きりで、大丈夫かえ」

と力蔵は、高瀬川《たかせがわ》沿いの通りへ出てから、心配そうに前後を見渡しながら、

「相生松五郎のような若い者を五六人、連れて行ったほうがいいのじゃあねえのか」

「長山越中が自分で顔を出してくれたら、手っ取り早くかたがつく」

と久五郎は、べつに警戒する様子もなく、ゆっくりと道を歩いた。

鴨川《かもがわ》沿いに、丸太町橋《まるたまちばし》の袂から左へ曲り、わざと久五郎は、淋しい寺町《てらまち》の通りへ入った。左には公卿たちの屋敷が並び、右は寺ばかりで、長山越中の配下《はいか》が襲ってくるとすれば、ここは絶好の場所であった。

しかし、誰もつけて来る様子はない。

無事に薩摩屋敷の裏門へ近づいた久五郎と力蔵は、門番の侍に挨拶をした。

「相良治部様からお話があった、と存じますが、江戸相撲の陣幕久五郎でございます。鹿児島からお越しになっている西郷吉之助様とおっしゃるお方に、内々でお眼にかかりたいのでございますが」

門番の侍も、陣幕の名前は聞いていたらしい。

「そこに待っておれ」

そう言って、すぐに屋敷の中へ駈け込んで行った。

間もなく、陣幕久五郎にひけをとらないほど身体の大きな、総髪を大髻《おおまげ》に結った侍がひとり、大股に裏門のところへ出て来た。

「わしが、西郷じゃ」

その侍は、夕闇を透かして、久五郎の顔をのぞきながら微笑を浮べると、

「いつも與倉直右衛門や相良治部から、おはんのことを聞いておった。近衛家の大塚理右

衛門どのも、大そうおはんのことを褒めておられた。侍に生れていたら、あっぱれ物の役に立つ男であろう、とな。いやいや、おはんはすでに、おいどん達のために働いてくれているのであったな」

「江戸においでの大塚様から、お預り申して参った物がありまする」

と久五郎は、内ぶところへ手を入れると、油紙で包んだ細長い書状入れを取出した。

「忝けない」

ていねいに一礼して西郷吉之助は、その書状入れを押し頂き、ふところへ入れた。

「お蔭でこの密書は、無事にわれら同志の手に入った。江戸で働いていて下さる大塚どのも、さぞ安心をなされよう。われらも陣幕久五郎の力添え、決して忘れはせぬ」

「わたくしは、ただこれを京都まで運んだだけのことでございます」

それから久五郎は、東海道をのぼって来る途中の出来事を、手短かに話した。

江州水口の宿場で、傷を受けた相良治部が旅籠へ飛び込んで来たこと、それから草津の常善寺へ、島津家の侍の名を騙《かた》った三人連れの侍が現われたこと、などであった。

長山越中に頼まれたその三人の浪人は、陣幕のために取押えられたが、あとから駕籠で来る手負いの相良治部は、石部の宿で駕籠ごと五人連れの侍に連れ去られてしまった。

「わずかの油断でございましたが、わたくし共の手落ちから相良様を」

そう言いかけた久五郎を、西郷吉之助は手で押えて、

「最前からおはんが、相良のことを言い出し難がっていたこと、ようわかる。実を言うと、相良がさらわれたこと、おいどんたちも承知をしておる」

「では、相良様は」

「傷を受けておっても、あの男のことだ、心配は要らぬ。相良を探すのは、ここの島津家の侍たちがやる。それよりもおはんたちは、妙な奴らに仕返しをされんよう、気をつけてくれ」

「それは大丈夫でございます。ご承知とは存じますが、わたくしも長山越中とは以前から引っかかりがあり、こんど出会ったら無事では済まぬ対手でございます」

そう言ってから久五郎は、大蔦力蔵をうながした。

「そろそろおいとましよう」

「陣幕」

いきなり呼びかけて、西郷吉之助は久五郎の手を握った。

「改めて、おはんに礼を述べるときもあろう。今宵は裏門の前で立話で済ませてしもうたが、実は島津家の中でも、藩論が一つにまとまっているわけではない。おいどんも間もなく、国許へ戻ることになるかも知れぬ。おはんのような力士が、恩も義理もない島津家の

侍のために骨を折ってくれたこと、決して忘れはせぬ」

「そのご挨拶では痛み入ります。京都で興行をしておりますあいだ、お役に立てることがございましたら、いつでもお言いつけを願います」

ていねいに一礼して、久五郎は大蔦力蔵と肩を並べ、島津家の裏門の前から去って行った。

それを夕闇の中に立って、いつまでも西郷吉之助は見送っていた。

結局は、亡き親方の秀の山が世話になった大塚理右衛門に頼まれ、島津家の侍のために密書を届ける、という役を果しただけだが、これが後年、西郷吉之助との深い結びつきになる、とはこのときの陣幕久五郎は考えてもいなかった。

江戸相撲の一行はこんども京都で、十日間の興行をやることになっていたが、それも五日間で打切られてしまった。

上洛した将軍家茂は、まだ都にとどまって、朝廷と徳川家の紛争を、なんとか丸くおさめようと努力をしている。

その一方、水戸では藤田小四郎《ふじたこしろう》たち天狗党《てんぐとう》が、筑波山に籠って、攘夷を唱えて兵を挙げた。

京都守護職の松平慶永《よしなが》は辞任し、代って再び会津藩主松平容保《かたもり》が復任した。

また、都にあった島津久光《ひさみつ》は、後事を西郷吉之助に托《たく》し、いそいで薩摩へ戻って行った。朝廷としても、攘夷を実行するかどうか、公卿はもちろん、諸藩の大名からも何べんも建白書《けんぱくしょ》を奉られているので、はっきりした態度を示さなくてはならない。

物騒な噂が飛んでいるので、京都はもちろん大坂でも相撲の興行を引受けていた勧進元は、いずれも興行を取りやめてしまった。

入間川たち年寄連中も諸方を飛び歩き、興行の話を取り決めようとしたが、やはり五十六人もの一行では、よほど大きな勧進元でないと引受けられない。

入間川と玉垣、追手風、伊勢ノ海などの年寄は、東の横綱雲竜久吉、西の横綱不知火光右衛門を二手に分け、一手は備前岡山のほうへ向うこととなった。

もう一手は、鳥取から米子など、山陰路《さんいんじ》を巡業する、と決め、ようやく話がまとまったのは五月上旬であった。

東の張出関脇の陣幕久五郎は、横綱雲竜久吉の一行に加わり、山陰路の興行に出かけた。

久しぶりで雲州へ帰った陣幕久五郎は、故郷の東出雲の意東を訪ね、父や母の墓を建て直したり、亀嵩《かめだけ》の湯野《ゆの》神社の境内に土俵を作ったりした。

故郷の若者たちが、その湯野神社の土俵で相撲を取りその中から一人でも本職の力士になってくれる者があれば、という久五郎の願いであった。

土地の松江家の抱え力士だけに、陣幕久五郎はどこへ行っても大切にされ、雲州家の侍たちも久五郎のためにいろいろと便宜を計ってくれた。

まだ少年のころ久五郎が働いていた網元の大海屋も、江戸相撲の興行のために骨を折ってくれた。

「実を言うと、わたしは陣幕関と約束がございましてね」

横綱の雲竜をはじめ力士の一行を、松江城下の宍道湖《しんじこ》のほとりにある料理屋に招待した夜、きちんと下座に坐った大海屋は、ていねいに挨拶した。

「陣幕関は大坂へ出る前、大坂から巡業に来た八角という力士と相撲をとって、腕を折られたことがございます。それから陣幕関は、立石神社の山の上にある大きな岩の上で、二十一日間のお籠りをしました。それから関取は大坂力士の朝日山の弟子になり、尾道で初汐関の手ほどきを受け、今日のような立派な力士におなんなすった。関取が故郷を出るとき、わたしはこう言いました。お前などが一人前の力士になれたら、この首をやる、とね」

二

もう六十を越して、背中の曲った大海屋は、身体を縮めるようにして挨拶を続けた。

「役力士におなんなすった陣幕関が、約束通りわたしの首を引き抜こう、とおっしゃっても、仕方のないところだが、どうもわたしは、関取を見る眼がなかった、と詫《わ》びるよりほかはありません。亀嵩の湯野神社に、あんな立派な土俵を作って下すったし、わたしとしては、まともに関取の顔を見ていられないような心持でございます」

「それぐらいでいいでしょう」

笑いながら陣幕久五郎は、立って行くと、大海屋の手をとって、上座のほうへ連れて来た。

大海屋の話を聞いていた横綱の雲竜久吉は、松江の興行が終ってから、湯野神社へ行って、新しい土俵で奉納の手数入《でずいり》を勤めよう、と約束をしてくれた。

江戸相撲の一行は、松江から山陰道を西へ巡業しようと考えていたが、それも出来なくなった。

六月五日、京都で祇園祭の宵山《よいやま》の晩、大騒動が起ったからであった。

三条《さんじょう》小橋《こばし》の旅籠宿池田《いけだ》屋に集っていた尊王倒幕派の浪人二十数人が、近藤勇《こんどういさみ》のひきいる新選組に斬込まれ、おびただしい死傷者を出したという。

長州藩士も殺されたので、長門《ながと》の萩《はぎ》の城下はあわただしい有様になり、今にも長州勢が大挙して京都へ攻めのぼるかもしれない、と街道筋に噂が飛んだ。

横綱の雲竜をはじめ江戸相撲の一行は、それ以上の巡業は諦め、京都を通って江戸へ帰ることになった。

しかし、ここ二ヶ月ほどのあいだに、京都はもっと物騒な有様になっていた。

すでに長州藩の国家老福原越後《ふくはらえちご》をはじめ三千の兵は、萩を出発して山陽道《さんようどう》を都へ向っている、という。

「尾道へ行った不知火の一行も、大坂まで引返している」

木屋町の定宿に落着いた晩、年寄の入間川は力士たちを集めて、あわただしい口調で言った。

「不知火の一行と待合せてから、こんどは木曽街道を通って江戸へ戻ろう。木曽街道なら、まだ物騒なことはないいし、相撲の興行を引受けてくれる人たちもいる。明後日あたり、不知火の一行は京都へ入って来るだろう」

その日が暮れてから陣幕久五郎は、そっと大蔦力蔵へ言った。

「どうだ、今晩、ちょっと付合ってくれねえか」

「祇園町へ遊びに行こう、と言うのか」

「いいや、薩摩屋敷へ行って、相良治部様の安否を確かめてえのだ」

「おい、陣幕関」

真剣な眼つきになり、大蔦力蔵は久五郎へ食ってかかるように、

「おぬしもおれも、相撲取だ。土俵の上で相撲をとるのが仕事の筈だぜ。何も、わずかな義理のため、お侍たちの仲間入りをして、わざわざ危ねえところへ我から身を投げ入れることはねえだろう。攘夷とやら倒幕とやらいっても、それはお侍の世界のことで、何もおれたちが首を突っ込むことは要らねえと思うがな」

「なあ、大蔦関。いまお前の口から、すらすらと攘夷、倒幕という言葉が出た。それくらい、おれたち力士だとて、やはり天下のことに無頓着ではいられねえ世の中になった、という証拠だ。おれだとて、荒尾内蔵助様や大塚理右衛門様にかぶれて、何も志士気どりで働らこう、というのではねえ。力士は力士なりに、いくらかでも世の中の為に役に立つことが出来るに相違ねえ。そのために稽古を怠《なま》けたり、土俵をないがしろにするようなことがあったら、おれはいくらでもお前の小言を聞くぜ」

「そうか」

と大蔦力蔵は、大きく溜息をついて、

「お前はこの何年かで、大そう変った。土俵の上でもずいぶんと強くなったし、みんなも言う通り、やがてお前は綱を締めるに違いねえ。だがお前は、相撲の暮しの中だけでは、満足の出来ねえ人間なのだな」

「そんなことはねえさ。おれが先になって何か変ったことを始めるとしても、やはり自分は土俵の上に両足をつけて育ってきた人間だということ、決して忘れはすまい」

「ともかく、お前はだんだん、おれなどでは手のとどかねえ人間になってきた」

「つまらねえことを感心していずと、さあ、おれと一緒に薩摩屋敷へ行ってくれ」

池田屋の騒動以来、なおさら淋しくなった寺町の通りを抜けて、二人は相国寺山門前の薩摩屋敷を訪ねた。

裏門で番をしている侍は、久五郎も大蔦も知らない顔だが、丸に十の字の紋を印した高《たか》張《はり》提灯の下に立った大きな図体の力士ふたりを見ると、

「おう、陣幕久五郎だな」

向うから、親しそうに声をかけてくれた。

京都でも江戸相撲の土俵を見たことがあり、東の張出関脇の陣幕を、その門番も贔屓なのだという。

「西郷どんは、いま京都にはおられぬ」

と門番の侍は、久五郎たちへ気さくに教えてくれた。

池田屋で騒動があり、長州軍が今にも京都へ攻めのぼろうとしている今、やはり西郷吉之助はじっと京都屋敷にとどまっていず、あの大きな身体で諸方を飛び廻っているのであろう。

「相良治部どのはな」

と門番の侍は、ちょっと言いよどんでから、溜息をつくようにして言った。

「お果てなされた」

「え、では、相良様は」

「佐幕派《さばくは》の浪人たちにつかまってな。手ひどい仕打ちを加えられたらしい。当お屋敷でも八方へ手を廻し、ようやく山科《やましな》の勧修寺《かじゅうじ》の近くのあばら家に監禁されている、とわかった。直ちに当家の侍たちが駈けつけたが、敵は逃げ去ったあとでな、相良治部どのひとりが残されていた。手傷を負うておられた上、手当も受けず、しかも拷問《ごうもん》を加えられたので、あれほど気丈なお人も、とうとう耐え切れずに、息が絶えておられたという」

「そうでございましたか」

「陣幕、おぬしが相良どののため力を合せてくれたこと島津家の侍たちは誰もよう存じておる。西郷どんも、陣幕久五郎の骨折を忘れてはならぬ、とわれらのような門番の侍へも言われてであった」

「いいえ、大したお役にも立てませず、面目のねえことでございます。それに、相良様にそんな仕打ちをした浪人たちの正体、おわかりでございましょうか」

「長山越中と申してな。いまのところ、京都のいずれにか隠れているようだが、何しろ京都守護職の松平家が、かばっているらしいのでな」

「さようでございますか。有難う存じました」

門番の侍へ、何べんも礼を述べてから、陣幕久五郎は大蔦力蔵と肩をならべ、寺町のほうへ歩き出した。黙って足を運んでいた久五郎は、ふっと思い出したように、

「のう、大蔦関。さっき聞いた相良治部様のご最期のことは、相生松五郎には話さねえでくれ。石部の宿で、うっかり自分の油断から相良様を敵の手に渡したこと、相生の奴は今でも悔んでいる。そのために相良様が殺された、と知ったら、一本気の相生松五郎のことだ。何をするか、知れやあしねえ」

「それよりも、陣幕関。お前は何をする気なのだ」

「木曽街道の巡業には、おれが一枚欠けたとて、どうということもあるめえ。江戸へ戻ったとて、すぐに回向院の場所が始まるのでもねえから、おれは一足おくれて江戸へ帰るこ

人殺しの、二股膏薬《ふたまたこうやく》もおいでだ。談《だん》じ込んでくれる」


とにする」

「この京都に、残るつもりかえ」

「守護職の会津様のご家中には、おれの知っているお侍もおいでだ。人殺しの、二股膏薬の長山越中などという浪人をかくまっているとは、承知が出来ねえ。談《だん》じ込んでくれる」

「お前、また京都で、何か騒動を起す気か」

「安心してくれ、いくら尊王倒幕のごたごたの中へ巻込まれても、おれは自分が力士だということ、決して忘れやあしねえからな」

と久五郎は、大蔦の肩を叩いて笑った。

蛤御門の変

一

長州藩の家老福原越後が三千の兵をひきい、大坂に入ったのは、その元治元年の六月二十二日のことであった。

二日後、福原越後は七百人の兵と共に京都の南、伏見へ到着し、男山八幡《おとこやまはちまん》に本営を置いた。天王山《てんのうざん》の要害《ようがい》を守り、一歩も退かない、という気構えを見せているし、二十六日になると、京都にあった長州藩士たちは嵯峨《さが》の天竜寺《てんりゅうじ》に陣取り、伏見、嵯峨、山崎《やまざき》の三方面から京都をのぞむ態勢をととのえた。

今にも京都の町に長州兵が攻め込んで来るというので、洛中は大へんな騒動になり、大《だい》八車《はちぐるま》に家財を乗せ、逃げ出す者が朝から晩まで続いた。陣幕久五郎は、弟子の相生松五郎と二人きり、定宿の木屋町の旅籠揚羽屋に泊っていた。

大きな相撲取が二人も町の中を出歩いては人眼につくが、久五郎としては長山越中たちを探すのが目的だし、じっとしているわけには行かない。

「関取、相撲の一行が木曽路を通って江戸へ帰ったというのに、わたしたちは何のために京都に残っているんですね」

弟子の松五郎が、妙な顔をして何べんも訊ねた。

「今に戦が始るだろうから、それを見物するのだ。侍同士の戦のやり方を見習っておけば、土俵の上で役に立つかも知れねえぞ、松五郎」

「ご冗談を」

本気にせず、松五郎は無邪気な顔をして笑ったが、ふっと思い出したように、

「あれきり相良治部様の生死がわからねえようですが、島津家の京都屋敷でも、ご存知ねえのでございますか」

「こういうご時勢だからね、相良様もあちこちと忙しく飛んで歩いておいでなのだろうよ」

久五郎は、相良治部が佐幕派の浪人たちの手につかまり、拷問を受けたあげくに殺された、と聞いた話は、相生松五郎には教えなかった。

怪我をした相良治部が、佐幕浪人の手に捕えられた、と聞けば、相生松五郎は責任を感

じて、何を仕出かすかわからない。

それに久五郎としても、京都へ来てから諸大名の情勢などを耳にすると、どうにも納得の行かないことが多かった。

現在のところ、長州藩毛利《もうり》家は尊王攘夷を旗印に、佐幕派と一戦交えるのを覚悟している。

一方、薩摩藩島津家は、尊王攘夷という点では長州藩と同じだが、激発するのを好まず、かえって長州藩を敵視している。

だから佐幕派の浪人たちが、薩藩士の中でも利け者として聞えた相良治部を殺したりしては、かえって自分たちの不利になる、とわかっている筈であった。

「どうも、お侍たちのすることは、おれのような相撲取にはわからねえ」

相良治部が殺された、というのは、相国寺門前にある薩摩屋敷の門番が、久五郎へ教えてくれた。

一時は久五郎も、相良治部のために恨みを晴らさなくてはならない、という気持になったが、落着いて考えると、不審な点がいくらもある。

こういう風に京都の情勢が緊迫《きんぱく》してみると、相良治部のような侍は、島津家にとっても大切であろうし、殺されたと表面はつくろっておいて、本当は元気で忙しく走り廻っている、ということも考えられる。

「とにかく、長山越中たちを見つけて、こんどこそ今牛若東助の眼を覚ましてやらなくては」

と久五郎は、ひとりごとを言った。

洛中がこう物騒になっている以上、近衛家の諸大夫大塚理右衛門も京都へ帰っているかも知れない。

そう思って陣幕久五郎は、祇園の鶴家へ行ってみた。

しかし、女あるじのお鶴はまだ京都へ帰っていず、仲居頭が代って店を仕切っていた。お鶴の姪のおうめが陣幕久五郎の女房になったことは、鶴家でも知っていて、久五郎を大切にもてなしてくれた。

「へえ、うちのおかみさんも、江戸へ行かはったきりどす。おうめさんから、ちょいちょい便りがおすが、お二人とも機嫌ようしておいでやそうです」

と仲居頭は、久五郎へ語って、

「大塚様の旦那は、まだ江戸においやすのと違いますか」

「それを確めにきたのだが、ここでもご存知ないとは」

酒を飲んで行ってくれ、というのを断り、久五郎は相生松五郎を追い立てるようにして鶴家を出た。

「こうなると、もうおれにはさっぱりわからねえ。尊王だとか攘夷だとか、力士には縁のない世界へ首を突っ込んでみると、かいもく見通しもつきゃあしねえ」

久五郎は、うんざりした顔で言った。

三方から京都へ入る機を待っている長州軍へ対して、朝廷も在京の諸藩を動かし、対手を説得しようとかかった。

そのうちに、また長藩の家老国司信濃《くにししなの》、益田右衛門介《ますだうえもんのすけ》の二人が、一千五百の兵をひきいて洛外に到着した。

京にいる薩摩藩士、土佐藩士などは、朝廷へ建白書を提出し、直ちに兵を動かして長州軍を討伐するよう、と乞うた。

そういう動きがいちいちわかるだけに、ますます長州軍の態度は険悪になり、とうとう七月十九日、長州軍は三方から京都へ向って進撃を開始した。

朝早くから、すさまじい響きを立てて、大砲が鳴り、小銃《しょうじゅう》の乱射音《らんしゃおん》が聞えた。

もう京都に住んでいる人間たちは、山科のほうへ逃げるよりほかはなく、三条、四条、五条の橋などは、大八車に家財道具を積んだ避難民で、ぎっしりと身動きもつかないほどの混乱ぶりであった。

この日はことに暑く、じりじりと陽が照りつけ、逃げる者たちは汗びっしょりになっている。

木屋町の旅籠揚羽屋でも、あるじと女房が家に踏みとどまり、奉公人たちは残らず山科のほうへ逃がしてやった。

江戸相撲の張出関脇陣幕久五郎が泊っている、というだけで、あるじ夫婦は安心をしたらしい。

「いくら力士でも、このあたりまで戦いがやってきては、対手は大砲や鉄砲を持っているのだ。わたしだとて、さっさと逃げ出してしまいますよ」

と、久五郎は笑っていた。

若いだけに相生松五郎は、自分と直《じ》かに関係のない戦争騒ぎが面白いらしく、朝から旅籠を飛び出して、町の様子を見物に廻っていた。

長州軍は、御所を目がけて進んでいるらしく、会津や薩摩をはじめ越前《えちぜん》、桑名、大垣《おおがき》などの諸藩の軍勢が、御所を守って激しく戦を交えているという。

「関取」

まだ戦の様子がわからず、揚羽屋の二階から動かずにいた陣幕久五郎の座敷へ、あわてて相生松五郎が飛び込んで来た。

「何を騒いでいるのだ」

「関取に用があるという女のひとが、一緒に来ておりますが」

「おれに用だと」

妙な顔をして、久五郎は立ちあがった。

「どんな女だ。名前は訊いたか」

「顔を見ればわかる、と言いましたが。江戸っ子らしい、さっぱりしたしゃべり方をする大年増です」

久五郎は、揚羽屋の帳場のところへおりてみた。

つい近所からきた、というように薄物を着て、草履を突っかけた三十過ぎと見える婀娜っぽい女が、土間に立っていた。

それは、珍しいことにお北であった。

「なんだ、お前さんか」

「あたしもこの春、お伊勢様にお詣《まい》りをしたついで、と言ってはなんだが、京都見物にきて、そのままずるずるべったりに滞在しているのさ」

「道理で近ごろ、京都の町の中で懐中物を掏られた人が多くなった、と聞いたぜ」

「おやおや、すっかり関取も口が悪くおなりだね。知らない人が聞いたら、あたしを巾着切、と思うじゃないか」

「そうだっけ、お北さんはもう何年も前に足を洗って、近ごろでは博奕場に入りびたっている、と聞いたな」

「古馴染のあたしも、関取の前へ出ては形なしだね」

「それで、何か用がある、とか聞いたが」

「そうそう、大事なことを忘れていた」

とお北は、上り框のところに坐って、低い声で言った。

「荒尾内蔵助様とお芳様が、妙な浪人たちにつかまっているのだよ」

二

「なんだって、荒尾様が」

攘夷運動に加わったという疑いで、荒尾内蔵助は米子の城代家老をやめさせられ、鳥取にある本家の池田家に監禁されていたが、浪人の身になって京都にいる、と大塚理右衛門から聞いた。

江戸にいた荒尾の想い者のお芳が、やはり倒幕攘夷運動に加わって、捕えられて引立られて行く姿を、久五郎も眼にしたことがある。

「あの二人が、どこに」

「お前さんに教えたら、ただでは済むまい、と思ったが、こういうことを黙っていられないのがあたしの性分でね」

「場所はどこだ」

「東洞院《ひがしのとういん》通《どお》り三本木《さんぼんぎ》を少し下ったところに、光沢寺《こうたくじ》というお寺がある。荒尾様とお芳様は、京都にいる会津や越前の軍勢の数を、長州軍へ知らせようとしていたらしい。それを長山越中たちに見つかって、光沢寺へ連れ込まれたのさ」

「お北さん、いまお前、長山越中と言ったな」

「その通りだよ。越中の妹のおしげも、力士くずれの東助という大きな男も、一緒にその寺にいるらしい」

「よく教えてくれた」

そのまま久五郎は、段梯子を駈けのぼり、自分の部屋へ飛び込んだ。

「関取、戦争騒ぎだというのに、どこへお出かけで」

相生松五郎の言葉には返辞もせず、久五郎は浴衣の裾をからげ、大脇差を腰におとすと、手拭で頬かぶりをした。

「わしもお供をします、関取」

ついて来ようとする松五郎を、振返って久五郎は睨みつけた。

「お前はここから出るんじゃねえ。これはおれ一人で片づけなくてはならねえことだ。ついてくると、承知をしねえぞ」

「へい」

いつもとは違って、久五郎がこわい顔をしているので、松五郎も大きな身体を縮めるようにした。

旅籠の下駄を突っかけ、久五郎が外へ出ると、道の向う側にお北が立っていた。

「関取、やっぱり出かけるのかえ」

「おれにとっては、大恩を受けた荒尾様だからな。しかも荒尾様やお芳様をつかまえているのは長山越中たち、と聞けば、このままでは捨ててはおけねえ」

「気をつけておくれ。この戦争騒ぎで、町の中には殺気立《さつきだ》ったお侍たちが、うようよしているからね」

「殺気立っているのは、おれも同様だ」

そう言って久五郎は、一散に木屋町の通りを走り出した。

本能寺《ほんのうじ》の前を過ぎ、妙満寺《みようまんじ》の角から二条通りを東へ曲ると、もうそのあたりは家から逃げ出す人間たちで、ごった返している。

諸方から馬蹄の音が聞え、半鐘《はんしょう》や板木が響いて、夏の空をゆるがせて大砲の音が轟《とどろ》いた。

光沢寺という寺は、山門の扉を固く閉ざし、中は静まり返っている。

無鉄砲とは思ったが久五郎は、寺の横手へ廻り、築地塀のところについている裏門の扉に身体を打当てた。

力いっぱい何べんも打つかっているうちに門が折れ、戸が内側へ開いた。

そこから飛び込むと、あまり広くもない寺で、卵塔場《らんとうば》の向うに本堂や方丈《ほうじょう》、庫裡などが見える。

見当もつけず、久五郎が走り出すと、いきなり横合から声がした。

「何者だ、おのれは」

人相のわるい、袴をはいた浪人態の侍が二人、墓のあいだを縫って走って来る。

長山越中の仲間の、京都でよくないことばかりやっている浪人仲間に違いない。

二人が近づくのを待って久五郎は、側にある卒塔婆《そとば》を引き抜くと、いきなり二人を殴りつけた。

刀を抜く間もなく、一人は首筋を殴られ、もう一人は脳天に一撃を食い、声も立てずに丸くなってしまった。

そのまま久五郎は、庫裡のほうへ向って走り出した。

「おい」

鐘楼のうしろから、落着いた声が聞えた。

振返って久五郎は、卒塔婆を取り直した。

「おいどんじゃ」

笑いを含んだ声と一緒に、鐘楼のうしろから旅支度をした侍が一人、ゆっくりと現われてきた。

かぶっていた韮山笠《にらやまがさ》をはずすと、その下から現われたのは、薩藩士の相良治部であった。

白昼の中に幽霊を見た心地で、久五郎は棒立ちになってしまった。

「お、お前様は」

「安心せい。おいどんには、ちゃんと足がある」

「で、でも、相良様は、佐幕派の浪人の手にかかって」

「殺された、ということにはなっているが、そのほうが敵の眼をあざむくのに都合がよい、と思うてな。実は、この通り生きておる」

それから相良治部は、久五郎を鐘楼のうしろへ連れ込んだ。

「確かに、相良様だ。これはおどろいた」

「おいどんも、お前がここへ入って来るとは考えてもおらなんだ。目当は、やはり荒尾内蔵助どのか」

「荒尾様は、わたくしの恩人でございまして」

「それなら、ちょうど都合がよい。手伝うてくれ。この戦争騒ぎにつけ込んで、会津見廻組《まわりぐみ》の手先になって働く浪人たちが、荒尾内蔵助どのとお芳というお人をこの寺に押し込んだ。荒尾どのは徳川親藩の大名の家来だが、われら薩摩藩士にとっては志を同じくする仲間なのでな。しかも荒尾どのは、薩摩藩と長州藩のあいだに立って、仲立《なかだち》の役目をつとめよう、となされておる。そういう侍を、不逞浪人の手に任せておくわけには参らぬ」

「尊王とか攘夷とか、そういうことは、わしらのような相撲取には縁はございませぬが、なんとしてでも、荒尾様を助けねえわけには行きませせぬ。どんなことでも致しますから、手伝わせておくんなさい」

「よし。この寺の坊主どもは、戦争騒ぎをおそれて、今朝から寺を捨てて逃げ出してしもうた。よって、邪魔者は入らぬ。有象無象《うぞうむぞう》が十人ほどいるゆえ、その連中はおぬしに任せよう。おいどんは長山越中たちを引受ける。ただし、対手を殺してはならぬぞ」

「よろしゅうございます。もう一人、生捕《いけどり》にしたい奴が中におりますので」

「どんな奴か知らぬが、あまり手荒なことはするなよ」

そう言ってから相良治部は、久五郎と打合せをした。

荒尾内蔵助とお芳が捕えられているのは、庫裡から入って右手にある方丈だという。そこから本堂のあたりにかけて、長山越中をはじめ浪人やごろつきたちが十人ほど、集っているらしい。

「相良様が生きておいで、と知ったら相生松五郎の奴、びっくりしたあと、安心をして、おいおい泣き出すことでしょう」

笑いながら久五郎は、相良治部と並んで、こっそりと庫裡のほうへ近づいて行った。

井戸端にころがっていた六尺ほどの棒を、久五郎は手に取り、二三べん素振りをくれた。

さっきからの砲声と銃砲の音は、ますます激しくなり、半鐘や板木の音が不気味《ぶきみ》さを越して、うるさいほどであった。

「それ、踏み込むぞ」

声をかけておいて相良治部は、庫裡の中へ飛び込み、刀を抜いた。

すぐに、久五郎が続いた。

方丈のほうから、荒々しい足音が近づいて浪人やごろつきたちが六人ほど、一せいに飛び出して来た。

「おい、なんだ、おのれたちは」

慶応元年

一

「おっ、おのれは」

方丈から庫裡をのぞいた浪人やごろつきたちは、相良治部の姿を見ると、

「先生、長山先生、曲者でござる」

奥のほうへ声をかけておいて、それぞれ刀や脇差を抜き放った。

「おのれたち」

大喝《だいかつ》して治部は、抜打ちに浪人のひとりを真向から斬り伏せると、大きな声を出した。

「すでに薩藩士の手で、この光沢寺のまわりは取囲まれているぞ。会津見廻組も人数を繰り出し、そのほうたちを一人残らず引っ捕えようとしている」

それは、対手をおどかしつけるために相良治部が口から出まかせに言ったことだが、たしかに対手には効き目があったらしい。

浪人たちは、それぞれ尊王攘夷を食い物にして京都で暮している連中だけに、並大《なみたい》ていのことではびっくりする筈はない。しかし、寄せ集めのごろつきたちは、一ぺんに縮みあがったようであった。

おまけに陣幕久五郎が、井戸端から六尺棒を振り廻しながら庫裡の土間へ飛び込んで来たのを見ると、一眼でわかる対手は大きな図体の相撲取だけに、ごろつき連中は一時に浮足立った。

その隙に相良治部は、太刀を巧みに使って浪人たちを斬り払いながら、もう庫裡から方丈のほうへ走り込んでいる。

久五郎も、六尺棒を振り廻し、逃げ出そうとするごろつきたらをひとりずつ殴りつけ、足を払い、土間へ倒した。

方丈のほうから、人の叫び声が聞えてくる。侍と思われる声の中に、女の悲鳴もまじっている。

方丈のほうは相良治部に任せておいて、久五郎はごろつきたちを殴り倒し、追い払い、こんどは浪人たちのうしろから飛びかかって行った。

いずれも腕におぼえのある連中らしいが、不意をつかれたのと、寺の外を薩藩士や会津見廻組が囲んでいる、という治部の言葉を信じてしまったらしい。しかも陣幕久五郎が力まかせに振り廻す六尺棒をかわしきれず、見る間に二人ほどが殴り倒された。

「相良様、こっちのほうは大丈夫だ。有象無象は、残らず足腰立たねえように叩っ挫いてやりました」

息も切らさず、声をかけながら久五郎は方丈へ飛び込んで行った。

出会い頭に、手拭で顔を隠した女がひとり逃げ出してくるのに打つかりそうになった。

「おっと」

とっさに太い手をのばし、女の肩をつかんで久五郎は、廊下へ突き飛ばした。

武家の女房姿のその対手は、長山越中の妹のおしげにまぎれもない。

倒れたはずみに背中でも打ったのか、顔を隠した手拭を飛ばしてしまい、おしげは顔をしかめながら、急に動けずにいる。

「お前だったのか」

と、おそろしい眼をして、おしげは久五郎を睨みつけた。

「思いがけねえところへ飛び込んできて気の毒だが、お前さんは当分、暗いところへ入ってもらうことになるだろうな」

おしげへそう言っておいて久五郎は、方丈へ走り込んだ。

その久五郎の眼についたのは、方丈のまん中で刀を向け合っている相良治部と長山越中の姿であった。

もう髪の毛も生えそろった越中は、頭を総髪に結って、どこかの学者然とした立派な身なりをしている。

長山越中とおしげの兄妹は、あれからずいぶん荒れた生活を送ってきたらしく、顔も老け、すさんだ眼つきになっている。

方丈の隅のほうに、荒尾内蔵助とお芳の二人が抱き合うように身をよせていた。

久しぶりに見る恩人の顔も、すっかりやつれ、髪の毛に白いものが眼立つ。

お芳のほうは、無雑作に髪を束ねたまま、行商人のような粗末な身なりであった。

「相良様」

棒を取り直し、落着いて久五郎は声をかけた。

「もう邪魔者は片づけましたから、そのいかさま浪人の野郎、ご存分になさいまし」

それへ、ちらりと眼をやり、うなずくだけのゆとりが相良治部にはあった。

しかし長山越中のほうは、刀を構えているのが精一ぱいで、大きく喘《あえ》いでいる。

荒尾内蔵助とお芳は、方丈へ飛び込んできた大きな身体つきの男が陣幕久五郎、とようやく気がついたらしい。

「おう、そなたは」

「もうご安心を願います」

久五郎は、にこりと笑った。

米子城代まで勤めた荒尾内蔵助が、まるで落ちぶれ果てた浪人のように、粗末な着物と袴でいるのを見ると、また新しく久五郎の胸に怒りがつきあがってきた。

「もう年貢の納めどきだ。長山越中。荒尾様とお芳様をこんなところへ閉じ籠めて、どこからか金を引出す量見だったろうが、そうはさせねえ」

その声が陣幕久五郎、と越中にもわかったらしいが、振向くことも出来ず、捨鉢《すてばち》になって相良治部へ斬りかかった。

その刀を治部に払い落され、よろめくところを足払いをかけられて、顔からのめるようにして越中は畳へ転がって行った。

すぐに久五郎は、その背中に大きな膝を乗せ、両手をうしろに廻し、押えつけた。

「この浪人と妹、わしに渡してくれ」

と相良治部は、長山越中とおしげを縛りあげると、久五郎へ言った。

「薩藩としても、この兄と妹に問い糺さねばならぬことが多い。荒尾内蔵助どのとお芳どのも、人の手の届かぬところに移したほうがよかろう」

「よろしゅうございます」

もう越中の仲間の浪人やごろつきたちが、ひとり残らず逃げ出してしまった、と見届け、久五郎は四人を相良治部へ預けることにした。

「陣幕か」

この光沢寺だけではなく、諸方をたらい廻しに監禁されていたらしく、内蔵助は髭も延び、眼も落ちくぼんでいた。

そのあいだも御所を中心にした戦は、ますます激しくなっているらしく、じりじり照りつける夏の陽ざしの下で、すさまじい、鉄砲を打合う音が響いている。

諸方から逃げ出して行く男女の悲鳴が、この静かな寺の中にまで聞えてきた。

「そなたの噂、ときどきは耳にしていた」

と荒尾内蔵助は、うれしそうに久五郎の手を握って、

「あのときの黒絨久五郎が、幕内力士になり、三役にまで入ったのを聞いて、わが事のようにわしは喜んでいた。このお芳からも、本所回向院の場所でのそなたの相撲振り、話に聞いてな」

そこまで言って内蔵助は、あとは、泪をのみ、久五郎の大きな肩に顔を埋《う》めるようにし

た。

「さあ、お急ぎ下さい」

と相良治部は、内蔵助たちを急き立てた。

「この騒ぎゆえ、途中で邪魔者に妨《さまた》げられる気づかいはない。相国寺の薩摩屋敷では人眼につくゆえ、とにかく南禅寺《なんぜんじ》門前までお急ぎ下さい。夷川橋《えびすがわばし》を渡れば、島津家の控《ひかえ》屋敷まで一本筋の道でござる」

南禅寺門前に薩摩の控屋敷がある、というのは陣幕久五郎も聞いていた。

「相良様おひとりで、四人もお連れなさるのは、大へんでございましょう。わたくしも参ります」

そう言った久五郎へ、治部は笑いながら、

「わしのほうも、手抜かりはない。薩摩屋敷から十人ほどの若侍を呼んであるゆえ、もうこの寺の門前に着いているころであろう」

その言葉の通り、袴の股立を取った若い侍がひとり庫裡から飛び込んできたのは、それから間もないころであった。

「相良どの」

その若侍は、息を切らしながら、

「長州軍は、諸藩の軍勢に追いまくられて、ようやく蛤御門《はまぐりごもん》のあたりから退却を開始しもした。長州藩の久坂玄瑞《くさかげんずい》、入江九一《いりえくいち》なども討死《うちじに》をとげたようでごわす」

「無駄な戦をして、あたら有為《ゆうい》の侍を犬死《いぬじに》させるのか」

と治部は、口惜しそうに言った。

光沢寺門前に集っていた薩藩士五人ほどが、縛りあげた長山越中とおしげの身体に縄をかけ、引立てて行った。

そのあとから治部は、荒尾内蔵助とお芳を連れて、東のほうへ歩き出そうとした。

「これで、わたくしも江戸へ戻ることに致します」

別れを告げてから久五郎は、内蔵助とお芳へ訊いた。

「長山越中の手下に、もと今牛若といった力士で、名を東助という、大きな男のいたのを、ご存じだと思いますが」

「あの男は」

とお芳は、言いにくそうに久五郎に教えた。

「半年ほど前、長山越中とおしげに縁を切られて、どこかへ姿を消したそうです。伊勢の四日市のあたりだった、と聞きましたが」

「そうでございましたか、あの東助が」

すぐ間近から聞える小銃の音、烏丸通《からすまどお》りのあたりを走って行く馬蹄の音なども全く耳に入らないように、ぽつりと久五郎は呟いた。

二

江戸へ帰った陣幕久五郎にも、先に江戸へ戻っていた江戸相撲の一行にとっても、その元治元年というのは、いわば八方ふさがりのような年であった。

蛤御門の戦ののち、幕府は薩摩をはじめ三十五頭《かしら》の大名に長州征伐のための出兵を命じ、江戸も騒然とした有様となった。

水戸でも内紛《ないふん》が起き、武田耕雲斎《たけだこううんさい》を頭領《とうりよう》とする一派と、市川三左衛門《いちかわさんざえもん》の一派が対立し、那珂川《なかがわ》を挟んで争うということも持ちあがった。

その年の十月、ようやく長州藩主毛利敬親《たかちか》は、京都へ攻め入った三人の家老に切腹を命じ、幕府へ謝罪の意を表した。

水戸で兵を挙げた武田耕雲斎の一派は、中仙道《なかせんどう》を経て越前国へ入り、加賀の前田《まえだ》家に預けられた。

あくる元治二年（一八六五）も、また長州のほうで戦争が始まりそうだというので、本所回向院の相撲の興行が出来ず、力士たちは近在《きんざい》を巡業して歩いた。

武田耕雲斎をはじめ二十四人の水戸の脱藩士が斬罪に処せられた、と江戸へ噂が聞えてきたのは、その年の二月末であった。

京都にある薩藩士の西郷吉之助、大久保一蔵《おおくぼいちぞう》などは、長州を再び攻めることはよろしくない、と公家を通じ、朝廷へ奏上《そうじよう》をしたようだが、幕府はかえって、強腰《つよごし》になり、長州再征の命を下した。

四月七日に改元のことがあり、慶応《けいおう》元年と改められた。

江戸の刀屋に並べてある名刀はもちろん、駄刀までも一せいに値上りをし、古道具屋に並べてある鎧《よろい》に高い値段がついたというのは、このころのことであった。

「江戸のお旗本、ご家人《けにん》などは、ご公儀のお言いつけだから仕方がない、と諦めているようなものの、誰だとて戦などには行きたくないのさ」

その年の七月、雲州家の江戸屋敷に呼ばれて行った陣幕久五郎は、大蔦力蔵と一緒に両国横網町の自分の家へ帰ってきた。

もう秀の山の部屋からは離れて、陣幕久五郎は自分の家を持ち、相生松五郎をはじめ十人ほどの弟子と一緒に暮している。

もとは搗米屋《つきごめや》だった家を借りうけ、すっかり手を入れて、弟子たちが寝泊りをする部屋をこしらえた。

その家におうめも住んでいて、弟子たちからは、おかみさんと呼ばれている。

近衛家の諸大夫大塚理右衛門と祇園の鶴家の女あるじお鶴は、去年のうちに京都へ帰ったが、相変らず理右衛門は公卿と倒幕派のあいだを斡旋して、忙しく働いているようであった。

おうめに手伝わせ、着替えをしてから久五郎は、大蔦力蔵と向い合った。

「さて、大蔦関」

改まった形で、久五郎は口を切った。

「今日はお家の江戸ご家老有沢能登様から、ご用人の高橋紋右衛門様を通して、こういうお話があった。近ごろでは雲州家も、こういう世の中だけにいろいろとお手許がご窮屈になり、ご家中一統へ諸事節約のお触れが出たのだそうな。ご先君《せんくん》様はご病気がちで、大きな声では言えねえが、いろいろと噂もあったお方だ。ご当代のお殿様も相撲が好きで、わしのほかにも出雲の国で生れた力士を何人も抱えておいでなさる。そのほうの費用を節約しよう、ということになったのだそうだ」

「そうすると、陣幕関」

と大蔦力蔵は、しげしげと久五郎の顔を見ながら、

「雲州様では、相撲取を」

「その通りだ」

うなずいて久五郎は、べつにこだわっている風でもなく、からりとした笑顔を見せた。

「今日のご用人様のお話とは、そのことだったのさ。手短かに言えば、雲州様ではお抱えの力士たちをお払い箱にしよう、というお考えなのだ。もちろん殿様もご家老様がたも、せめて力士の五人や十人ぐらい、お家の費用から見ればなんでもなかろう、というお気持だったらしいが、算盤《そろばん》をはじいてみると、やはり無駄なところから倹約をしなくてはならねえ。もうこんな時代になってみると、お大名がご自分の好きこのみや見栄で力士を連れて歩く、ということは、はやらねえ。おぬしも知っての通り、おれは以前から、力士がお大名のお抱えになって、太鼓持みてえにお愛想やお追従《ついしょう》を言うのは間違ったことじゃあねえか、と考えていた。力士が自分の働きで、ちゃんと暮しも成り立ち、弟子を養って行ける世の中になるのが本当なのだ、というおれの考え、いまも変ってはいねえ」

「なるほど」

何べんもうなずいてから、大蔦力蔵は、溜息をついた。

「そうするとおぬしは、おうめさんのほか十人もの弟子を抱えて、どうやって暮しを立てて行くか、もう当てはついているのか」

「いいや」

と久五郎は、笑い声を立てて、

「大名の抱えが解けて、さっぱりしたものの、べつに貯えとてねえのだし、明日から十人の弟子を連れて土方働きにでも出ようかと思っているのさ」

「冗談じゃあねえ。東の張出関脇の陣幕久五郎が、そんなことが出来るものか」

「心配はいらねえ。おれにも大ぜいのご贔屓がおいでだし、新場の出雲屋さんにお頼み申せば、半年や一年ぐらいの面倒なら見てくださる」

「それでは陣幕関は、しばらくお大名のところへは出入りをせずに、気らくに暮せるわけだな」

それから数日後、不意に前触《まえぶ》れもなく薩藩士の相良治部が、横網町の陣幕の家へ訪ねて来た。

祇園の鶴家でおうめとも顔馴染の治部は、久五郎に迎えられて、自分の家へ帰ってきたような楽しそうな顔をしていた。

「実のところ、わしは江戸の薩摩屋敷の門前は素通りしてきた」

久五郎のわかした風呂へ入って、さっぱりした顔つきになった相良治部は、

「あと一ヶ月ほどは、江戸の諸方をこっそりと歩き廻らねばならぬ」

「大事なお仕事を持っておいでなのだから、意見がましいことは申し上げませんが、どうかお身の廻りにお気をつけなすって」

そう言った久五郎へ、治部はうなずいて、

「話があと先になったが、荒尾内蔵助どののもお芳どののも、無事に京都の近くに住んでおいでだ。長山越中と妹のおしげは、京都で牢屋暮しをしておる。おぬしの友達の今牛若東助という男は、京都には姿を見せてはおらぬらしい」

それから治部は、久五郎と二人で晩酌をやっているとき、顔を近よせてそっと言った。

「これは、いろいろと薩藩の為に働いてくれたおぬしだから、ごく内々で教えておく。先般、土州《どしゅう》藩士の仲介で、薩摩と長州、手を結ぶ約束をした。これで徳川家のいのちも、ますます縮まったというわけだ。幕府は長州征伐を再び始めようとしているが、あれは幕府が自分から足許に穴を掘るのと同様の仕業だ」

久五郎は、自分が雲州様のお抱えを解かれたという話をしてから、

「京都のころと同様、あなた様のお手助けをしたところで、誰からも文句を言われは致しませぬ。お役に立つことがあれば、どうかお申しつけを願います」

「そう聞けば、ぜひに頼みたいことがある」

と相良治部は、膝を乗出してきた。

橋渡しの役目

一

「昨日聞いたばかりだが、江戸相撲の一行、ことしの秋はまた京都へのぼって、相撲の興行をするそうだな」

「そういうことは聞いてはおりまするが、まだはっきりしたことはわかりませぬ」

「おいどんはこの通り、いつも諸国を飛んで廻っているし、今年中に京都へのぼれるかどうか、自分でも確かなことは言えぬ」

と相良治部は、おうめをはじめ陣幕一門の力士たちが聞いていないのを確かめ、また声を低めた。

「実は、わしの兄に小松帯刀《こまつたてわき》という薩藩士がいる。薩摩の吉利《よしとし》の領主小松相馬《そうま》の養子になったところから、小松という苗字を名乗っておるが、兄弟のことを申すのはいかがなれど、おいどんと違うて大そう出来物でな。現在では、薩藩の家老として、ほとんど京都に留《とど》まり、国事のために奔走《ほんそう》している」

「さようでございましたか」

会ったことはないが、小松帯刀の名は何べんも陣幕久五郎は聞いている。

まだ三十をいくつか越した若さで、諸藩の尊攘派の侍の中でも重きをなしているし、京都でも佐幕派の連中が小松帯刀を殺そうと狙ったことも、一度や二度ではないという。

その小松帯刀と相良治部が血のつながる兄弟というのは、今はじめて陣幕も聞くことであった。

「それで、頼みとおっしゃるのは」

と久五郎は、じっと治部の顔を見た。

「おぬしのような力士には、いささか荷の勝った仕事やも知れぬ。だが力士だけに、おいどんの頼む橋渡しの役目、うまく果してくれるのではないかと思うが」

「橋渡し、とおっしゃいますと」

「おぬし、雲州家の平賀縫殿《ひらがぬい》どのというご家老を知っているか」

「お眼にかかったことはござりませぬ。ずっと京都のほうに行っておいでだ、と聞いております」

「その平賀縫殿どのとわしの兄の小松帯刀を、こっそりと人知れず会わせる橋渡しをしてくれぬか。近衛家の諸大夫大塚理右衛門どのにも頼んだが、近衛家に迷惑のかかるのをおそれて、なかなか理右衛門どのは承知してくれぬ。さもあろう。雲州松江十八万石の松平家は親藩の中でも、ことに大大名ではあるし、現在のところ薩摩藩は公儀と縁はつながっているものの、あと一年のうちに倒幕派の旗印を明らかにする。これは最前も申した通り、ごく内々で教えておくのだ。幕府は近いうちまたもや長州征伐をはじめようとしているが、昨年も雲州家は長州との国境まで兵を進めた。また長州征伐がはじまれば、こんどこそ雲州家も長州の国境を越えて大軍を繰り出すことになるだろう。その前に、おいどんは京都に薩摩と長州の重臣を集め、そこへ雲州家の家老職を招いて話を取り決めておきたい。おぬしにやってもらいたいというのは、その時の橋渡しなのだ」

「難しいお役目でございますね」

と久五郎は、溜息をつくようにして、

「ご当代の雲州松平家のお殿様は、ご承知の通り、津山の殿様のご子息《しそく》で、それからご先代の松江の殿様のご養子になったお人でございます。それだけに、ご先代様と違ってご当代様は、なかなかご政治向きのほうもやりにくいことが多く、しかもこういう世の中でございますから、万事にわたって節約を第一にしておいでてございます」

そう言って久五郎は、雲州家の抱え相撲が残らずお暇を貰うことになりそうだ、とつけ加えた。

「わたしとしては、生れ故郷の雲州のお殿様のお抱えになったのでございますし、故郷にも相撲場を作ったり、いろいろと雲州家のお侍がたからもご恩になっております。そこへ、相撲取にしては大それたそんな橋渡しの役目など勤めたとあっては、どんな悪口を言われるかも知れませぬ」

「おぬしの立場は、おいどんもよく察してはいるが」

「いいえ、お断りをする、というわけじゃあございません。このごろのわたくしは、力士仲間にもよくひやかされております。ただ相撲を取っていればよいものを、なまじ天下国家のことを聞きかじったお蔭で、柄《がら》にもねえことにまで首を突込みたがっている、とね」

「結構ではないか」

と相良治部は、からりとした明るい顔つきで笑った。

「力士だから天下のことに耳を塞《ふさ》いでいてもよい、という理屈は成り立たぬ。おぬしが薩摩藩士に近づきが多くなったのも、ただの贔屓の力士という間柄だけではなく、やはり時勢に対して眼が開いてきたからであろう。どうだ、今の話。おぬしが京都で相撲の興行をやっているあいだに、祇園町などではないほうがよいが、あまり目立たぬ場所で雲州家と長州、薩摩、三藩の重役たちの顔を合すよう、骨を折ってくれ。雲州家のご家老としては、お家の抱え力士のおぬしを呼ぶ、という名目が立つであろうし、その場所と日がわかれば、薩藩もすぐに長州京都屋敷に連絡をとって、話合いが出来るように事を運ぶ」

「ちょっとお待ち下さい」

久五郎は、しばらく考え込んだ。

雲州家の当主松平出羽守定安は学問を好み、朝廷に対しても深く尊敬の念を抱いている大名であった。

自分の代になってから、松江藩でもアメリカ製の木造船、イギリス製の鋼鉄船《こうてつせん》を買入れ、それぞれ一番八雲丸《やくもまる》、二番八雲丸と名づけて、海事のほうにまでさかんに力を尽している。

しかし、松江藩はもともと親藩であり、幕府の命令を守らなくてはならない立場にあるので、長州征伐を命ぜられると、兵を出さないわけには行かない。

松江の祖《そ》、松平直政《なおまさ》は家康の孫であり、徳川家が雲州に親藩を置いたのは、長州の毛利家を押えるのが目的なのだ、と久五郎も雲州家の侍から聞いたことがある。

しかし、こういう物騒な世の中になってみると、戦など避ける方法があるのなら、自分たちのような相撲取でもそのために懸命に力を尽すのが当然、という気持が久五郎にはあった。

「よろしゅうございます」

ようやく覚悟をきめた久五郎は、はっきりと相良治部へ答えた。

「及ばずながら、京都へ参ったときはわたしも力を尽します。その代り、このことは雲州家のお侍たちの耳へ入らぬよう、お願いを致します」

「それは、おいどんにもようわかっている」

ほっとしたように、相良治部は答えた。

その日、泊って行ってくれ、と勧める久五郎やおうめの手を振り切るようにして、夕闇にまぎれて相良治部は両国横網町から、どこかへ旅立って行った。

「いつ会っても、あの人は忙しいお侍だね」

と大蔦力蔵は、つくづく感心したように、

「今夜は三田の薩摩屋敷へ行って泊るつもりだろうよ、相良様は」

「うむ」

久五郎は、あいまいに返辞をした。

おそらく相良治部は江戸に足を留めることなく、水戸のほうへ向ったに相違ない、と久五郎は気がついていた。

尊攘派の中でも水戸にはいろいろと血気《けっき》さかんな侍も多いというし、そういう同志とひそかに会って相良治部は、今後のことを相談するのであろう。

これまで何べんも刺客におそわれ、一度はいのちまで危うくなったことがあるのに、それにもめげず相良治部は自分の信ずる道をまっすぐに進んでいる。

「自分の考えた通り少しも迷わずに、命懸けで働いているという人は、見ていても気持がいいほど立派だな」

その晩、おうめと二人きりになったところで、しみじみと久五郎は言った。

江戸相撲の一行が京都へ巡業に行くのは、その年の九月、と決っていたが、その前に東海道筋の諸方を巡業して歩く約束が出来ている。

「関取」

八月に入ったある日、年寄の入間川が顔を曇らせながら、両国横網町の久五郎の家を訪ねてきた。

「どうも、困ったことが出来た」

「なんでございます、親方」

「実は、鬼面山関のことなのだが」

入間川が話したのは、東の関分鬼面山谷五郎のことであった。

二

鬼面山谷五郎は、久五郎よりも年上の三十九歳であった。美濃国多芸郡《みののくにたぎごおり》の百姓の息子で、京都へ出て相撲の修業をしたが、若いころは故郷の多《た》度村《どむら》へ帰って石工《せっこう》をやって働いていた。

巡業にきた江戸相撲の年寄武隈《たけくま》がそれを見つけて弟子にし、最初の四股名は四ツ嶽といった。安政四年の春、東前頭七枚目に入幕して、それから徳島の蜂須賀阿波守の抱え相撲となり、鬼面山谷五郎と名を改めた。

陣幕よりも先に番付面があがり、身長は六尺七分、体重は三十七貫五百で、温厚な性質であり、酒も飲まず女も近づけないというところがあった。

弟子に小柳春吉《はるきち》という力士がいて、鬼面山のためにそれこそ家来が主人に仕えるように、忠実に世話をやいている。

三年前の文久二年、阿波徳島の蜂須賀家が一ぺんに力士たちの抱えを解いたのは、藩の財政が思う通りに行かなかったためだが、それが妙な風に鬼面山の耳に入ったらしい。

鬼面山も同じ蜂須賀家の抱えであり、弟子を二十人ほども持って、すっかり蜂須賀家に頼っていた形だが、それが不意に抱えを解かれ、一時は生活に困っていたという。

加えて、蜂須賀家が抱え相撲に残らず暇を出したのは、陣幕久五郎が蜂須賀家の江戸家老たちと正面から喧嘩したのが原因、という風に伝えられていた。

もともと久五郎は、力士が大名の抱えになれば、そのために土俵の上でも相撲に手加減をしなくてはならず、義理を枷《かせ》にされることが多いので、大名抱えをいやがるようになったのであった。

久五郎としては、力士は力士、大名は大名、何も力士は大名の玩具ではなし、大名の威光をかさにきて威張って歩くのは力士としての面目にかかわる、という気持もあった。

鬼面山の贔屓の中に、深川の材木屋がいたが、その材木屋があるとき陣幕久五郎を料理屋へ呼んで、こんなことを頼み込んだ。

「わしも長いあいだ、鬼面山関の面倒を見ているが、あの通り鬼面山は口下手な男だし、贔屓に世辞を使って祝儀を余計にもらうなどという器用なことは出来ないのだ。おまけに蜂須賀様のお抱えを解かれてから、すっかり暮し向きにも困っている。その上、年寄たちの話を聞くと、先に陣幕関のほうが東の関脇に付け出されるらしい。年の功から言っても鬼面山のほうが古いのだし、どうだろう、鬼面山を先に関脇にしてやって、陣幕関は来場所、改めて関脇になるという風にしてくれないかね。そうすれば鬼面山関も元気がつくだろうし、新しい贔屓が増えて暮し向きもらくになろうというものだ」

それを聞いた久五郎は、しばらく対手を見ていたが、落着いた声で訊き返した。

「旦那のおっしゃったことは、鬼面山関も承知なのでございますか」

「いいや、わし一存だ」

「旦那もずいぶん相撲取を贔屓にしておいでのようだが、旦那のようにおっしゃっては、何も知らねえ鬼面山関が気の毒でございます。力士の番付があがるのは、力士の計らいじゃなく、年寄たちが決めることでございます。年の功で古い順に番付があがるというようなことは、力士の世界では通用致しません。鬼面山関がわしよりも白星を余計に重ねたら、それだけ早く番付があがる、ということになります」

それだけ言って陣幕久五郎は、その料理屋を出てきた。

しばらくして陣幕久五郎が小結から張出関脇につけ出されると、妙な噂が飛んだ。

陣幕久五郎は、阿波の蜂須賀家の抱えを解かれると、すぐに金を使って故郷の雲州の殿様の家来たちを抱き込み、雲州家の抱えになってしまった。雲州家は、大藩の力を利用して相撲の年寄たちを押えつけ、本来なら鬼面山が東の関脇になる筈なのに、それをさしおいて陣幕久五郎を張出関脇に据えた、という噂であった。

鬼面山も口惜しがっているというし、弟子の小柳春吉は、ずけずけと蔭で陣幕久五郎の悪口を言っているという。

久五郎はべつにそんなことは気にせず、聞き流しにしていたが、それがまたぶり返してくるとは思いがけないことであった。

「こんどの巡業に、鬼面山は行きたくねえ、と言っているのだ」

と年寄の入間川は、久五郎の顔をまっすぐ見ないようにして、

「お前さんのことが、まだ尾を引いているからに違いねえが、それと一緒に、横綱の不知火関までが病気なので江戸を離れられねえ、と届けを出してきた」

それを聞いても久五郎は、べつに表情も動かさなかった。

回向院の本場所というのではなく、旅興行なのだから、東西の横綱大関が揃って出かけるまでのことはない。

「親方のお話を聞いておりますと、わたしが不知火関や鬼面山関に嫌われているという風に受取れますが、それは一向に構いません。力士というのは、土俵の上だけが勝負だと思いますから」

こういう場合、対手を見て物の言い方を変える、ということが久五郎には出来ない。それがときどき対手の誤解を招くと知っていながら、久五郎は久五郎なりに自分のやり方で押し通そう、と考えていたのであった。

九月に入ってから、横綱の雲竜久吉、それに張出関脇の陣幕久五郎、小結の梶ケ浜吉五郎《かじがはまきちごろう》、前頭の千年川竜蔵《りゅうぞう》以下三十六人の力士は、玉垣額之助が世話役で、年寄の入間川治太夫がついて、江戸を出立した。

十一月には回向院の本場所があるので、それまでに江戸へ帰らなくてはならず、あわただしい旅であった。

京都へ入った陣幕久五郎は、自分の定宿の木屋町の揚羽屋に泊って、そこから相撲場まで通うことにした。

晴天五日の興行の三日目の夜、久五郎は三条の大政《おおまさ》という芝居茶屋へ招かれて行った。招いてくれたのは、ちょうど京都に滞在していた雲州家の家老平賀縫殿で、久五郎は大蔦力蔵を連れていた。

「おう、あなたは力士の陣幕久五郎ではないか」

廊下を歩いてきた恰幅のいい五十年配の侍が、微笑を浮べながら久五郎へ声をかけた。

「わたくしは、陣幕でございますが、お武家様はどなた様で」

「わしは長州の、志道《しじ》安房と申す者だ」

そう名乗って侍は、にこりと笑って見せた。

志道安房の名前は、京都へ入ってから久五郎も、薩摩藩の侍に二度ほど教えられている。

長州の京都屋敷詰の重臣であり、表面には出ないが、今でも倒幕派の志士と巧みに連絡をとっているという。

蛤御門の戦のあと、長州の重臣がこういう料理屋に姿を見せるというのは、よくよく思い切ったことに違いない。しかし志道安房は、役人たちの眼などは一向に気にしない様子で、にこにこ笑っている。

「しばらくお待ちを願います」

久五郎は、料理屋の女中たちへ気兼ねをしながら、そっと言った。

「間もなく、これへ薩摩の小松帯刀様がお越しになりまする。それまでわたくしは平賀様のお座敷へ参っております」

「頼んだぞ」

と志道安房は、久五郎の肩を叩いた。

大蔦力蔵は奥座敷へ入る渡り縁のところに立って、うろんな者が近づかないよう、見張をする役目であった。

奥座敷で、平賀縫殿と陣幕久五郎はしばらく話をしていたあと、すらりとした身体つきの侍が一人、久五郎の弟子の相生松五郎に案内されて家の奥座敷へ通った。

しばらく間をおいて、こんどは横の廊下から長州の志道安房が、その奥座敷へ姿を消した。

陽気な話声が聞えていたが、やがて陣幕久五郎が奥座敷から出てくると、大蔦力蔵と相生松五郎をうながした。

「これからわたしたち三人で、誰もこの座敷へ近づかぬよう張番をするのだ」

「陣幕関は、なにやら大そうむずかしい役目を勤めたようだな」

小さな声でそう言った大蔦へ、にこりと久五郎は笑った。

「相撲取の柄ではねえ、と文句を言わねえでくれ。こんどだけだ」

十二代目横綱

一

元治二年は四月七日に改元して、慶応元年と改った。

その年の春、再び幕府は長州征伐の戦を始めることになり、将軍家茂が四月十六日に江戸を出発する、と決った。

それまで長州と仲の悪かった薩摩藩も、すっかり藩論が変って、京都にいる西郷吉之助、大久保一蔵などは、土佐藩の中岡慎太郎《なかおかしんたろう》などと共に連署して、長州藩再征は天下のために避けたほうがよろしい、と朝廷へ上申をした。

諸大名の中には、長州再征に反対の人々も多かったが、幕府としても面目を貫かなくてはならず、幕閣の中にも強硬論を唱える者が多い。

そのあいだに倒幕派の連合はますます固くなり、五月に入って土佐藩士坂本龍馬《さかもとりようま》が薩長のあいだを周旋し、両藩は連合を約した。

江戸でも米の値があがったり、物騒な噂がひろまるので、人心は落着きを失っている。古道具屋に並んでいる鎧や刀までが高い値でよく売れる、という有様で、本所の回向院も、去年は一度も相撲の興行をやっていない。

東の張出関脇陣幕久五郎が雲州家の抱えを解かれ、薩摩の島津家の抱えになったのは、同じこの年であった。

もちろん、陣幕が徳川家親藩の雲州藩を離れ、薩摩藩の抱えになったことについては、いろいろ噂が飛んだ。

京都へのぼるたび、薩摩藩士と付合っていた久五郎が、だんだん時勢の動きに興味を持ち、いわゆる尊攘派の志士たちから感化《かんか》を受けて、次第に薩摩潘と親しくなったのだ、という噂も飛んだ。

「陣幕関、どうするのだ」

京都でのいきさつを知っている大蔦力蔵は、ひどく心配して、

「ありのままを、正直に親方たちへ打明けたほうがいいのじゃあねえか。雲州家のご家来のなかにも、関取を憎んで闇討をかけよう、と言っている人たちもあるようだぜ」

「なんとでも言わせておくさ」

久五郎は平気な顔で、そばで心配しているおうめへも笑顔を見せると、

「土俵の上にはご時勢の風は吹いて来ねえ、などとおさまって済んでいられるような世の中ではねえのだ。平賀縫殿様が、なにもかもよくご存知だ」

京都で、雲州家の家老平賀縫殿と薩摩藩家老小松帯刀、それに長州の志道安房と三人を内々で会わせる橋渡しをつとめた、などと久五郎は人へ洩らしていない。

どんな蔭口を言われたところで、そのうちに世間の人もわかってくれるだろう、という気持であった。

島津家の抱えになったものの、陣幕久五郎の生活は以前よりもらくになったわけではない。むしろ雲州家の抱え力士になっていたころのほうが、手当金も充分に貰えたし、どこへ行っても大切にしてもらえた。

その年の十一月、本所回向院の相撲で、陣幕は東の関分に付け出された。十日の興行のうち陣幕久五郎は、四日目に両国梶之助と引分け、六日目に西の前頭筆頭の出釈迦山と引分になったが、八日目には西の横綱の不知火を破り、相変らずの相撲を見せ、六勝二分で二回目の優勝をとげている。

依然として体重は三十七貫から下らず、身長は五尺七寸五分、がっしりとした身体つき

であった。いつも左をのぞかせ、右から対手を押え、じっくりと守りの形をとって、一たん土俵に踵がかかると、少しも後退をしない、という取口を見せていた。

回向院の相撲が行われているころ、幕府は二度目の長州征伐の軍を進ませ、大坂から広島へかけて大軍が動き始めた。

あくる慶応二年（一八六六）の三月、陣幕久五郎は東の関脇で、回向院の土俵に出た。六日目に西の小結小野川に負けたきり、いつもの場所と同じように西の横綱不知火を破った。

京都にいる西郷吉之助から、久五郎へあてた手紙が届いたのは、そのころのことであった。

ことしの正月二十一日、土佐藩士坂本龍馬のとりなしで、京都にある小松帯刀の別荘に長州藩士の桂《かつら》小五郎《こごろう》、薩摩の小松帯刀、それに西郷吉之助が集って、薩長連合の盟約を固く定めたというのであった。

京都にいる薩摩と会津の両藩士のあいだは、ひどく険悪になり、事があるとすぐに刀を抜いて争うような危険な有様になっているらしい。

その年の五月、将軍家茂は本陣を大坂城に置き、山陽と山陰、四国と九州、二十余藩の大軍を集めて、周防《すおう》と長門二ヶ国の国境を破ろうとした。

しかし徳川家親藩の中にも、やむなく兵を進めているものの、徹底的に長州藩と戦う気持のない藩が少くない。

その六月から七月にかけて、幕軍はいたるところで破れたが、山陰のほうでは長州藩が石見国《いわみのくに》の浜田《はまだ》まで兵を進めた。藩主の松平武聡《たけあきら》が城を捨てて雲州松江まで逃げる、ということまであった。

雲州家の侍たちも、戦うのをやめ、七月十八日、松江まで引きあげたという。

江戸の町の中が大そう険悪な状況になったのは、同じ七月の末ごろであった。

「何かあったのではないかしら」

この頃ではすっかり京訛りもとれ、江戸の相撲取の女房らしくなったおうめが、買物から帰って来ると、心配そうに言った。

大川の岸を、血相を変えた旗本らしい侍が馬に乗り、急いで飛ばして行ったという。

町の辻にある自身番にも奉行所の役人たちが詰め、町年寄たちを集めて、町内に不審の者がいないか、厳重に調べている。

「長州のほうの戦がうまく行かなかったようだけど、まさか長州勢が東海道を攻めくだって来るのではあるまいね」

「まさか」

久五郎は笑ったものの、内心ではやはり不安なものを覚えた。大蔦力蔵は先場所、足の筋を痛めて、それからは稽古もやめ、久五郎の家で居候同様にごろごろしている。

一時は三十人を超えていた久五郎の弟子も、このごろでは半分に減っていた。世の中が物騒になるにつれ、めいめい若い力士たちは自分の故郷のことが心配になるのと、一つには田舎のほうも人手不足で、力士をやめて親許へ帰って行く者が続いて出てきた。

加えて、陣幕久五郎が雲州家の抱えを解かれ、島津家の抱えになったことからいろいろ悪口を言われたことも、若い力士たちの気をくさらせたせいもあるらしい。

そういうときでも久五郎は、弟子たちを叱りつけようとはせず、そういう連中の思う通りにさせた。

久五郎自身にもはっきりしたことはわからないが、ここ数年のうちに世の中は激しく変るに違いない、と考えていたからであった。

「なあ、関取」

おうめが、弟子たちのために晩飯の支度をしているとき、そっと大蔦力蔵は言った。

「もしも徳川様が、長州勢のために負けるようなことになったら、世の中はどうなるのだ」

「お前も、それを真剣に考えるようになったか」

久五郎は、難しい顔つきになると、

「おうめが見てきた通り、この本所のあたりまで物々しい有様になっている、というのでは、どうも長州での戦いが徳川様にとっては、うまく行かなくなったらしい。こんどの戦争で、一ぺんに徳川様の軍勢が負ける、というようなことはあるめえが、世の中の仕組が変ることは間違いねえだろう」

「どう変るのだ、世の中が」

「大きな声では言えねえが、雲州様のご家来の中でも、平賀縫殿様のようなお方は、ちゃんと世の中の移り変りを見通しておいでなのだ。だから、おれのような力士の抱えをおやめになったのさ。あの京都の大政という芝居茶屋で、薩摩の小松帯刀様と雲州の平賀様が大切なお話をなすったとき、おれの身柄についてもお取決め下すったのだ」

「そうすると、あの晩、関取は雲州様の抱えから島津様の抱えになる、と決っていたのかえ」

「誰にも言わずにいてくれ。このことはおうめにも内緒なのだ」

「そんなことをしていて、関取、お前は土俵を捨てるなどと言い出すのではねえだろうな」

「安心してくれ。おれは、土俵に命を懸けた男だ。横綱を締めるまで、どんなことがあっても土俵からは離れねえよ」

と言って久五郎は、明るい笑顔を見せた。

二

その慶応二年十一月の本所回向院の場所で、久五郎は西の大関に昇進し、二日目に小野川と引分になっただけで、九日目には横綱不知火と顔が合い、寄切《よりき》りで破り、八勝一分の成績で優勝を飾った。

これが久五郎にとっては、三回目の優勝であった。

その年の夏、将軍家茂が、年二十一で大坂城にあって世を去ったことが、しばらく経ってから公にされた。

あの日、おうめが買物に行ったとき見た馬上の旗本、それに自身番の物々しい様子などは、将軍家茂の死を江戸の者たちに隠しておくためだったのだ、と久五郎たちはようやく気がついた。

長州征伐も、すべて失敗に終ったが、一橋慶喜が新しい将軍となり、あくる慶応三年の正月になって、ようやく幕府は征長の兵を解く命令を出した。

慶応三年四月場所の番付では、前年十一月場所で優勝した陣幕久五郎は西の大関のままである。久五郎は三十九歳であった。

東の横綱は不知火であり、東の関脇は久五郎にとって好敵手の小野川、西の関脇は鷲が浜という番付になっている。

この四月場所、陣幕は七勝二分で四回目の優勝を遂げた。

春ごろになると、もう徳川家は政権を朝廷へお返しして王政復古《おうせいふっこ》になるのではないか、という噂が江戸中に拡がった。

このごろ近衛家の諸大夫大塚理右衛門からも便りが絶えているし、おうめも、伯母のお鶴から半月以上も便《たよ》りをもらっていない。だから久五郎は、ときどき出かけて行く三田の薩摩屋敷で京都の動きを教えてもらうだけであった。

諸大名の中でも、公武合体《こうぶがったい》を唱えている人々も多いし、なんとかして徳川家の命脈《めいみやく》を保とうとする運動も起っている。

その一方で、薩摩と長州、土佐の三藩は連盟を結んで、王政復古を実現しようとしていた。

その動きが、はっきりと表面に出てきたのは、その年の秋であった。

十月になると、将軍慶喜は老中以下の幕閣《ばっかく》の重臣を集め、政権を朝廷へ奉還《ほうかん》する決意を告げ、辞職《じしょく》を奏上した。

坂本龍馬と中岡慎太郎が、京都の河原町《かわらまち》の寄寓先《きぐうさき》で暗殺されたのは、十一月十五日のことであった。

王政復古の大号令《だいごうれい》が発せられ、列藩《れっぱん》に布告《ふこく》されると、いよいよ江戸には物騒な噂が飛び、いまにも西国の軍勢が攻めて来るのではないかとおそれ、夜逃げ同様に逃げ出す者も毎日のように現われた。

十月、陣幕久五郎へ対して吉田司家から、横綱を許され、ここに改めて陣幕は十二人目の横綱になった。

世の中がおだやかだったら、新しい横綱になった陣幕はいろいろの贔屓から祝いを貰い、派手に披露《ひろう》の宴を開くのだが、こういう世の中だけに久五郎は一切それを辞退した。

鬼面山を抱えにしていた阿波の蜂須賀家の侍たちは、ひどく久五郎を憎んで、なにか事があれば久五郎を片輪にしてやる、と暴言を吐いていた。

江戸に住む人間としては、陣幕久五郎は徳川家親藩の雲州家に不義理をし、島津家の抱えになった、というだけで好意を持たないのは当然であった。

「横綱、あまり外へ出ないほうがいいぜ」

十一月、本所回向院の場所が開かれている最中であった。

このごろでは、足の筋を痛めたのが原因で、もう力士としては再起出来ないと悟った大蔦力蔵は、陣幕部屋の若者頭の仕事を勤めている。

「島津様のお侍に招ばれても、ご辞退をしたほうがいいと思うぜ」

と力蔵は、真剣な表情で、

「蜂須賀様のご家来ばかりじゃあねえ、江戸のお旗本たちの中でも、大そう横綱を憎んでいる連中も多いし、闇討を食ってもつまらねえからな」

「なあに、おれが用心をしていれば、それでいいのさ」

その十一月の場所、東方の横綱不知火は休んだので、陣幕久五郎のよき対手とも言うべきは小野川だけであった。八日目に、陣幕は小野川と顔が合い、上手投げで対手を破った。

この場所も、陣幕は優勝し、これで五回目の優勝になった。

小野川に勝った日、不意に両国横網町の久五郎の家に姿を見せたのは、薩州藩の相良治部であった。それも侍の姿ではなく、菅笠をかぶり、薬の箱を背負った行商人の姿で、にこにこ笑いながら台所から入って来た。

おうめが、びっくりして大きな声を出したので、久五郎は力蔵と一緒に台所へ出てみた。

「しばらくだな」
土間に立った治部は菅笠をとりながら、陽灼《ひや》けした顔を見せた。
「これはおどろいた」
久五郎は、いそいで治部を座敷へ引っぱりあげた。
「どうしておいでか、とご案じ申し上げておりました。お国許のほうへお帰りになってい
たんじゃあございませんか」
「いいや、しばらく薩摩へは帰っておらぬ。東北のあたりを歩き廻っていたのでな」
旅装《りょそう》をといた治部は、おうめの酌でうまそうに酒を飲みながら、手短かに自分のやって
きたことを話した。
薩摩藩も長州藩も、このまま無事に王政復古の世の中になる、とは考えていない。徳川
家が恭順《きょうじゅん》の意を表したところで、東北諸藩が無事に城地《じょうち》を差し出すとは思えない。い
ずれ戦が起って、日本の諸方で兵火が交えられる、と薩長は覚悟をしている。
ただ土佐藩だけは、なんとかして徳川家の命脈を保たせよう、と骨を折っているが、問
題なのは東北諸藩の動きであった。
「ことに長州藩としては、いろいろと会津藩に恨みがある。それを戦という手段で仕返し
をしてやろう、と考える侍が多いのだからな」

治部は暗い顔つきになり、言葉をつづけた。

「だからわしは、行商人に姿を変え、東北諸藩の動きを探った。会津はもちろん仙台《せんだい》でも米沢《よねざわ》でも、王政復古の世になるというのは、薩長の詭弁《きべん》であって、このまま城地を明渡すことなど思いもよらぬ、という意見のほうが強いのだ」

「なんとかして、戦を食いとめる法はないものでござりましょうか」

そう言った久五郎を、つくづく治部は眺めながら、

「おぬしも天下の横綱に出世したのゆえ、世の中の動きに対して、大きく眼を開くようになったな」

「いいえ、これは相良様のお教えでござります」

「どうだろう、陣幕、おぬしに一つ骨を折ってもらいたいことがある」

治部がそこまで言ったとき、表のほうで女の声が聞えた。

「横綱、おいでですか」

しばらく会わないが、それはお北の声であった。

このごろのお北は、女だてらに博奕場へ出入りすることなどやめ、巾着切から足を洗って、神田の紅梅新道《こうばいしんみち》というところで小料理屋を開いている。相変らず身だしなみはいいし、もう四十に近い筈なのに、娘のような若さであった。

「どうしたのだね、お北さん」

「今牛若東助という人から、言伝をもらったのだよ」

「なんだと、東助は江戸にいるのか」

「お旗本の屋敷で、中間奉公をしているのだそうな。東助さんの話では、今夜あたり、三田の薩摩屋敷が焼討をかけられるらしい、と言うのだよ」

その言葉を聞いて、座敷にいた相良治部の立ちあがる気配がした。

薩摩屋敷焼討

一

「なに、薩摩屋敷が」

声と一緒に奥の座敷から出てきた町人姿の相良治部を見ると、お北もびっくりしたらしく、あわてて口をつぐんだ。

「心配は要らない、お北さん」

と陣幕久五郎は、対手を制しておいて、治部へ向き直った。

「この女のひとは、わたくしがまだ江戸へはじめて下る前からの知合でございます。まあいろいろな商売をやったあげく、いままでは神田の紅梅新道で小料理屋をやっておいでの人でございます。この人のところには、市中の遊び人も集って参りますし、いろんな噂が耳へ入ります。ですから、この人の言うことは嘘じゃねえと存じます」

「ちょっとこちらへ来てくれ」

茶の間へあがっておうめと話をしているお北に聞えないように、治部は久五郎を奥座敷へ連れ込んでから、

「さっき、骨を折ってもらいたいことがある、と頼んだのは、いまの話と関合いがある。先日、つまり十一月一日、わが薩摩藩と土佐藩が浪士たちを集めて、八千人あまりで江戸城の近くに火をつけ、千代田《ちよだ》城へ攻め入る、というような噂がひろまった。もちろん、薩摩藩ではさようなことなど考えてはおらぬが、まことに噂というのがよく出来ていてな。和宮《かずのみや》様と天璋院《てんしょういん》様を江戸城から連れ出そう、という企みだと申すのだ。それから幕府では、大そう気をとがらせ、江戸にいる諸侯たちを登城させ、いつでも兵を出せるよう手配を定められた。それやこれやで、いつ幕府の兵が江戸の薩摩屋敷へ乱入するかわからぬ、という情勢なのだ。骨を折ってもらいたいと言うたのは、おぬしも天下の横綱、江戸では顔が広いのゆえ、そういう噂がどこから出るのか、突きとめてほしかったのだ」

「さようでございますか」

焼討は今夜にでもあるかもしれない、とお北は知らせに来たのだし、情勢は切迫している。

しかし、久五郎は、すぐに動き出す気にならず、腕を組んで考え込んだ。

相良治部は、自分がどこまでも薩摩のために働いてくれる、と信じ、ここへ頼って来たに違いない。

これが平幕の力士なら、薩摩藩の抱えなのだし、懸命に働かなくてはならぬかも知れない。だが、現在の陣幕久五郎は、十二代目の横綱であった。

その横綱の自分が、いくら薩摩藩のためとはいえ、そう軽々しく動いていいものか、と考えると久五郎は、やはりためらいが出てくる。

「とにかく、わしはこれから急いで薩摩屋敷へ行く」

と治部は、あわただしく身支度をして、

「おぬしも、もし江戸市中に何か妙な動きが見えたら、すぐに屋敷へ知らせてくれ」

そのまま相良治部は、薬の箱を背負い、行商人の身なりで菅笠をかぶると、久五郎の家から急いで出て行った。

「どうします、横綱」

と、おうめとお北が、心配そうに奥座敷をのぞき込んだ。

「お北さんの話では、今牛若東助という人、四谷にお屋敷のあるお旗本、大久保因幡様という人のところで、中間奉公をしているのだそうな。力があるので、大そう重宝がられていると言うけれど」

おうめの話を聞きながら、久五郎は額《ひたい》に皺《しわ》をよせ、黙り込んでいた。

東助のたよりを聞いて、喜ぶよりも、やはり心配なのは、市中の動揺であった。

この本所界隈にも、妙な噂が飛んで、いまにも物騒なことが起りそうな有様であった。

相良治部の話を聞くと、十一月からこの十二月へかけて、江戸市中の警戒がきびしくなった理由がはっきりとわかる。

幕府の遊撃隊、それに別手組《べってぐみ》、撒兵《さっぺい》など、いろいろな名前の旗本やご家人たちが五十人、百人と隊伍《たいご》を作って、市中を警戒して廻っている。

その理由は、近ごろは江戸も物騒になり、悪徒《あくと》が横行するので、人数を増やして巡邏《じゅんら》をするのだが、町人たちも怪《あや》しい者の姿を見たら、すぐに役人に届けるように、という触れが廻っている。

薩摩藩と土佐藩が、江戸市中へ焼討をかけ、千代田の城へ乱入するという噂が本当なのか、それとも佐幕派が作り上げた噂なのか、それは久五郎にもはっきりしたことはわからない。

回向院の相撲は、十一月に興行はしたが、その相撲の最中も、いろいろとおだやかでない噂が力士たちの耳へも入った。

天下国家のため、と称して黒覆面の浪人たちが十人ぐらいずつ、市中の金持ちの家を襲い、大金を強奪《ごうだつ》して行くことが引続いた。

その浪人たちの正体はわからないが、あるいは薩摩の浪人ではないか、という噂も聞えている。

一方では、薩摩藩を苦しい立場に落すため、浪人たちがわざと薩摩弁を使って、そういう強盗を働いているのだ、という話もひそひそと伝えられた。

いずれにしても、このままの状態では、三田にある薩摩屋敷も無事で済みそうにない。

この数ヶ月前から、薩摩屋敷には正体不明の浪人たちが大ぜい集って、毎晩のように酒を飲み、大きな声で歌をうたうのが、三田の通りまで聞えるというほどであった。

「おい、今日は何日だ」

と久五郎は、不意に夢から覚めたような顔つきで、おうめへ訊いた。

「どうしたのです、横綱」

このごろでは、すっかり江戸言葉も身につき、横綱の女房らしい貫禄のついたおうめが、まるで子供をさとすような笑顔になると、

「今日は十二月二十四日、あと六日で大晦日《おおみそか》ですよ。でも、ことしは諸方の払いもすっかり出来るし、まあ横綱の小遣《こづかい》には困らない正月が出来ますよ」

「二十四日か」

呟いた久五郎は、お北の顔を見ると、

「今牛若東助とは、いずれ改めて会うときがあるだろう。明日の朝早く、わしはちょっと出かけてくる」

「横綱」

とお北は、心配そうに、

「お前さんは島津様の抱え力士だけれど、こういう物騒な世の中になってみると、なにも島津様と心中をすることはないのだよ。横綱を締めたのは、島津様のお蔭というわけじゃなし、ようやくお前さんの長いあいだの苦労が報《むく》われたのだから、島津様を恩に着ることはないよ」

「なあ、お北さん」

久五郎は、しみじみとした声になった。

「わしのような力士は、ただ土俵の上で懸命に相撲をとっていれば、それでいいのかも知れない。だが、わしは何べんも京都へのぼっているうちに、いろいろなお侍たちと知合になって、その人たちのお蔭で、いくらか世の中を見る眼が出来てきたように思っている。そういうことは相撲取には要らねえ、無用なことだ、と言うかも知れねえが、わしはそうは思わぬ。いつも、おうめにはそう言っているが、あと何年も経たないうちに、きっと世の中は変ってしまうよ。わしは若いころから、力士がお大名の抱えになって、まるで太鼓持か芸者のように、酒の席で殿様やご家来衆のご機嫌を取るのを、いいことだとは思っていなかった。わしら力士というのは、木戸銭《きどせん》を払って見物にきて下さるお客のために、いい相撲を取らなくてはならない。たとえ勝っても負けてもだ」

「おやおや、大そう難しいことを言い出したね、横綱は」

そうは言ったがお北は、べつに笑いもせず、真面目な顔つきで、

「横綱の言う、新しい世の中とは、どういう世の中なんです」

「わしら相撲の世界で言えば、お大名やお旗本の玩具にならなくても済む世の中だ。広く言ってみれば、侍が威張っていられず、身分の低い生れでも、その人の働き次第で立派な身分になれる、という世の中だ」

「それでは、相撲取の世界と同じじゃないか」

「わしらは、強ければ出世をするのだが、いまの世の中は、そうじゃねえ。いくら力を持っていても、百姓の子に生れたら、立派な身分にはなれない。新しい世の中がくれば、その人の働き次第で、いくらでも自分の進む道を切り拓《ひら》いて行けるよ」

「関取」

とお北は、ぴたりと久五郎の前に坐り直した形になった。

二

「お前さん、薩摩や長州のお侍たちを贔屓に持ったせいで、大そう立派な考えをお持ちだね。黙って聞いていると、いまにもお前さんが薩摩や長州の侍と一緒になって、お旗本やご直参《じきさん》を対手に戦を始めそうな勢いじゃないか」

「わしはわしで、きっと戦をしなくてはなるまいな」

と久五郎は、おうめやお北にとっては、謎に聞えるような言葉を洩らした。

「それも、力士が自分たちの住む世界を、はっきりと新しく見直すだけの力を具えた世の中を作るためにな」

そのあくる朝、まだ暗いうちに久五郎は、隣の部屋にいる大蔦力蔵と相生松五郎を呼んだ。

「おい、大蔦、相生、おれと一緒に出かけてくれ」

唐紙越しに、それまでの話を聞いていた大蔦力蔵も、隣の部屋から顔を見せた。

「いつでも出かけられるよ、わしも相生も」

足の筋を痛めてから、もう土俵にのぼる望みは捨て、若者頭の仕事をしている大蔦力蔵は、やはり久五郎にとっては一ばん力強い相談対手であった。

「へい、お供を致します」

と弟子の相生松五郎も、裾をからげながら、土間へおりた。

「どこへ行くのです、横綱」

そう訊いたおうめへ、支度をしながら久五郎は、

「ちょっと三田のほうの様子を見てくるんだ。心配しなくてもいい。わしも天下の横綱、いくら薩摩藩のお抱えだといっても、浪人たちの中にまじって一緒に騒動を起すような真似はしねえ」

わざと島津家から拝領した羽織はつけず、久五郎は綿入《わたい》れの裾をからげ、刀を差した。その上に赤合羽《あかがっぱ》を羽織り、火事頭巾をかぶったが、人に顔を見られない用心であった。

大蔦力蔵と相生松五郎は、それぞれ手拭で頬かぶりをし、やはり綿入れの裾をからげた。

「こうやって三人揃って出かけると、遠くから見ただけで、いやでも力士とわかってしまうぜ」

と、両国橋を渡りながら、大蔦力蔵は笑った。

ゆうべから冷たい風が吹いていたが、夜の明けたこのころ、江戸特有の空っ風が吹きす

さんで、道を歩く人は背を丸くして足を運んでいる。

赤羽橋を渡ってから陣幕久五郎は辻駕籠を二挺やとい、大蔦刀蔵と二人で乗った。

相生松五郎が先のほうを走って、京橋《きょうばし》あたりまで来たころ、なんとなく市中の空気が騒々しくなっていると気がついた。

塗笠《ぬりがさ》をかぶり、抜身《ぬきみ》の槍《やり》をひっさげた侍たちが、それぞれ徒歩立《かちだち》の家来を従えて、次々に江戸城のほうから走り出して来る。

京橋から芝《しば》へ入る道は、すでに町奉行所の役人が出張《でば》っていて、通行どめになっていた。

「横綱、大へんです」

二挺の駕籠もとめられてしまい、そこへ先のほうから引返してきた相生松五郎が、あわただしい声で言った。

「三田の薩摩屋敷が、今朝、焼討になったそうです」

「なんだと」

びっくりした久五郎は、そこから京橋具足町《ぐそくちょう》の贔屓の店へ急いだ。

公儀御用達《ごようたし》の具足商の店へ行ってみると、表の戸も大きく開け放って、店の者が次々に奥から鎧や胴丸《どうまる》、籠手《こて》、脛当《すねあて》などを運び出している最中であった。

旗本屋敷の家来であろう、血相《けっそう》を変えた侍たちがそれを受取り、中間に背負わせて駈け戻って行く。

「どうしたんでございます、旦那」

声をかけた久五郎を見ると、その具足商のあるじは、

「横綱、わざわざ駈けつけてくれたのかえ」

「なんだか、物騒な噂のようでございますが」

「薩摩屋敷が焼討になったので、いまにも浪士たちがこのあたりへ暴れ込んで来るかも知れない。横綱がいてくれれば心丈夫《こころじょうぶ》だ。諸方の旗本屋敷でも、急に鎧や胴丸が入用だとおっしゃって、これこの通り、店に並べた品物はもちろん、土蔵の中から洗いざらい品物を運び出している始末だ」

「薩摩屋敷の焼討というのは、本当でございますか」

「大川を越して、本所のあたりまで、まだ話は伝わっていないかも知れないが、夜明けからこのへんは大へんな騒動なのだ」

陣幕久五郎が、その具足屋で聞いた話とは、こうであった。

この二十五日の朝は、風が強く、しかも霜《しも》が降って、ひどく寒かったという。夜が明けてから間もなく、市中にある神田橋《かんだばし》内に上屋敷のある庄内藩酒井《さかい》家は、まず薩摩屋敷焼討の第一番手を命ぜられ、兵を繰り出した。

そのほか、上山《かみのやま》、鯖江《さばえ》、岩槻《いわつき》の三藩が討伐を命ぜられ、夜明けまでに三田の薩摩屋敷を囲む形を取った。

飯倉《いいぐら》、増上寺《ぞうじょうじ》門前、金杉橋《かなすぎばし》、麻布一《いち》の橋《はし》、聖坂《ひじりざか》、二本榎《にほんえのき》、猿町《さるまち》と三方から芝三田の薩摩屋敷を包囲する形をとり、一方だけを開けた。

それは、三田通り、あるいは薩摩屋敷裏の七曲《ななまが》りから高輪、品川へかけての道であり、攻撃をかけておいて、薩摩屋敷にいる浪人たちを西のほうへ追払おう、という計画であった。

すでにその情勢を耳にした薩摩屋敷では、正門をはじめ、ことごとく門を固く閉じてしまった。

屋敷の表門は、芝山内の五重塔と向い合う位置にあって、大きな黒塗りの破風造《はふづく》りであり、家の紋の丸に十の字を三ヶ所に打ってある。

築地塀は高さが七尺もあり、その外に深さ二尺の溝がめぐらしてあって、そう容易には攻め込めない厳重な造りであった。

まず庄内藩の先手《さきて》の大将、石原倉右衛門《いしはらくらえもん》は馬上で侍たちをひきい、薩摩屋敷の正門の前へ進んだ。

石原は、正式に開門を求め、それに応じて薩藩邸の留守居篠崎彦十郎《しのざきひこじゅうろう》が出て来て、談判がはじまった。

石原が問い糺したのは、このごろ市中を荒し廻る浪人たちを、薩摩屋敷がかくまっているようだが、その者たちを引渡してくれるように、という交渉であった。

薩藩の篠崎のほうは、そういう浪人たちには心当りはない、と答え、だんだん双方の言葉づかいが荒っぽくなってきた。

片方の石原は、言葉に庄内訛りがあり、篠崎のほうは薩摩弁まる出しなので、どちらもなかなか対手の言葉が諒解《りようかい》できず、次第にいきり立って来た。

談判は一時間ほどに及んだが、業《ごう》を煮やした庄内藩の侍が、不意に槍を揮《ふる》って篠崎彦十郎を突き刺してしまった。

これが、午前七時ごろだったと言う。

それから、双方はすさまじい戦になり、攻撃隊の庄内藩は、大砲を発射しようとしたが、薩摩のほうも前以って応戦の準備をととのえていたので、屋敷の長屋に火を放つと、さかんに鉄砲を屋敷の外へ発砲した。

続いて、双方は入り乱れて白兵戦《はくへいせん》になったが、まだ大砲を放つところまでは行かず、一時間ほど血なまぐさい小競合《こぜりあ》いが続いた。

陣幕久五郎が、具足商のあるじから聞いた話は、そのあたりまでであった。

「やはり薩摩屋敷は、焼討を受けたんでございますか」

合羽を脱いでしまい、いまにも警戒線を突破して三田のほうへ走り出そうという形をとり、久五郎は唇を噛んだ。

耳を澄ますと、三田のほうから、小銃を発射する音が続けざまに聞えてくる。

やがて、それに加えて、大砲を撃つ音であろう、足許にずずんと響き、冬空を花火のような音が走って来た。

「この様子では、もう相良様も薩摩屋敷へ入って、戦の中に加っているかも知れない」

「横綱」

久五郎の気配に感じた大蔦力蔵は、対手の太い腕をつかむと、

「軽はずみなことをしちゃいけねえ。お前さんが薩摩屋敷へ駈けつけたところで、どうなるものでもねえ」

「それもそうだが、おれも黙っては見てはいられねえのだ」

と久五郎は、弟子の相生松五郎へ顎をしゃくった。

「ついて来い。おれと二人、裏通りを通って、三田まで駈けつけるのだ」

明治元年

一

庄内藩の先手の大将、石原倉右衛門が薩摩屋敷の正門のところで談判を行なっているあいだに、上山藩は侍たちを藩邸の南隣、阿波徳島藩の中屋敷へ入れていた。

鯖江藩も、三田聖坂下に控えさせておいた藩兵の三分の一を、同じく徳島藩中屋敷へ繰り込ませた。

午前七時、双方が鉄砲を撃ち合い、白兵戦が始まってから、庄内藩の中村治郎兵衛《なかむらじろべえ》という侍が焼討を命じた。

薩摩屋敷の近くの町家の者たちは、若い男だけが残って、老人や女子供は残らず避難してしまっている。

中村治郎兵衛は、神田橋の上屋敷の近くから、五十人ほどの博奕打を連れて来ていた。いざ戦になったら、庄内藩の兵力は不足をするだろうし、あまり眼立ずに身軽く動ける連中が必要、と思ったので、そういう博奕打だけで一隊を作っておいたのであった。

「それ、かかれ」

中村治郎兵衛の下知《げち》を聞くと、すぐに博徒兵たちは三田通りや松本町《まつもとちょう》の町家へ押入って、障子や唐紙を外し、畳をあげて、薩摩屋敷の物見《ものみ》の下に積みあげた。

それへ火をつけたので、たちまち煙がひろがり、風に煽《あお》られて、おそろしい勢いで火が薩摩屋敷へ燃え移った。

そのとき、薩摩屋敷にいた侍たちは二百人ぐらいであった。

品川の浜川沖《はまかわおき》に碇泊《ていはく》している薩摩の軍艦翔鳳丸《しょうほうまる》へ乗りつけ、それで江戸を逃げ出す組、ひとつはここに残って戦い、逃れて行く者たちのために時間を稼ぐ組、ひとつは市中へ暴れ出て騒ぎを起す組、三つに分れて行動することになった。

薩摩屋敷の物見のあたりから火の手のあがるのを見ると、屋敷の内にいた浪士隊《ろうしたい》は、鉄砲を撃ちかけ、槍や刀をひらめかして幕兵と斬り合った。

庄内藩と上山藩は、同時に大砲を撃ち出し、それに応じて浪士側も、屋敷の庭の築山《つきやま》に据えた大砲を発射した。

幕兵側は、三方から薩摩屋敷を囲んでいるが、南のほうへ逃げ出す浪士組は追わなくてもよい、という命を受けている。

だが、庄内藩の中村治郎兵衛の連れて来た博奕打の隊は、自分たちで火をかけた上に、眼の前で斬り合いが行われるので、すっかり昂奮してしまったらしい。

中には、ごろつき同様の連中が多いし、三田通りから松本町にかけての町家へ入り込んで、金目になる目星《めぼし》い物を盗み出しはじめた。

そこへ駈けつけたのが、横綱の陣幕久五郎と弟子の相生松五郎であった。

幕兵と薩摩浪人たちの戦はともかくとして、見るからに博奕打とわかる連中が、それぞれ喧嘩支度で民家から物を盗み出しているのを眼にすると久五郎はかっとした。

火事が近づいていたので、町家の人のために品物を運び出してやる、というのならわかるが、これではただの盗《ぬす》っ人《と》働きであった。

「ふざけやがって」

久五郎は、着ていた赤合羽をかなぐり捨てると、弟子の松五郎へ言いつけた。

「あの野郎たち、叩きのめしてしまえ」

「へい」

火と煙を見て気の立っている相生松五郎は、そこにほうり出されてあった大八車の梶棒《かじぼう》に手をかけると、いきなり博奕打のほうへまっしぐらに押して行った。

不意を衝《つ》かれて、町家から品物を盗み出していた博奕打連中は、大八車で一ぺんに五人ほどがはじき飛ばされた。

「この野郎」

喧嘩支度の博奕打も、対手が相撲取と見ると、一ぺんはたじろいだが、

「その二人、薩摩屋敷の廻し者に違いねえ。やっつけろ」

互《たがい》に声をかけ合い、長《なが》脇差を抜いて斬りかかってきた。

陣幕久五郎も、道に落ちていた丸太をひろいあげると、それを振廻しながら博奕打のほうへ打ってかかった。

対手は大ぜいだが、力士ふたりがおそろしい勢いで打ってかかるので、たちまち十人ほどが道端にひっくり返り、あとの連中は押しまくられて、溝へ落ちる者もあり、あわてて通用門のほうへ逃げる者もある。

そのうちに博奕打の中から、声が起った。

「あいつは、横綱の陣幕久五郎だぜ。薩摩藩の抱え力士だけに、浪士組の味方をしやがるのだ。構わねえ、叩《たた》っ斬《き》ってしまえ」

そこへ、庄内兵の陣屋のほうから、陣羽織をつけた侍が一人、大刀をかざしながら走っ

て来た。

「なんだ、その者たちは」

とその侍は、陣幕と相生松五郎を睨みつけて、

「われらへ手向いをするところを見ると、薩摩屋敷の指図を受けた力士だな」

「どなたかは存じませぬが、こいつらは何者でございます」

と久五郎は、丸太を小脇に掻い込み、大きな声で、

「こう見たところ博奕打と見えますが、ご公儀ではこんな連中まで仲間に入れ、今朝の焼討をおやんなすったのでございますか。こいつらは、人のいなくなった町家から勝手に物を盗み出し、盗っ人も顔をそむけるような悪《あく》どい真似をしております」

それを聞くと、その侍は、博奕打たちのほうを見廻して、

「わしは庄内藩の大砲隊長中世古《なかぜこ》仲蔵《ちゅうぞう》と申す者だ。おぬしたち、誰の許しを受けて、盗人と同様の仕業をするのだ」

「これは」

と博奕打の中から、顔に傷のある男が進み出て、

「お家の中村治郎兵衛様が」

「黙れ」

いきなり中世古仲蔵は、どなりつけた。

「焼討の手伝をしろ、とは命じた筈だが、物を盗れとは中村さんも言わなかった筈だぞ。さあ、さっさと引き上げよ。もうおのれたちの仕事は終った。ここにぐずぐずしていると、おれが打斬ってやる」

刀を振りあげられ、顔に刀傷のあるその博奕打は、あわてて五間ほど一気に逃げ出した。それを見ると、ほかの博奕打連中も、それぞれ刀を引き、三田の通りを丸くなって逃げはじめた。

あとには、博奕打たちが盗み出した家財道具、着物、銭箱などが道にほうり出してある。

「おぬしは、何者か」

中世古仲蔵からそう訊かれて、久五郎はていねいに頭を下げた。

「わたくしは、島津様のお抱え力士、陣幕久五郎と申す者でございます」

「おう、おぬしのことは聞いている、わしは相撲など見たことはないが、おぬしは横綱だな」

「さようでございます」

「只今のことは、見て見ぬ振りをしてくれ。庄内藩が加勢《かせい》に頼んだ連中が、盗賊の真似をしていたと知れては、わが藩の恥になるからな」

「よろしゅうございます。わたくしどもも、ついかっと致しまして、乱暴なことを致しましたが、どうかお許しを願います」

「巻添えを食わぬうちに、ここから立退いてくれ」

「はい」

中世古仲蔵へ一礼して、久五郎と相生松五郎は、三田通りを南のほうへ走った。

すでに幕兵たちは、薩摩屋敷へ大砲を撃ちかけ、中から飛び出す浪士たちを取り囲んで、諸方で激しい闘いを行っている。

三田通りの赤羽橋寄りには、庄内兵が整列をしていた。

だが、南のほうへ逃げて行く浪士たちを見ても、鉄砲を撃ちかけないのは、これ以上の犠牲者を出したくない、という考えらしい。

浪士たちも、ばらばらになって引き上げて行くが、中には足をとめ、追跡して来る上山の槍組へ向って、刀をあげながら笑顔を見せる者もある。

「横綱」

道の端を急いでいた相生松五郎が、足をとめ、指さした。

そこまで逃げて来てから、とうとう力が尽きたのであろう、一人の浪士が道端の溝へ上半身を突込むようにして倒れている。

まだ息のあるのは、手足が動くのでも明らかであった。

自分たちを庄内兵や上山兵が見ている、とわかっていながら久五郎は、その侍を抱き起した。

鎧の腹巻だけを着けた若い侍で、身体に三ヶ所ほどの傷を受けている。

「しっかりなさい。おっしゃるところまでわたしたちが、背負って行ってあげましょう」

そう言われて、その侍は顔をあげた。

まだ二十一か二の、子供っぽい顔をした侍で、陣幕の顔を見ると、にこりと笑った。

「おはんは、横綱の陣幕だな」

「さようでございます。島津様お抱えの陣幕で」

「おいどんは、薩摩屋敷の中小姓《ちゅうごしょう》山本伝五郎《やまもとでんごろう》と申す者だ。機があったら、わしの申すことを薩藩の同志に伝えてくれないか」

二

その山本伝五郎という若い侍は、もう対手の陣幕の顔もよく見えず、死期が迫っているらしい。

次第に声が低くなってきたが、懸命に久五郎はその口へ耳を当て、対手の言うことを聞き取っていた。

やがて山本伝五郎は、がくりと顔を伏せ、そのまま息を引き取ってしまった。

「さあ、横綱」

と相生松五郎は、久五郎の腕をつかんで、

「早く本所へ帰りましょう。おかみさんも心配しているだろうし、大蔦さんも具足町で待っているのだから」

「いま聞いたことを、おれは京都まで知らせなくてはならない」

「なんでございますと」

松五郎は、さすがにびっくりしたようであった。

「これから、このまま京都へのぼる、と横綱はおっしゃるんで」

「いいや、とにかく品川あたりまで行ってみよう。おれにも考えがある」

それから久五郎と相生松五郎は、品川まで急いだ。

今朝からの薩摩屋敷焼討は、品川宿にまで噂は聞えて、血まみれになった薩摩浪士が三人、五人と固って引き上げてくるし、沖合には薩藩の軍艦翔鳳丸が碇泊して、その浪士たちを収容にかかっている。

「思い出した」

品川宿へ入った久五郎は、ほっとした顔つきになって、

「川崎の市場村《いちばむら》に、添田七郎右衛門《そえだしちろうえもん》様とおっしゃる名主さんがおいでだ。お前も知っているだろう」

「へい」

その添田七郎右衛門というのは、前々から陣幕の贔屓で、場所のあるたびに川崎からわざわざ見物にくるくらいであった。

「横綱」

と松五郎は、妙な顔をして、

「あの添田様に、なにを頼みなさるので」

「駕籠を頼んで来てくれ。一緒に川崎へ行こう」

「よろしゅうございます。どうせ、ここまで来たのだから、おかみさんに心配をさせるのは同じことだ」

と松五郎は、駕籠の帳場へ行って、一挺の駕籠を頼んで来た。

それに乗った陣幕久五郎と、駕籠の側を走る相生松五郎は、品川から川崎へ向った。

市場村の名主七郎右衛門の屋敷は、畑の中の、手入れの届いた木立に囲まれたところに

ある。

いきなり訪ねて来た陣幕の姿を見ると、添田七郎右衛門もびっくりしたようであった。

「添田様、お願いがございます」

と久五郎は、座敷へ通されてから、改まった形になると、

「わたくしの申す通り、手紙を書いて頂けますまいか。それを使の人に持たせて、京都までやりたいのでございます」

「いきなり藪から棒の頼みで、なんのことかわからないが、まあ話してみておくれ」

七郎右衛門からそう言われて、久五郎は今朝からのことを話した。

山本伝五郎という中小姓が、最後に残した言葉というのは、薩摩屋敷の中にいた浪士組の隊長、相楽総三《さがらそうぞう》から命ぜられたことであった。

これで浪士組は、江戸を騒がせるという第一の目的は終ったのだから、京都で薩藩の西郷吉之助どのの指揮を待たなくてはならない。京都の集合地は東寺《とうじ》だから、とにかく東寺へ辿り着けば、今後の命令がわかるようになっている。めいめい身体を大切にし、次のご奉公に役立つようにしておいてくれ。

山本伝五郎の言い残したのは、そういう言葉であった。

「それだけの文句を、手紙に書いて頂けますまいか。それを京都の薩摩屋敷へ届けて頂き

たいのでございます」

久五郎の頼みを聞くと、しばらく添田七郎右衛門は返辞をしなかった。

「横綱」

やがて七郎右衛門は、坐り直した。

「今朝からの三田の薩摩屋敷の騒動は、わたしも聞いている。ご公儀は、もう箱根の関所をふさいで、間道にまで見張を立てているに違いない。そういう手紙がご公儀のお役人たちに見つかったら、お前さんのいのちはないのだよ」

「よくわかっております」

と久五郎は、じっと対手の顔を見ながら、

「わたくしも、天下の力士でございます。島津家のお侍さま方から、いろいろと世間のことをうかがい、世の中がどういう風に変って行くのか、教えて頂きました。及ばずながら、いくらかでもそのお役に立ちたいのでございます。京都へ手紙を書きたくとも、わたくしは字をよく存じません。そういう手紙を書いて頂きたい、とお願いをするのは無理かも存じませんが、どんなことがあろうとも、手紙を書いて頂いたお人の名は、決して口外することではございません。あなた様の名も、他人へ洩らしたりは致しませんし、ご迷惑をかけることはございませんが、わたくしが命懸けのお願いでございます。どうぞ、いま申し上げたことを手紙に書いて下さいませんでしょうか」

その久五郎の表情を見ていた七郎右衛門は、大きくうなずいた。

「よくわかった。書いてあげよう。その使には、わたしの甥《おい》の七三郎《しちさぶろう》という者を使う。七三郎なら、東海道を何べんも往復したことがあるし、旅には慣れている男だから」

「有難う存じます」

久五郎は、七郎右衛門の前に両手を仕えた。

その場で七郎右衛門は、久五郎が山本伝五郎に聞いたことを、そのまま手紙に書いてくれた。

甥の七三郎という若い者が、手早く旅支度をし、手紙を腹帯《はらおび》の中へ隠して、急いで市場村から出かけて行った。

「このご恩は、忘れることではございません」

なんべんも礼をのべ、久五郎は七郎右衛門の家を出ると、相生松五郎と一緒に江戸のほうへ足を向けた。

夜に入ってから、久五郎と松五郎が帰って来たのを見ると、心配していたおうめは、泣き出しそうな顔で、

「横綱、どこへ行っていたのです」

「ずいぶん心配をさせたぜ」

先へ帰っていた大蔦力蔵が、ほっとした顔つきで、

「あのまま薩摩屋敷の斬合いの中へ飛び込んで、どうにかなったのじゃねえか、と思っていた」

今朝からお北も、あのまま陣幕の家に待っていてくれた。

「なあに、火事場見物と同様でな」

と久五郎は、さすがに疲れが出て、ほっとした顔つきで笑った。

市場村の名主に、京都へ送る手紙を書いて貰ったことは、相生松五郎にも口止めをさせてある。あの手紙が、無事に京都まで届くかどうかは心配だが、久五郎としては、自分の腕の中で死んでいった山本伝五郎という侍に、せめてこれで供養《くよう》の真似事が出来た、という気持であった。

あとでわかったのだが、添田七郎右衛門が陣幕の代筆をしてくれたその手紙は、甥の七三郎の手で、あくる慶応四年（一八六八）の正月二日の朝、京都の薩摩屋敷へ届いた。

薩摩屋敷焼討の報が京都へ入ったのは、それが第一ばんであり、そのために鳥羽《とば》から伏見にかけて陣を張っていた薩長軍は、いつでも戦える態勢をととのえたのであった。

馬の背

一

慶応四年は九月八日に改元して明治《めいじ》元年となったが、鳥羽伏見の戦が起ったのは正月三日のことで、まだ慶応四年のうちであった。

江戸でも、近いうちに上方で戦さがあるのではないか、と噂が飛んでいたし、物価も値あがりをして、市中もおだやかでない。

将軍慶喜は大坂にいるので、旗本の大半は江戸を留守にしている。

「この様子では、ことしは回向院の相撲どころではない」

正月そうそう、贔屓のところを廻ってきた陣幕久五郎は、本所横網町の家へ帰って来ると、女房のおうめ、それに大蔦力蔵、弟子の相生松五郎、出雲《いずも》潟《がた》長五郎《ちょうごろう》などを集め、改まった形で言い渡した。

「去年の末、わしが薩摩屋敷焼討のときに働いたことは、お町奉行所の役人はもちろん、お旗本のあいだでも知れ渡っている。相生松五郎は一緒に働いていたから、よくわかっているだろうが、わしは庄内藩のお侍たちを対手に暴れたのではねえ。庄内藩酒井家が博奕打を使ったのを、よくないことだと思ったから、十人ほどを叩きのめした。それが、妙な風に伝わっていてな」

横綱の陣幕久五郎は自分の出入り先の薩州島津家のために、あの十二月二十五日の焼討のとき、大きな丸太をふるって暴れた、という噂が市中に拡がっている。

年寄の白玉《しらたま》や入間川はひどく心配して、町奉行の役人たちのあいだを飛んで廻って、陣幕は薩摩屋敷の焼討のとき幕兵を対手に暴れたのではない、と言訳をして歩いた。

だが当の陣幕久五郎は、なにも悪いことをしたわけではないので、誰に言訳するでもなく、平気な顔をしていた。

大晦日になって、大蔦力蔵がお北から知らせてもらったのは、こういうことであった。

あのとき市中の博奕打五十人ほどを使ったのは、庄内藩酒井家の中村治郎兵衛という侍で、博徒の親分は神田の巴屋平八《ともえやへいはち》という男だという。酒井家の上屋敷は神田橋にあるので、表向きは人入れ稼業をやっている巴屋平八は、酒井家で何か用があるとき、いつでも若い連中を繰り出していた。

島津家の抱え力士、横綱の陣幕久五郎が自分の乾分を叩き殴り、それが市中の評判になったので、巴屋平八も面白くない。薩摩屋敷焼討のとき、酒井家のためにと思って働いたのに、乾分たちが泥捧と同様の真似をしたし、あとから平八も酒井家江戸留守居役から手ひどく叱りつけられた。

それを根に持った平八は、市中の盛り場へ出かけて行って、さかんに陣幕の悪口を言い触らした。

はじめは阿波の徳島家の抱え力士になり、次は自分の生れ故郷の出雲の松平家に出入りをし、そして現在は薩摩の島津家に抱えられ、恩人に後足で砂をかけるような真似をしている、という悪口であった。

ことに去年の暮、薩摩屋敷の焼討があってから、江戸の庶民は島津家のことを快《こころ》よく思っていない。加えてこの正月になってから、上方のあたりで薩摩と長州が一緒になり、朝廷の威光をかさに着て、将軍に敵対している、と聞くだけに、なおさらのことであった。

「相撲取の分際《ぶんざい》でありながら、天下のことに首を突っ込む、とおれも力士仲間で蔭口を叩かれているようだが、一人ぐらいおれのような力士がいたところで、物の役に立たねえこともないだろうと思う」

「それで、横綱」

そばからおうめが、心配そうに訊いた。

「ことしも江戸の土俵へあがれないとすると、どういうことになるんです」

「それについては、大蔦力蔵とも相談をしていたが」

と久五郎は、弟子たちの顔を見廻しながら、

「前々から言っている通り、やがて天下が引っくり返るような騒ぎになるだろうと思う。そういうとき、たとえぼて振り人足でも、天下のために働くのが当り前だ。おれが島津様のお抱えだから、というだけではなく、禁裏様のお役に立つことなら、このいのちを投げ出しても惜しくはねえと考えている。黙って食っていても、あと一年ぐらい、三度三度の飯には事を欠かねえだけの貯えもあるが、みんなの中でおれのあとからついてくるのは嫌やだ、と思う者があったら、遠慮なくそう言ってくれろ。ここで弟子の縁を切り、故郷へ帰してやる」

それを聞くと、相生松五郎をはじめ十四人の弟子たちは、しばらく返辞をせずにいた。

天下に大変なことが起きそうになっている、と感じてはいたものの、いまの話では陣幕久五郎も江戸相撲の横綱という名誉のある地位を捨て、動乱の中に身を投じそうであった。

せっかく横綱の部屋へ入って、これから土俵の上で出世しようという望みを持つ連中だ

けに、弟子たちには陣幕の言葉が意外だったに違いない。

「横綱」

弟子の中でも、もう幕下にまで進み、久五郎の気心を一ばんよく知っている相生松五郎が、膝を進めて、

「横綱のおっしゃることをうかがっておりますと、大蔦力蔵さんと相談の上、江戸の土俵を捨てる、という風に聞えますが」

「それも、時と場合による」

と久五郎は、笑顔を見せて、

「おれは、この江戸のご贔屓のお蔭で綱を締めさせていただいたのだし、回向院の土俵を捨てる気持はねえ。だが、江戸の見物衆が陣幕久五郎を見放したときは、よく考えなくてはならねえ。正直なところ、ここ二年か三年は回向院の相撲も興行が出来なくなる、と考えたほうがいいだろう。だが、大坂にも土俵はある。おれたちにとって、相撲が取れなくなっては、陸にあがった河童《かっぱ》も同様だ」

「では、大坂で相撲を取る、と横綱はおっしゃるので」

「もしものときは、その覚悟をしておいてもらいたい、と言うのだ。とにかく、みんなでゆっくり考えて、おれのところへ返辞を持って来てくれ」

そのあくる日、陣幕のところへ、この部屋から出たいと申し出た弟子が五人いた。そのうちの二人は、それぞれ久五郎から路銀を貰って故郷へ帰ることになり、あとの三人は久五郎のところから小野川と鬼面山の部屋へ入れてもらうよう、正式に手続きがとられた。

その正月の十日を過ぎたころ、鳥羽伏見の戦の有様が江戸へ伝えられた。淀《よど》を出立した会津、桑名などの幕兵は、伏見と鳥羽から京都へ入ろうとしたが、それを迎え撃った薩長軍とのあいだに、戦がはじまった。

両軍が大砲の火蓋《ひぶた》を切り、小銃を撃ち合っているうちに、薩長軍の後方に錦旗《きんき》がひるがえった。

それを見た幕軍は、錦旗に抵抗しては賊軍《ぞくぐん》になる、というので一時に退却を開始した。

結局、勝敗は実力の差ではなく、砲煙の中にひるがえった錦旗のためだ、という説が強く、その錦旗も薩長軍が不意に御所の中から持ち出したのであり、幕軍は敵の罠《わな》にかかったのだ、という噂が江戸まで聞えてきた。

両国横網町の陣幕久五郎の家の前を、大きな声で悪口を言いながら通る者が多くなった。

「江戸の贔屓のお蔭で、横綱にまでなりやあがったくせに、薩摩の味方をするとは、力士の風上にも置けねえやつだ」

その中には、神田の巴屋平八にそそのかされた男たちも入っているに違いない。

相生松五郎をはじめ、出雲潟長五郎などは腹を立て、外へ飛び出そうとしたが、懸命におうめが引きとめた。

「喧嘩を買っちゃあいけない。こういうことは、うちの横綱も覚悟をしていたのだから、黙って聞き流しにするのだよ。なにも横綱が江戸の人たちの仇になるようなことをした、というわけじゃあないのだからね」

夜になると、陣幕の家の雨戸《あまど》に小石を打つけて逃げて行く連中がいる。

しかし陣幕久五郎は、平気な顔つきで茶の間にあぐらを掻き、大蔦力蔵を対手に世間話をしていた。

正月八日、大坂天保山沖から軍艦に乗った徳川慶喜は江戸へ帰ったのち、恭順の意を表した。

朝廷と徳川家のあいだに、なんべんも使者が往来しているうちに、二月に入って朝廷は、徳川家征討の議を定めた。

二

東征大総督《とうせいだいそうとく》有栖川宮熾仁親王《ありすがわのみやたるひとしんのう》が、東海、東山、北陸の三道の先鋒総督に命令を下し、やがて江戸進撃を開始するのではないか、という噂が聞えてきた。

すでに江戸では、旗本やご家人たちを集めて彰義隊《しょうぎたい》が組織され、市中をきびしく警戒している。

陣幕久五郎は、女房のおうめと大蔦力蔵を対手に相談を進めていたが、三月一日の朝、弟子三人を連れて江戸を出立した。

久五郎の供をしたのは、大蔦力蔵と相生松五郎、出雲潟長五郎の三人であった。

江戸市中が騒々しい有様になっている最中、横綱が西へ向って出立するというのがわかっては、相撲年寄たちも黙っている筈がない。

久五郎はおうめに言い含め、自分たちが江戸を留守にしたあと、箱根へ湯治に行った、と届けを出させることにした。

あらかじめ道中手形は用意してあったので、いつでも旅へ出る用意は出来ている。

「もしもおれが、戦場でいのちを落すようなことがあったら、お前は京都へ帰ってくれ。鶴家でお前の面倒はみてくれるだろう」

久五郎はそう言って、留守中の用意に、と五十両ほどの金をおうめに渡した。

ちょうどおうめは妊娠中で、八月ごろ子供が生まれる予定であった。

「どうか安心をして下さい」

おうめは笑顔で、久五郎を見送った。

「お前さんのような人が、犬死をするはずはありませんからね」

朝早く江戸を出た四人は、品川へ入ってから駕籠を頼んだ。

立場《たてば》でも陣幕の顔はよく知っていたし、特別に丈夫な駕籠を用意して、久五郎を乗せてくれた。

いまにも薩長軍が東海道をくだって江戸へ攻め込んでくるのではないか、というので、品川の宿場もおだやかではない。

「横綱」

うしろの駕籠から顔を出して、大蔦力蔵が笑いながら声をかけた。

「お前さんの身体が、駕籠からはみ出しているぜ。その様子では、小田原まで駕籠は保《も》ちそうにもねえな」

「それよりも、知った顔がこっちへやって来る」

久五郎の視線の先を見た大蔦力蔵は、苦笑いをした。

旅姿をしたお北が、こちらへ急いで来るのが見えた。

あたりをちらりと見て、お北は久五郎の駕籠をのぞくと、

「用心して下さいよ、横綱」

「有難う、気をつけている」

「神田の巴屋一家の連中が、庄内の酒井様からお暇をもらったので、大そう横綱を怨《うら》んでいますよ。さっきも巴屋一家の連中が十人ほど、高輪のほうからこの品川へ急いで来る姿を見たが」

「お前さんは、どこへ行くのだね」

「江戸にいても面白いことはないし、せっかく小料理の店も開いたけれど、しばらく京都のほうへ行って商売をしよう、と思いましてね」

「よかったら、京都まで一緒に行こうか」

「天下の横綱があたしのような札《ふだ》つき女と一緒に旅をしては、評判が悪くなりますよ。では、いずれ京都でお眼にかかります」

駕籠のそばを離れようとしてから、思い出したようにお北は小戻りをすると、久五郎へささやいた。

「横綱の若いころの友達、今牛若東助という人も、三日ほど前に京都のほうへ向ったそうですよ」

「東助が」

「奉公先のお旗本が彰義隊へ入るので、若党《わかとう》や中間たちは暇を出されてしまい、東助さんは生れ故郷の京都へ帰って行ったそうです」

「それなら安心だ。ようやくあの野郎も悪い夢から覚めて、故郷に落着く気になったか」

「あのおしげという女は、兄貴の長山越中と一緒に、京都か大坂あたりをうろつき廻っているそうです」

「いろいろ教えてもらって、有難うよ、お北さん」

その久五郎へ笑顔を見せて、お北は茶店の中へ走り込んで行った。

四挺の駕籠は、品川から東海道を西へ向った。

陣幕久五郎としては、東征軍が京都を出立しているとすると、東海道のどこかで薩軍に出会えるだろうし、自分たち四人は薩軍の小荷駄方《こにだがた》でも勤めて働くつもりであった。

大蔦力蔵の心配した通り、陣幕久五郎を乗せた駕籠は小田原まで保たず、平塚《ひらつか》の宿場で駕籠の底が抜けてしまった。

「これはどうも、悪いことをしてしまったな」

久五郎は駕籠屋に、酒手と一緒に小判一両を渡し、四頭の馬を頼んだ。

「なにも、こそこそ人眼を忍んで東海道をのぼるのとは違う。誰が見ていようと、気兼ねをすることは要らねえ」

そう言って久五郎は、馬に乗った。

小田原の城下で泊り、明朝は箱根へ向うという晩、弟子の相生松五郎が外から旅籠へ帰って来ると、

「横綱、妙な連中がうろうろしています。江戸から追いかけて来た巴屋一家の博奕打に相違ございません。あの薩摩屋敷焼討のとき、横綱やわたしに叩き殴られたのを怨んで、仕返しにやって来たのでしょう」

「お北の教えてくれた通りだ。しつこい野郎たちだな」

「外へ出て行って、追払ってやりますか」

「ほうっておけ」

大蔦力蔵と顔を見合せながら、久五郎は笑った。

あくる朝、また四頭の馬を頼んで久五郎たちは、小田原を出立し、箱根へ向った。

湯治をするゆとりもないし、一日も早く薩軍の先鋒とめぐり会わなくてはならない。

箱根の山は、もう緑一色に包まれ、春の空に白い雲が浮んでいる。

普通の興行の旅なら、景色を楽しみながら馬の背に揺られて行くのだが、いまはそれどころではない。

三枚橋《さんまいばし》を渡り、箱根の山道を久五郎たちの馬が登りはじめた。

「横綱」

先頭の馬の背中から、相生松五郎が振返って、

「どうやら、わしたちに用のありそうな連中が待伏せをしております」

久五郎も大蔦力蔵も、もうそれに気がついていた。

松並木のところに、菅笠に廻し合羽という、見るからに博奕打とわかる連中が、こちらのほうを睨みながらうろうろしている。

「馬方衆」

久五郎は、苦笑いをしながら言った。

「ちょっとここで道草をくうから、馬をそのあたりにつないで待っていて下さい」

「まだ陽が高いのに、追剝ぎが出るとは思えねえが、横綱」

陣幕の顔を知っている馬方が、不思議そうに言った。

それにはかまわず久五郎は、大蔦力蔵と相生松五郎、出雲潟長五郎に合図をして馬からおりた。

東海道を往来する旅人たちの姿もあるが、巴屋一家の連中は向う見ずばかり揃っていると見え、そんなことは気にならないらしい。

四人の力士が馬をおりたのを見ると、笠を飛ばし、廻し合羽を脱ぎながら走り寄って来た。

「陣幕とその弟子たちだな。去年のことを覚えているだろう。四人揃って並木のこやしにしてくれるから、覚悟をしろ」

十人は長脇差を抜くと、いきなり前後から斬りかかってきた。

刀を抜いて斬合うほどのこともないので、久五郎と力蔵は素手で対手をあしらい、三人ほどを街道へ叩きつけた。

相生松五郎と出雲潟長五郎も、博奕打を手玉にとって争っている。

街道を上り下りする旅人たちは、びっくりして遠くに身を避け、こわごわのぞいていた。

箱根の山のほうから旅姿の侍がひとり、まっしぐらにこちらへ駈けおりて来たが、これを眼にすると、

「陣幕、わしだ。助勢《じょせい》をするぞ」

刀を抜いて、博奕打の中へ斬り込んできた。

それは、薩藩士の相良治部であった。

動乱の都

一

「こやつら、街道往来の者をおどかす追剝ぎか、それともごまの蠅《はえ》か。生かしておいても世のためにはならぬ奴輩。ひとり残らず首を宙に飛ばすぞ」

ひどく大きな声で叱りつけながら相良治部は、刀の峰《みね》を返し、博奕打連中のひとりずつ的確に峰打ちをくれた。

陣幕久五郎をはじめ大蔦力蔵、相生松五郎、出雲潟長五郎の四人を持て余していた江戸の博奕打たちは、見る間に怪我人を出し、あわてて三枚橋のほうへ逃げ出して行った。

「長追いするな」

刀を鞘に納《おさ》めながら治部は、久五郎の弟子たちへ声をかけた。

「これはこれは、相良様」

と久五郎は、得物をほうり出し、治部へ笑顔を見せた。

「思いがけないところでお眼にかかります」

「おぬしたちこそ、見れば旅支度で、箱根に湯治とも思えぬが」

「ここで立話もなりませぬ」

と横合から大蔦力蔵が、言葉を入れて、

「相良様のおみ足をお引きとめをするのでなかったら、すぐこの上に茶店が見えまする。あれは初花《はつはな》茶屋と申して、この街道でも名高い店でございます」

「実はな、わしも今まであの初花茶屋で、ひとやすみをしていたのだ」

と治部は、笑いながら、

「ところが、このあたりで、一見して力士とわかる大きな連中が、無頼の輩《やから》を対手に喧嘩をはじめたのが見えた。まさか江戸の横綱陣幕の一行と思わなんだが、相撲好きのわしには見過して行けぬのでな、助勢に駈けつけて参ったわけだ」

「それはそれは、有難う存じます」

ほっとして久五郎は、力蔵をはじめ弟子の三人を見ると、

「地獄で仏、とはこのことだな」

「なにを言う」

と笑いながら治部は、初花茶屋のほうへ先に立って街道をのぼりながら、

「わしも昨日まで、小田原に滞在していた。これから駿府《すんぷ》へ向うところだ」

「それならば、よいところでお眼にかかりました」

初花茶屋の床几《しょうぎ》に腰をおろしてから、久五郎は相生と出雲潟を見張に立てておき、低い声で相良治部へ言った。

「駿府に、有栖川宮様がご滞陣《たいじん》と承っておりますが、わたくしも官軍《かんぐん》のために、いささかでもお役に立ちたいと存じております。あなた様にお口添えを願えれば、有難いことに存じますが」

「陣幕」

改まった形で治部は、つくづくと久五郎の顔を見た。

「おぬし、本心から天朝様のために働く気になったのか。いかにもおぬしは島津家の抱え力士だが、ただそれだけのために義理を果そうというのか」

「いいえ」

と久五郎は、微笑を見せた。

「ここ数年、わたくしはあなた様をはじめ、與倉直右衛門様、それに西郷吉之助様などの

お話を承り、天朝様のためにこの一身を投げ出そうという覚悟を決めたのでございます。只今のところ、江戸は大へんな騒ぎでございますし、力士たちも相撲の興行などをやっておられませぬ。だからと申して、官軍の下について働きたい、とお願いするのではございませぬ。わたくしがこうやって綱を締められましたのは、島津様のお蔭でもございますが、本当は大ぜいの相撲を見て下さるお客様方の賜物《たまもの》だと存じております。こうやって世の中が変って行きまするると、やがて士農工商の区別もなくなり、大ぜいの人たちにとっては住みやすい世の中が来るに違いありませぬ。わたくしは、そういう世の中を作るためにいくらかでもお役に立てば、力士の横綱という分際を忘れずに働けると存じます」

「わかった」

相良治部は、大きくうなずいて、

「おぬしが力士ということを忘れて、天朝様のために働きたい、などというのであれば、叱りつけてやろうと思うていた。天朝様のために尽すのは勝手だが、人それぞれの天職というのを捨ててはならぬ。めいめい身分に応じ、その仕事の上で天朝様のためにご奉公をし、新しい世の中を作ろうとつとめようとするのが本当なのだ」

「では、駿府へお連れ下さいますか」

「とにかく、一緒に来い」

それから久五郎たち四人は、相良治部を先に立てて、箱根の関所を越え、その夜は三島《みしま》に泊った。

去年の暮、薩摩屋敷が焼討されたとき、陣幕久五郎は川崎の市場村の名主添田七郎右衛門に頼み、事件のことを細かく書いた書状を作ってもらい、それを七郎右衛門の甥七三郎の手で京都へいそいで届けてもらった、という話を聞くと、相良治部は大そう喜んでくれた。

「そうか、そういうことがあったのか。わしはまだ薩摩屋敷焼討の後始末をするために、昨年暮より二月にかけて江戸の近くにひそんでいた。そなたの働き、さぞ西郷どんも喜んでおられよう」

「お役に立てば、なによりでございます」

そう言って久五郎は、大蔦力蔵をはじめ三人の弟子を見ると、

「駿府へ着いたら、官軍の小荷駄方をつとめて、わしらは働くのだ。しばらく土俵を忘れてもらわねばならぬが、めいめいしっかりやれ」

「これは横綱が自分で望んだことだから、わしらも異存はない」

と大蔦力蔵は、笑顔で答えた。

「しばらく、江戸へも戻れぬことになりそうだが」

「おうめも、それははじめから承知の上なのだ。ただ、わしらは土俵がいのちだから、戦場でいのちを落すようなことがあってはならねえ」

「横綱」

相良治部が自分の部屋へ引取ったあとなので、大蔦力蔵は低い声で、遠慮のないことを言った。

「世の中が変ると、相撲取もこれまでのように、お大名の抱えというのを力にして生きては行けなくなるようだな。何年も前から横綱の言っていたこと、ずいぶん向う見ずだと思ったが、やはり横綱の考えていたことが当りそうだ」

「なあに、これからだ、むずかしくなるのは」

と遠くを見るような眼つきをして、久五郎は言った。

弟子の相生松五郎と出雲潟長五郎は、陣幕と大蔦の話しているのが、どういうことか見当がつかず、ぼんやりと顔を見合せていた。

その夜が明けるころ、三島の三保《みほ》屋というこの旅籠へ、思いがけないことに、ふたりの旅姿の力士が駈け込んで来た。

「横綱、千年川関と山分《やまわき》関が参りました」

と、弟子の相生松五郎が、顔を洗ったばかりの陣幕久五郎の部屋へ飛び込んで来た。

まるで段梯子を踏み抜くような勢いで、この部屋へ駈けあがって来たのは、陣幕と同じ西の前頭の千年川万之助《まんのすけ》、山分文蔵《ぶんぞう》のふたりであった。

「どうしたのだ、ふたりとも」

そう訊いた久五郎へ、千年川と山分は両手を仕えると、

「横綱が江戸を出立して西へ向った、とおかみさんからうかがいました。わしらも島津様の抱え力士として、平常からご贔屓になっている者たちでございます。どうか横綱と一緒にどんな仕事をしてでもお役に立ちたいと存じます。連れて行っておくんなさい」

ふたりとも、陣幕久五郎の取立ての弟子、というのではないが、いつも陣幕の胸を借りて稽古をしているし、ことに同じ島津家の抱えという縁もあった。

「ただ働くというても、土俵の上で相撲を取るのとは違う。もしかすると鉄砲玉の下をくぐらなくてはならぬことになるかも知れねえぞ」

「そういうことは、はじめから覚悟の上でございます。どうか一緒に連れて行っておくんなさい」

千年川と山分の顔に、はっきりと誠意が現れているし、ただ一時の思いつきではない、とわかる。

「よし、では相良治部様にお願いしてみよう」

と、久五郎はうなずいた。

二

陣幕久五郎以下力士六人が、駿河国府中《するがのくにふちゅう》の本陣宿にいる東海道先鋒大総督附参謀《さんぼう》、西郷吉之助に会ったのは、三月七日のことであった。

総督の有栖川宮熾仁親王は駿府城にあり、城下は官軍の将兵でいっぱいになっていた。

この数日、江戸城から天璋院の使者、それに上野輪王寺宮《うえのりんのうじのみや》からの使も駿府へ来て、徳川慶喜の命乞いにつとめている。

西郷吉之助は、駿府城と本陣宿のあいだを往復して、そういう使者たちと面接をしていた。

「おう、陣幕がやって来たか」

だんだん袋に陣羽織を着けた西郷は、久五郎たちを座敷へ通すと、

「話は相良治部どのから聞いた。よくやって来てくれたな。おぬしが昨年の暮、薩摩屋敷焼討のことを知らせた使は、正月の二日、京都の薩摩屋敷に到着した。あれが江戸の大変を京都へ知らせた第一のものであった。お蔭で、わしらも、伏見へ兵を進める準備が出来

た」

「いえいえあれは、わたくしだけの働きではございませぬ」

と陣幕久五郎は、川崎の市場村の名主、添田七郎右衛門に書状を認めてもらった、と正直に話をした。

「いま添田様は、お旗本の支配を受け、農兵組三百人の束ねをしておいでございますが、官軍に敵対しようという気持は少しもお持ちではございませぬ。江戸へお進みになる途中、あの添田七郎右衛門様をお使いなされば大そう官軍のためにもお役に立つと存じまする」

「うむ、覚えておこう」

と吉之助は、すぐに添田七郎右衛門の名を自分の懐中手帖に書き取った。

陣幕久五郎たちは、駿府呉服町《ごふくちょう》の旅籠、富士《ふじ》屋というところに宿を取り、進んで官軍の小荷駄方をつとめた。

久五郎たちにはわからないことであったが、三月九日、幕府の陸軍総裁勝安房守《かつあわのかみ》からの使として山岡鉄太郎《やまおかてつたろう》が駿府へ急行し、西郷吉之助とのあいだに直談判が行われた。

官軍としては、三月十五日に江戸進撃を決行する、と定めていたが、このときの山岡鉄太郎との会見で、西郷は徳川慶喜の恭順の意を受入れ、命乞いのために奔走することに決めたのであった。

「のう、陣幕」

ここ数日、顔を見せなかった相良治部が、富士屋へ入って来ると、

「おぬしたち、京都へ急いでくれぬか。われらの殿様も、いま都へ入っておらるるゆえ、なにかとおぬしたちに働いてもらうことがあるだろう。こういう世の中が激しく移り変る有様を、都で見ているのも、おぬしたちのために役に立つのではないかな」

「よろしゅうございます」

すぐに久五郎は引受けてから、にこりと笑うと、

「間もなく西郷様も、江戸へご出立になると存じます。道中、馬にお乗りになるのでございますか」

「そのことだ。なにせ西郷どんは身体の大きなお人ゆえ道中で何頭も馬を乗りつぶすやも知れぬ。駕籠というても、西郷どんを乗せるほどの大きな駕籠、道中の立場に用意してある筈がない」

「いかがでございましょう、わたくしの用意致しました駕籠を、西郷様のお役に立てたいのでございますが」

「なに、駕籠だと」

「どうか、ご覧を願います」

と久五郎は、相良治部を富士屋の台所へ連れて行った。

広い土間の中に、一挺の道中駕籠が置いてある。それは、どこでも駕籠屋が担いでいるようなものではなく、ずっと大きく、丈夫に出来ている。

「どうしたのだ、横綱、この駕籠は」

「なにか西郷様のお役に立つことがあれば、と存じまして、このご城下の贔屓先に頼んで、大いそぎでこれを作ってもらったのでございます」

「ほう、これを西郷どんに使ってくれ、というのか」

「お役に立ちましょうか」

「西郷どんも、大そう喜んでくれるだろう」

と相良治部は、小者を呼んで、その駕籠を駿府城へ運ばせた。

その駕籠に乗って西郷吉之助が、東征軍の将兵と共に江戸へ入ったのは、三月十三日のことであった。

月半ばに陣幕久五郎たちは、京都にのぼり、薩摩屋敷の中の徒士組の部屋に入った。

近衛家の諸大夫大塚理右衛門も、陣幕たちが上洛したことを聞いて、鶴家の女あるじのお鶴と一緒に久五郎を訪ねて来た。

時勢がこういう風に変って来てから、かえって大塚理右衛門は表面には出ず、朝廷と幕府のあいだを周旋《しゅうせん》して忙しく働いていたという。

「わしも、もはや世の中へ出る望みはない。ようやく近衛家も、晴れて陽の眼を見るようなところへお出になったのゆえ、わしも働き甲斐があったというものだ」

久五郎をはじめ大蔦力蔵、相生、出雲潟、千年川、山分の六人を連れて、大塚理右衛門とお鶴は、縄手《なわて》の四条屋という小料理屋へ出かけた。

祇園の鶴家は、しばらく仲居頭に店を任せ、大塚理右衛門とお鶴は今出川《いまでがわ》あたりの小さな家に暮しているのだという。

久しぶりに会う理右衛門は、すっかりやつれて、ひどく元気を失っていた。

酒を飲みながら、あまり話がはずまず、理右衛門は黙っているときが多い。

「大塚様、どこかお加減でもお悪いので」

そう訊いた久五郎へ、理右衛門は淋しそうに笑って、

「実はな、正月の鳥羽伏見の戦のとき、不意に薩長軍のうしろに錦の御旗が現われ、それを見た幕軍が一斉に退却したという話、おぬしも聞いているであろう」

「はい、存じております」

「あのとき、御所から錦の御旗を担ぎ出すについて、わしも、いささか働いた。結局のところ、あの錦旗のお蔭で薩長軍は戦に勝ちを占めた形だが、華やかな裏に隠された人の眼

に見えない動きというもの、わしははっきりと見ることが出来た。おぬしは、やがて世の中が変り、庶民が安らかに暮せる世の中が来る、と思うているであろうが、決して腹を立てぬようにすることだな」

「どういうことでございます、それは」

「やがて、おぬしにはわかるだろう。まあよい、こういう話はやめにして、今宵は酒を飲もう」

と理右衛門は思い直したように、わざと陽気な顔をして、陣幕たちへ酒を勧めた。

さまざまに江戸の話などが出たが、ふっとお鶴は思い出したように、

「横綱は、長山越中という浪人、よくご存知どしたな」

「あの男、まだ都の中でうろうろしているそうでございますね」

「佐幕方の味方をしたり、尊王派の手先となって働いたり、いろいろなことをやっていたが、あの長山越中と妹のおしげ、このごろでは都の長州屋敷の侍に取入って、要領よく働いているそうどす」

「そのうちにあの兄妹、風に吹かれる木の葉のように、世の中から追い払われてしまうでしょうよ」

と久五郎は、べつに気にもせず、そう言っただけであった。

京都もいよいよ天下を動かす歯車になり、さかんに倒幕派の侍たちが出入りをしているし、こういう時勢を機会に出世をしよう、と考えている連中も少くない。

陣幕たちは、なるべくそういう連中と一緒にされたくないので、薩摩屋敷の中へ引きこもったまま、眼立ぬように働いていた。

ここ一ヶ月ばかり、力士としての生活とは違った忙しい毎日を送ったので、丈夫な久五郎も身体の調子が狂ったのであろう、風邪を引き、ひどく熱が出た。

薩摩屋敷の中の徒士組の中で、久五郎は島津家の典医《てんい》の手当を受け、三日ほど寝込んでしまった。

ようやく熱も下った朝、大蔦力蔵が久五郎の顔をのぞき込み、低い声で言った。

「横綱、今牛若東助という人の居る場所が、ようやくわかった。それに長山越中、おしげ、おまけにお芳様も、いまこの都の中に住んでいるぜ」

岩崎弥太郎

一

江戸で旗本屋敷の中間奉公をしていた東助は、もう長山越中たちと縁を切り、去年の暮、久しぶりに故郷の洛北《らくほく》鞍馬山の麓に帰ったようであった。

だが、鞍馬寺の大惣《おおぞう》仲間を勤めていた東助の父親も、すでに世を去り、続いて母も病死をしているので、鞍馬村の実家には兄や妹しか残っていない。

父のあとを継いで、鞍馬寺の大惣を勤めるようになった兄は、大そう昔気質の男なので、長らく家を留守にしていた東助を許そうとはせず、妹も親類たちも、冷たい白い眼を向けた。

力士として出世をし、故郷へ錦を飾って帰るのならともかく、せっかく大坂相撲の朝日山の弟子になり、鞍馬山の生れなので今牛若と四股名をつけられながら、途中でぐれてしまった東助だけに、故郷の親類たちが快よく迎えないのも無理はない。

三日ほど実家に厄介になった東助は、そのまま鞭《むち》で追われるようにして鞍馬山を出ると、嵯峨の天竜寺に寺男として住み込むようになった。

もう東助は三十をいくつも越し、いろいろ苦労をしたが、図体だけは人一倍大きく、背が高いので、力仕事には向いている。

天竜寺山内の松巌寺《しょうげんじ》の住職に可愛いがられ、東助は寺男として忠実に働いているようであった。

大蔦力蔵は、そういう話を聞き込んでくるのが巧みなので、わざわざ鞍馬村まで出かけて行き、それから嵯峨のほうへ廻って、天竜寺の近くで噂を聞いて来たという。

「東助が横道へそれたのも、長山越中の妹のおしげのせいだが、もう東助は越中たちとはきっぱり縁を切ったそうです」

風邪を引き、薩摩屋敷の徒士組長屋の中で臥ている陣幕久五郎へ、力蔵は自分の調べて来たことを告げた。

「長山越中と妹のおしげは、長州のほうまで出かけて行って、一度は奇兵隊《きへいたい》の仲間にもぐり込もうとしたのだそうな。だが、長州のお侍の中に長山越中の前身を知っているお人がいて、兄も妹も、三田尻《みたじり》の奇兵隊本陣からほうり出されてしまったという。それきり、しばらく姿を消していたが、また今年の正月ごろから京都に現われて、いろいろと例によってずるく立廻り、駄法螺《だぼら》を吹いて世渡りをしているそうな。越中だとて、もう五十に近くなっている筈だし、妹のおしげも横綱より三つ四つ年は上だろう」

「世の中がいろいろに変るにつれて、長山越中兄妹のように、上手に世渡りをしようとしながら、結句は身を滅ぼす連中もいるのだな」

と久五郎は、しみじみと言った。

京都屋敷からも、奥羽《おうう》追討のために薩州軍が次々に出発して行ったが、久五郎は高熱のために起きあがれないので、弟子の出雲潟長五郎を代理に、薩藩士得能良介《とくのうりようすけ》の供をさせた。

三月に入ってから奥羽鎮撫《ちんぶ》総督九条道孝《くじようみちたか》は海路を陸前《りくぜん》へ向い、北陸道先鋒総督高倉永祐《たかくらながさち》は、越前高田《たかだ》まで到着している。

東山道先鋒総督の岩倉具定《いわくらともさだ》は、江戸の市ケ谷《いちがや》にある尾張《おわり》大納言屋敷へ入った。

東海道先鋒大総督有栖川宮は、まだ駿府に滞在しているが、薩藩士西郷吉之助などはすでに江戸へ入って、徳川家の態度を監視していた。

前将軍慶喜は江戸城を出て、上野寛永寺に蟄居しているが、旗本たちが現在のまま恭順を態度で示し、官軍に抵抗せずに江戸城を明渡す、とは考えられない。

それに東北諸藩の態度はまだ決定せず、戦争が起るようなことになれば、官軍としても莫大《ばくだい》な軍用金が必要になるわけであった。

「それで長山越中とおしげの兄妹は、この京都で何をしているのだ」

久五郎に訊かれて、大蔦力蔵は声をひそめ、長屋の内と外の気配に耳を澄ましながら、

「はっきりしたねぐらは決っていねえようだが、あの兄妹のことだし、誰かに金で頼まれ、大仕事をしよう、とねらっているだろう」

「お芳様も、京都にいる、とおぬしは言ったな」

「荒尾内蔵助様は、いよいよ機が向いてきたので、官軍側のえらい人たちと一緒に、江戸と京都のあいだを往復して、忙しく働いておいでのようだ。久しいあいだお芳様も、日蔭者のような暮しを続けておいでだったし、江戸では伝馬町の牢屋にほうりこまれていた。うわべはおとなしいお人だが、なかなか男まさりのお芳様だから、おれたちのわからねえところで内蔵助様の手伝をして働いておいでなのだろう。はっきり言えるのは、もうお芳様は長山越中のような男を味方にせず、まっしぐらに自分の思う道を進んでおいでになるに違いない、ということだ」

「おれもおぬしも、荒尾内蔵助様のお蔭で、江戸力士の仲間に加わることが出来た。あれ

から、もう十何年も経ったが、お互、それぞれいろんなことがあったわけだな」

溜息をつくようにして言ってから、久五郎は遠くを見るような眼つきで言葉を続けた。

「おれたち力士だとて、もうはっきり自分たちのことを考えなくてはいけねえ世の中になった。おれは以前から、力士がお大名の抱えになって、太鼓持と同じような暮しをしているのは間違いだ、と考えていたが、こう世の中が変ると、これからの力士もむずかしいことになるだろうな」

「改めて横綱に、それを訊きてえと思っていたが、おぬしも天下の横綱。しかも島津様のためにいろいろと働いたのが、江戸の人たちにもわかっている以上、これからは面倒なことになるだろうな。阿波様のお抱え力士だった鬼面山関とおぬしは仲が悪い、といわれているが、あまり江戸を留守にしていると、そういう噂に枝葉がついて、身におぼえのねえ噂まで江戸中にひろがるかも知れねえぜ」

「のう、大蔦」

枕から頭をあげ、落着いた声で久五郎は言った。

「いろいろ噂をひろめられるのは、おれも覚悟をしていた。鬼面山関とは、べつに仲が悪いわけでもねえが、世の中がこうなってみると、それぞれ力士たちもこれからの身の振り方を考えなくてはなるまい。当分のあいだ、江戸本所の回向院で相撲の興行が開かれる、ということは望めねえだろうし、島津様のために働いたおれを、江戸の贔屓たらがよく思っていねえのも当り前だ。おれはな、世の中が落着いてから、自分がどういう風に生きて行ったらいいか、こんど風邪を引いて臥ているあいだにいろいろと考えてみた」

「それで、どういう考え方に落着いたのだね、横綱は」

「江戸にばかり力士がいるわけじゃねえ。とにかく、世の中が新しくなると、それぞれ力士たちは身の振り方に困ることになるだろうと思う。大坂にも人ぜいの力士たちがいるが、これまでのように大坂の大きな商人たちが贔屓になって大坂相撲を育てて行く、ということは望めなくなるのじゃねえかと思う。おれはもともと、大坂で力士になった人間だからな」

「そうすると横綱は江戸から大坂へ移ろう、と考えているのかね」

「これは、おれの一存だが」

そう言って久五郎は、笑顔を見せた。

「これまで長いあいだ力士は、お大名や金持の商人の力に縋《すが》って生きてきた。どんなに立派な力士が出ても、それは番付の上に残るだけで、世の中の人からは次々に忘れられてしまう。これではならねえ、と思うのだよ」

「どうも横綱の言うことは、おれにはむずかし過ぎて、よくわからねえが」

「なあに、いまにわかるさ」

それだけで久五郎は、もうその話に触れようとはしなかった。

三月二十日、不意に西郷吉之助が京都へ引返して来て、薩摩屋敷へ入ったとき、陣幕久五郎は風邪も治り、元気で西郷を出迎えた。

「おぬしの言うた通り、川崎の市場村の名主、添田七郎右衛門が大そう役に立ってくれた。農兵組五百人をひきいて、よく働いてくれるし、大そう助かった」

と吉之助は、久五郎へ礼を言って、

「大きな声では言えぬが、錦の御旗を立て、官軍というても、大ぜいの将兵を養いながら進軍をするというのでなかなか容易ではない。大総督の宮様のお手許にも、あまり金はないのだからな。行く先々で、おいどんたちも金を集めたり、ただで働いてくれる人間たちを頼まねばならぬ。これからも大へんだ」

と吉之助は、苦笑いを浮べた。

二

急に西郷吉之助が京都に戻って来たのは、緊急を要する用件があるに違いない。

それは、陣幕久五郎たちのような力士連中にはわからないことだが、吉之助は長州藩邸へ出かけたり、内々で公卿たちと話合いを続けたり、忙しい毎日を送っているようであった。

陣幕久五郎や大蔦力蔵は、大坂まで早駕籠で往来して人数を集めて来た。

その中には、相撲の興行が出来ず、土俵へあがることがないので、力のはけどころに困っている大坂力士たちもいたし、荒っぽい沖仲仕連中も加わっていた。

もちろんそれは、島津家の小荷駄方として働くために久五郎や力蔵が集めて来た男たちだが、島津家京都屋敷としても、その男たちに充分に賃銀を与えるほどの余裕はない。

それには、あらかじめ近衛家の諸大夫大塚理右衛門と陣幕久五郎とのあいだに話合いが行われ、金の出る場所が決っていたのであった。

大坂の豪商たちは、ほとんどが堂島《どうじま》か中之島《なかのしま》に蔵屋敷を持つ諸大名の出入りであり、それぞれの藩の国許から送って来る米や産物を抵当《ていとう》に多額の銀を貸し、それで商売を行っている。いわゆる大名貸《だいみょうがし》といわれる方法で、大名たちも大坂の蔵屋敷が力を失っては、どこも台所が逼迫《ひっぱく》するのは当然であった。

だが、大坂の豪商の中にも、時勢を見る眼を持った商人もいるし、その中でも一ばん力の強いのが鴻池《こうのいけ》であった。

同じ関西の豪商でも、三井《みつい》家は大名貸をしないのを家憲《かけん》にしているし、こういう激動する世の中で、三井家だけはもっとも安泰《あんたい》な立場を保っていられる。朝廷をはじめ、京都の公卿たちに金を融通していた三井家が、世の中が新しくなれば、一ばん有利な立場になるのは当然であった。

島津家と取引をしていた大坂の商人の中でも、鳥羽伏見の戦の結果を見ていながら、まだ不安を抱く連中が多い。

その中でも鴻池はどこよりも早く島津家のために軍用金を提供してくれたし、京都の三井家も内々で多額の銀を島津家へ融通した。

それには、古くからの近衛家との縁故もあり、加えて諸大夫の大塚理右衛門が、両方のあいだに橋渡しをしたからであった。

大坂へ行った陣幕久五郎は、鰹座橋に屋敷のある土佐の山内《やまうち》家の勘定方、岩崎弥太郎《いわさきやたろう》という侍と知合いになった。

弥太郎は、土佐の身分の低い郷士《ごうし》の家に生れた男だが若いころから長崎へ行って、後藤《ごとう》象二郎《しょうじろう》の下で商売をしていたし、至って経済のことには明るい。

尊王派の代表的な大名は、一口に薩摩、長州、土佐というが、中でも土佐の山内家の先代、現在では隠居をして容堂《ようどう》という号を名乗っている豊信《とよしげ》は、もともと公武合体派であり、薩長のように、頭から徳川家をつぶそう、とは考えていない。

岩崎弥太郎という侍は、長崎でも外国商人と付合いがあったし、時勢を見る眼は持っている。

その岩崎弥太郎と近づきになった陣幕久五郎は、率直に自分の考えを打明けた。

「わたくしどもは相撲取でございますし、お侍のように戦場へ出て敵と戦うのがご奉公とは思っておりませぬ。わたくしも、もともと大坂相撲の出なので、これからは大坂力士のために骨を折りたいと存じております」

「なるほど」

大坂の土佐藩邸の中で、陣幕久五郎と会った岩崎弥太郎は、この横綱の考え方が気に入ったようであった。

「せっかく綱を締めながら、江戸の土俵を捨て、大坂力士のために働こうというのは、なかなか結構なことだ」

身体の大きい、赧《あか》ら顔の弥太郎は、久五郎と一緒に酒を飲みながら、

「おぬしが島津家のために働こうというのは、つまるところ、その手柄と引代えに、大坂相撲を盛んにしたいと言うのだな。わが山内家でも、ご隠居様の容堂公が相撲好きであられるし、抱え力士も大ぜいいる。だが、土俵の上の勝負だけが、その力士たちの念願であ

って、なかなか将来のことを考えるような力士はおらぬ。しかもおぬしは、これまで名力士と言われた相撲取たちの功績を世の中に残す方法を考えたい、というのだ。気に入った。世の中がおだやかになった後はどういうことになるかわからぬが、わしもおぬしも健在だったら、ひとつ大坂相僕の繁栄のために互に力を合せようではないか」

そう言って弥太郎は、藩の重役たちにも無断で、山内家の抱え力士をはじめ出入りの人入れ稼業の元締に頼んで、血気の沖仲士たちを三十人ほど集めてくれた。

そのめいめいへ渡す賃銀も、弥太郎が自分の手許から出してくれた。

「このご恩は、改めてお返しするときがあるかも知れませぬ。もしも、その機が来なかったときは、わたくしがあなた様にご恩を借りたままになります。どうか、そういうことになったらお許しを願います」

「天下の横綱とのあいだに貸借が出来たのだから、わしもいい心持だ」

と弥太郎は、大きな声で笑った。

陣幕久五郎と大蔦力蔵が、大坂力士、それに沖人足たち合せて三十人ほどを京都四条帯《おび》屋《や》町《ちょう》の薩摩屋敷へ連れて行くと、さすがに西郷吉之助もびっくりしたようであった。

「こんど江戸へお下りになるときは、あの連中をお連れ下さいますよう、お願い致します」

そう言って久五郎は、自分の連れて来た千年川と山分のふたりを、西郷の供に加えてもらうように頼んだ。

「侍たちは、一日も早く、江戸へ入って戦争をしたい、と気ばかりはやっておるし、小荷駄方の男を集めようにもなかなか思うように行かず、困っていたところだ」

と吉之助は、大そう喜んでくれた。

その西郷吉之助が、江戸へ引き返す前の晩、長州の桂小五郎と内々で会見をする、と陣幕久五郎たちが知らされたのは、その日であった。

いそいで吉之助が江戸から京都へ引き返して来たのは徳川慶喜の処分について、朝廷の裁可《さいか》を仰ぐためであったらしい。

公卿の中にも、徳川慶喜に処罰を加えよう、という説もあったが、近衛家の諸大夫の大塚理右衛門などの奔走もあり、吉之助はようやく徳川慶喜を助命する、というところまで漕ぎつけた。

官軍が錦旗を奉じて江戸へ入る前に、徳川慶喜は上野寛永寺を出て水戸に蟄居する、というのが条件であった。

「横綱」

陽が暮れたころ、大蔦力蔵が徒士組長屋へ入って来ると、そっと久五郎へ言った。

「西郷先生と長州の桂様は、島津様の東山お屋敷でお会いになるらしい、だが、それを知って、妙な奴らが寝刃《ねたば》を砥《と》いでいるという噂だぜ」

「そうかも知れぬ」

鴨川に架った夷川橋を渡った洛東《らくとう》、南禅寺に近いところに薩州の別屋敷がある。いつもは侍たちも詰めていないし、上洛した島津藩士が休養に使用するぐらいのものであった。

その近くには加賀屋敷、阿波屋敷、彦根《ひこね》屋敷などがあり、静かな場所だけに、秘密の会見には向いているが、敵に襲われるおそれも多い。もちろん島津家京都屋敷でも、万一に備えて、相良治部などが腕利きの侍を集め、屋敷の周囲を警戒することになっている。

「のう、横綱」

と大蔦力蔵は、鼻をうごめかしながら、

「おれには、どうも妙な匂いがする。ここで薩摩の西郷先生、長州の桂先生、おふたりが殺されたりしては、このの朝廷方にとっては、大そうな痛手だ。もちろん敵のほうも、それをねらっているに違いねえし、よくよく気をつけなくちゃあいけねえと思うが」

「おれたちのような相撲取が、出しゃ張った真似をしては、相良様に叱られるだろう。だから、おれたちだけで西郷先生のお身のまわりを守ろう」

「長山越中たちが、誰かに金で頼まれ、西郷先生のいのちをねらう、ということも考えられる」

「すぐに相生を呼んでくれ。いくら図体が大きなおれたちでも、三人だけなら人眼につかず動けるだろう」

「よし来た」

三人は、身支度にかかった。

雨の葬列

一

東山の上に黒い雲がかかったかと思うと、陽の暮れごろから雨が降りはじめた。この京都では、こういう春のころによくある雨で、地雨《じあめ》になるというほどでもなく、一時間ほど降って霽《は》れるのが普通であった。

鴨川の東、夷川橋を渡った夷川通りには、軒の低い町家が並んでいるし、京都に店のある商人の寮なども多いが、南禅寺の山門前まで、大そう静かな通りになっている。

四条帯屋町にある薩摩屋敷の裏門を出てから、陣幕久五郎と大蔦力蔵、それに相生松五郎の三人は、それぞれ菅笠と簑《みの》で自分たちの姿を包んだ。

念のため、久五郎と力蔵は脇差を腰にしているし、相生松五郎は手ごろの樫《かし》の棒を得物に抱えていた。

「おれたちが出て来るまでもなく、大そう用心のよいお手配だ」

町家の軒下に大きな身体をかがめ、雨を避けながら久五郎は、力蔵へささやいた。

「見ろ、ああやっていろいろに姿を変えた薩摩藩のお侍たちが、加州《かしゅう》屋敷から東は南禅寺の杜《もり》へかけて、すっかり網を張っている。西郷先生と長州の桂様が今夜、ごく内々でお話合いをなさる、それで話が決って、明日は江戸へ向って西郷先生がご出立になる、とあれば、江戸の総攻めをすぐにやるかどうか、というお話合いに違いねえ」

「横綱も、このごろではすっかり天下国家のことにくわしくなってきたね」

と大蔦力蔵は、菅笠の下で低い笑い声を立てた。

「笑いごとじゃねえよ」

と久五郎は、雨の降りしきる淋しい道を見廻しながら、自分へ言って聞かせるように言った。

「とにもかくにも、おれは綱を締めている人間だ。ここに連れて来ている相生松五郎も、東方の幕下。おれのあとを追って江戸を飛び出して来た千年川と山分は、薩摩様のお抱えで、やはり西方の前頭。こうやって力士たちが時勢の移り変りをわきまえ、自分たちで役に立つことがあれば、という考えになったのは大そう結構なことだと思う。江戸の力士も、これから先はどういうことになるか。本所回向院の相撲も、今までとは形が変ってくるに違いない」

「と言って横綱は、まさか土俵を捨てる気ではねえのだろうね」

「何べんもおぬしに言った通り、おれは死ぬまで相撲を取っているか、それとも相撲のために、土俵は勤められなくても懸命に働くか、それだけはたしかだ」

久五郎とは若いころから兄弟のようにつき合っている大蔦力蔵にも、久五郎がどういうことを考えているのか、まだわからないようであった。

「横綱」

少し離れた家の軒下にしゃがんでいた相生松五郎が、二人のほうへ低く声をかけた。

「妙な行列がやって来ましたぜ」

「なんだ、あれは」

そのほうへ眼をやった力蔵も、あたりを警戒するのを忘れ、ぼんやりと立ちあがった。

夷川橋の下流に、二条橋がある。そこを東へ渡ったところに、頂妙寺《ちようみようじ》という寺があり、行列はそのほうから雨の中を近づいて来る。先頭に立ったのは、高張提燈を立てた五人ほどの男で、それに続いて、むしろをかけた早桶《はやおけ》を担いだ男がふたり、それから男女合せて十人ほどの連中が、まるで影のようにゆっくりと南禅寺のほうへ歩いて来るのであった。

「葬礼の行列でござんしょう、あれは」

薄気味悪くなったのか、相生松五郎は久五郎のほうへ身体をよせ、そっと言った。

白の高張提燈は、灯を入れてないし、もう雨叩きになって、紙も破れている。

ただ、早桶のうしろから歩く男が、自分のかぶった合羽の袖で提燈をかばい、その灯明りで一同の足許を照《てら》しているのであった。

死人を寺へ運び込むとなれば、こういう雨の夜でもやむを得ないことなのだろうが、ちょっと妙なものを久五郎は感じた。

「大蔦、相生、気をつけろ。あの行列は、ちっと臭いぜ。葬式の行列なら、人は怪しみもしねえし、どこでも勝手に通行できるだろうが、ああやって見張の眼をたぶらかし、薩摩様の東山のお屋敷へ近づくつもりかも知れねえ」

「ともかく、念のために調べてみましょう」

と大蔦力蔵は、相生松五郎と一緒に、その行列の横合いから近づいて行った。

阿波屋敷から薩摩屋敷、そしてその東にある加州屋敷の塀外にかけて、雨合羽に身を包んだ島津家の侍たちが十人ほど、暗い中で眼を光らせていたが、さすがに葬式の行列に手を出す気にはなれないらしい。

大蔦と相生の二人が、かまわずに葬式の行列の行手をふさぐようにして、ていねいに声をかけた。

「失礼でございますが、これは、どちらからどちらへいらっしゃる行列で」

葬式の行列も、いきなり闇の中から大きな男がふたりも近づいて来たので、ぎょっとしたらしく、足をとめた。

「なんだね、お前さんたちは」

行列の中から、女の声が聞えた。

「わたくしたちは、烏丸通りの因幡《いなば》屋という小間物《こまもの》屋だが、仏様を南禅寺へ送って行く途中なのだよ。べつに怪しい者じゃあない」

雨の中で、じっとその声を聞いていた大蔦力蔵は、不意に大きな笑い声を立てた。

「その言葉つきは、京都の人間じゃねえな。たしかに聞いた声だ。そっちも、おれの声を忘れたかえ。長山越中さんの妹、おしげさんに間違いねえと思うが、どうだね、提燈の灯明りの中に顔を出してくれねえか」

それを聞くと、葬式の行列はにわかに乱れ立ち、中から合羽を羽織った男がひとり進み出た。

「おのれ、大蔦力蔵か」

「その声は、長山越中だな」

問答の声は、陣幕久五郎の耳へも、はっきりと聞えた。

菅笠と簑を、ちぎるようにして捨て去り、久五郎は脇差の柄を袖でかばうようにして、ぬかるみを踏んでそのほうへ走り寄った。

「葬式の行列に化け、薩摩屋敷へ近づこうとは、さすがに長山越中らしい悪智恵だ。おれの声を忘れはすめえ、陣幕久五郎だ」

長山越中の妹のおしげも、まさかここに力士が三人も待ち伏せている、とは考えていなかったらしい。

「それ、人数を二つに分けろ。半ばはここに踏みとどまって、相撲取たちを食いとめるのだ」

指図をして長山越中は、大刀の柄に手をかけると、そのまま薩摩屋敷のほうへ走り出そうとした。

「どこへ行く」

大きな両腕をひろげ、久五郎は、その前に立ちふさがった。

「お前たち兄妹が、なぜここに姿を見せたのか、ちゃんとおれたちにはわかっている。もう年貢の納めどきだ。せっかくの金儲けの蔓《つる》を打切ってしまうことになるが、悪く思うなよ」

「おのれ」

その久五郎の姿をめがけて、葬式の行列の中から三人ほどの男が、一せいに斬りかかって来た。

いずれも菅笠をかぶり、簑を羽織っていたが、その蓑をはねのけると、下には袴をつけ、大小を腰に帯びている。この京都で、長山越中が集めた佐幕派の浪人たちに違いない。

久五郎も刀を抜き合せ、浪人たちを対手に斬り結んだ。

遠くで見張っていた薩藩の侍たちも、刃の打合う音を聞くと、ぬかるみを蹴立てて走り寄って来た。

「何者だ、おぬしたちは」

「島津様お抱えの陣幕久五郎と、その弟子たちでございます」

と大蔦力蔵は、長山越中とおしげの横合いへ近づき、脇差を振廻して牽制《けんせい》しながら、薩藩の侍たちへ答えた。

「この連中は、葬式の行列と見せかけて、お屋敷へ斬り込もうとしていた奴らでございます。頭領を長山越中と申しまして、これまでもお家の相良治部様を殺そうとして、何べんも小細工をした浪人たちでございます」

それを聞くと、薩藩の侍たちも一せいに刀を抜き、葬式の行列に化けていた男たちを前後から挟んで斬りかかった。

二

「西郷どんは今朝早く、江戸へ向って出立なされた。昨夜のおぬしたちの働きを聞いて、大そう喜んでおられたが、なにぶんお忙しい身体なのでな。陣幕たちに礼を言えぬのが残念、とおっしゃってであった」

相良治部からそう言われたときも、陣幕久五郎はにこりと笑ったきり、べつに自分たちの働きについて、くわしく話そうともしなかった。

昨夜の薩摩別屋敷での西郷吉之助と長州の桂小五郎との会談は、無事に行われた。まだ暗いうちに、雨の中を桂小五郎は長州藩の侍たちに守られ、どこかへ急いで立去った。

西郷吉之助のほうも、一たん四条帯屋町の薩摩屋敷へ戻ると、そのまま雨あがりの道を東のほうへ向って出立した。

西郷と桂のあいだに、ただちに江戸総攻撃を開始するか、それとも延期をするか、話は決ったようであった。

葬式の行列に化けて、西郷と桂の会見の場所へ斬り込もうとしていた長山越中と妹のおしげは、薩藩士たちの手で捕えられ、屋敷内に監禁された。

すぐに斬られずに済んだのは、長山越中の背後にどういう人物がいるか、それを調べたほうがいい、と相良治部が言ったからであった。

「横綱」

ゆうべのことには仲間入りをさせられず、それが不服だったらしい千年川と山分は、ようやく大蔦力蔵から話を聞くと、納得をしたらしい、改まった形で久五郎の前へ出ると、神妙に両手を仕えた。

「いろいろと横綱から話も聞き、その上、横綱のなさることを見ているうちに、わしらも本当に覚悟が据わってきました」

「どういう覚悟だな」

と久五郎は、山分と千年川の顔を比べるように眺めて、

「おぬしたちは、おれと同じように島津様のお抱え力士だ。島津様のために働きてえ、という覚悟が出来たのかえ」

「はい、わしらも性根を据えて江戸から出て参りましたが、それも島津様の軍勢の中に加って、小荷駄方を勤めて働きてえと存じたからでございます。ところが、西郷先生は急に

また江戸のほうへお引っ返しになったのはいいとしても、わしらをお供に入れて下さらねえというのは、どういうわけでございます」

「それじゃお前たちは、薩摩様や長州様の軍勢が江戸の町を攻めるとき、その中に加って、江戸の人間を向うに廻して戦う覚悟は出来ているのかえ」

「それは」

と言ったきり千年川は、山分と顔を見合せ、黙り込んでしまった。

「まあ、急ぐことはない」

と久五郎は、ふたりをなだめるように、

「西郷先生はこれから先、わしらのような人間を小荷駄方として使いたい、とおっしゃって下さった。だが、それは江戸の町を攻めるときの戦じゃあねえ。おれたちはこれまで、江戸力士として回向院の土俵を踏んで来た。お前たちも江戸のご贔屓のお蔭で、そうやって幕内の力士として立派になれたのだ。いいかね、そこのところを間違えちゃあいけねえ。島津様のお抱えになって、大そう重宝したことがあるかも知れねえが、おれたちは江戸力士だ。これまで江戸の人たちから受けた恩を忘れて、江戸の町を攻める戦に加わるようなことがあっては、力士としてだけでなく、人間の道にもとることになる。西郷先生も相良治部様も、ちゃんとそれがわかっておいでなのだ。だからこそ、こんどはお前たちを連れずに江戸へ急いで行かれたのだ」

「でも、横綱」

と山分は、大きな膝を進めて、

「横綱も、島津様のために命懸けで働こう、と考えておいでなのでございましょう。そのためにゆうべは、あの浪人たちの一行を向うに廻し、斬合いをなすったのだと存じますが」

「それは違う」

「どう違います」

「おぬしも島津様のお抱えだが、島津様だけのために働こう、とは考えちゃあいけねえ。難しいことは言えねえが、間もなくこの日本という国は大そう変って来る。といって、力士が土俵で相撲が取れなくなるような世の中が来る、というのじゃねえ。力士たちが、もうお大名の玩具ではなく、偉い人のご機嫌取りをせずとも、めいめいが力をいっぱい振りしぼって土俵で相撲が取れる世の中が来る、と思うのだ」

「さようですか」

山分も千年川も、納得の行かない顔つきをしたが、やがて千年川は訊いた。

「それで横綱は、これからどうなさるんでございます」

「江戸を離れるについては、おれもよくよくの覚悟を決めてのことだ。きっと江戸では、いろいろなことを言う人がいるに違いねえ。陣幕久五郎は、せっかく綱を締めながら、江戸に見切りをつけて、島津様の袖の下に飛び込んで行った、と悪口を言う連中も多いだろう。鬼面山関と仲違いをしたのが因だ、と思われてもかまわぬ。また、以前おれを抱えていて下さった蜂須賀家が、綱を締めるについて、いろいろと邪魔を入れたので、おれが腹を立てた、と噂を飛ばす人もいるだろう。だが、そのどれも当っちゃあいねえ」

ほかに誰も人の聞いていない徒士組長屋の中なので、久五郎も遠慮なしにものが言えた。縁側のところにあぐらをかいた大蔦力蔵と相生松五郎が、黙って山分と千年川を見ていた。

「おれはな」

改まった形で久五郎は、山分と千年川の顔を見ると、

「これからは、大坂力士のために働こうと思う。知っての通り、おれは大坂相撲の出だ。江戸の力士たちは、それぞれお大名のお抱えになり、強ければ出世が出来るし、暮しもらくになる。だが、大坂力士のほうは、だんだんとすたれる一方で、今ではむかしのような勢いはどこにも見られやあしねえ。せっかく綱を締めるようになったおれだが、これからの生涯を、おれは大坂相撲の勢いを盛り返すために使うつもりだ」

「さようでございますか」

山分と千年川は、しばらく顔を見合せていたが、急に肚を据えたと見え、千年川が両手を仕えた。

「横綱、わしもこれから横綱の下について、大坂相撲のために働きます」

「わしも、千年川関と同様、横綱、おっしゃる通りに致します」

「そうか、有難う」

ていねいに頭を下げてから、ふっと久五郎は大蔦力蔵の顔を見た。

「これは、大蔦にだけしか打明けてはいねえが、おれはこれから大坂に落着いて、やりてえ仕事があるのだ。べつに隠し立てをするようなことではねえから、お前たちにも言っておこう。むかしから江戸をはじめ大坂でも、いろいろと立派な力士が出て、その話だけは残っているが、そういう力士の仕事をのちの世に伝えようとする人はあまりいねえのだ。それを、これからのおれは命懸けてやりとげようと思う。何十年かかるかわからねえし、金も要るが、人間その気になれば、やれねえことはありゃあしねえ。お前たちに、手伝ってもらうことがあるかも知れねえぜ」

「よろしゅうございます。これからは、わしらも横綱のおっしゃる通りに働きます」

揃って両手を仕え、山分と千年川は、じっと久五郎の顔を見た。

そのあくる朝、不意に久五郎は大蔦力蔵を誘って、外へ出た。

「どこへ行くんです、横綱」

「嵯峨の天竜寺へ、お詣りに行こうと思う」

「天竜寺へ」

問い返した力蔵は、にこりと笑って、

「なるほど、天竜寺で寺男をしている今牛若東助という人に、会いなさるので」

「おれとしても、味方がひとりでも欲しいところだ。あいつがおれの言うことを聞いてくれたら、もう一ぺんよく言い聞かせて、性根を叩き直してやりてえ」

「東助という人も、横綱のようないい幼友達を持って倖《しあわ》せだ」

と、力蔵はうれしそうに言った。

だが、天竜寺山内の松巌寺を訪ねてみると、寺男をして働いていた東助は、三日前から行衛をくらましてしまっていた。

誰か古い知合いが訪ねて来て、一緒に寺を出て行った、というのであった。

大阪相撲頭取総長

一

陣幕久五郎が、江戸力士として相撲の番付に名を留めたのは、慶応三年十一月の回向院の場所が最後になった。

慶応四年が九月八日に明治元年と改まったころ、京都薩摩屋敷に世話になっていた陣幕久五郎、それに弟子の相生松五郎、それから陣幕を追って江戸から上洛して来た山分、千年川、ほかに現在では相撲は取っていないが、久五郎のよき相談対手の大蔦力蔵の五人は、島津の相良治部の下知で忙しく働いていた。

すでに官軍参謀西郷吉之助は、米沢へ入り、会津若松城は四方から官軍の総攻撃を受けている。

「もうこれで、戦の眼鼻はついた」

ひょっこりと京都に姿を見せた相良治部は、久五郎たちの労をねぎらって、

「陣幕が何を考えているのか、わしにもまだ見当はつかぬが、大坂でいろいろと噂を聞いた。土佐藩の岩崎弥太郎などと知合いになり、大坂に根を生やす覚悟らしいな」

「もともとわたくしは、大坂力士の朝日山の弟子になって土俵を踏んだ男でございます」

薩摩藩の小荷駄方の宰領《さいりょう》をして、ほとんど大坂と京都のあいだを往復して毎日を暮している久五郎は、相良治部へ笑顔を見せて、

「また振出しに戻って、わたくしは大坂力士のために、これから出来るだけのことをしようと存じております」

「それは結構だな。わしの兄の小松帯刀は、やがて明治新政府の重職につくことになるらしい。三十を二つ三つ過ぎた若さで、島津家の家老職にまで進んだ人物だから、わしとは違って頼り甲斐がある。なにか事があれば、帯刀どのに頼むがよい」

そう言ったあくる日、また相良治部は風のように京都からどこかへ去って行った。

その明治元年の十月十三日、天皇の車駕《しゃが》は江戸に着御、その日から江戸城が皇居となり、東京城と改められた。

十月から十一月にかけて、蝦夷地の五稜郭《ごりょうかく》に立籠った榎本武揚《えのもとたけあき》以下の幕府脱走軍は、

官軍の攻撃を受けながら、頑強に抵抗を続けていた。

すでに蝦夷地を除いた諸方は、ことごとく平定され、明治二年（一八六九）の正月、薩《さっ》長《ちょう》土《ど》肥《ひ》の四藩は版籍奉還《はんせきほうかん》を朝廷に願い出た。

初代の大阪府《おおさかふ》知事に任ぜられたのは、薩藩の重臣であり、倒幕軍の参与を勤めた小松帯刀であった。

陣幕久五郎は、小松帯刀に願い出て、伊丹《いたみ》大阪府判事《はんじ》から、大阪相撲頭取総長を命ぜられた。

これが久五郎の、大阪相撲改革の第一歩であった。しかし、大阪も例外なしに戦争の動揺を受け、しかも江戸相撲の勢いに押されて、大阪力士というのは数が少なく、興行としても成り立たないようになっている。まず久五郎は、土佐藩の岩崎弥太郎の応援を得て、上方の富商《ふしょう》たちに援助を申し入れた。

明治維新をさかいにして、それまで全国の諸大名の銀方《ぎんかた》商人として長らく威勢を誇っていた大阪商人たちも、一時に没落した家が多い。

大名貸といって、大阪堂島や土佐堀に蔵屋敷のある大名の家へ、銀方商人は来年の米を抵当に、巨額な銀を貸しつけてきた。それが徳川幕府の崩壊と同時に、ほとんどの大名が経済力も失い、大阪の堂島や土佐堀に門を並べた大きな蔵屋敷も、ただの空屋敷と同然になってしまった。

長らく大名に銀を融通していた商人たちは、次々に暖簾をおろしてしまい、古い店の中でもようやくその面影を残しているのは、鴻池ぐらいのものであった。

土佐藩の郷士の倅であり、しばらく長崎で外国人対手に商売をしてきた岩崎弥太郎は、大阪商人の中でも鴻池だけに眼をつけ、取引を続けていた。

長崎では、外国人の欲しがる樟脳《しょうのう》を売り、大砲や鉄砲、それに汽船などを買入れていた岩崎弥太郎は、幕府が倒れると同時に諸大名のほとんどが勢いを失い、大阪商人もそれまでと同様の商売が出来なくなる、とあらかじめ見通しを持っていた。

「江戸城が皇居《こうきょ》になり、江戸は東京と改まったが、これからの大阪はむかしの通り商人の都として、新しく生れ変らねばならぬ」

大阪鰹座橋のそばにある土佐藩邸へ、岩崎弥太郎は陣幕久五郎を招き、酒を飲みながら話をした。

「新しく生れ変るについては、大阪商人の顔ぶれも今までとはすっかり変ってしまうだろう。平野《ひらの》屋とか升《ます》屋とかいう二百数十年の古い暖簾を誇った銀方商人も、一ぺんに土蔵の中は空になり、新政府対手に商売をする力も失ってしまった。その中でも、鴻池だけは生き残りそうだ」

「そうなりますと、岩崎様もこの大阪でご商売をなさるおつもりで」

「それは前々から、おぬしへ言っていた通りだ」

色の浅黒い、がっしりと顎の張った顔に微笑をのせ、弥太郎は久五郎の眼のうちをのぞくようにした。

「ことしから、おぬしが勧進元になって、大阪力士の番付を作ったらどうだ。千年川や山分もいるし、横綱が大阪にいるとなれば、諸国から力士も集って来るだろう。しかし、おぬしは江戸力士として横綱を締めたのだから、わざわざ東京方の力士の怒りを招くようなことはしないほうがよい」

「それは、よくわかっております。わたくしが大阪で土俵にのぼるときは、大関のままで通します。土俵の上からの慣習《しきたり》から申しましても、それが本来でございます」

「おぬしが東方の大関になれば、西方の大関はどうするな」

「千年川を西の大関にして、今のところ番付の上での枚数は少のうございますが、これから懸命に大阪力士を増やして行きたいと存じます」

「よろしい。それでは、大阪におぬしたちの住居と同時に、稽古場を作らねばなるまい」

「それにつきましては、わたくしのところにおります大蔦力蔵が、大阪府判事の伊丹様にお願い申して、家を借りる手筈になっております」

「それは早手廻しだな。どこに家を借りた」

「北江戸堀《きたえどぼり》一丁目でございます。ご一新《いっしん》前は搗米屋をやっていたそうでございますが、そこに大工を入れ、稽古場を作って、当分のあいだわたくしどもは、ごろごろと雑魚寝《ざこね》をすることになりましょう」

「その覚悟があればよろしい」

そう言ってから弥太郎は、いたずらっぽい表情になると、

「女房はどうするな。これは噂に聞いただけだが、おぬしには東京のほか、尾道にも女房がいて、もう子供が大きくなっているそうだが」

「はい」

悪びれた顔もせず、まっすぐに久五郎は弥太郎を見ると、

「女房同士は、それぞれ対手のことを知っておりますし、べつに焼餅をやくようなこともございませぬ。わたくしもこういう気性の男でございますから、ひとつ事にこだわっていることが出来ず、ことにこの数年、江戸と京都のあいだを何べんも往来して、女房のことなど心配したことはありませぬ」

「おぬしも天下の横綱だ。女房の二人や三人いたところで、べつにどうということもなかろう。わしだとて、長崎から古馴染を大阪へ連れて来ている。郷里の高知《こうち》には、古い女房

が家を守っている、という次第でな」

と弥太郎は、大きな声で笑った。

陣幕久五郎が大阪相撲の勧進元となり、北江戸堀一丁目に稽古場を作り、力士の養成を始めたのは、同じ明治二年の夏であった。

岩崎弥太郎をはじめ、鴻池、それに京都の三井家からも、それぞれ寄附が集ったし、江戸の横網町の家ほどの大きさはないが、形ばかりの稽古場が出来た。

もとは搗米屋の母屋になっていたところを、大きく拡げ、久五郎たちはそこを住居にした。

東京からも女房のおうめが来たし、伯母のお鶴も祇園町の芸者たちを大ぜい連れて、土俵開きを賑やかにしてくれた。

近衛家の諸大夫を勤めていた大塚理右衛門は、京都武者の小路の屋敷の中で、隠居同様の暮しを送り、長男が近衛家の執事《しつじ》を勤めている。

髪の毛もほとんど白くなったが、元気だけは失わない大塚理右衛門は、お鶴と一緒に大阪へやって来て、大そう喜んでくれた。

二

「これが江戸、ではなく東京であったら、天下の横綱が稽古場を開くのだ、諸方から何百人という客が集って、もっと賑やかになるだろうが、まあ大阪相撲再興《さいこう》の手はじめだ、これぐらいなら結構としなくてはなるまい」

盃を傾けながら、大塚理右衛門はそう言ってくれた。

大阪府知事の小松帯刀からも、使が来て、菰《こも》かぶりが二樽、担ぎ込まれた。

「大阪府知事様から、こうやってお祝を頂いたのだから、もうこれで親方の仕事は、まず初日に花を飾った、ということになるだろうな」

祝いに来た岩崎弥太郎が、大きな声でそう言った。

しかし陣幕久五郎は、これからあとに面倒なことがいくつも起ってくるに違いない、と覚悟をしている。

力士を集めて養成するのには、長い年月をかけなくてはならないが、それまで江戸力士と比べて、あまり問題にされていなかった大阪力士の地位をどの程度まで引きあげることが出来るか、という仕事がある。

いろいろ人の話を聞くと、江戸でも彰義隊の戦があったとき、旗本連中を贔屓に持っていた江戸力士たちが何人も彰義隊に加わって官軍に刃向ったと言うし、東京と名の改まった江戸相撲も、不安な状態にあるのは当然であろう。

久五郎の江戸の贔屓の中にも、陣幕のことを悪しざまに罵る連中がいるという。薩摩の侍に可愛いがられていた陣幕は、こうなる世の中をあらかじめ察して江戸に見切りをつけ、さっさと京都へ逃げ出してしまった、というのであった。

その陣幕が、大阪相撲頭取総長などという肩書を名乗り、稽古場を作ったのは、もう大阪に骨を埋める覚悟に違いないし、はっきりと東京相撲に反旗を翻したと見られても仕方のないことであった。

徳川幕府が倒れ、官軍が江戸へ乗り込み、江戸城が皇居に定められてから、東京の相撲会所の幹部たちは、どうしていいのか一向にわからず、途方にくれた形だという。

力士としては、東の大関に不知火、西に鬼面山、それに三役として平石、宮城野《みやぎの》、大纏《おおまとい》、常盤山《ときわやま》、東関、増位山《ますいやま》などがいるし、取組には事欠かないが、興行をやったところで客が集るかどうか、年寄たちにも見通しのつかない現状らしい。

その一方で、陣幕久五郎が大阪に稽古場を作り、自分が勧進元になって新しく大阪相撲の番付を作ったのだから、東京の力士たち、それに贔屓客たちから反感を買うのは当然であった。

それでも陣幕は、噂など気にせず、自分で諸方へ出かけて行き、田舎にくすぶっていた力士たちを、次々に大阪へ引っぱって来た。

現在のところ、まだ大阪力士は興行するところまで番付がととのっていないので、陣幕久五郎に煽り立てられるようにして、力士たちは暗いうちから稽古場へおり、さかんに申合いを行った。

大蔦力蔵も、久五郎の相談対手として働く一方、自分も稽古廻しをつけ、若い力士たちを稽古土俵へ引っぱり出した。

あくる明治三年（一八七〇）、徳川慶喜はじめ官軍に手向《てむか》った人々の罪は許された。

ようやく大阪市中も落着きを取戻し、いろいろな新しい法令が発布された。

それまで外国へ向って港をとざしていた大阪は、明治三年に開港場となり、大きな打撃を受けた大阪商人も、基立金《もとだてきん》など政府の御用金を負担するようになったし、通商会社、為替《かわせ》会社などが大阪に設立された。

岩崎弥太郎も、土佐藩山内家の力を背景に、独立して商会《しようかい》を作るつもりらしく、いろいろと諸方へ手を廻し始めている。

新町《しんまち》の廓へ陣幕久五郎をはじめ力士たち二十人ほどが、岩崎弥太郎に招かれた夜のことであった。その晩は、あまり酒を飲まず、力士たちを見廻していた陣幕久五郎は、弥太郎の許しを得て、座敷のまん中へ進んだ。

「みんな、わしの言うことを聞いてもらいたい」

改まった形で久五郎は、力士たちの顔を一人ずつ見つめた。

弥太郎も盃を置き、じっと久五郎の顔に眼をとめた。今夜は久五郎が、力士たちを前にして何か新しいことを言い出すのではないか、と弥太郎も期待していたらしい。

「わしはこうやって、みんなと一緒に大阪相撲を新しく作り直すことになった」

と久五郎は、両手を膝に置き、一言ずつに力を入れて話し続けた。

「この中には、長らく江戸力士として、土俵にあがっていた連中も多い。そういう者たちは、江戸会所というのが、どんな仕掛になっているのか、あまり深く考えたことはねえだろうと思う。一年に二度、本所の回向院で勧進相撲が開かれ、それから諸国へ巡業に出かけて行く。だが、力士の給金というのは、決っているような決っていねえような、あいまいなもので、贔屓客から金を貰って、それで着物を作り、力士としての体面をととのえなくてはならねえ。だからお大名抱えになると、力士は太鼓持と同様になって、抱え主のお大名の言うことにはさからえねえ。わしは若いころから、どうにもそれが不服で仕方がなかった。会所の年寄連中は、興行の金の勘定はしているが、いくら金が入ったのか、金が出て行ったのか、力士たちは少しも知らされてはいねえ。相撲取というのは、金のことには切れがいいのを身上《しんじょう》とされて来た。だが、いつまでもそれではならねえのだ」

陣幕久五郎の言うことは、力士たち一人ひとりの胸にもはっきりと合点の行くことであった。久五郎は、次第に激しい語調になった。

「こういう風に世の中が変ったのだから、力士たちの暮しが、いつまでもご一新前と同じでいいというわけはねえ。おれが大阪相撲の勧進元になった以上は、金銭の出し入れについては、誰にもわかるように、はっきりさせておきてえと思う。大関はいくら、関脇はいくらという風にきちんと給金を決め、贔屓客から貰う祝儀を当てにせずとも力士の体面が保たれ、弟子を養って行けるようにしてえと思うのだ。それまでに、何年かかるかわからねえが、おれはかならずやりとげる。陣幕という男は、変り者で、江戸にいたころから抱え主のお大名にもさからうし、贔屓客の言うことも聞かねえ、つむじ曲りだと言われて来た。だが、大阪相撲頭取総長を任された以上、おれはおれのやり方を押し通したいと思う。異存のある者は今のうちに申し出てくれ」

座敷に居並んだ力士たちは、しばらく誰も返辞をせず、しいんとしていた。

そのうちに、千年川と山分が膝を進めると、

「どうぞ、親方の思う通りにやっておくんなさい」

「わしらは、親方のためなら火の中へでも飛び込む覚悟で江戸を出て来たのだ。どうか、親方の考え通りにやっておくんなさい」

それを聞くと、ほかの力士たちも、それぞれ大きくうなずいた。

「よしきた」

と久五郎は、にこりと笑って、

「もう一つ、これまで何百年かのあいだ、ずいぶん名力士と言われる人たちが出てきたが、その中にはもう墓さえわからなくなっている人が多い。わしはそういう人たちのことをいろいろ調べて、力士のために、それにふさわしい大きな石で、一つずつ碑《ひ》を作って行こうと思うのだ。陣幕久五郎は相撲の碑ばかり作る気違いだ、と言われるかも知れねえが、わしは若いころからの念願をどうしてもやりとげて見せる。東京にいる古い年寄たち、それにご贔屓になった皆様方は、陣幕がつむじ風を起しやがった、と言うかも知れねえが、かまうものか。おれはこの大阪から、力士のために新しいつむじ風を起してやろうと思っている」

それを聞くと、上座《かみざ》にいた岩崎弥太郎が、勢いよく手を叩いた。

「よし、大きに結構。やるがいい。わしの眼の黒いうちは、陣幕のために出来る限り助力をするぞ」

「有難う存じます」

うれしそうに久五郎は、弥太郎のほうへ深く頭を下げた。

しかし、それから数日後、思いがけない知らせが、東京の相撲会所から手紙で陣幕のところへ届けられた。

五条家から授けられた陣幕の横綱という地位を返上するよう、そして力士にとって由緒深い陣幕という名も、これからは名乗ってはならぬ、という通知であった。

三都立会相撲

一

「こんな馬鹿なことはねえ」

　と大蔦力蔵などは、いまにも東京へ飛んで行きそうなほど、ひどく腹を立てて、

「五条家から授けられた横綱という位を返せ、と東京の相撲会所が言ってきたのは、どんな下心《したごころ》か、わしにはわかっている。親方がこうやって大阪相撲をまとめあげ、いまに東京相撲の人気をひっくり返しそうになっているので、それがこわいのだろう」

「まあ、腹を立てることはない」

　いつもなら、まっ先になって怒り出しそうな陣幕久五郎が、このときはひどく落着いて、笑いながら一同を制した。

「おれが横綱を受けたのは、京都の五条家からだし、九州の吉田司家へは、あとから届けを出したのだ。改めて五条家には話を持って行くが、江戸力士として貰った横綱の位など、いまのおれには未練などねえのだ」

そう言って久五郎は、東京の相撲会所へ返事を出した。

お申越しのこと、委細承知をした、これからは横綱を締めることはないし、大関として大阪相撲の向上のために尽したい、今後ともよろしくお願いする、という意味の手紙であった。

むかしから吉田司家と、京都の五条家という公家の双方で、横綱を許すという慣《なら》わしが続いている。だが、文政六年、当時の両大関、東の玉垣額之助と西の柏戸《かしわど》利助《りすけ》に対して、京都の五条家から横綱が許された。それは吉田司家の横綱記録には全く記されておらず、歴代の横綱の中にも数えられていない。

それだけではなく、吉田司家と五条家は、横綱を許すことについてはたびたび悶着《もんちやく》を起し、相撲会所が中に入って、いろいろ面倒なことになった例が何度もある。

京都の五条家は、相撲の始祖《しそ》、野見宿禰《のみのすくね》の正統、菅原《すがわら》家の嫡流《ちやくりゆう》に当る高辻《たかつじ》家の分流であって、世間的にも相撲の公家の家として通っている。歴代の力士の中でも、京都五条家に出入りしている者も多く、吉田司家としてもそれを黙殺《もくさつ》するわけには行かない。

歴史の上から見れば、五条家は日本の相撲に関しての長官であり、吉田司家はその次官と考えるのが正しい。五条家から許す横綱は、紫《むらさき》の化粧廻しがついている。もともと紫というのは宮中の色であり、一般にそれを用いるのは許されていない。

徳川幕府が滅びてから、京都の五条家には、王事《おうじ》に奔走したという勲功《くんこう》もあり、やがて明治新政府の顕官《けんかん》に任命されるのではないか、という噂もある。

陣幕久五郎としても、いまになって東京の相撲会所が自分の横綱という地位に対して文句をつけ、陣幕という由緒のある四股名も返せ、という言分に対しては、いろいろ反駁《はんぱく》する材料も揃えてあった。

五条家から横綱を許された年の十月になって、陣幕久五郎は改めて吉田司家から免許を受けている。しかし、自分が江戸相撲に後足で砂をかけた態度で、こうやって大阪に相撲部屋を作り、頭取総長などと肩書をつけているのは、東京の相撲会所だけではなく、吉田司家でも面白くないことであろう。

陣幕久五郎としても、現在わざわざ問題を大きくして、東京相撲とのあいだに溝を深めるのは不利と悟っていた。

京都の五条家がやがて自分のところへやって来て、改めて横綱免状を授けてくれるに違いない、と久五郎は先のほうまで見越していたからであった。

東京の相撲会所へ手紙を出した夜、久五郎は自分が五条家から授けられた横綱免許状を取出し、改めてそれを大蔦力蔵たちへ見せた。

女房のおうめも横に坐って、じっとそれを見あげていた。

『横綱のこと、薩州国人角力者陣幕久五郎願依、許され候《そうろう》。因《よ》って執達《しったつ》、件《くだん》のごとし』

という文句に、五条殿家司丹波介という署名と花押《かおう》があり、慶応三年正月、と認めてある。

「おれが薩摩の島津家のお抱えになってから、これを頂戴しただけに、東京の相撲会所や吉田司家が面白く思わないのも無理はなかろう。機がくるまで、これは人眼につかないところにおさめておくつもりだ」

と久五郎は、その免許状を膝の上におろして、笑いながら一同へ言った。

「陣幕という四股名も名乗ってはならねえ、と言うのなら、名を変えるだけだ」

「親方」

とおうめは、心配そうに、

「これまでせっかく、陣幕という四股名で通してきたのに」

「お寺様の言葉でいえば、なにごとも方便でな。陣幕という名を返した上は、これからは陣波と名乗ろう」

「親方がそう言うのなら、わしらはなにも文句は言いませんよ」

大蔦力蔵は、不服そうに言った。

久五郎としては、横綱の位や四股名にこだわっているどころではなかった。ともかく、少しでも多く大阪力士の数を増やし、東京相撲会所と同じくらいの勢力を築く必要があった。

「もともと上方の力士たちは、中頭と呼ばれて、ご贔屓のお客様たちからも軽く見られている。江戸相撲が大阪や京都へ旅興行に来たときは、前頭の力士でも大関に据え、地元の大阪力士は中頭というので、ようやく二段目くらいに置かれていたほどだ」

いつものように北江戸堀一丁目の自分の家で、褌を締めて稽古場へおり、みんなに稽古をつけながら、久五郎は話した。

「その大阪力士が、ようやく関東の力士と同じくらいの番付で相撲を取れるかどうか、というところまで漕ぎつけたのだからな」

それは、若い力士たちにとっても、張合いを覚えるようであった。

「大阪力士というのは、大関でも給金は銀七十匁《もんめ》ぐらいしか貰っていなかった。それから出世をしようと思っても、江戸へ下って、幕下十枚目に付け出され、給金一両から、始めるのがならわしになっていた。場所ごとの働きで、給金の進むのはもちろんだが、それでは張合いがねえわけだ」

そう言って久五郎は、新しく集めた大阪力士たちの給料を、東京の力士と同じ額に引きあげてやった。

その明治二年から三年にかけて、次第に陣波久五郎の後援者たちが増えてきた。

それには、土佐の岩崎弥太郎の尽力もあったが、大阪府知事の小松帯刀の後援がなによりも物を言った。

堺県令《さかいけんれい》税所篤《さいしよあつし》に、財界からは鴻池善右衛門《ぜんえもん》、住友吉左衛門《すみともきちざえもん》、蔦田理兵衛、金谷嘉右衛門、辰馬吉左衛門《たつうまきちざえもん》、堺の河盛仁平《かわもりにへい》、村山竜平《むらやまりようへい》などがいたし、次第に久五郎の夢が果されて行った。

このころの岩崎弥太郎は、土佐開成《かいせい》社を設立し、石川七財《いしかわしちざい》、川田小一郎《かわだこいちろう》などという良き助力者と共に海運業を始め、三角菱《さんかくびし》の商標《しようひよう》を用いるようになっている。

遊びにかけても派手な岩崎弥太郎なので、ときどき久五郎もその付合いをさせられた。

尾道の初汐の娘お時が訪ねて来たのも、このころであった。

岩崎弥太郎が、それをうまく裁いてくれて、お時のために新しい家を見つけてくれた。

それは、もうおうめも勘づいていたが、べつに焼餅をやくわけでもなく、素知らぬ顔をしていてくれた。

その明治二年の秋になって、東京相撲会所の情勢が久五郎の耳にまで伝わってきた。

西方の横綱の鬼面山に対して、東方の不知火は、もう四十五歳になり、人気は依然として続いているが、相撲界に新風を吹き込む、というわけには行かない。

新入幕の佐野山《さのやま》、尾上、それに売出しの増位山、象ケ鼻《ぞうがばな》、小柳などという力士もいて、人気は少し盛りあがって来ている。だが、十一月の場所限りで、不知火光右衛門は休場を宣言した。すでに千年川も番付の上に名前は残っているが、もう大阪相撲会所へ移って久五郎の下で稽古に励んでいる。

その不知火光右衛門が大阪へやって来たのは、あくる明治三年の春であった。

明治新政府の基礎は出来あがり、ときどき諸方で政府に対して暴動を起こす者もあったが、それはすぐに押えられ、大阪は商業都市として新しい出発を始めている。

「親方、不知火関が訪ねておいでどっせ」

女房のおうめにそう言われたとき、久五郎は急に返辞も出来ず、黙って立ったきりであった。

二

江戸にいたころ、陣幕と不知火は好敵手と言われ、いつも二人の取組には人気があった。若いころは遺恨相撲を取ったなどと言われていたが、もう四十歳を越して久しぶりに会ってみると、維新前のことは忘れてしまい、二人とも懐しさでいっぱいであった。

「わしも長いこと、とうとう一度も陣幕関には勝てなかった」

酒が出て、ようやく賑やかになってから、改めて不知火は笑いながら言った。

「どういうわけで、大阪へ下って来たのだね」

久五郎に訊かれて、不知火はしばらく黙っていたが、

「わしも、もう若くはないし、いまの東京相撲に残っていては、いろいろと面白くないことばかり見聞きするのでな。陣幕関が大阪で懸命に力士を作ろうとしている、と聞いて、矢も楯もたまらなくなった。どうか、これからは関取の手伝いをさせてくれねえか」

若いころは相撲の中でも美男といわれた不知火の面影は、やはりその整った眼鼻立に残っている。

対手の表情に、真剣なものがただよっているのを見ると、久五郎は両手を差し伸ばし、

不知火の手をつかんだ。

「それは有難え。おれも頭取総長などとは名乗ってはいるが、なにも東京相撲をつぶそうという気持はない。どうでも大阪相撲を盛り立て、力士たちに暮しのことを心配せずに相撲を取れるように、骨を折ってやりたいのだ」

「それはわしも同じ気持だ。どうか、わしも大阪相撲の中へ入れて、相撲を取らせてくれ」

「その代り、番付には横綱とするわけには行かねえ。大関のままで承知か」

「もちろんそれはわかっている」

東京相撲の横綱の不知火が大阪へ移って来たというのは、やはり贔屓の客たちを喜ばせるのに充分であった。

すでに不知火は、湊由良右衛門《みなとゆらえもん》という年寄の名を継いでいたが、久五郎は不知火を大阪相撲の頭取にして、一枚番付を作った。

不知火が大阪へ来たのは、なによりも久五郎にとって力強いことだったが、その年の七月、しばらく病床にあった大阪府知事の小松帯刀がついに世を去った。

維新の功臣《こうしん》といわれる小松帯刀も、まだ三十六歳の若さであった。

帯刀の遺骸《いがい》は、大阪の天王寺村夕日ヶ岡《てんのうじむらゆうひがおか》に葬むられた。

久五郎は大阪力士たちを率《ひき》い、その葬儀に列した。

これまで小松帯刀は勤王のために功労があり、自分たち力士にとっても忘れられない恩人なので、久五郎は帯刀の墓前に鳥居と石燈籠を建てた。

周囲に樹木を植えつけ、その建立《こんりゅう》式のときには、不知火と共に久五郎は墓の前で手数入を行った。

その同じ夏、大阪上町《うえまち》に新任の府知事伊丹左京が窮民《きゅうみん》救助所を設けたとき、久五郎は米二十俵、梅干五樽、味噌五樽を寄進した。

同じ長堀にある旧土佐藩蔵屋敷の中に、玉根稲荷大明神の社がある。そこは、久五郎がはじめて江戸へ出ようとしたとき、神籤《みくじ》を引き、大吉と出た縁起のいい社であった。

久五郎は謝恩のため、高さ一丈《じょう》もある石造の狛犬《こまいぬ》一対を造り、それを献上《けんじょう》した。同時に社前で奉納相撲を興行し、酒一樽を供えて、それを勝手に見物人にのませた。

ちょうど岩崎弥太郎は、旧藩邸の蔵屋敷の中に住んでいて、その近くに九十九《つくも》商会というのを設け、船舶《せんぱく》業を始めたばかりなので、社員たちと一緒に相撲を見物した。

「どうだな、親方」

相撲の終った夜、弥太郎は新町の茶屋に久五郎、不知火光右衛門をはじめ出場した力士七十人ほどを呼んで、大盤振舞をした席上で、久五郎へ言った。

「もうそろそろ、大阪力士の実力もついたと思うから、東京力士との立会相撲をやったらどうだな。わしが橋渡しをしてもいい」

「わたくしからも、東京のほうへ手紙を出そうか、と思っていたところでございます。こういう世の中でございますから、もう勝負の上に東京も大阪もねえ、お互に相撲が力と技を競い合うというのが本当だと思います」

「では、わしに任せておけ」

いつも自分の商会の汽船に乗って、大阪と横浜のあいだを往復している岩崎弥太郎だけに、胸を叩くようにして引受けてくれた。

その岩崎弥太郎の計らいが実現し、初めての東京、大阪、京都の三都立会相撲が京都相撲会所の主催で行われたのは、あくる明治四年（一八七一）の三月であった。

場所は祇園町北林《きたばやし》の空地で、正式に京都相撲会所から東京と大阪の会所へそれぞれ招待が発せられた。

東京相撲会所が京都へよこしたのは、二段目の武蔵潟《むさしがた》、獅子ヶ嶽《ししがたけ》、荒虎《あらとら》の三人だが、大阪力士もなかなかよく闘い、双方ともよい成績を残して引分けの形になった。

その相撲が済んだころ、久五郎はおうめと大蔦力蔵を連れ、兵庫へ急いだ。

自分たちの作った大阪相撲会所の中に、東方の大関を張る梅ヶ谷藤太郎《うめがたにとうたろう》という力士がいる。まだ二十六歳で、九州の筑前国《ちくぜんのくに》浅倉郡に生れ、大阪相撲頭取の目代《もくだい》、不取川《とらずがわ》の相撲世話人の橋渡しで湊由良右衛門の弟子となった。

文久三年（一八六三）、初土俵を踏んだ梅ヶ谷は、眼をみはるような早さで出世をし、慶応二年（一八六六）に幕内四枚目へ進んだ。

それから一たん九州へ戻った梅ヶ谷は、再び大阪へ出て来て、陣幕久五郎に稽古をつけてもらい、番付を作るときは東方大関に張出された。

その梅ヶ谷藤太郎が病気にかかり、兵庫の贔屓の家で休養している最中、東京から使いが来て、東京へ行くらしい、という噂を久五郎は聞いたからであった。

「ああいう力士は、なかなか出るものじゃあねえ」

京都の三都立会相撲も終り、大阪を通り抜けて、兵庫のほうへ急ぎながら、久五郎は大蔦力蔵へ言った。

「どんなことがあっても、大阪に残しておかなくてはならねえ。やがてあいつは横綱を締める男だ」

しかし、久五郎たちが兵庫へ到着してみると、ちょうど一足違いに梅ヶ谷藤太郎は、汽船で東京へ出発したあとであった。

「しまった、あの男だけは、なんとしてでも大阪に残しておきたかったが」

と久五郎は、地団駄を踏むようにして口惜しがった。

梅ヶ谷が東京へ去ったのは、備後鞆《とも》ノ津《つ》に住んでいた好角家の上田楽斎という人物の世話であった。

しかし、上京した梅ヶ谷は、大関の地位で相撲を取ることなどは許されず、その春場所、本中で相撲を取らされた。

江戸のころと同様、いくら大阪で大関を張っていても、東京へ出て来れば番付外で土俵へあげる、という習慣が残っていたからであった。

もちろん梅ヶ谷に敵う対手はいず、三日目から幕下格という形で相撲を取るようになった。

そういうことが久五郎の耳へ入ったのは、後のことであった。

その明治四年の三月の東京場所では、不知火に続いて横綱の鬼面山も引退をし、横綱の土俵入は東京では見られなくなった。相撲会所は、新しく象ヶ鼻を大関に引きあげ、新入幕の荒馬、勝山《かつやま》、五月山《さつきやま》などを加えて初日をあけたが、人気は盛りあがらず、新大関の象ヶ鼻は負け越してしまった。

その年の十一月場所は、初日を前にして、東京力士の中に病人が続出し、象ヶ鼻、両国、小柳、高砂《たかさご》など人気のある力士も、すべて途中で休場をしてしまった。

「東京のほうは、そろそろ弱音をはきそうですぜ。これを機に、大阪方の力士を東京へやって立会相撲をさせるようにしたらどうです」

このごろでは、久五郎の片腕というよりは、大阪相撲会所の智恵袋として働いている大蔦力蔵が、さかんに久五郎へ勧めた。

「なあに、こっちから頭を下げることはいらねえ。そのうちに、東京会所の年寄たちの眼が覚めるだろう。おれがむかしから言ってる通り、相撲の給金ははっきり決めなくてはいけねえ。贔屓客にぶら下って、ただ祝儀を当てにしているだけでは、力士は強くなるものか。もうじき、いい機が向うのほうからやって来る。おそらく二年か三年のうちにな」

大阪横綱

一

明治五年（一八七二）の五月七日、東京の品川から横浜とのあいだに汽車が開通した、ということが大阪の新聞にも大きく出た。

去年の七月の廃藩置県《はいはんちけん》以来、まだ諸国には新政府に反対する動きがいろいろあり、大阪へもおだやかでない噂が聞えていた。

「こういうことは、はじめからわかっていたのだ。新しい世の中が出来るまでには、さまざまのことがある。おれたちは、それに惑わされずに、ただ一筋に相撲の修業をしていればいいのだ」

そう言って久五郎は、大阪相撲会所の力士たちに稽古をつけ、財界の贔屓客の応援も得て、大阪力士の実力を強めようとしていた。

誰よりも久五郎のために力を貸してくれたのは、九十九商会を作った岩崎弥太郎であった。

「親方の気持は、わしにようわかっとる」

と、酒の好きな弥太郎は、久五郎たちを連れて新町の茶屋へ行ったときなど、鼻の下にたくわえはじめた髭をひねりながら、

「ご一新前は、諸大名が出入りの力士を連れて国入りするときの飾りに使う、などという習慣があったが、わしは違うぞ。この岩崎は商人だから、自分で元手をかけたことは、かならず何倍かにして取り返さなくては気が済まぬ。力士たちのために金を使うのは、それなのだ。わしは大阪で土佐開成社を作ったが、いつまでも大阪に落着いている気持はない。三井家は政府の顕官と手を組んで、東京に三井財閥《ざいばつ》を作ろうとしている。もう何百年という歴史を持つ三井家に対して、土佐の百姓の倅だったこの岩崎が、いずれは正面から戦いを挑むことになるだろう。これまで相撲といえば、江戸本所の回向院の土俵が晴れの場所、とされていた。ところが陣幕久五郎は、大阪相撲を盛り立て、東京と匹敵するほどの大きな勢力を作ろうとしているのだ。よいか、かならず初一念《しょいちねん》を貫《つらぬ》き通せよ。わしがこうやって金を使っているのも、ただおぬしたちを贔屓にして、いい心持になろう、というのと

は違うぞ」

こうはっきりと言われると、久五郎も腹が立たなかった。

このごろでは久五郎の智恵袋として、大阪の官界や財界にも顔の利くようになっている大蔦力蔵は、苦笑いをしながら、

「岩崎様が掛けて下された元手は、かならず何倍かにしてお返し申します。ただし、それはお金ではございませぬ。強いよい力士が何人か出れば、それで岩崎様のご恩に報いたことになる、と存じます」

「それでよいのだ。さあ、飲め飲め」

と岩崎弥太郎は、ひどく上機嫌で久五郎や大蔦へ盃を差した。

あくる明治六年（一八七三）になって、東京相撲組合で大きな事件が起った。

それは、東方前頭筆頭の高砂浦五郎《うらごろう》が、数人の力士をひきいて、東京相撲から脱退した、という事件であった。

高砂浦五郎は、天保九年（一八三八）十一月に上総国大豆谷村《かずさのくにまめざくむら》で生れ、江戸へ出てから当時の相撲年寄阿武松《おうのまつ》の門に入り、文久二年（一八六二）に序ノ口に付け出された。

幕下に進んだのは明治元年で、あくる年には東方の幕尻に昇進した。その出世の早さは、相撲界でも珍しいと言われるほどであった。

明治六年十二月の興行番付では、東方の大関は境川、関脇は雷電、小結は大滝《おおたき》、前頭筆頭は高砂になっている。西方の大関は綾瀬川《あやせがわ》、関脇は小柳、小結は朝日嶽《あさひだけ》、前頭筆頭は鯱ノ海《しゃちのうみ》であった。

高砂と西の大関綾瀬川とのあいだに、遺恨相撲が行われたという説もあるが、それは相撲にありがちなことなので、高砂が脱退する直接の原因とは思われない。

もともと高砂は、相撲組合の古いやり方を改革するという気持があり、なんぺんも年寄筆頭の玉垣、筆脇《ふでわき》の伊勢ノ海などに対して、いろいろと意見をのべていた。

しかし、明治と世の中が変ったのに、年寄たちの考えは旧幕のころと少しも変らず、人気を失ってきた東京相撲をどういう風に盛り立てようか、などという考えは持っていない。

高砂は、自分と志を同じくする力士たち二百五十人を集め、王子《おうじ》の海老《えび》屋という料理屋に集り、脱退の準備をしたこともある。それが明治元年のことで、そのときは仲裁者があり、会所の年寄たちとのあいだで手打ちが行われた。

条件は、幕下力士以下の待遇《たいぐう》をよくする、ということだったが、その後も少しも条件は実現されず、とうとう高砂は新しい決心をした。

明治六年の秋、美濃路を巡業していたとき、高砂浦五郎は西方大関の綾瀬川、それに関脇の小柳をはじめ力士たちを集め、こう切り出した。

「なんべんもおぬしたちに話をした通り、相撲会所はわしらのことを考えてくれたことはない。一年二度の勧進相撲、それにこういう地方巡業でも、力士は給金というのを一銭も受取っていない。その代り大関をはじめ三役たちは、それぞれ贔屓のお蔭で贅沢をしているし、相撲年寄たちは金の出入りについて、一度もはっきりさせたことはない。今のうちにこういうことを改めなくては、いつまで経っても同じことだ。わしら力士というのは、相撲を離れてはなにも出来ない連中だ。おぬしたちも、見ているだろう。年寄たちと喧嘩して土俵を離れた力士が、食うに困り、ならず者の仲間入りをして、わしらに迷惑をかけている。それもこれも、相撲を取っているだけでは食えないからなのだ」

それには大関の綾瀬川も、関脇の小柳も賛成であった。

ともかく、誰か代表者が東京へ戻って、相撲年寄と談判をするのが第一、ということになった。

巡業の一行が伊勢の桑名へ入ったとき、みんなは相談をして、高砂だけが名古屋に残り、綾瀬川は数人の力士と一緒に東京へ戻った。

まず綾瀬川は、東方の大関の境川を訪ね、高砂たちの意見を伝えた。境川もそれに賛成し、一緒に本所回向院前にある相撲会所に行った。

年寄筆頭の玉垣額之助、筆脇の伊勢ノ海五太夫《ごだゆう》などに会って、高砂たちの希望を伝えたが、もちろん年寄連中はそれに賛成をしなかった。

かえって玉垣や伊勢ノ海は、綾瀬川を説き伏せ、高砂たちと行動を共にしないように、と言った。

板挟みになった綾瀬川は、名古屋にいる高砂へ手紙を送り、自分の力だけではこういう大事は成就《じょうじゅ》出来ない、と書いた。

名古屋に留った高砂と関脇の小柳、それに前頭の獅子ヶ嶽、一力、松ヶ石、柳野、一文字《いちもんじ》、新龍などは、その年の勧進相撲の番付から抹殺されていた。

綾瀬川浪右衛門《なみえもん》としては、自分だけでも名古屋へ戻る気持はあったのだが、贔屓たちに説き伏せられ、その決心がにぶってしまったのであった。

名古屋に踏み留っていた高砂は、大阪にいる陣波久五郎と手紙を往復させ、自分たちに力を貸してくれるように、と書き送った。

大阪相撲会所でも、東京から来ていた横綱の不知火光右衛門が湊由良右衛門の名跡《めいせき》を継ぎ、久五郎を扶《たす》けて諸事改革に力を貸してくれていた。

二人とも大阪会所の二本柱の形であり、久五郎は頭取総長の名で働き、不知火は横綱の土俵入だけを勤めていた。

だが、その六年の十月、不知火光右衛門は土俵から引退し、大阪相撲会所の頭取専務という地位についた。

番付から不知火の名が消えた代り、大阪相撲に二人の横綱が誕生した。

二

一人は八陣信蔵《はちじんしんぞう》といい、大阪相撲頭取、小野川秀五郎の弟子で、明治五年の京都相撲では八勝一敗という優秀な成績をあげた。その八陣が京都の五条家から横綱を許され、大阪最初の横綱になった。

もう一人、高越山谷五郎《こうずざんたにごろう》といい、八陣と引分の大相撲を取って評判になり、明治五年七月、五条家から横綱を許された。

だが、どちらも吉田司家から綱を許されたのではないので、東京相撲ではこの二人を横綱とは認めていない。

しかし、大阪相撲のために働いている久五郎としては、ここで正式に二人の横綱が誕生したということは、なによりも力を得たことになる。

いよいよ大阪相撲も、東京方と対抗出来るほどの実力を得たので、再び陣波久五郎は三都合併相撲興行を計画した。

岩崎弥太郎をはじめ、大阪財界の名士たちが主となり、東京相撲を招待しようとしたが、それに賛成したのは名古屋にいる高砂浦五郎だけであった。

同じ明治五年、東西双方の贔屓が相談をし、ようやく九月に京都の四条河原で東西合併相撲が行われる、と決った。

人気力士としては、東京の雷電をはじめ梅ヶ谷、若島《わかしま》、武蔵潟などがいるし、京都には立縄、走船《はしりふね》、磯風《いそかぜ》など、大阪からは八陣、それに高越山、二人の横綱をはじめ山響《やまひびき》、熊ヶ嶽、大西、響矢《ひびきや》などという元気な力士たちが揃っている。

明治に入ってから、これほど大ぜいの力士が集って、土俵で技を競うということは最初なので、すさまじい前景気であった。

しかも東京から来た力士たちの数も多く、朝まだ暗いうちから取組をはじめても、夕方になってもまだ数十番を残して打止め、ということになりそうであった。

やむなく十日間の興行のうち、幕内力士でも毎日土俵へあがらず、交代に出場する、という異例の編成を行った。

やはり見物が入ると、それまで久五郎たちと協力するのを嫌っていた東京相撲の年寄たちも上機嫌になり、京都を打上げてから大阪でも興行することになった。

十月に大阪難波《なんば》新地に相撲場が作られ、東京と大阪が対等の興行が行われた。

土俵にのぼる力士は八百名に近く、勝負附にのる取組だけでも二百五十番、本中が五十番、合せて三百番という賑やかさであった。

夜明けに取組を開始したのでは間に合わなく、午前一時ごろにはもう四十番ほど取り進んでいるという、相撲界でもはじめての珍しい興行のやり方であった。

東京方の境川と綾瀬川は、最初からこの興行に参加せず、鯱ノ海、岩風《いわかぜ》、武蔵潟などという人気力士も大阪興行に加わらなかったので、東京方の気勢はそれほどあがらない。

難波新地の土俵では、大阪方の熊ヶ嶽が東京随一と言われる雷電を美事《みごと》に出《だ》し投《な》げで破り、大へんな評判になった。

しばらく顔を合せなかった久五郎と、東京方の年寄たちは、京都から大阪で毎晩のように一緒に酒を飲み、相撲のことを語り合った。

久五郎としては、名古屋にいる高砂浦五郎たちを自分の仲間に入れ、いずれは東京相撲と勝敗を争いたい、という考えだったが、東京会所の年寄たちは、その話が出ると、露骨にいやな顔をした。

「陣幕親方の苦労はよくわかる。ご一新前はそれほどでなかった大阪相撲を、これほど盛んにしてくれたのだから、わしらとしては礼を言わなくてはならない」

と玉垣額之助などは、はっきりした口調で言った。

「だが、高砂のことだけは、もう少し成行きを見てほしいと思う。あいつが名古屋で、どれほどの力士を集められるか、それを見ていたいが、もしも高砂が大阪相撲と一緒になるようなことがあったら、東京方の力士も京都や大阪の土俵へはあがらないと思う。こんど境川と綾瀬川、二人の大関が休んだのは、身体の調子の悪いせいもあるが、東京の贔屓がなにかとうるさいからなのだ。それは陣幕親方にも、よくわかってくれるだろうと思う」

「玉垣親方」

と久五郎は盃を置き、東京方の年寄たちの顔を見渡した。

いつも久五郎が使う新町のあかね屋という料理屋で、ここへは岩崎弥太郎たちも遊びに来るので、力士連中を大切にしてくれる。

「東京の年寄たちが、いつまでもそういう考え方でいては、日本の相撲がこれ以上盛んになる道をわれからふさぐようなものだと思う。わしも高砂関から話があれば、いつでも大阪力士の仲間へ迎え入れるつもりだが、高砂としても意地があるだろう。おそらく名古屋で力士を集め、大阪ではなく、東京へ帰って相撲をやるつもりではないかと思う」

「そうすると、わしらのところへ頭を下げて、詫びを入れに来ると言うのかね」

「いいや、おそらく高砂は東京会所の相撲とはべつに、自分だけで東京のどこかに土俵を作り、興行をするに違いない」

「そんなことをさせるものか」

と伊勢ノ海が、いきり立って言った。

「伊勢ノ海親方」

と久五郎は、笑い声を立てて、

「やはり親方は、ご一新前からの考え方でいるから、そういう風に腹を立てるのだ。高砂が力士たちを連れ、東京へ戻って相撲興行をやることになっても、喜んで幟の五本や十本、贈ってやるぐらいの度量がなくてはいけない」

「そうかな」

伊勢ノ海は、苦い顔をした。

「ともかく、高砂たちの出ようを待って、大阪方も考えることにしよう」

と、久五郎は言った。

その席で、東京方の年寄から言い出して久五郎は元の陣幕を名乗ることになった。

その晩は、年寄たちのほか、東京と大阪の力士たちもあかね屋の二階広間に集り、賑やかに酒を飲んでいた。

「陣幕親方」

厠へ立った久五郎を追うようにして、梅ヶ谷藤太郎が声をかけた。

大阪から東京へ移った梅ヶ谷は、このころまだ十両（幕下）の筆頭であった。

「親方がわしを大阪へ残そうとして、骨を折って下さったこと、あとで聞きました」

と梅ヶ谷は、廊下の曲り角の暗いところで、ていねいに頭を下げると、

「東京へ行ってから、わしはそれを人に聞きました。一ぺん機があったら、親方にお詫びを言いたいと思っていたので、改めてここでご挨拶を致します」

大きな身体を縮めるようにして、照れたような笑いを浮べながら梅ヶ谷は言った。

「なあに、これも運というものだろう」

と久五郎は、さっぱりとした笑顔を見せて、

「おぬしが大阪に残ってくれていたら、わしも力強かったが、ほんの一足違いで、おぬしを東京へやってしまった。いろいろと辛いこともあったようだが、力士というのは土俵の上だけにいのちを賭けるのが本来なのだ。しっかりやってくれ。いずれおぬしは、綱を締める力士だろうからな」

「有難う存じます」

そう言ってから梅ヶ谷は、急に思い出したように、

「親方は、東助という人をご存知でしょうか」

「東助というと」

「もと大阪力士で、親方とは出世比べをしていた人だそうです」

「どこで東助に会ったね」

「去年でしたか、東京で会いました」

「なにをしていた、東助は」

「生れ故郷は京都の鞍馬山の麓だそうですが、いろいろ苦労をしたあげく、去年、東京の以前のご主人のところへ戻ったのだそうです。そのご主人というのは、徳川家のお旗本だったそうで、いまでは手習《てならい》の師匠をしながらほそぼそ暮している、と聞きました」

「そうだったのか」

久五郎は、溜息をついた。

「あの男は、四股名を今牛若といって、わしと一緒に初土俵を踏んだ対手だ。どっちが出世をするか、約束をしていたが、あの男はあの男なりに、ご主人のために働いているのだろう。元気でいれば、それで結構だ」

その晩に梅ヶ谷から聞いた東助の便りは、二ヶ月ほどしてから、また久五郎の耳へ入って来た。

東京の市ヶ谷に家のある旧幕臣の主人が頓死《とんし》をしたので、また東助は住む家がなくなり、再び大阪へ舞い戻って来たと言う。

年は久五郎より四つ年下だが、もう若くはない。それなのに東助は、女房も持たず、いまでは天保山《てんぽうざん》あたりの裏長屋にやもめ暮しをして、沖仲仕をやって働いているという。

「どうします、親方」

それを、人足などの世話をしている贔屓から聞いて来た大蔦力蔵が、心配そうに久五郎の顔をのぞいて、そっと訊いた。

「親方にとっては、若いときからの友達だ。このままほうっておきますか、それとも呼びよせて、なにか仕事をさせますか」

「東助だけではない、おれは昨日、長山越中と妹の話を聞いた。まさか一緒に住んでいるとは思えないが、誰かに頼んで、東助がどんな暮し方をしているか、まずそれを調べてもらおう」

「古い因縁ですね」

建碑癖

一

大阪もこのあたりまで来ると、まだまだ田舎の風景であった。海のほうから吹き寄せて来る潮風が、芦《あし》の生い茂った沼地に小さな波を立てている。

橋を渡れば天保山、というこの八幡屋新田《やわたやしんでん》には、ところどころに農家があり、そのほか今にも倒れそうな棟割長屋が並んでいる。そこに住んでいるのは、安治川《あじがわ》を上り下りする舟の小揚《こあげ》仲仕をやって働いている人間たちの住居であった。

「はい、わしが東助ですが」

鴨居《かもい》に頭のつかえそうな背の高い男が、障子を開け、土間へ顔を出した。

冬のはじめの強い陽射しの中で、東助という男は眼つぶしを食ったようになり、家の外に立っている男たちが誰なのか、すぐには見当もつかなかったらしい。

だが、三人とも身体の大きな相撲取で、その中に大蔦力蔵がいる、とわかると東助は、あわてて家の中へ逃げ込もうとした。

「訳は知っているのだ、東助さん。わしとはどこかで会ったことがあるから、顔は覚えているだろう。陣幕久五郎の腰巾着、大蔦力蔵だ」

そう言われて東助も、観念をしたらしく、上り框のところに膝を揃えた。筒袖の薄汚れた襦袢に股引、という姿で、髪の毛も藁で束ねたきりであった。陣幕久五郎とは四つ下だが、今牛若という四股名を名乗っていたころの面影はなく、すっかり東助は老け込んでいる。

「うちの横綱が、ぜひともお前さんに会いたい、と言っていなさるのだ。いろいろとお前さんのほうにも事情はあるだろうが、横綱は以前のことなどすっかり忘れている。一緒に初土俵を踏んだころのむかしに返って、さっぱりとした気持で会ってくれ、と言っていなさる。どうですね」

それを聞くと東助は、しばらく返辞をせず、うなだれたきりであった。やがて東助は、ぽつりと膝の上に涙をこぼし、拳を眼に当てた。その腕も拳も、すっかり肉が落ちて、骨張っている。若いころは相撲を取っていた、というのが嘘のようであった。

「陣幕関には顔を合せられる義理ではないが、せっかくのお言葉ですから、喜んでお眼にかかりましょう」

と東助は、涙声で言った。

「それでは、これを横綱から預って参りましたので」

と力蔵は、陣幕部屋の若い者ふたりに運ばせて来た着物を、そっと上り框に置いた。

あらかじめ東助の暮しぶりを調べておいた陣幕久五郎が、仕立おろしの袷を届けてよこしたのであった。

喜んでそれを着た東助は、力蔵たちと一緒に北江戸堀一丁目の陣幕部屋を訪ねた。

「よく来てくれたな、東助」

待っていた久五郎は、東助の両手を取るようにして家の中へ招《しよう》じあげた。

客を迎えるために、女房のおうめもすっかり用意をととのえていたし、部屋の力士たちも総出で東助を迎えた。

「ご一新の前から、いろいろとおぬしが苦労をしていたこと、おおよそはおれにもわかっている」

一緒に酒を飲みながら久五郎は、なつかしそうに東助の顔をのぞき込んで、

「だが、そんな身上話を訊こうと思って、ここへ呼んだのではない。どうだね、沖仲仕を

しているそうだが、ひとつわしに力を貸してはくれまいか」

「せっかくだが、横綱」

と東助は、きちんと膝の上に両手を置いて、

「そう言ってくれる横綱の親切がわかるだけに、わしはそれに甘えてはならないと思う。今こうやって坐っているわしは、もう以前の今牛若東助ではない。やることなすこと、みんなしくじってしまい、ようやく人の情《なさけ》を受けずに生きているのだ。このままにしておいてくれまいか」

「相変らず、おぬしは馬鹿だな」

「馬鹿だからこそ、いまだに一人前になれずにいるのだ」

「おれはおぬしを助けてやろう、と言うのではねえ。力を貸してくれ、と言った筈だぜ」

「しかし、おれのような落ちぶれた人間が、大阪相撲の頭取総長をやっているおぬしに、どうやって力が貸せると言うのだ」

「まあ黙って聞けよ」

それから久五郎は、もうずっと前から考えていることを東助に説明した。

「おれがご一新を境に、江戸と言われたころの東京をあとにして大阪へ下って来たのは、せっかく横綱にしてくれたご贔屓たちに後足で砂をかけたような仕打ちだ、と悪口を言わ

れた。だが、もともとおれは大阪力士だ。お前だとて同様。江戸の力士と比べて、大阪力士は一段下に見られ、京都の五条家から横綱を頂いたところで、江戸では正式に横綱とは見てくれなかった。おれはこうやって、大阪力士のためにいささかでも働いている。お蔭で東京や京都と対等の形で、二度も立会相撲をやった。このほかに、おれが前々から考えているのは、これまで名力士と言われた人たちのやったことが、ただ相撲道の上だけでも書き残され、広く天下の人たちに知られていねえのが心にかかることなのだ。それをなんとかして、形の残るものにして、後世に伝えたいと考えているのだが」

「それで、横綱はわしになにを手伝え、とおっしゃるので」

「これからおれが、路用や費用を一切出す。それでいろんな国へ行き、その土地に埋れている古い力士たちの墓を調べてもらいてえのだ。お前なら若いときから、ずいぶん諸国をめぐり歩いて、いろんな土地を知っているだろうからな」

「そういうことでしたか」

と東助は、大きくうなずいた。

「そういうことだったら、わしにも出来そうだ」

「やってくれるか」

「とうとう力士になれなかったが、せめてそういうことで相撲道のお役に立つのだったら、これから何十年生きられるかわからないが、及ばずながら横綱のために働きたいと思います」

そう言って東助は、改まった形で両手をつくと、

「ぜひ、その仕事をわしにやらせてもらいたい。どうかお願い申します」

「よし、それで決った」

ほっとしたように久五郎は笑うと、おうめをはじめ部屋の力士たちを見廻した。

「誰かに頼もうと思っていたのが、ようやくこの東助がわしに力を貸してくれることになった。これで、わしの長いあいだの望みが、いよいよ明るい見通しになった」

それから一同は、一緒に酒をのんだ。

まず久五郎は、東助を京都へやり、東福寺《とうふくじ》にある薩州藩士奈良原喜左衛門《ならはらきざえもん》の墓の前に、石の燈籠一対を寄贈した。

文久二年八月二十一日、島津久光が江戸を出発して帰国の途中、生麦村を通ったとき、イギリス人三人が馬上で供先《ともさき》を横切った。それを見て供頭《ともがしら》の奈良原喜左衛門は、いきなり抜刀《ばつとう》して三人を斬り殺した。これが翌年、薩藩とイギリス艦隊《かんたい》が戦争を引き起した原因になった。

張本人の奈良原喜左衛門は、京都で病死をし、その実弟の奈良原繁《しげる》は鹿児島《かごしま》県の官吏《かんり》

として、琉球の治政《ちせい》に当っている。

同じ年、陣幕久五郎は、東助を東京へやり、浅草観世音本堂の天井の右側に、額一面を奉納した。

「おぬし、石燈籠などを神社に寄進するのは前から好きだったようだが、いよいよ病膏《やまいこう》盲《こう》に入った形だな」

このごろ蒸汽船で大阪と東京のあいだを往復している岩崎弥太郎が、久五郎に会ったとき、からかうように言った。

「東京では、おぬしのことをよく言ってはおらぬ」

「それは、百も承知でございます」

ずけずけと物を言う弥太郎の性質には慣れているし、久五郎は少しも腹を立てず、にこにこ笑いながら答えた。

「名前を売るためだとか、人気取りだとか、いろいろ言っている人も多いと存じます。だが、そういう蔭口が気になるほどなら、はじめからこういうことはやりませぬ」

かえって悪評にそそり立てられたように、その年のうちに久五郎は、湊川《みなとがわ》神社建設の地鎮祭《じちんさい》のとき、大阪力士をひきいて三日間の相撲興行を寄進し、社殿が落成したあと、石造の大きな注連柱《しめばしら》を社前に建立し、奉納した。

二

東京ではいろいろ久五郎のことを悪く言う者もいたが、なによりも陣幕久五郎にとってうれしかったのは、同じ明治五年の六月五日、はじめて天覧《てんらん》相撲の光栄に浴したことであった。

明治天皇はその年の六月、大阪に行幸《ぎょうこう》、造幣寮《ぞうへいりょう》に行在《あんざい》中、構内の泉布観《せんぷかん》と命名された建物の庭で、相撲をご覧になった。

徳大寺《とくだいじ》宮内卿《くないきょう》をはじめ、西郷隆盛、山県有朋《やまがたありとも》、そのほか供奉《ぐぶ》の諸官が陪席《ばいせき》をした。

この相撲は、大阪府知事渡辺昇《わたなべのぼる》の計らいであり、取組の前後に陣幕久五郎と横綱の八陣の顔合せがあった。

あくる六日、天皇の車駕が大阪鎮台《ちんだい》、それに諸学校を巡覧《じゅんらん》のことがあったとき、久五郎は力士たちを動員し、その道筋を警固した。

七日に天皇は、軍艦日進艦《にっしんかん》で大阪を発し、九州へ向われた。

数隻の艀《はしけ》を備った久五郎たち大阪力士は、日進艦が見えなくなるまで、海上でお見送りを申し上げた。

それから数日経って、東京へやっていた東助が大阪へ戻って来た。

東助の口から、浅草観世音に奉納した額の話を聞いて、久五郎もほっとした顔つきになった。

「ときに、東助」

と久五郎は、思い出したように、

「おれは、もう四十四歳になる。おぬしも四十を越した筈だったな。いつまでひとり者で暮しているのも不自由だろう。どうだろう、ここらで女房を貰って、落着く気になれねえか」

「せっかくのお言葉だが、横綱」

と東助は、照れたように笑って、

「四十を越して、いまだにまごまごしているおれのところへ、嫁に来てくれる物好きなどはいないだろう」

「ちょうど、おれとおうめに心当りがある」

久五郎が話したのは、大阪力士の幕下に張出されている矢響という力士の姉で、ことし二十九になる女のことであった。名をお節《せつ》といって、以前は新町の茶屋で仲居奉公をしていたが、悪い男に引っかかり、借金だらけになって苦しんでいた。それを矢響から聞いた久五郎は、金を出してやり、お節と男の手を切らせた。

「お節というのは器量は十人並だが、ただ一人の弟が立派な力士になるのだけが望みで、今は、船場《せんば》のほうの裏長屋に住み、仕立物をやって暮している。どうだ、会ってみねえか」

「でも、いきなりそう言われたところで」

「今さら、恥しがる年でもねえだろう。それとも、あの長山越中の妹のおしげに未練があるのか」

「あの女のことは、名を聞いただけで身震いが出ます」

「本当だね」

「いやに念を押しますね、横綱」

「では、教えてやろう。長山越中という奴は悪運が強いのか、いまだに生きて、この大阪にいる」

「あの長山越中が」

「ただし、自由気儘に外を歩くわけには行かねえ。牢屋に入っているのだ。なんでも三年ほど前、追剝ぎと同様のことをやらかして、お役人につかまったらしい。妹のおしげは、曽根崎《そねざき》に住んでいて、隠し売女の周旋をやっているそうな。あの女は、わしらより年上だったから、もうそろそろ五十に手が届こうというのに、兄貴と同様、まだよくねえことは縁が切れねえらしい」

「それをうかがったところで、べつにわたしはなんとも思いませぬ」

「それならいい。それでは、お節という女と会ってくれ」

それから東助の縁談はとんとんと進んで、お節と夫婦になることが決った。

同じ北江戸堀一丁目に、久五郎は夫婦のために小さいながら一軒の家を借りてやり、東助を大阪相撲会所役付ということにして、毎月決った給料をやることにした。

そのあくる年、久五郎は故郷の出雲の意東村の便りを聞いた。意東にある松原荒神社《まつばらこうじんしゃ》が、林野《りんや》を払下げる、という話であった。

すぐに久五郎は、大阪府庁へ願い出て、手続をし、東助を意東村へ出発させた。

「こんどのことは、おれ自身のため、というよりも、故郷に相撲を盛んにしたいからなのだ。以前おれは、故郷の湯野神社の境内に土俵を作り、出雲と伯耆ふたつの国から力士を集め、相撲を取るように決めてきた。だが、その費用が入用だ。そのためにこんどの払下げをしてもらって、それで近くの田畑を買い、相撲の費用に当てようと思う」

払下げを受けるといっても、相撲興行のために手許はらくではなく、いつも陣幕は金を作るのに駈けずり廻っている。だからこんどの払下げの金も、贔屓たちから出してもらわなくてはならない。

その年、東助は二度ほど大阪と意東村とのあいだを往復し、話を決めて来た。高さ八尺、幅二尺五寸、厚さ一尺五寸という尾道から出た御影石《みかげいし》を見つけ、それを意東村まで運ぶことになった。

おおよそのことは東助が決めて来たが、四月には大蔦力蔵も意東村へ出かけて行って、一切のことを決めた。

碑の撰文《せんぶん》は、京都の宮原潜叟《みやはらせんそう》の筆で、表面に日本横綱力士陣幕久五郎通高《みちたか》碑という大きな十四字を彫りつけることになった。

その碑が出来上ったとき、久五郎は大阪力士をひきいて意東村まで出かけて行き、八月十六日と十七日の二日間、筑陽《ちくよう》神社の境内で相撲興行をした。

故郷の人々からも喜んでもらい、はればれとした顔つきで久五郎は大阪へ帰って来た。

しかし、そういう久五郎の派手な仕事が続くにつれ、なおさら家の中は火の車であった。

去年、湊川に楠公《なんこう》神社が創立されたときも、高さ五間半の石の注連柱を寄進したし、また尾道の厳島《いつくしま》神社、それに祇園神社の前に拝殿と玉垣を寄進したときも、ずいぶん金を使った。

久五郎の手許から、はじめに五十円の金が出たが、大阪の名士たちもこれに賛成をし、千五百円ほどの金が集った。そのお蔭で、久五郎の寄進は果せたのであった。

同じ去年、尾道の久保町《くぼまち》の道路を改修するときも、久五郎は金五十円を寄付した。

「横綱がなにか思いつくたびに、うちはひやりとします」

とおうめは、べつに嫌やな顔もせず、にこにこ笑いながら言った。

「神社の前に石燈籠を寄進したり、碑がひとつ出来るたびに、うちの台所は心細うなります」

「まだまだこれぐらいのことでは、おれの気持は納まらねえ。もっと年を取るにつれ、いろんなところに力士の碑を作ることになるだろう」

冗談のような言いかたで、しかし本心は大真面目に久五郎は言った。

明治八年（一八七五）の九月、東京力士が大阪へやって来て、大阪力士と一緒に土俵へあがり、興行をした。そのときは東京の大関綾瀬川がはじめて大阪の土俵にのぼったし、評判の高い雷電が再び大阪へやって来たので、大へんな人気になり、千秋楽まで大入りを続けた。

同じ年の十月、京都で三回目の三都立会相撲が行われた。

あくる九年の九月、もう東京の相撲会所も、大阪が一段下などとは言っておられず、東西同格と決り、世間でもそれを認めることになった。

三度目の合同大阪場所が、難波の相撲場で行われ、東京の鬼面山と大阪の大竜がいい成績をおさめた。

それより前の明治六年、征韓論《せいかんろん》が破れ、陸軍大将であり、参議《さんぎ》と近衛都督《このえととく》を兼ねていた西郷隆盛は、東京を発って故郷の鹿児島へ帰って行った。篠原国幹《しのはらくにもと》、桐野利秋《きりのとしあき》など、それに従って帰国した者も多かった。

相撲が無事に千秋楽になった日、久五郎は家へ帰ってから、おうめへ言った。

「わしはな、少し遠いところへ行って来る」

「またどこかに、碑をお建てになるんですか」

「いや、西郷先生が鹿児島に帰っておられるから、お見舞に行って来ようと思うのだ。力蔵だけ連れて行くが、なあに、天保山から蒸汽船に乗れば、途中の道中は地を踏まずに鹿児島へ着けるのだ。すぐに旅支度をしてくれ」

同行二人

一

明治九年（一八七六）九月二十六日、鹿児島に南洲《なんしゅう》西郷隆盛を訪ねた陣幕久五郎は、久しぶりで心おきなく話をした。

維新当時、京都から江戸城受取りの公用を帯びて東海道を下る西郷隆盛のため、久五郎は新調した大型の道中駕籠を役立たせたことがある。

そのときのことを忘れずに西郷隆盛は、改めて礼を言ったあと、久五郎に一幅《いっぷく》の書を眼の前で書き、それを稽古場にかかげてくれ、と言って与えた。

「両曹相対力　争力余党競　誇強敵強」という自作の漢詩で、南洲書と認めてある。

久五郎は、ていねいに礼を述べたあと、志を得ず故山に隠棲《いんせい》している隆盛をなぐさめ、再会を誓った。

だが隆盛は、それについてはなにも答えず、暇を乞うた久五郎を門のところまで見送った。

十月に久五郎は、大蔦力蔵を連れて、行くときと同じように蒸汽船で大阪の天保山沖まで戻って来た。

それに追い討をかけるように、熊本で神風連《しんぷうれん》の乱が起った。続いて秋月《あきづき》で郷士たちが兵を挙げ、十月末には長州萩で前原一誠《まえばらいっせい》たちが乱を起した。

十一月に入って、それらの内乱はことごとく平定されたが、物騒な噂が諸国にひろがり、大阪の市中にもいろいろ不穏な流言が飛んだ。

十二月に入って、西郷隆盛の設けた私学校の生徒たちが、おだやかでない動きをしているというので、東京の大警視川路利良《かわじとしよし》が警部たちを鹿児島へ派遣した。

それは内々で行われたことだが、久五郎は大阪府庁の役人から、そっと教えられた。

「どういうことだろうな」

家へ戻った久五郎は、大蔦力蔵や女房のおうめたちへ心配そうに言った。

「わしがお眼にかかったとき、西郷先生はなにもおっしゃらなかったし、私学校の生徒さんたちも大そう元気で武術の稽古をしたり、学問をなすっておいでだった。まさか西郷先生に、謀叛《むほん》の気持があろうなどと思えねえ。政府の役人たちは、せっかく故郷で若い者たちに教育しておいでの西郷先生に、わざわざそういう汚名を着せるつもりなのだろう」

「まあまあ、親方」

力蔵が、なだめるように言った。

「いくら親方が心配をしたところで、西郷先生は海山越えた遠い鹿児島においでなのだ。政府のお役人たちがなにを考えているか知らねえが、ご一新のときあれほど手柄をなすった西郷先生を、そんな苦しいところへ追い込むとは考えられませんね」

「それならいいが」

と久五郎は、不安そうな表情をした。その不安が的中して、あくる明治十年（一八七七）の正月、鹿児島で私学校の生徒たちが暴動を起し、二月に入ってから、不穏な行動を見せるようになった。

ちょうど天皇の車駕が、京都にあり、宇治《うじ》から奈良のあたりを行幸されていたので、政府の顕官たちがさかんに関西へ下って来ていた。

海軍大輔《たいふ》川村純義《かわむらすみよし》などは軍艦高尾丸に乗って鹿児島へ行き、西郷隆盛を説得しようとしたようだが、私学校の生徒たちは武器を取り、高尾丸を襲撃しようとした。

いよいよ西郷隆盛が兵を挙げる、と見て、出兵の内命が大阪鎮台へも下った。

「親方」

二月十一日の晩、おうめは心配そうに久五郎へ言った。

「さっき部屋の若い者たちが、こそこそ話合っていました。力のある若い者は、輜重方《しちようかた》として大阪鎮台で傭って下さるそうだから、志願をしようというのです」

「若い奴らを呼べ」

急に久五郎は額に青筋を立てると、稽古場に部屋の若い者二十人ほどを集めた。

自分も廻し一本になった久五郎は、若い者たちにも廻しをつけさせ、大きな声で言った。

「お前らがなにを考えているか、わしにはわかっている。日本が外国から攻められたときは、おれたち力士もお役に立たなくてはならねえ。だが、西郷先生がどういうお気持なのか知らねえお前たちが、鎮台へ志願しようとは、なにごとだ。この稽古場にかかっている西郷先生の額を、毎日お前たちも見ているだろう。お前たちにとっても、お眼にかかったことはないにもせよ、西郷先生は大恩人だ。ただ強いばかりでは、力士は立派とはいえねえ。めいめい自分という人間が立派になるよう、修業をすることを忘れてはいけねえのだ。それに、人間には分《ぶん》というものがある。お前たちは立派な相撲取になろうと思って、おれの弟子になったのだ。鎮台へ志願して、戦争に行こう、などと考える奴は、ただではおけねえ。これからみっちり稽古をつけてやる」

と言って久五郎は、一人ずつ稽古土俵へ引っ張り出し、稽古をつけた。それも普段の稽古ではなく、相手が音《ね》をあげるまでやめなかった。

稽古場の入口で見ていた大蔦力蔵は、おうめへそっと言った。

「親方の若いときからの癖は、まだそのままですね。怒ると手がつけられなくなり、まるでつむじ風が暴れ狂ったようになる」

「きっと死ぬまで、ああでしょうね。それが人に嫌われることも多いけれど、ああいうところがなくなってしまったら、親方らしさが消えてしまうことになる」

おうめは久五郎のいいところも悪いところも、すっかりわかっていて、それをそっと抱きかかえているような調子であった。

久五郎の心配をよそに、次第に西南《せいなん》の役《えき》は激しさを加え、その年の春、熊本城包囲に失敗した西郷軍は、少しずつ退却し、官軍はそれを追って激しい攻撃を加えているという。

陣幕久五郎も、その戦況は気になったが、相撲のことを忘れるわけには行かず、その年の秋の三都合併相撲興行の計画を進めていた。

それは、東京の招魂社《しょうこんしゃ》の境内で開かれる奉納相撲で、大阪の陣幕の部屋から八尾《やお》ケ関《がせき》、浪渡《なみわたり》、京都からは兜潟《かぶとがた》などが東京へ行き、参加することになっている。

久五郎としても費用が要るので、春のころから贔屓筋のあいだを歩いて奔走していた。

九月に入って、ついに西郷隆盛は鹿児島まで退却し、城山にこもった。

それを包囲した官軍は、軍艦に乗っていた大砲を陸上に引き上げ、砲撃しているという。

新聞を見るたび、いらいらしながら久五郎は西郷の身の上を心配した。

九月二十七日、知合いの新聞記者が陣幕の部屋を訪ねて来た。

「親方、西郷さんは二十四日に戦死をとげたよ」

それを聞いた久五郎は、もう物も言えず、大きな身体を投げ出すように坐ってしまった。

九月二十四日、城山の洞窟を駕籠で出た西郷隆盛は、途中で流れ弾を受け、別府晋介《べつぷしんすけ》の介錯《かいしやく》を受けて最期をとげたという。西郷に従う桐野利秋、村田新八《むらたしんぱち》以下は、ことごとく戦死をとげたり、あるいは自害をして、西南の役は最後の大詰を迎えたわけであった。

その日、久五郎は西郷隆盛の書いてくれた書を床の間に飾り、一晩中、その前に端座《たんざ》して、合掌《がつしよう》していた。

同じその年の十月、大阪府知事から久五郎は呼び出され、大阪相撲頭取と取締《とりしまり》の選挙についての条例を示された。

それには、力士仲間で推薦《すいせん》するのではなく、公平な選挙という方法で頭取と取締を選ぶ、ということが明らかにされてあった。

大阪市だけのことではなく、東京警視庁からも相撲取締規則というのが発布され、力士は来年から営業鑑札《かんさつ》を受けなければならなくなったという。

その規則で、はじめて力士が公の職業人として認められ、相撲興行も興行師の営業手段ではなく、官から公認されたことになるわけであった。

同時に、東京相撲は現在二つに分れているが、それが一組にならなければ興行を許可しないし、鑑札も発行しない、という一条がついていた。

東京相撲から脱退した高砂たち百数十人の力士は、改正相撲組というのを組織していたが、その警視庁条例が発布されれば、困るのは高砂たちであった。

東京の九段《くだん》の招魂社の奉納相撲のため、東京へ出て、本所の旅館に泊っていた陣幕久五郎を、高砂浦五郎が訪ねて来た。

二

「いまさら、わしらは頭を下げて、相撲会所に帰ろうとは思わない。なんとか警視庁に頼んで、べつに鑑札を貰えるよう、お願いをしてみるつもりだ」

それを聞いて久五郎は、高砂へ、はっきりと約束をした。

「わしも、政府のお役人たちの中に知っている人も多いから、おぬしの考えを申し上げてみよう。ともかくいまのように、ふところ手をして、力士たちの面倒も見ず、金を勝手に動かしている年寄たちが大ぜいいては、相撲会所は決してよくならない。まあ、わしに任せておくれ」

その秋は、上野公園で内国勧業博覧会《ないこくかんぎょうはくらんかい》も催《もよお》され、西南の役に出征《しゅっせい》した将兵たちも戻って来たので、東京には活気があふれている。

十一月十三日から三日間、招魂社の臨時祭が行われ、天皇と皇后《こうごう》、それに陸海軍、政府の高官たちも参拝した。

陣幕久五郎は警視庁に願い出て、十五日の午後、東京相撲の力士たちの有志と一緒に、大阪力士を加え、奉納相撲を催した。その日の入場料のあがりは、すべて招魂社に奉納した。

あくる十一年（一八七八）の二月、相撲取締規則が発布され、陣幕久五郎は投票の結果、再び大阪相撲頭取に任ぜられた。

だが、前々から考えていたことなので、久五郎は引退を声明し、陣幕の名跡を弟子の九《いちじく》に譲り、陣幕を名乗らせることになった。

東京相撲も、久五郎の調停の結果、その年の五月、ようやく相撲会所と改正相撲組の合併が成立した。

東京相撲の五月場所は、高砂一門の合併で活気を呈し、客も大入りであった。それまでいろいろの噂のあった玉垣と伊勢ノ海は退隠し、代りに桐山《きりやま》、大嶽《おおだけ》、追手風、立山《たてやま》、振分《ふりわけ》、中立《なかだち》などが年寄総代になった。

同じ十一年の九月、足かけ三年ぶりに大阪で東西の立会相撲が行われた。久五郎としても、明治維新以来はじめて活気のある大阪相撲の全盛期を迎えて、安心をした形であった。

ようやく久五郎は、相撲の興行という目的以外に、あちこちへ旅をする余裕が出来た。明治維新後、大阪に住居を定めた久五郎には、ふくという女も出来ていた。しかし、同じ大阪にいるお時は、その年の春ごろから次第に病気で身体が弱り、訪ねて行った久五郎を待っていたように、その手を握ったまま世を去ってしまった。

隠居後の久五郎は、表面は大阪相撲会所の役名は持っていないが、隠然たる大阪力士の総帥《そうすい》という勢力を保ち、若い力士たちの養成に力をそそいだ。

隠居をしたあと、再び土俵に立つことはあるまいと思い、久五郎は、髭をたくわえはじめた。もう五十を過ぎて、散髪の頭には白いものがまじり、のばし出した髭にも白いものがまじっている。

明治十四年（一八八一）には、東京相撲の横綱は境川、大関梅ヶ谷の時代で、島津公爵の屋敷で天覧相撲が行われた。

大関の梅ヶ谷は、大阪へ来るたび、かならず久五郎の家へ寄って、いろいろと相撲のことを話合いながら泊って行く、という習慣になっている。

しかし、久五郎に隠居生活を無事に送らせる、というのは無理であった。

高砂が復帰した東京相撲は、その後も年寄の中に内輪もめが出来て、脱退する力士がふえたりした。

それを聞いた久五郎は、我慢し切れず、わざわざ汽車に乗って東京へ出て行き、東京会所へ乗り込んで、年寄たちを対手に激論をかわした。

次第に久五郎は、東京会所の力士からうるさがられ、東西合併相撲も久五郎を抜きに興行をしよう、という話が起った。

それを聞いた久五郎は、若いときそのまま、怒りを押えることが出来ず、おうめや力蔵のとめるのも聞かずに東京へ出て行っては、年寄たちを対手に口論をした。

明治十八年（一八八五）、久五郎が五十七才になった年の三月、大阪中之島豊国《とよくに》神社の境内に明治記念碑が建立されることになった。

建碑《けんぴ》癖があるといわれる久五郎は、世間の蔭口などは気にせず、その碑の前に東西本願寺の法主《ほうしゅ》の書を刻んだ二基の大石柱を、注連柱として建てることになった。

西本願寺法主の書には『開化一切超過世間』とあり、東本願寺法主の書には『光明顕赫照耀十方』とあった。

そのあくる明治十九年の春であった。

「ご免下さい」

玄関に女の声がしたので、おうめが出て行った。急におうめのびっくりしたような声が起ったので、あわてて力蔵も玄関へ出て行った。

「親方、めずらしいお客さんですよ」

力蔵に言われて、久五郎は茶の間から出て行った。

玄関に立っていたのは、お遍路《へんろ》の姿をしたふたりの男女であった。

男のほうは、もう髪の毛も白くなり、皺が出来ているが、かつて久五郎の若いころ、一緒に江戸まで連れて行ってくれた米子城代、荒尾内蔵助にまぎれもない。

連れの女のほうは、勤王派のためにいろいろと働いたお芳であった。

「これは驚いた」

久五郎は、いそいでふたりの草鞋の紐を解いてやり、手を引っ張るようにして部屋へあげた。

「土俵からおりて隠居をした筈の陣幕関も、力は相変らずだな」

笑いながら内蔵助は、上座に坐らされた。

「どういうわけで、荒尾様もお芳様も、そういうお身なりで」

久五郎に訊かれて内蔵助は、さっぱりとした笑顔を見せた。

「わしもな、ご一新前は主家に背いてまで倒幕運動のために奔走したが、かよう世の中がおだやかになってみると、倒幕運動のためにあたら若いいのちを捨てた同志のことが思い出されてならぬ。わしらは現在、京都の東山に住んで、僅《わず》かながら貯えもあるので、暮しに困るというほどではない。このお芳と相談をしてな、若くして世を去った同志の菩提を弔《とむら》うため、これから四国へお遍路の旅に出ようと思う」

それに続いて、お芳も言った。

「親方や大蔦関には、これまでいろいろと迷惑をかけましたが、いま主人の申します通り、もうわたくしたちは、世の中に望みといっては、なにも持ってはおりませぬ。どちらも、老い先短い身体でございますし、これからの僅かな生涯を、亡った同志の方のご供養のために費したいと思うております」

「さようでございますか」

と久五郎は、溜息をついた。

「本来ならお引きとめ致さなくてはならないのでございますが、おふたり様のお心がけ、ご立派だと存じます。どうか、道中お気をつけなすって、無事にお遍路の旅をお続け下さいますよう」

旅立ちを祝って、久五郎はおうめに酒を運ばせ、形ばかり盃を干した。

それから、同行二人と書いた菅笠を手に、お遍路の姿をした内蔵助とお芳を送り出すとき、お餞別に、といって久五郎は金を包んだ。

「これからは、見知らぬ人の喜捨《きしゃ》を仰いで旅を続けなくてはならないので、これは有難く頂いておく」

と内蔵助は、その金包《きんぽう》を押し頂いて、

「天下の横綱、陣幕久五郎関の餞別を頂いたのだから、道中は、きっと安らかに続けられるに違いない」

そういって二人は、四国への旅に踏み出して行った。

それを見送ったおうめは、溜息をついた。

「ご一新前は、米子城を預っておいでだった池田様のご家老が、お遍路になるとは」

「いいや、立派だよ、あのおふたりは」

呟いてから久五郎は、つけ加えた。

「そこへゆくとわしなどは、世の中のことをあきらめてお遍路の旅へなど出る気にはなれない。これから何十年生きられるかわからないが、わしは埋れた力士たちの生涯を明らかにし、もっと世間で力士というものを高く認めてくれるよう、骨を折らなくてはならないのだ」

横綱の葬儀

一

明治二十一年（一八八八）、六十才になった久五郎は、大阪相撲会所の後見役というような立場で、力士たちの世話を見ていた。

そのほか、大阪鎮台の御用達を勤め、北江戸堀一丁目の住居で、女房のおうめが郵便局の切手印紙元売捌人《もとうりさばきにん》、という名義で副業をやっていた。

昨年の十二月、政府は保安条例を公布し、東京や大阪にいる自由党《じゆうとう》の志士たちは、それぞれ三里外に放逐《ほうちく》され新聞紙なども厳重な検閲を受けることとなった。

東京の相撲会所は、ようやく高砂浦五郎が実権をつかみ、明治十九年に新しい組合を作って、七ヶ条の申合せ規則というのを作っている。

ときどき高砂は大阪へやって来て、陣幕を訪れると、

「もう力士たちも、今までのような暮し方をしていては時世におくれるばかりだ。相撲会所などという名も、今となっては古めかしいし、協会というのを作ろうと思うが、親方の考えはどうだな」

そう訊かれて、すぐに久五郎は賛成をした。

旧幕のころから、それは久五郎も考えていたことであった。力士たちの生活を安定させなくてはいけないし、それぞれ年寄たちにも決った給金を渡す必要がある。それに力士たちの給金も、勝越しの星で決めれば、いずれも土俵の上で張合いが出るわけであった。

「どうだろう、親方」

久五郎が賛成をすると、高砂はじっと対手の顔を見ながら、

「大阪相撲も、もう親方のお蔭で安心をしてもいいところまでになったし、思い切ってこちらで東京へ帰ってはくれまいか。親方の考えている顕彰碑《けんしょう》を作る仕事も、やはり東京にいたほうが便利ではないのかね」

久五郎のために後援してくれていた岩崎弥太郎も、三菱《みつびし》会社を起す一方、長崎の高島炭《たかしまたん》坑《こう》の経営にまで乗り出していたが、十八年の二月、五十二才で世を去っている。その弟の弥之助《やのすけ》が兄のあとをつぎ、三菱郵便汽船会社と共同運輸会社を合併して、日本郵船会社を

設立し、次第に事業は大きくなっていた。

その岩崎弥之助が、ときどき久五郎へ手紙をよこし、東京へ帰って来ないか、と勧めていたし、久五郎もその気になっていたのであった。

その年の春、久五郎はおうめや大蔦力蔵と相談し、思い切って東京へ帰ることにした。会所の雑用をやっていた東助も、女房のお節と一緒に久五郎について東京へ移ることになった。

高砂浦五郎の世話で、日本橋区北新堀町《きたしんぼりちょう》に家を借り、久五郎たちは東京へ移った。

その年の六月、靖国《やすくに》神社の祭典のとき、大村益次郎の銅像が境内に建つことになった。陸軍大臣大山巌《おおやまいわお》から使者が来て、せっかく東京に帰って来ているのだから、その祭典のときに横綱土俵入を勧めないか、というすすめが久五郎のところへあった。

「名誉なことでございますが、わしのように土俵をおりてしまった人間が」

と一たん辞退した久五郎も、再び陸軍からすすめられ、土俵入を勧めることになった。せっかく長く延ばしはじめた髭も、思い切って剃り落してしまい、久五郎は境内で土俵入を勧めた。

すでに、梅ケ谷も二年前に引退しているし、東京相撲の東方の大関は剣山《つるぎやま》が勤め、西方の大関は大達《おおだて》であった。

同じ年、芝公園内の弥生《やよい》神社で、西郷隆盛記念祭が行われたが、そのときも久五郎は横綱土俵入を勤めた。

東京へ移ってから久五郎は、政府の顕官たちの引立てで、横須賀《よこすか》海兵団、麻布二聯隊《れんたい》、近衛一聯隊、それに赤坂《あかさか》の近衛三聯隊などの御用達を勤め、生活に困ることはなかった。

宮中顧問官で学習院《がくしゅういん》長を兼ねる陸軍中将三浦梧楼《みうらごろう》のところへ挨拶に行ったとき、三浦は笑いながら言った。

「どうだな、親方」

「もう陣幕という四股名も人に譲ってしもうたのだし、ただの久五郎では押しが利くまい。もっともらしい姓名を名乗ったらどうだ」

「実を申し上げますと」

と久五郎は、微笑を浮べながら、

「これまで作った碑には、それぞれ土師《はじ》通高と四字を刻んでございます」

「土師というのは、親方の本姓か」

「いいえ、わたくしは百姓の生れでございますが、出雲に土師という苗字があり、相撲の元祖の野見宿禰の末孫だそうでございます。通高というのは勝手にこしらえた名前で、これでございましたら、押しが利くように思います」

「なるほど、手廻しのよいことだ」

と三浦梧楼は、大きな声で笑った。

その明治二十一年の末に、久五郎の仕事を手伝っている東助が、用事先から帰って来ると、息をのむようにして久五郎へ言った。

「親方、妙なものを見て来ました」

「なんだね、それは」

「乞食ですよ。浅草の観音様の境内に、夫婦連れかと見える男と女の乞食が坐って、ぼんやりしていました。どちらも年を取っているし、気の毒にと思って銭をやろうとしたところ、向うはあわてて逃げ出して行きました。その二人連れを、誰だと思います」

「さあ、乞食に知合いはないからな」

「長山越中と、妹のおしげでした」

「なに、あの兄妹が」

「わしの顔を見て、逃げ出すわけですよ。乞食になってまで、兄妹一緒に暮しているのは結構だが、やはりあの二人はどん底まで落ちてしまったのですね」

「他人のことのように言うじゃあねえか。お前も若いとき、あの年上のおしげに首ったけになり、ずいぶんひどい目に遭いながら、なかなか悪い夢から覚めなかったが」

「いま考えると、若気の至りとだけでは済まされません。親方のお蔭で、今日こうして暮させて頂いておりますのを考えると、夢のようでございます」

「もういいさ、済んでしまったむかしのことだ」

と久五郎は、東助の肩を叩きながら笑った。

東京へ移ってからも、久五郎の建碑癖はやまず、歴代横綱力士の記念碑を建てたいという願いは、ますます強くなる一方であった。

明治二十六年（一八九三）、六十五才になった久五郎は、横綱力士の記念碑と、相撲興行場開設の計画を練り、自分の知っている政府の顕官、それに富豪たちを訪ね、賛助を求める一方、自分から趣意書を書いて、全国の人たちの寄附を集めることにした。

あくる明治二十七年、韓国に暴動が起き、居留民保護のために陸軍は一個師団を韓国へ派遣した。それが原因で、清国政府も兵を動かしはじめ、いよいよ清国とのあいだに戦争は避けられない状態になった。

六十六才の久五郎は、枢密院《すうみついん》議長の黒田清隆《くろだきよたか》、それに陸軍大将高島鞆之助《たかしまとものすけ》のところへ願い出て、自分は軍夫《ぐんぷ》の隊長となり、全国の力士三千人を率いて従軍したい、と申し出た。

しかし、それは高島大将が受けつけず、久五郎はひとりで腕を叩き、口惜しがった。

おうめは、そういう久五郎を見ながら、

「西郷戦争のとき、大阪部屋の若い力士たちが軍夫を志願したとき、大そう親方は腹を立てたのに」

そう言って、笑い声を立てたが、久五郎はおうめを睨みつけると、

「あれは、西郷先生対手の戦争だから、わしは許さなかったのだ。こんどは日本が負けるか勝つかという大事な戦だ。いくらわしが年を取っていても、黙って坐っていられるものか」

あくる二十八年三月、ようやく日本軍が勝利を得て、清国から講和全権大使李鴻章《りこうしよう》が来日したとき、暴漢のために負傷した、と新聞に出た。

それを読んだ久五郎は、東京目白《めじろ》の新長谷寺《しんはせでら》の住職雲照《うんしよう》律師に頼んで、傷が平癒《へいゆ》する祈願を受け、経文を下関《しものせき》にいる李大使へ送った。

李鴻章も、大そうそれを感謝し、清国へ帰ったあとも、たびたび久五郎宛に手紙をよこした。

二

横綱の記念碑を建てたい、という久五郎の念願は、ようやく明治三十三年（一九〇〇）、

七十二才の年に実現した。

江戸時代から勧進相撲の興行地であった深川富岡八幡宮《とみおかはちまんぐう》境内に、野見宿禰の碑が建っているが、そのそばに、横綱力士碑、と刻んだ一丈余の大石碑が建立され、十一月二十一日、盛大な落成の式典が行なわれた。

その式には、東の横綱小錦《こにしき》、大関の朝汐、西の大関鳳凰《ほうおう》、大砲《おおづつ》をはじめ、大ぜいの力士が列席した。そのほか内務大臣西郷従道《つぐみち》からも祝辞が来たし、文部大臣樺山資紀《かばやますけのり》も次官を名代として列席させた。

そのほか、この三十三年、久五郎は寛永のころの日下開山《ひのしたかいざん》、初代の横綱といわれる明石《あかし》志賀之助《しがのすけ》の碑を宇都宮《うつのみや》の城内に建てた。続けて横綱の二代目といわれる綾川五郎次《あやがわごろうじ》の碑を、栃木町神明《しんめい》神社境内に建てた。

それまで一緒に暮していたおうめが、風邪が因で病の床についたのは、同じ年の暮れであった。

医者を呼び、いつも久五郎は病床のそばを離れず、懸命におうめの介抱をした。

大蔦力蔵はもちろん、東助とお節の夫婦も水垢離《みずごり》を取ったりして、おうめの本復を祈った。

しかし、あくる明治三十四年の正月、おうめは久五郎に手を取られたまま、世を去った。

正月場所は、本所回向院の境内で興行が行なわれ、初日から大入りであった。

高砂と久五郎の尽力で、すでに東京大相撲協会というのが設立され、こまかい申合せの規則が出来あがっている。

「おうめは、おれの念願がふたつとも叶ったのを見て死んだのだから、大往生だ」

通夜の席に集ってくれた東京力士たちへ向って、久五郎はそう言った。

その年の十一月、靖国神社の社殿が新しく落成し、祭典が行なわれた。

久五郎は、七十三才という年齢であったが、相撲協会から頼まれ、久しぶりに化粧廻しをつけて、横綱の土俵入を社殿で行なった。

十二月に久五郎は、ときの宮内大臣田中光顕《たなかみつあき》子爵《ししゃく》を訪ね、こういうことを願い出た。

自分たちのように、長らく相撲道のために働き、引退したあと、手に職を持たず、生活に困っている者も多い、そういう者たちのために、特殊の職業を与えてくれないか、という願いであった。

「それはようわかったが、どういう職業が適当と思うのだな」

久五郎の差出した建白書を読みながら、田中は訊いた。

「たとえば、宮城の衛士《えじ》のような仕事が向いているのではないか、と存じます」

と久五郎は、前々から考えていたことなので、はっきりと申し述べた。

「わたくしは無学でございますが、いろいろな方のお話をうかがいますと、皇居の衛士というのは力が強く、大きな男ばかりを選んでいたそうでございます。もと土俵で相撲を取っていた連中なら、充分に衛士としてのご奉公は勤まると思いますが」

「結構な申し出だが」

田中光顕も、ちょっと返辞に困ったようであった。

「ともかく、おぬしの申し出は、充分に検討して、しかるべき筋へ急達しておこう。急には返答は出来ぬが、しばらくわしに任せておいてくれ」

「是非お願いを致しまする」

なんべんも頭を下げ、久五郎は田中邸を辞した。

そのあくる明治三十五年、東京府南葛飾郡大木村木下川《みなみかつしかぐんおおきむらきねがわ》の浄光寺境内に、西郷隆盛のために留魂碑《りゆうこん》を建てることになった。それは、江戸城明渡しのときに、西郷と知己《ちき》になった勝海舟《かいしゆう》が発起人となり、同志をつのって建てた碑であった。

久五郎は、東京に屋敷のある前右大臣久我建通《こがたてみち》侯爵に、その留魂碑のために和歌を作ってくれるよう、願い出た。

久我建通は、すぐに承諾をしてくれた。

『杉の木の、いや次々に栄えなむ、西の日かげを、招き返して』

という一首であった。

久五郎は、それを石に刻み、浄光寺境内の西郷山に建てた。

おうめをはじめ、大阪にいた女房同様の女たちも、次々に世を去り、七十四才の久五郎は、ただ一人きりであった。

大蔦力蔵も、もう髷を切ってしまい、この数年は東京相撲協会の事務員同様のことをして働いている。

東助とお節の夫婦も、久五郎の家を出て、相撲茶屋へ出入りする弁当屋をやっていた。すでに夫婦のあいだには大きな息子も出来ていて、来年あたりは孫が出来そうだという。年を取ってから女房をもらった東助だけに、人一倍それはうれしいようであった。

若いころからそうだったが、久五郎はますます神仏を崇《あが》める気持が強くなり、このごろでは真言宗に帰依《きえ》していた。

その年、久五郎は浅草田原町に一つの堂を建て、それに弘法大師《こうぼうだいし》の像、いま一つは出雲国の一畑《いちばた》薬師如来の像を刻ませ、それを遷座《せんざ》した。

ときどき久五郎は、深川八幡へ参詣しに行って、境内に建てた横綱力士碑を見るのが楽しみになっていた。

碑の高さは一丈八尺（五・五メートル）、御影石で作り、表面の文字は九州太宰府《だざいふ》の宮《みや》小路康文《こうじやすふみ》が書いたものであった。

宮小路康文は、明治二十八年に官命を受け、上京して、帝国議会の扁額を書いた人物であった。

記念碑の裏には、海軍大将伊東祐亨《いとうすけゆき》の字が刻んであり、初代からの横綱十八人の名が並べてある。

この碑の右に、高さ一丈八尺もある陣幕久五郎の力石を据え、碑の表面には、安政四年正月場所で二日目に顔の合った陣幕と不知火光右衛門の立合いの姿が、彫刻してある。

この碑が出来たときは、九代目市川団十郎《いちかわだんじゅうろう》、五代目尾上菊五郎《おのえきくごろう》などの寄附もあり、ほかに芝三田の牛鍋屋いろはの主人木村荘平《きむらしょうへい》、凮月堂《ふうげつどう》の主人、魚河岸《うおがし》組合など、諸方からの寄附があった。

その横綱力士碑を仰ぎながら、八幡宮の境内を散歩する久五郎の姿は、近所でも有名になっていた。

しかし、その久五郎も、あくる明治三十六年（一九〇三）の春ごろになってから、深川八幡に姿を見せなくなった。

数年前から久五郎は、急に痩せはじめ、ときどき腹部に妙な痛みを感じはじめた。

当代一流の名医といわれる佐藤進《さとうすすむ》博士の治療を受けると、腎臓《じんぞう》に故障があるという。

夏ごろから久五郎は病床につき、大阪から集った子供たちに囲まれ、静かに病を養っていた。

久五郎が重態と聞いて、大蔦力蔵も東助夫婦も駈けつけ、夜も寝ずに看病をした。

横綱になっていた大砲、大関の梅ヶ谷、朝汐、常陸山《ひたちやま》なども、毎日のように見舞に来た。

年寄の高砂も、ほとんど久五郎の枕許から離れないようにしていた。

十月二十日の夜、ふっと眼をあけた久五郎は、高砂浦五郎の顔を見ると、しっかりした声で言った。

「高砂どん」

「おいよ。わしはここにいる」

「これは、わしの頼みだ。わしが死んだときは、棺桶に化粧廻しをかけ、横綱を結んでくれないか」

「わかった。おぬしはあの世へ行っても、横綱の土俵入を勤める気なのだな」

「こうやってみると、わしの一生は長いようで、大そうあわただしかった。死んだ女房がよく言っていたが、ときどきわしはつむじ風のようになって、誰にも手のつけられないほどだったという。しかし、わしは相撲取としての一生を後悔なしに終る」

「その通りだ。親方の一生は、力士としても立派だったよ」

それを聞くと、うれしそうに久五郎は微笑を浮べた。

あくる二十一日、久五郎は七十五才で大往生をとげた。

遺言通り、棺には化粧廻しをかけ、横綱を結んで、太刀をかかげた横綱の大砲をはじめ、梅ヶ谷に朝汐、常陸山など、大ぜいの力士が葬列に加った。

葬式は芝の三田北寺町にある菩提所の宝生院《ほうしょういん》で行われ、遺骸は上大崎《かみおおさき》の光取寺《こうしゅじ》の墓所に埋められた。法号は、高台院久山道照居士とつけられ、生前たくわえていた髭は、尾道市光明寺《こうみょうじ》にある久五郎の師匠、初汐久五郎の墓のそばに埋められた。

○

昭和四十二年（一九六七）、島根県で選ばれた百傑の中に、陣幕久五郎も加えられた。

解説

朝比奈次郎《あさひなじろう》（評論家）

本作品は、昭和三十九年（一九六四）三月から四十二年九月まで「大相撲」（読売新聞社刊）に連載された村上元三の大作で、十二代横綱陣幕久五郎《じんまくきゅうごろう》の波瀾万丈の生涯を描いている。時代ものの相撲小説は極めて少なく、過去に尾崎士郎《おざきしろう》の大長編『雷電《らいでん》』（全五巻、昭和三十～三十一年・新潮社刊）があるくらいである。

さて、谷風《たにかぜ》、小野川《おのがわ》、雷電といえば、さまざまな逸話とともに誰もが知っている寛政《かんせい》時代の有名力士だが、かなりの相撲通の人でも、十二代横綱陣幕久五郎の経歴と角界《かくかい》における彼の功績を知る人は少ないであろう。陣幕は動乱の幕末から明治期の相撲界を、まさに〝つむじ風〟のごとく駆け抜けた一代の風雲児《ふううんじ》であった。

陣幕は文政《ぶんせい》十二年（一八二九）五月三日、出雲国《いずものくに》（島根県）八束郡《やつかごおり》意東村《いとうむら》の半農半漁

の家に生まれた。本名を石倉槙太郎《いしくらしんたろう》といい、十九歳のとき力士を志し、備後国尾道《びんごのくにおのみち》に出て土地相撲の初汐《はつしお》久五郎の弟子となり、黒緘《くろおどし》の四股名《しこな》で修業に励んだ。嘉永《かえい》元年（一八四八）、大坂に出て朝日山《あさひやま》部屋に入り、嘉永三年（一八五〇）の二十二歳のとき、江戸に下って、天津風《あまつかぜ》（秀の山《ひでやま》）雷五郎《らいごろう》の弟子となった。

三段目付出しで初土俵を踏んだが、紆余曲折があって出世は遅かった。黒緘から陣幕と改名した安政《あんせい》四年（一八五七）正月、幕下二枚目で幕内人気力士の不知火《しらぬい》光右衛門《こうえもん》を倒して、一躍、好角家《こうかくか》の脚光を浴びた。阿波《あわ》藩のお抱えとなり、安政五年正月、三十歳で東前頭六枚目に入幕。

その後、好成績を続けるが、上位にあきがなく、安政六年十一月から文久《ぶんきゅう》二年十一月まで七場所、ずっと前頭二枚目に止め置かれた。文久三年七月、史上初の張出関脇に上がり、慶応《けいおう》二年（一八六六）十一月、大関に昇進した。この間、阿波藩から出雲藩、さらに薩摩《さつま》藩のお抱えに転じている。

慶応二年十一月、翌三年四月の二場所連続優勝し、同年十月、陣幕は吉田司家《よしだつかさけ》から横綱を免許された。時に三十九歳だった。その年十一月場所も陣幕は優勝したが、翌年の慶応四年三月、薩摩藩のために国事に奔走して上方《かみがた》へ去り、引退した。

陣幕は現役時、身長一七四センチ、体重一三九キロの偉丈夫《いじょうふ》で、幕内在位十九場所、成績は八十七勝五敗十七分三預であった。〝負けずや〟の異名があったほどの強豪力士で、大関に上がって引退するまで一度も負けなかった。とくにライバルの十一代横綱不知火には十三勝二分と圧倒した。

陣幕の業績の偉大さは現役を引退してからである。薩摩藩お抱えだった陣幕は、慶応三年十二月二十五日の三田《みた》薩摩屋敷焼討を、いち早く京都の西郷隆盛《さいごうたかもり》に報《しら》せた。陣幕自身も上京し、島津《しまづ》侯の護衛や薩摩軍の小荷駄方《こにだかた》として働いた。彼の勤王《きんのう》思想がいかほどであったか不明だが、生来の聡明さが時代の潮流を読み取り、このような行動をとらせたのであろう。このため、陣幕は将軍びいきの江戸っ子から「江戸を裏切った横綱」という悪レッテルを貼られることになる。

王政復古がなって世間が鎮《しず》まると、陣幕は大阪相撲に加入し、衰退一途をたどっていた大阪相撲の復興に尽力し、頭取総長に推《お》された。一方、大名のお抱えを失った江戸（東京）相撲は窮地に立ち、力士の生活も立ち行かない状況に追い込まれた。そこへ追打ちをかけたのが、文明開化・欧化《おうか》主義の波風である。相撲は〝野蛮な裸踊り〟と酷評され、廃止論もさかんに叫ばれた。

陣幕は相撲好きで親交のあった西郷隆盛、黒田清隆《くろだきよたか》、伊藤博文《いとうひろぶみ》にその存続の意義を熱心に働きかけた。陣幕を大の贔屓《ひいき》としていた西郷はこれを受け入れ、明治五年六月六日、大阪造幣寮《ぞうへい》において天覧《てんらん》相撲を催《もよお》した。奈良朝以来、相撲節会《すまいのせちえ》が宮中の一大行事であった古例を見せつけたのである。以降、相撲廃止論はしぜんに立ち消えた。

大阪相撲会所《かいしょ》の頭取総長となった陣幕は、会所の改革を行ったり、京都相撲との合同場所を開催するなどして、次々と振興策を打ち出し、力士の生活向上を計って、大阪相撲を隆盛に導いた。明治二年、不知火光右衛門が大阪相撲へ参加するに及んで、ますます大阪相撲は人気を集めた。

明治五年七月、大阪相撲では初代横綱八陣信蔵《はちじんしんぞう》、翌六年、二代横綱高越山《こうづざん》谷五郎が誕生して、東西に相対峙すると、空前絶後の相撲人気が到来した。陣幕はこの機を逃さず、低迷する東京相撲と対等の格で合併興行を計画し、明治七年九月、三都（東京・京都・大阪）合併相撲を京都四条河原《しじょうがわら》で開催し、大成功を収めた。

これが先例となって、その後も年一度、合併相撲興行が行われるようになり、かくして大正十四年十二月には、「大日本相撲協会」が誕生し、昭和二年一月、東京・大阪両相撲協会の合併がなるのである。

また、陣幕はかねてから過去の名力士の事績を後世に遺《のこ》そうと計画し、その顕彰碑を建てることに東奔西走した。独力で知名の人士を歴訪して寄付金を集め、全国各地に数多くの記念碑を建立し、〝建碑狂〟とさえいわれた。その代表的なのが、東京富岡八幡宮《とみおかはちまんぐう》境内にある「横綱力士碑」である。明治三十二年に竣工、五千五百貫という巨大な碑には、初代横綱明石志賀之助《あかししがのすけ》以下、歴代の横綱の名が刻され、陣幕は自分を十二代横綱と刻した。この横綱に代数をつけたのも陣幕のアイデアである。そんな陣幕を「自己顕示欲が強い男」と批判する者もいたが、これがきっかけとして、歴代横綱の記録が発掘されるようになり、現在までの横綱につながっていることを考えれば、そんな批判は当らないだろう。陣幕の先人力士たちへの篤《あつ》い崇敬の念と、相撲道に寄せる大いなる熱情が、〝建碑狂〟に走らせたのである。

明治三十六年十月二十一日、享年七十五で東京日本橋《にほんばし》の自宅で病没したが、時代の転換期、陣幕のように横綱でありながら、アイデアマンであり、政治力のある実業家であり、また不断の努力家がいなかったら、近代の大相撲界は大きく変貌《へんぼう》していたかも知れない。

相撲好きであった著者村上元三は、陣幕に対する「江戸を裏切った横綱」「建碑狂」「自己顕示欲の強い男」といった、いわれなき批難の数々に我慢ができず、その雪冤《せつえん》のために、この大作を書いたのである。

一般には馴染《なじ》みのない十二代横綱陣幕久五郎の足跡《そくせき》をたどりながら、幕末動乱期から明治期の相撲界の実情や移り変わり、さらに江戸（東京）相撲、大阪相撲、京都相撲のほか、各地の地方相撲の実態などが興味深く描かれて、傑出した相撲小説となっている。

（敬称略）

◎『陣幕つむじ風』は一九六四年から六七年まで雑誌「大相撲」（読売新聞社）に連載され、一九六九年に東京文芸社より単行本として刊行された作品です。光文社文庫は、単行本を底本とし、明らかな誤植と判断できるところは修正し、読者の読み易さを考え、難読文字にはルビを付すなどしました。

また、本文中に「相撲気違い」「土方」「めくら」など、今日では不快・不適切とされる語句・表現が用いられています。しかしながら江戸時代から明治時代という物語の時代設定、作品が発表された当時の時代背景および、著者がすでに故人であることに鑑み、編集部ではこれらの表現については、底本のままとしました。それが今日ある人権侵害や差別問題を考える手がかりになり、ひいては作品の歴史的価値および文学的価値を尊重することにつながると判断したものです。差別の助長を意図するものではないことを、ご理解ください。

（光文社文庫編集部）

光文社文庫

長編時代小説
陣幕《じんまく》つむじ風《かぜ》
著 者 村《むら》 上《かみ》 元《げん》 三《ぞう》

2016年10月20日 初版1刷発行

発行者 鈴 木 広 和
印 刷 慶 昌 堂 印 刷
製 本 関 川 製 本

発行所 株式会社 光 文 社
〒112-8011 東京都文京区音羽1-16-6
電話 (03)5395-8149 編 集 部
8116 書籍販売部
8125 業 務 部

ISBN978-4-334-77372-4 Printed in Japan

組版 萩原印刷